Η ΠΡΟΕΙΔΟΠΟΊΗΣΗ ΤΗΣ ΚΛΑΡΊΣΑ

ΚΑΝΑΡΙΑ ΝΗΣΙΑ ΒΙΒΛΙΟ ΜΥΣΤΗΡΙΟΥ 2

ISOBEL BLACKTHORN

Μετάφραση
NIKOLETTA SAMOILI

Για τον J.F. Olivares

ΑΓΟΡΆΖΟΝΤΑΣ ΈΝΑ ΌΝΕΙΡΟ

ΌΛΟΙ ΈΧΟΥΝ ΜΙΑ ΤΙΜΉ. ΑΥΤΗ ΕΙΝΑΙ Η ΑΓΑΠΗΜΈΝΗ ΈΚΦΡΑΣΗ ΤΟΥ πατέρα μου. Είναι πωλητής μεταχειρισμένων αυτοκινήτων που έγινε κτηματομεσίτης. Εγώ δεν κάνω τίποτα από τα δυο. Όταν όμως διαβάζω σε μια τοπική εφημερίδα πως ο ιδιοκτήτης του σπιτιού των ονείρων μου σκόπευε να το κατεδαφίσει ανέλαβα άμεσα δράση. Άφησα πίσω μου τη λογική και με μια μόνο, περίπλοκη κίνηση, έβαλα σκοπό μου να σώσω αυτό το σπίτι.

Στην πραγματικότητα, δεν το έλεγες και σπίτι, δεν μπορούσε να αποκαλεστεί σπίτι, ένα κτήριο – που από τα μόνα που αποτελούνταν ήταν οι τέσσερεις τοίχοι και η οροφή – το οποίο κρατούνταν όρθιο από τη δική του επιμονή, γέρνοντας λίγο αριστερά στον αδυσώπητο άνεμο. Διότι το ερείπιο δεν βρισκόταν ανάμεσα στις πτυχές του πράσινου στην κομητεία μου στο Έσσεξ, ούτε σε καμία άλλη συνοικία βουκολικών βοσκοτόπων, αλλά σε μια επίπεδη και σκονισμένη πεδιάδα στην ξηρή έρημο Φουερτεβεντούρα, ένα νησί που επισκεπτόμουν κάθε χρόνο στις διακοπές μου.

Δεν είχα εγκαταλείψει ακριβώς την κοινή λογική. Το ερείπιό μου βρισκόταν στην πόλη της ενδοχώρας της

Τισκαμανίτα, σε ασφαλή απόσταση από τους τρελαμένους γλεντζέδες, αλλά όχι τόσο μακριά από την πεπατημένη διαδρομή ώστε να είναι απομονωμένη και απομακρυσμένη. Το νησί ήταν αρκετά έρημο χωρίς να κρυφτώ σε μια από τις πολλές άγονες και άδειες κοιλάδες του. Σε ένα εδραιωμένο χωριό, θα είχα ό,τι χρειαζόμουν για μια άνετη ζωή, με ασφάλεια, γνωρίζοντας ότι υπήρχαν άλλοι κοντά, αν τους χρειαζόμουν. Καθώς μια ανύπαντρη γυναίκα συνήθιζε να ζει σε μια πολυσύχναστη αγγλική πόλη, έπρεπε να σκεφτεί κανείς αυτά τα πράγματα.

Τα προβλήματα άρχισαν από τη στιγμή που αποφάσισα να δράσω. Ο πρώην ιδιοκτήτης του αγαπημένου μου ερείπιου, ο κύριος που ετοιμάζονταν να χτυπήσει με την καταστρεπτική του μπάλα, δεν ήταν δύσκολο να αναγνωριστεί. Το όνομά του είχε αναφερθεί στο ίδιο άρθρο της εφημερίδας, , από τον δημοσιογράφο της Φουερτεβεντούρα που προσπαθούσε να περιγράψει λεπτομερώς μερικά από τα πρόσφατα ιστορικά ιδιοκτησίας. Οι διάφορες γενεαλογικές λεπτομέρειες δεν σήμαιναν τίποτα για μένα. Μπορούσα να διαβάσω αρκετά καλά ισπανικά – χρόνια τα μαθαίνω – αλλά δεν κατανοούσα καθόλου την ισπανική αριστοκρατία και μου έλειπε η βαθιά γνώση για την ιστορία της Φουερτεβεντούρα. Στην εποχή της πληροφορικής, την στιγμή που όλες οι επαγγελματικές συμφωνίες μπορούν να γίνουν από απόσταση με μερικά κλικαρίσματα από το σπίτι σου και την ηλεκτρονική υπογραφή όπου χρειάζεται, τίποτα δεν φαινόταν πιο απλό από την αγορά μιας ιδιοκτησίας στο εξωτερικό. Υπήρχαν ιστοσελίδες οι οποίες βοηθούσαν τους επίδοξους αγοραστές να μάθουν για τις νομικές απαιτήσεις, και αν αποφεύγουν τις κακοτοπιές και τις παγίδες. Αν δεν ήταν το γεγονός ότι ο κάτοχος του πολυπόθητου σπιτιού των ονείρων μου διέμενε κάπου στην ηπειρωτική Ισπανία και αν δεν ήταν αποφασισμένος να χρησιμοποιήσει το ακίνητο για οποιεσδήποτε αναπτυξιακές φιλοδοξίες που μπορεί να είχε πολύτιμη, η αγορά θα είχε ολοκληρωθεί σε λίγους μήνες.

Η πρώτη επιπλοκή εμφανίστηκε με τη διεύθυνση του ιδιοκτήτη. Βάζοντας το όνομα σε μερικές αναζητήσεις στο διαδίκτυο, βρήκα τα επαγγελματικά του ενδιαφέροντα. Αφού τα σημείωσα στο σημειωματάριό μου, προσέλαβα έναν δικηγόρο για να κάνει την αρχική επαφή και να καθιερώσει τα διαπιστευτήριά μου: εγώ, η Κλαιρ Μπένετ από το Κόλτσεστερ, μια ταπεινή ταμίας τραπέζης στο επάγγελμα, μέχρι που η τύχη μου άνοιξε τους αριθμούς ενός λαχείου και βρέθηκα εκπληκτικά ευκατάστατη.

Έχοντας όλα αυτά τα πλούτη που ήρθαν στην κατοχή μου, απέκτησα και τη θέληση να κάνω ένα άλμα, να αρπάξω μια ευκαιρία. Βασικά, είχα σοκαριστεί που βρήκα το κουράγιο να συνεχίσω σε κάτι τέτοιο.

Προς μεγάλη μου απογοήτευση, ο ιδιοκτήτης Σενιόρ Ματέο Σέγιας, απάντησε στο θέμα μου με μια ψυχρή και αυστηρή άρνηση. Το ερείπιο δεν ήταν προς πώληση. Εντάξει, το ήξερα αυτό. Η τοπική κυβέρνηση, σε μια κρίση ενοχής που άφησε τόσα πολλά παλιά κτίρια να ερειπωθούν, είχε θεωρήσει την κατοικία ιδιαίτερου ενδιαφέροντος και είχε ήδη κάνει μια προσφορά και απορρίφθηκε. Μια πλήρης περιγραφή των απογοητεύσεων διαφόρων αξιωματούχων και της τοπικής κοινωνίας έγινε αισθητή από τον αρθρογράφο της εφημερίδας που συμμερίστηκε την άποψή τους.

Υποψιάστηκα πως ο Σενιόρ Σέγιας έφερνε αντίρρηση στο να γίνει το κτήριο ένα ακόμα μουσείο του νησιού, η αποκατάσταση ενός παραδοσιακού ανεμόμυλου στην Τισκαμανίτα ήδη υπηρετούσε αυτόν τον σκοπό. Ή ίσως είχε στο μυαλό του να κατασκευάσει ενοικιαζόμενα δωμάτια στο κυρίως οικόπεδο. Ήταν το είδος του σχεδίου που θα είχε στο μυαλό του και ο πατέρας μου, ο Χερμπ Μπένετ της εταιρίας Μπένετ και Βάιν. Κατεδάφιση και κτίσιμο ξανά. Πώληση με ασφάλιστρα σε επενδυτές που θέλουν να νοικιάσουν σε παραθεριστές. Οι κτηματομεσίτες δεν μπορούσαν να χάσουν μια τέτοια ευκαιρία. Ήταν μια αδυσώπητη ράτσα, έτοιμη να παίξει ένα μακρύ παιχνίδι. Χωρίς αμφιβολία, ο Σέγιας θα περίμενε μέχρι να γκρεμιστούν οι τοίχοι και τότε η κυβέρνηση θα ενέδιδε και θα έδινε άδεια κατεδάφισης. Το ότι ο Σέγιας μπορεί να είχε έναν βαθύτερο, πιο περίπλοκο λόγο για να ήθελε να σβήσει τη δομή δεν μου πέρασε από το μυαλό.

Ο πατέρας μου προσπάθησε να με πείσει να αναβάλλω τα σχέδιά μου. Μου τηλεφωνούσε τα απογεύματα που γνώριζε πως παρακολουθούσα τον Κέβιν ΜακΚλάουντ, και επαναλάμβανε συνέχεια ότι υπήρχαν άλλοι, καλύτεροι τρόποι για να επενδύσω τα κέρδη μου. Κρατούσα το τηλέφωνο μακριά από το αφτί μου και τον άφηνα να μιλάει ώσπου να τελειώσει με τις συμβουλές.

Ήμουν αμετάπειστη. Είχα περάσει από εκείνο το ερείπιο αμέτρητες φορές καθώς οδηγούσα στους παράδρομους του νησιού και με είχε συνεπάρει. Μια φορά σταμάτησα κι έβγαλα μια φωτογραφία. Με τα χρόνια, είχα βγάλει ένα σωρό φωτογραφίες με τα ερείπια που βρισκόντουσαν στο νησί, αλλά αυτή την είχα βάλει σε κάδρο και την είχα κρεμάσει πάνω από το τζάκι στο σαλόνι μου. Κάθε μέρα την κοιτούσα επίμονα, και η εικόνα γινόταν για μένα ένα επίκεντρο ευσεβών πόθων, ένθερμο μερικές φορές, ένα ισχυρό σύμβολο της λαχτάρας για μια διαφορετική ζωή από αυτή που είχα κολλήσει. Μέχρι να κερδίσω το λαχείο, αυτή ήταν η φύση της επιθυμίας μου.

Μια πολλή μεγάλη κατάθεση στον τραπεζικό λογαριασμό μου με έβγαλε πια από αυτή τη ζωή που ζούσα. . Είχα ελευθερία και αυτή η ελευθερία μπήκε στη ζωή μου σαν κεραυνός, αποσταθεροποιώντας με εκ βαθέως. Ξαφνικά, δεν μπορούσα να φανταστώ να κάνω κάτι άλλο στη ζωή μου. Από όλες τις παλιές κατοικίες που ερήμωναν στο νησί —ένας συνδυασμός έλλειψης ενδιαφέροντος, αυστηρών κανονισμών αποκατάστασης, απάθειας και ευκολίας κατασκευής με τσιμεντόλιθους— είχα επιλέξει να σώσω αυτό, σαν ένα παιδί με τη μύτη του κολλημένη σε ένα ντουλάπι ζαχαροπλαστείου.

Ο πεισματάρης Σενιόρ Σέγιας δεν είχε γνωρίσει ποτέ κάποια σαν την Κλαιρ Μπένετ, μια γυναίκα προσηλωμένη σε ένα όνειρο, μια γυναίκα έτοιμη να προσφέρει πολύ περισσότερα από το ήδη υπερβολικά διογκωμένο ποσό που πρόσφερε η κυβέρνηση. Αρχικά πρόσφερα τις τετρακόσιες χιλιάδες Ευρώ που είχαν. Απορρίφθηκε. Τέσσερα πενήντα. Απορρίφθηκε. Αύξησα την προσφορά σε βήματα των πενήντα χιλιάδων, ο τόνος των επιστολών του δικηγόρου μου προς τον Σέγιας αυξανόταν από αγανάκτηση, τα γράμματά του προς εμένα με αγανάκτηση, μέχρι που επιτέλους συμφωνήσαμε για ένα ποσό. Εξακόσιες χιλιάδες Ευρώ και είχα το μεγάλο μου σχέδιο.

Μέχρι να ειδοποιηθώ ότι η προσφορά μου είχε γίνει αποδεκτή, είχα ήδη παραιτηθεί από τη θέση μου ως υπάλληλος στην τράπεζα. Παραιτήθηκα τη στιγμή που ήξερα ότι ήμουν πλούσια και δεν θα έπρεπε ποτέ να ξαναδουλέψω αν ήμουν λογική με τα χρήματά μου. Ένιωσα μεγάλη ανακούφιση την τελευταία φορά που έφυγα από το υποκατάστημά μου, αποχαιρετώντας τη μοναδική καριέρα που είχα γνωρίσει ποτέ.

Για είκοσι χρόνια είχα υπομείνει αυτό το κλειστό περιβάλλον, ασχολούμενη καθημερινά με καταθέσεις και αναλήψεις, υποθήκες και δάνεια και με αυτούς που δεν ήταν σε θέση να διαχειριστούν τα οικονομικά τους, με τον ένα ή τον άλλο τρόπο. Προτιμούσα τις μέρες πριν από το Διαδίκτυο που έπρεπε να γράφουμε στα βιβλιάρια. Ακόμη και το 2018, υπήρχε πάντα ένας για τον οποίο η διαδικτυακή τραπεζική ήταν ακατανόητη. Συχνά, ήταν ηλικιωμένοι, αλλά όχι πάντα. Ή υπήρχαν εκείνοι που χρησιμοποιούσαν τηλεφωνική τραπεζική, αλλά δεν μπορούσαν να θυμηθούν τον αριθμό αναφοράς πελάτη ή τον κωδικό τους ή τις απαντήσεις σε οποιαδήποτε από τις ερωτήσεις ασφαλείας που είχαν δημιουργήσει οι ίδιοι ή ακόμα και το υπόλοιπο σε κανέναν από τους λογαριασμούς τους. Έρχονταν στο υποκατάστημα για να επαναφέρουν τον λογαριασμό τους αφού είχε ανασταλεί. Θα φώναζαν για αυτή τη μικρή αδικία σαν η τράπεζα να είχε πιέσει τα χέρια τους κάτω από την οθόνη του ταμείου και να είχε κόψει τα δάχτυλά τους, μετά θα συνέχιζαν να κάνουν μερικές απλές συναλλαγές και θα φανταζόμουν μια ατσάλινη πλάκα που κατέβαινε με δύναμη αποκόβοντάς τους από το να αναπνέουν τα αηδιαστικά μικρόβια τους μέσω του Perspex.

Όταν αυτός ο τύπος πελατών εξέτασε το προσωπικό της τράπεζας, αναπόφευκτα επέλεξαν εμένα, την ευγενική Κλαιρ, για να ρίξω έναν ισχυρό συνδυασμό αγανάκτησης και απελπισίας, και τους κοίταζα ψύχραιμα και τους εξηγούσα ότι η διαδικτυακή τραπεζική ήταν πολύ εύκολη και χάρη σε αυτήν θα είχαν τον έλεγχο των δικών τους τραπεζικών συναλλαγών και δεν θα χρειαζόταν να βγαίνουν έξω με όλες τις καιρικές συνθήκες και να περιμένουν σε μια μεγάλη ουρά για να κάνουν αυτό που θα χρειαζόταν ενώ θα τους έπαιρνε μόνο δύο λεπτά, καθισμένοι άνετα στο ζεστό και στεγνό περιβάλλον του σπιτιού τους με μια ωραία κούπα κακάο. Πολλές φορές ένας δυσαρεστημένος πελάτης υποστήριξε ότι εκείνος με κρατούσε σε αυτή τη δουλειά και μονολογούσα από μέσα μου, μακάρι να μην το έκανες, γιατί δεν ήθελα τη δουλειά. Στην πραγματικότητα, τη μισούσα. Είχα κάνει αίτηση πριν από είκοσι χρόνια μόνο επειδή τότε ήταν στα τέλη της δεκαετίας του 1990 και ο Μπλερ ήταν στην εξουσία μετά από χρόνια οικονομικής ύφεσης και οι δουλειές ήταν δύσκολο να βρεθούν και τα οικονομικά φαινόταν να είναι ο νέος θεός και εγώ, όπως πολλοί άλλοι, πίστευα ότι τα πράγματα θα πήγαιναν καλύτερα. Είχα τελειώσει το σχολείο και οι τράπεζες ήταν το μέρος που έπρεπε να πάω. Όχι όμως στο Κόλτσεστερ.

Η δουλειά σε τράπεζα δεν ήταν ποτέ το όνειρό μου. Ο κόσμος των οικονομικών είχε να κάνει μόνο με αριθμούς, ενώ εγώ είχα πολύ καλούς βαθμούς στα φιλολογικά, που τα έβρισκα συναρπαστικά, στην Ιστορία που τη λάτρευα, και στις

Γενικές Σπουδές, το τελευταίο χάρη στον πατέρα μου που λάτρευε τα σταυρόλεξα και την επιμονή του να πηγαίνω μαζί του κάθε Τετάρτη στη βραδιά Παιχνιδιών Γνώσεων της τοπικής παμπ. Εκείνος έπινε μερικά ποτήρια με ποτό κι εγώ λεμονάδα με τσιπς και απέκτησα μια μεγάλη σειρά από φαινομενικά άσχετα γεγονότα. Το πόσο πολύ σχετικά είναι, αποδείχτηκε όταν παρακολούθησα τις Γενικές Σπουδές, ένα μάθημα έξυπνα σχεδιασμένο ώστε να κάνει να παίρνεις αρκετά καλούς βαθμούς ώστε να μπεις στο καλύτερο πανεπιστήμιο.

Όταν ήρθε η στιγμή για μένα να επιλέξω καριέρα, ο πατέρας μου απέφευγε όλες τις έννοιες του πανεπιστημίου, ειδικά των Ανθρωπιστικών και των Καλών τεχνών, λέγοντας πως αυτά θα με οδηγούσαν σε αδιέξοδο.

Δεν είχα μητέρα ώστε να πάρει το μέρος μου. Πέθανε το καλοκαίρι του 1985, όταν ήμουν εφτά ετών. Έκανα ό,τι θα έκανε μια υπάκουη κόρη που δεν είχε άλλη εναλλακτική, έπιασα μια ασφαλή δουλειά σε τράπεζα. Την τελευταία ημέρα, παρέδωσα τη στολή μου και πήγα σπίτι μου περνώντας από ένα μαγαζί με ινδικό φαγητό για να το γιορτάσω.

Το σπίτι μου, μια ταπεινή κατοικία που βρίσκεται στα μισά της διαδρομής μιας σειράς από μονότονα και βαρετά σπίτια στην οδό Λούκας, πουλήθηκε σε ένα δεκαπενθήμερο. Καθώς ο διακανονισμός της πώλησης και της αγοράς περνούσε, ένιωσα σαν να είχα τρίψει το λυχνάρι του Αλαντίν και να ήμουν έτοιμη να μεταφερθώ στον παράδεισο σε ένα μαγικό χαλί.

Το μόνο άλλο άτομο με κεκτημένο ενδιαφέρον στη ζωή μου είναι η θεία Κλαρίσα. Είναι η μητέρα μου, η μεγαλύτερη αδερφή της Ίνγκριντ, συνταξιούχος ψυχολόγος με προδιάθεση για όλα τα αποκρυφιστικά πράγματα. Έπαιξε ζωτικό ρόλο στην ανατροφή μου μετά τον θάνατο της Ίνγκριντ. Μια εύρωστη, χωρίς νόημα γυναίκα με στοργή για τα βαθιά χρώματα και τις αρωματικές μυρωδιές, η θεία Κλαρίσα με εξέθεσε με τα χρόνια στην Ouija, τα ταρώ, την χειρομαντεία, τα εννεαγράμματα και το βασικό της στήριγμα, την αστρολογία. Δεν ενδιαφερόμουν καθόλου για τίποτα από αυτά, γιατί ο αποκρυφισμός μού φαινόταν ότι χτίζεται σε ψεύτικους συνειρμούς και σε κάνει να πιστεύεις. Ωστόσο, δεν μπορούσα να αρνηθώ ότι μέσα από αυτό, η θεία μου ήταν απίστευτα ακριβής όταν επρόκειτο να δει κάτω από την επιφάνεια των ανθρώπων τα βαθύτερα, πιο σκοτεινά κίνητρά τους. Απέδωσα αυτό το ταλέντο στην εκπαίδευσή της ως ψυχολόγος, αλλά επέμεινε ότι οι αντιλήψεις της ήταν εξ ολοκλήρου αποτέλεσμα του αποκρυφισμού. Χωρίς να φέρω ανβτίρρηση, πήρα έναν παθητικό, αποδεχόμενο ρόλο στην παρέα της, για χάρη της σχέσης μας. Όταν την ενημέρωσα ότι είχα αγοράσει ένα ακίνητο στη Φουερτεβεντούρα και ότι επρόκειτο να μετακομίσω στο νησί, με επισκέφτηκε για πρωινό καφέ.

Έβγαζα έναν δίσκο με λευκή σοκολάτα και κεκάκια από τον φούρνο όταν χτύπησε το κουδούνι.

«Μυρίζει υπέροχα» είπε καθώς περνούσαμε από τις πακεταρισμένες κούτες για να πάμε στην κουζίνα, όπου κάθισε σε ένα σκαμπό.

Ήταν μια εύσωμη και βαρυκόκκαλη γυναίκα με πυκνά και σγουρά μαλλιά που πλαισίωναν ένα ζωηρό αλλά φιλόξενο πρόσωπο. Αυτά τα οξυδερκή μάτια της με ακολούθησαν στο δωμάτιο καθώς παρακολουθούσα τα κεκάκια. Στη συνέχεια, έψαξε την τσάντα της και έβγαλε ένα φύλλο χαρτιού που προστατεύεται από ένα πλαστικό κάλυμμα.

Χωρίς να χάνει πολύ χρόνο σε ευχάριστα πράγματα, είπε ότι είχε βάλει τα στοιχεία της γέννησής μου σε έναν διαδικτυακό ιστότοπο αστρολογίας που υπολόγιζε χάρτες μετεγκατάστασης. Η ιδέα είναι, είπε, ότι οι γωνίες ενός γενέθλιου χάρτη μπορούν να προσαρμοστούν στη νέα θέση. Πράγματι, ολόκληρος ο γενέθλιος χάρτης ενός ατόμου μπορεί να τοποθετηθεί πάνω στον κόσμο σε μια σειρά από ευθείες και κυματιστές γραμμές, παρέχοντας μια τεράστια πηγή διασκέδασης και ίντριγκας τόσο για τους αστρολόγους όσο και για τους παραθεριστές. Η Κλαρίσα μου το είχε εξηγήσει μια φορά στο παρελθόν. Ήταν μεγάλη θαυμάστρια. Ήμουν δύσπιστη.

Καθώς έβαζα τον καφέ και τακτοποιούσα τα κεκάκια στα πιάτα, η Κλαρίσα είπε, «Δεν ξέρω πώς να σου το πω αυτό, αλλά σκέφτηκα πως είναι καλύτερα να σε προειδοποιήσω. «Μάλιστα, μόλις είδα αυτό», δείχνοντάς μου τον χάρτη μετεγκατάστης, «ευχήθηκα να μου το είχες πει νωρίτερα, πριν αγοράσεις αυτό το μέρος. Έχει τελειώσει η αγοραπωλησίας»

«Ναι.»

«Δεν σκέφτεσαι να το πουλήσεις; Υποθέτω πως όχι. Ανόητη ερώτηση.»

Την κοίταξα περίεργα, δείχνοντας έτσι την ενόχλησή μου.

«Κοίτα, το θέμα είναι», είπε δείχνοντας τις γραμμές και τα ιερογλυφικά, «πως η μετακόμισή σου στο Φουερτεβεντούρα, βάζει τον Ποσειδώνα πάνω στο Ναδίρ σου.»

«Και;»

«Λοιπόν, ο Ποσειδώνας τετραγωνίζει επίσης τον Ωροσκόπο μετεγκατάστασής σου. Σαν να μην φτάνει αυτό, έχεις και Σελήνη και τον Κρόνο στον δωδέκατο οίκο, τον οίκο των θλίψεων».

«Εννοούσα τι σημαίνουν όλα αυτά;»

Σήκωσε το βλέμμα της στο ταβάνι. «Τυπικό, Σελήνη στον Λέοντα.»

«Συγνώμη που έχω Σελήνη στον Λέοντα. Πες μου, σε παρακαλώ.»

«Η τοποθέτηση του Ποσειδώνα θα σε αφήσει ανοιχτή στην εξαπάτηση, όσον αφορά στο σπίτι, τουλάχιστον. Είναι πραγματικά μια από τις πιο δύσκολες τοποθετήσεις όταν πρόκειται για την αγορά ενός σπιτιού. Εκτός κι αν ανοίγεις ένα πνευματικό καταφύγιο, υποθέτω».

«Στ' αλήθεια με βλέπεις να το κάνω αυτό;»

«Δύσκολο, αλλά όλα είναι δυνατά». Μια γυαλιστερή όψη εμφανίστηκε στο πρόσωπό της καθώς συνέχιζε. «Θα είσαι ανοιχτή σε ψυχικές εντυπώσεις. Με τη Σελήνη σου στο δωδέκατο, αυτή η τάση ενισχύεται. Και με τον Κρόνο εκεί επίσης, θα υπομείνεις πολλή απομόνωση, μοναξιά και θα εκτεθείς σε πολύ φόβο. Προσοχή στους κρυφούς εχθρούς».

Δεν απάντησα. Διατήρησα ένα μειλίχιο πρόσωπο καθώς συγκρατούσα μια έκρηξη κυνικού γέλιου. Βλέποντας ότι τα αυτιά μου ήταν κλειστά, δεν το επιδίωξε.

Καθώς τρώγαμε και πίναμε με ενημέρωσε για τις δικές της περιπέτειες και έκανε ένα μικρό κουτσομπολιό για τους φίλους της.

Όταν κόντευαν να τελειώσουν τα κεκάκια στα πιάτα μας, επέστρεψε στο θέμα με τον πίνακά μου. «Λυπάμαι που είμαι ο προάγγελος της καταστροφής. Μπορεί να μην αποδειχθεί τόσο κακό. Ειδικά αν είσαι προσεκτική. Αν το δεις από τη θετική πλευρά, θα μάθεις πολλά».

«Τώρα με καθησύχασες.»

«Μόνο να έχεις υπόψη σου πως οι άνθρωποι δεν είναι πάντα αυτό που φαίνονται.»

«Δε γεννήθηκα χτες,»

«Ααα, τώρα προσβλήθηκες.»

Έπαιζα με το φλυτζάνι μου. «Ξέρω πως θέλεις το καλό μου, όμως όλοι είναι εναντίον μου. Ακόμη και ο ιδιοκτήτης, ο Σέγιας.»

«Τι σου είπε;»

«Στην αρχή δεν το πουλούσε ώσπου αύξησα την τιμή.» Παρέλειψα να πω το ποσό. «Μετά μου έστειλε ένα προσωπικό γράμμα, συμβουλεύοντάς με να κάνω αυτό που είχε σχεδιάσει εκείνος και να το κατεδαφίσω.»

«Γιατί άραγε», αναρωτήθηκε αργά.

«Για να χτίσω ενοικιαζόμενα για το καλοκαίρι, υποθέτω.»

Σηκώθηκα και έβαλα το άδειο πιάτο μου στο νεροχύτη και με γυρισμένη την πλάτη τελείωσα τον καφέ μου. Ένιωσα πως αμύνομαι, στρυμωγμένη, το μεγαλειώδες σχέδιό μου είχε απορριφθεί. Ήμουν απομονωμένη. Όταν χρειαζόμουν πραγματικά υποστήριξη, δεν μου την έδινε κανείς. Βλέποντας την έκφρασή μου όταν γύρισα, η Κλαρίσσα σηκώθηκε από το κάθισμά της και με αγκάλιασε.

«Δεν αρχίσουν, ούτε τελειώνουν όλα με την αστρολογία. Δεν μπορούμε να πούμε τι εξέλιξη θα έχει το όλο θέμα. Πάντα υπάρχουν κι άλλοι παράγοντες. Να έχεις θετικό πνεύμα. Ακολουθείς το όνειρό σου. Δεν έχουν πολλοί την ευκαιρία για κάτι τέτοιο.»

Βρίσκοντας στήριξη στα λόγια της, της περιέγραψα τα σχέδια της ανακαίνισής μου. Μιλούσα με ενέργεια και ενθουσιασμό, και εκείνη μου είπε πως μπορούσε να δει πως ενεργούσα με μια ευγενή παρότρυνση.

«Θα σε επισκεφτώ μόλις τελειώσει.»

«Όχι πριν;»

«Δεν μπορώ να αντέξω τα εργοτάξια. Πάρα πολύ ανησυχητικό».

Αφού έφυγε, εγώ συνέχισα το πακετάρισμα και στο μυαλό μου είχα τα λόγια της. Ακόμα κι αν με είχε προειδοποιήσει έγκαιρα, δεν θα ανέβαλλα ποτέ μια σημαντική ευκαιρία ζωής βασιζόμενη στην αστρολογία. Εξάλλου, εκτιμούσα πολύ το νησί και η επιθυμία μου να σώσω ένα από τα μεγαλειώδη σπίτια του από την πλήρη καταστροφή ήταν μεγάλη. Και δεν θα ετοιμαζόμουν να μετακομίσω εκεί αν δεν είχα κερδίσει το λαχείο. Δεν τόλμησα να ρωτήσω την Κλαρίσσα για την απρόσμενη αυτή αλλαγή της τύχης. Δεν ήθελα να μάθω τι είχαν να πουν τα άστρα. Ο τραπεζικός μου λογαριασμός έλεγε αρκετά.

Η ΆΦΙΞΗ

Ένα πρωινό του Μαρτίου, βρισκόμουν στην αίθουσα αναμονής του αεροδρομίου του Κάτγουικ, χαρούμενη που έφευγα από τον ζοφερό καιρό της Βρετανίας. Ντυμένη σα να πήγαινα σε κάποιο ραντεβού, με ένα απλό παντελόνι και μια φαρδιά μπλούζα, ήμουν στρυμωγμένη ανάμεσα σε έναν άντρα με σορτς και ένα φαρδύ, λευκό μπλουζάκι, και σε μια μαυρισμένη τεχνικά γυναίκα με σγουρά μαλλιά που μύριζε έντονα λάδι καρύδας. Φορούσε μια πολύ στενή, κοντή φούστα κι ένα ίδιου χρώματος τοπ με μεγάλο ντεκολτέ. Και οι δυο αυτοί χαρακτήρες που θύμιζαν έντονα τον καλοκαιρινό προορισμό που επρόκειτο να πάρω. Φαίνονταν να γνωρίζονται μεταξύ τους, αφού συζητούσαν με μένα στη μέση. Έσκυψα λίγο προς τα πίσω στο κάθισμά μου για να τους αφήσω να μιλήσουν με την ησυχία τους, καθώς ο ένας ενημερώνοντας τον άλλον για την τοποθεσία του νησιού που προτιμούν, ο άντρας κατευθύνεται προς το Γκραν Ταράτζαλ, η γυναίκα στο Μόρο Τζέιμπλ – και οι δύο παραθαλάσσιες πόλεις στο νότο. Ήταν τα είδη των παραθεριστών που δεν με πείραζε ποτέ να είμαι ανάμεσά τους στις προηγούμενες πτήσεις. Αυτή τη φορά ένιωσα ξεχωριστή. Με την περιουσία που απέκτησα πρόσφατα, δεν είχα ανάγκη να ταξιδεύω οικονομικά, αλλά οι μόνες πολυτελείς πτήσεις προς τη Φουερτεβεντούρα αφορούσαν την αλλαγή αεροπλάνου στη Μαδρίτη. Ωστόσο, λαμβάνοντας υπόψη τις συνθήκες που οι οικονομικές αεροπορικές εταιρείες ανάγκασαν τους επιβάτες να υπομείνουν, αυτή η ταλαιπωρία μπορεί να αξίζει τον κόπο.

Το σαλόνι αναχώρησης, ένα περίβλημα με μια απατηλά μεγάλη αίσθηση κατά την πρώτη είσοδο, είχε γίνει κλειστοφοβικό καθώς οι επιβάτες γέμιζαν όλα τα διαθέσιμα καθίσματα και συνωστίζονταν γύρω από την περίμετρο του χώρου. Η πόρτα στο διάδρομο ήταν κλειστή και υπήρχε έντονη απουσία προσωπικού. Ο κόσμος ήταν ανήσυχος. Η γυναίκα δίπλα μου στα δεξιά μου ήταν ταραχώδης και οι μασχάλες του άντρα στα αριστερά μου, αν το οσφρητικό μου σύστημα με εξυπηρετούσε καλά, είχαν αρχίσει να μυρίζουν.

Ολοι αναστέναξαν στην αίθουσα όταν εμφανίστηκε μια γυναίκα με προσεγμένο κοστούμι και πίσω της ένας καθαρός άντρας. Πήραν ο καθένας τους τη θέση τους πίσω από μια οθόνη υπολογιστή και κοίταξαν ανέκφραστα το πλήθος. Ο κόσμος σηκώθηκε και σχηματίστηκε ουρά. Η γυναίκα έλαβε ένα τηλεφώνημα, έκανε οπτική επαφή με το άτομο που βρισκόταν μπροστά στην ουρά και άρχισε η επιβίβαση. Κάθισα πίσω. Ήμουν σίγουρη για τη θέση μου στο αεροπλάνο και αποφάσισα πως όσο λιγότερο χρόνο αφιέρωνα στρυμωγμένη σε μια στενή, βαλτική υπόθεση φλερτ χωρίς χώρο για τα πόδια, τόσο το καλύτερο.

Η ροή σταμάτησε όταν μια γυναίκα με τραγελαφικά ψηλά τακούνια προσπάθησε να περάσει μια τσάντα ώμου στο μέγεθος μιας μεγάλης βαλίτσας. Ξέσπασε καυγάς, η γυναίκα επέμενε να την πάρει στο σκάφος, ο νεαρός άνδρας επέμενε να πάει στο αμπάρι. Στη συνέχεια, άλλοι ξεσηκώθηκαν, εκνευρίστηκαν, και το όλο φιάσκο είχε ως αποτέλεσμα σαν έναν καυγά σε παμπ. Λυπήθηκα για το προσωπικό.

Οποιαδήποτε δουλειά σήμαινε να ασχολείσαι με το κοινό είχε την αρνητική της πλευρά.

Όταν η περιοχή αναχώρησης – δύσκολα την έλεγε κανείς σαλόνι – άδειασε εντελώς, σηκώθηκα και πήρα τη θέση μου στο τέλος της ουράς.

Ταξίδευα με ένα ελαφρύ πάνινο τσαντάκι που περιείχε την τσάντα μου, τα κλειδιά, το iPod και τα ασύρματα ακουστικά μου μαζί με διάφορα επίσημα έγγραφα που μου επέτρεπαν να μένω στη Φουερτεβεντούρα, κουμπωμένα με ασφάλεια σε ένα χοντρό πλαστικό πορτοφόλι: το μέλλον μου.

Ήταν δύσκολο να γνωρίζω αν ο διάδρομος ή το κάθισμα του παραθύρου ήταν η προτιμώμενη επιλογή. Σίγουρα δεν ήταν το μεσαίο κάθισμα, καθώς η αεροπορική εταιρεία ήταν αποφασισμένη να στριμώξει όσο περισσότερους επιβάτες στο αεροσκάφος ήταν ανθρωπίνως δυνατό, βασίζοντας τον υπολογισμό στις γενικές αναλογίες ενός λεπτού παιδιού δέκα ετών. Πήγαινα για το διάδρομο, παρόλο που έπρεπε να γέρνω στην άκρη όποτε περνούσε κανείς.

Το πώς ο αερομεταφορέας θα μπορούσε να δικαιολογήσει το να πακετάρει τους παραθεριστές στο αεροσκάφος τους με τέτοιο τρόπο ήταν ένα θέμα για μεγάλη εικασία, αλλά οι περισσότεροι ήταν ευχαριστημένοι με τους φθηνούς ναύλους και ήταν έτοιμοι να το ανεχτούν.

Έβαλα τη ζώνη και έβγαλα τα ακουστικά μου. Σε μια πτήση τεσσάρων ωρών και τριάντα λεπτών, θα μπορούσα να ακούσω τα αγαπημένα μου τραγούδια των Κοκτώ Τουίνς.

ΔΕΝ ΆΚΟΥΓΑ ΠΆΝΤΑ ΤΑ ΤΡΑΓΟΎΔΙΑ ΤΩΝ ΚΟΚΤΩ ΤΟΥΙΝΣ. Δεν τους είχα ποτέ ακούσει από τον θάνατο της μητέρας μου. Η θεία Κλαρίσα μου είχε πει ότι η Ίνγκριντ άκουσε αυτή την μπάντα στο γουόκμαν της. Άφησε να της ξεφύγει σε μια θλιβερή στιγμή ότι ένα ρεφρέν του σινγκλ τους, "Pearly Dewdrops' Drops", ήταν το τελευταίο πράγμα που άκουσε η μητέρα μου πριν γλιστρήσει από το θανάσιμο πηνίο της. Το γουόκμαν της είχε σταματήσει καθώς η Ελίζαμπεθ Φρέιζερ βρισκόταν στα μισά του πρώτου στίχου.

Η μητέρα μου, Ίγκριντ Γουίλκινσον έμοιαζε πολύ με την Θεία Κλαρίσα. Αν και ήταν κάτι πολύ περισσότερο από λάτρης όταν επρόκειτο για τη μυστικιστική πλευρά της ζωής. Οι αδερφές προέρχονταν από μια μακρά σειρά μέντιουμ και αποκρυφιστών. Ένας από τους προπάππους τους ήταν μέλος του Ερμητικού Τάγματος της Χρυσής Αυγής. Μια από τις γιαγιάδες τους Θεοσοφίστρια. Οι Γουίλκινσον είχαν καλό κοινωνικό απόθεμα, ανάμεσά τους υπήρχαν τραπεζίτες και πλούσιοι επιχειρηματίες. Πώς μια γυναίκα από το παρελθόν της Ίγκριντ παντρεύτηκε έναν πωλητή μεταχειρισμένων αυτοκινήτων από το Κλάμπτον; Η απάντηση βρισκόταν στην εξαιρετική εμφάνιση και τον φυσικό μαγνητισμό του πατέρα μου σε συνδυασμό με έναν πίνακα συμβατότητας που υποδεικνύει ότι ήταν αδελφές ψυχές. Εξάλλου, γνωρίστηκαν στα χρόνια της εξουσίας των λουλουδιών όταν ο ιδεαλισμός σχημάτιζε μια απατηλή ομίχλη στο μυαλό των ευπαθών και η μητέρα μου τον πίστεψε όταν της είπε ότι ήταν ηθοποιός. Που, κατά έναν τρόπο, ήταν.

Η Κλαρίσα δεν πήγαινε ποτέ στον μπαμπά μου. Σε μια ειλικρινή στιγμή, εξέφρασε την άποψή της ότι άντρες όπως ο Χερμπ Μπένετ ανήκαν πίσω από τα κάγκελα για όλες τις κακίες που έκαναν. Ποτέ δεν μάσησε τα λόγια της και πάντα είχε την πεποίθηση ότι με είχε οδηγήσει σε μια μέτρια καριέρα στον τραπεζικό κλάδο, όταν ήμουν ικανή για πολλά, πολύ περισσότερα.

Η Ίγκριντ ήταν η ονειροπόλα της οικογένειας. Γεννημένη το 1950, τα μουσικά της γούστα μεταφέρθηκαν από το Λευκό Άλμπουμ Μπητλς και την Γκρέις Σλικ στα φωνητικά ακροβατικά της Ελίζαμπεθ Φρέιζερ των Κοκτώ Τουίνς μέσω των Tangerine Dream, ευνοώντας την ηλεκτρονική πλευρά της post-punk εποχής της δεκαετίας του 1980. Μετά το θάνατό της, ο μπαμπάς μου έσπευσε να ξεκαθαρίσει τα πράγματά της, αλλά η θεία Κλαρίσα παρενέβη για να σώσει τη συλλογή δίσκων της μαμάς, τις φωτογραφίες και ένα παλιό βιβλίο με μουσικά αναμνηστικά.

Αφού ανακάλυψα τη στενή σχέση μεταξύ του συγκροτήματος και του θανάτου της μητέρας μου, δεν θα άκουγα τους Cocteau Twins, ακόμα κι όταν οι φίλοι μου που αγαπούσαν την ποπ των ονείρων στο σχολείο τρελάθηκαν για την τελευταία κυκλοφορία του συγκροτήματος. Μέχρι τότε είχα ακούσει το κομμάτι που απολάμβανε η μητέρα μου εκείνη τη μοιραία στιγμή και απέρριψα όλη την παραγωγή της μπάντας στην αρχή, λες και η μουσική τους στο σύνολό της είχε προκαλέσει τον χαμό της. Πέρασα τα είκοσι και πολλά από τα τριάντα μου χωρίς να ακούω τους ήχους που προέρχονταν από το συγκρότημα. Χρειάστηκαν τα τριακοστά χρόνια από το θάνατο της μητέρας μου για να προκαλέσει το ενδιαφέρον, χάρη σε έναν βοηθό δισκοπωλείου που είχε επιλέξει τη συμμετοχή μου για να βάλει στο προσβλητικό κομμάτι, το «Pearly Dewdrops» Drops».

Σταμάτησα, και για πρώτη φορά στη ζωή μου άκουσα πραγματικά, αφήνοντας τον εαυτό μου ανοιχτό στον ήχο και μέσα σε δευτερόλεπτα με είχαν συνεπάρει. Ήταν κάτι σαν ξύπνημα. Χρησιμοποίησα το δώρο των γενεθλίων μου που μού είχε δώσει η θεία μου και συμπλήρωσα το ποσό που έλειπε για να αγοράσω όλα τα τραγούδια των Κοκτώ. Τριάντα χρόνια πέρασαν για να θεραπευτώ από το επίμονο πείσμα μου και τότε ένιωσα πιο κοντά από ποτέ με τη μητέρα μου, σα να ήταν μαζί μου, κουνώντας το κεφάλι της δίπλα μου, ενθουσιασμένη.

Από κείνη τη στιγμή η μόνη μπάντα που εκτιμούσαμε εγώ κι η μητέρα μου ήταν οι Κοκτώ Τουίνς, και η μουσική τους ήταν η μόνη που με έκανε να νιώθω συνδεδεμένη με τη μητέρα μου.

Το αεροπλάνο απογειώθηκε, κι εγώ καθόμουν,

ικανοποιημένη με αυτό που άκουγα, και γεμάτη ανυπομονησία. Δεν είχα ιδέα τι είδους ζωή με περίμενε.

Η Λιζ Φρέιζερ μου έκανε συντροφιά σε όλο το ταξίδι για την Φουερτεβεντούρα, οι γλυκοί τόνοι της φωνής της στο «Aikea Guinea» ανεβαίνουν στα ύψη καθώς το αεροπλάνο κατέβαινε. Προσγειωνόμασταν στον αεροδιάδρομο καθώς τελείωσε το τραγούδι και έκλεισα το iPod και έβγαλα τα ακουστικά μου.

Κάθισα όρθια με την τσάντα μου στην αγκαλιά μου, πρόθυμη να αποβιβαστώ μπροστά στο πλήθος. Τη στιγμή που το αεροπλάνο σταμάτησε και άλλοι σηκώθηκαν, μετακινήθηκα γρήγορα προς πλησιέστερη έξοδο, παλεύοντας ανάμεσα σε άνδρες που τραβούσαν τις αποσκευές της καμπίνας από τα εναέρια διαμερίσματα και γυναίκες που έδειχναν τα οπίσθιά τους στο διάδρομο καθώς φρόντιζαν τα κομμάτια τους στα καθίσματα τους.

Ο αεροδιάδρομος απλώνεται παράλληλα στη θάλασσα και το ίδιο και το κτήριο του αεροδρομίου. Σχεδιασμένο σαν κρεμάστρα, το κτήριο έχει μια κομψή οροφή, γυάλινους τοίχους και πολλούς φεγγίτες. Είναι ένα ανοιχτό , φωτεινό και ευάερο μέρος που δίνει την εντύπωση στον επισκέπτη που έρχεται για πρώτη φορά, ότι το κλίμα είναι ατελείωτα ηλιόλουστο.

Πίσω ανάμεσα στο πλήθος, μάζεψα τις αποσκευές μου — δύο βαλίτσες μέτριων αναλογιών— και έκανα check in στο θάλαμο ενοικίασης αυτοκινήτων.

Η ελευθερία με καλοδέχτηκε καθώς πέρασα από το πάρκο των αυτοκινήτων. Εντόπισα το αμάξι μου κάτω από ένα σιδερένιο σκέπαστρο, κι εκείνο το λαμπερό, ηλιόλουστο πρωινό του Μαρτίου, έφυγα, κατευθυνόμενη προς τον αυτοκινητόδρομο της πρωτεύουσας, το Πουέρτο ντελ Ροσάριο, όπου είχα κλείσει ένα διαμέρισμα για έναν μήνα.

Όλα φαινόντουσαν όπως πάντα, αλλά ένιωσα κάπως

διαφορετικά, καθώς πίσω μου το αεροδρόμιο μού φάνηκε σαν μια καρέκλα που θα πήγαινε στην αποθήκη.

Η οδήγηση ήταν αρκετά ευχάριστη, είχα μπροστά μου τον ωκεανό, και μετά την πρωτεύουσα, που απλωνόταν μέσα στην ξηρή και τραχιά κοιλάδα σα να ένα λευκό κομμάτι ξηράς. Στα αριστερά μου, στην ψηλή πλευρά του αυτοκινητόδρομου, πέρασα μια σειρά από κατοικίες χωρίς φαντασία - δημιουργοί, κάτοικοι και παραθεριστές εξίσου ερωτευμένοι με τη θέα στον ωκεανό και την παραλία, σε μικρή απόσταση. Αν και το οδοιπορικό με στρινγκ και πετσέτα ήταν τραγελαφικά δύσκολη με την αποφρακτική παρουσία του αυτοκινητόδρομου. Μου φάνηκε ότι η ανάπτυξη στο νησί είχε απόλυτη ανάγκη από αυστηρούς κανονισμούς και πολεοδομικό σχεδιασμό. Διαφορετικά, κάθε τετραγωνική ίντσα γης θα παραδινόταν στην απληστία και το αποτέλεσμα θα έπληττε τις αισθήσεις.

Ήξερα το Πουέρτο ντελ Ροσάριο αρκετά, ώστε να γνωρίζω ποιες είναι οι καλύτερες περιοχές του. Επέλεξα να νοικιάσω διαμέρισμα στην πρωτεύουσα, αφού τα μαγαζιά, οι τράπεζες, οι βιομηχανικές περιοχές, οι μάντρες αυτοκινήτων, ήταν όλες κοντά.

Το διαμέρισμά μου ήταν σε έναν παράδρομο, την οδό Αβενίδα Χουάν ντε Μπέθενκορτ, που είχε πάρει το όνομά της από έναν Νορμανδό ιππότη που ήταν ο πρώτος που είχε κατακτήσει τα νησιά. Λίγα τετράγωνα μακριά ήταν ένα σούπερ μάρκετ και το λιμάνι ήταν μόλις δεκαπέντε λεπτά με τα πόδια. Η Κάλλε Μπαρτσελόνα ήταν ένας από τους πιο καθιερωμένους δρόμους, αλλά η ανάπτυξη στην πόλη ήταν σποραδική, και ακόμη και εδώ τα άδεια τετράγωνα περίμεναν να γεμίσουν.

Οι δρόμοι είναι στενοί, η κυκλοφορία γίνεται σε μονόδρομο, τα πεζοδρόμια είναι μικρά για να φυτευτούν δέντρα. Τα κτήρια είναι κυρίως διώροφα. Ο συνδυασμός περιλαμβάνει και τους πολίτες, οι δρόμοι μοιάζουν κάπως σαν τους δρόμους του Κόλτσεστερ. Συνολικά, υπάρχουν πολύ λίγα δέντρα, έλλειψη πράσινου, αν και το συμβούλιο έκανε τον κόπο να στριμώξει λίγο φύλλωμα εδώ κι εκεί, καταδεικνύοντας μια συνειδητοποίηση της ανάγκης για σκιά σε ένα τόσο ζεστό και ξηρό κλίμα.

Παρακολουθώντας τους δρόμους της πόλης, σημείωσα νοερά να ξεκινήσω τη δουλειά δημιουργώντας έναν κατάλληλο κήπο στην ιδιοκτησία μου, έναν κήπο γεμάτο με ντόπια φυτά και φοίνικες, οτιδήποτε ήταν ανθεκτικό στην ξηρασία και τον άνεμο.

Με παρόρμηση, μπήκα σε ένα σούπερ μάρκετ που πέρασα, και έφτασα στο διαμέρισμά μου στη μέση του απογεύματος, παρκάροντας το αμάξι μου στον καθορισμένο χώρο αυτοκινήτου μπροστά. Η γυναίκα της διπλανής πόρτας με περίμενε.

Η Ντολόρες πρέπει να με είδε, γιατί βγήκε έξω και με χαιρέτησε στο δρόμο, προσφέροντας τα κλειδιά μου. Τα ισπανικά της ήταν γρήγορα και η προφορά της πυκνή, αλλά με τα χρόνια που επισκέφτηκα το νησί είχα αρχίσει να προσδοκώ τη βιαστική ροή, τον ρινικό τόνο, την έλλειψη πλήρως εκφωνημένων συμφώνων. Μια σύντομη ανταλλαγή και η Ντολόρες με άφησε να μεταφέρω μέσα τις βαλίτσες και τα ψώνια μου.

Το διαμέρισμα ήταν στο ισόγειο και περιλάμβανε ένα ενιαίο σαλόνι με μια μικρή κουζίνα κρυμμένη σε μια γωνία, ένα υπνοδωμάτιο με διπλό κρεβάτι και μπάνιο. Τα έπιπλα ήταν βασικά και καθαρά. Μόλις τακτοποίησα τα πράγματα στο ψυγείο, κάθισα πίσω στον καναπέ και έβαλα τα πόδια μου στο τραπεζάκι του καφέ. Ήμουν έτοιμη να κατακτήσω το αρχοντικό παλιό μου ερείπιο. Η αίσθηση του θριάμβου με έκανε να φουσκώσω από περηφάνεια.

Δεν είχα ιδέα τι με περίμενε, πέρα από αυτά που είχα μάθει από τον Κέβιν Μακ Κλάουντ. Δεν είχα ιδέα τι θα έκανα με τη ζωή μου στο νησί, τώρα ήμουν μια κυρία με ελεύθερο χρόνο, αλλά ένιωθα σίγουρη ότι κάποια δραστηριότητα θα παρουσιαζόταν. Το μόνο που είχε σημασία για μένα ήταν ότι είχα φτάσει και ήμουν γεμάτη προσμονή.

Κοιτάζοντας τους γυμνούς λευκούς τοίχους του διαμερίσματος μού προκάλεσε σύντομα ένα αίσθημα ατονίας και ανυπομονούσα να οδηγήσω μέχρι την Τισκαμανίτα. Κατέβασα ένα ποτήρι χυμό πορτοκαλιού και έφτιαξα ένα σάντουιτς με το τοπικό τυρί και ζαμπόν και βγήκα από την πόρτα.

ΤΙΣΚΑΜΑΝΊΤΑ

Υπάρχουν πέντε διαδρομές προς την Τισκαμανίτα και τις έχω παρει όλες. Η πιο γρήγορη περιλαμβάνει την κατεύθυνση προς τα δυτικά από το Πουέρτο Ντελ Ροσάριο και την παράκαμψη από ένα μονοπάτι μέσω του Κασίλιας ντελ Αντζελ πριν στρίψουμε προς τα νότια και μέσω της Αντίγκουα. Ο δρόμος κόβει ένα ίσιο μονοπάτι κατά μήκος της επίπεδης και απογυμνωμένης παραθαλάσσιας πεδιάδας, δημιουργώντας μια διαστάρωση στα βουνά που υψώνονται σε κοντινή απόσταση. Μακριά από τον αρτηριακό δρόμο που συνδέει το βόρειο ψαροχώρι που μετατράπηκε στο θέρετρο Κοραλέχο, μέχρι το Πουέρτο ντελ Ροσάριο και μετά νότια στο Μόρε Χάμπλε, η Φουερτεβεντούρα παίρνει την πραγματική της φύση, μια τεράστια άδεια έκταση άδενδρης γης, καλλιεργημένη κατά τόπους, διακοσμημένη με χαμηλές οροσειρές που ορίζουν το τοπίο και του δίνουν την ομορφιά του. Χάρηκα που άφησα την πόλη πίσω μου, με τράβηξαν αυτές οι άγονες σειρές, τα διαμορφωμένα σχήματα και οι λεπτές αποχρώσεις τους.

Οι περισσότεροι παραθεριστές έρχονται για τις παραλίες. Η Φουερτεβεντούρα είναι ένα νησί με παραλίες. Για να εκτιμήσει το εσωτερικό, ο θεατής χρειάζεται την παλέτα του καλλιτέχνη, ένα μάτι ικανό να ανιχνεύσει τους απαλούς τόνους της ώχρας και του χρυσού και της σιέννας και του χλωμού ομπρέ, τις νότες του ροζ, του χαλκού και του μπρούτζου. Αν ο θεατής σκέφτεται ότι όλα αυτά είναι καφέ, δεν έχουν θέση να είναι στο νησί. Εκτός κι αν το μάτι πιάσει τις αποχρώσεις, η καρδιά την ευθραυστότητα του περιβάλλοντος της ερήμου, τότε ο παρατηρητής θα δει μόνο άψυχες πεδιάδες πλαισιωμένες από άψυχα βουνά, το είδος της γης που πολλοί θα επινοούσαν σε μέρη της Βόρειας Αφρικής και της Μέσης Ανατολής και θα θεωρούσαν κατάλληλο για τίποτα . Τα διαρκώς μεταβαλλόμενα διακριτικά χρώματα ήταν ένα από τα χαρακτηριστικά του νησιού που με γοήτευσε για πρώτη φορά. Η παραδοσιακή αρχιτεκτονική σε δεύτερη μοίρα. Μετά από τρεις διακοπές, οι φίλοι μου άρχισαν να με ρωτούν γιατί επέλεξα να μην πάω κάπου αλλού, εξάλλου υπήρχε ένας ολόκληρος κόσμος να δω, και υπερασπίστηκα την απόφασή μου λέγοντας ότι είχα εγγυημένη ζέστη και ηλιοφάνεια και, για να ικανοποιήσω τις προκαταλήψεις τους, υπέροχες παραλίες.

Η Τισκαμανίτα είναι ένα μικρό αγροτικό χωριό που βρίσκεται στα νότια του νησιού, πάνω σε μια επικλινή πεδιάδα που περιβάλλεται από μια σειρά από ενδιαφέροντα διαμορφωμένες κορυφές. Η θέα είναι υπέροχη. Το ίδιο το χωριό δεν έχει πολλά να πει. Κάποια προσπάθεια έχει γίνει με την κεντρική πλατεία και μερικά καταστήματα αγωνίζονται, η ενδοχώρα αποτελείται από αγροικίες διάσπαρτες εδώ κι εκεί, διάσπαρτες με κομμάτια γης και μισοχτισμένα σπίτια που βρίσκονται δίπλα σε γκρεμισμένες ξερολιθιές ή τα ερείπια των τοίχων κάποιας αρχαίας κατοικίας, απόδειξη ότι οι άνθρωποι εξακολουθούν να προσπαθούν να κάνουν πράγματα, ενώ πολλοί έχουν αποτύχει. Ήταν πάντα ένα σκληρό μέρος. Το περίεργο χωράφι καλλιεργείται εκεί που κάποτε ήταν όλα. Ως επί το πλείστων, η Τισκαμανίτα έχει εγκαταλείψει τον παραδοσιακό τρόπο ζωής και ποιος θα μπορούσε να κατηγορήσει τον αγρότη ότι θέλει τα πράγματα πιο εύκολα; Πώς καλλιεργεί κάποιος γη που δέχεται οκτώ ίντσες βροχής το χρόνο στην καλύτερη περίπτωση; Είναι βάναυσο.

Ωστόσο, η Τισκαμανίτα ήταν κάποτε πλούσια σύμφωνα με τα νησιωτικά πρότυπα, εξαιτίας του χυμού από την κοιλιά ενός σκαθαριού. Το μικρό αυτό έντομο έπινε χυμό από το φραγκόσυκο και το εσωτερικό του είχε μια πλούσια κόκκινη απόχρωση, και όταν συνθλίβονταν, ο χυμός του σκαθαριού έμπαινε στη σάρκα και το ύφασμα κάνοντας φωτεινούς κόκκινους λεκέδες που αναμφίβολα αποδείχτηκαν δύσκολο να αφαιρεθούν. Αυτές οι ανακαλύψεις οδήγησαν στη βιομηχανία κοχίνιου στα τέλη του δέκατου όγδοου αιώνα και οι φτωχοί αγρότες αντιμετώπισαν το άβολο έργο να καλλιεργήσουν χωράφια με κάκτους, τα οποία στη συνέχεια έπρεπε να παλέψουν για να ξεκολλήσουν τα σκαθάρια. Το μόνο θετικό από την πλευρά των πραγμάτων ήταν ότι οι θεριστικές μηχανές παρέμειναν όρθιες. Από την άλλη, ήμουν έτοιμη να ανακαλύψω ότι η ζωή κάθε αγρότη μπορεί τον λυγίσει. Υπήρχαν πολλά λεφτά στο κοχίνιο και οι αστοί ιδιοκτήτες γης το γνώριζαν. Τυχεροί διάβολοι. Δεν ήταν αυτοί που τους πρήζονταν τα χέρια. Κοιτάζοντας τριγύρω καθώς οδηγούσα μέσα στην πόλη, τα στοιχεία του φραγκόσυκου ήταν παντού, αλλά δεν φαινόταν ότι κάποιος τα καλλιεργούσε, ακόμη και για μαρμελάδα.

Η καρδιά μου φούσκωσε στο στήθος μου καθώς βρέθηκα έξω από την ιδιοκτησία μου. Μετά βίας μπορούσα να πιστέψω ότι κατείχα ολόκληρο το μισό στρέμμα. Το ερείπιο είχε χτιστεί στο βόρειο άκρο του οικοπέδου, αφήνοντας ένα μεγάλο κομμάτι γης που εκτείνεται από το δρόμο μέχρι τον ξερολιθικό τοίχο στο πίσω μέρος. Πέρα από αυτό, κυριαρχώντας στο τοπίο στα βορειοανατολικά και υψώνοντας πίσω από μερικούς χαμηλούς λόφους, ένα ηφαίστειο καθόταν με τα ανοιχτά μαύρα και τα σκουπίδια του. Προς τα νοτιοανατολικά ήταν τα άλλα ηφαίστεια στην αλυσίδα και προς το νότο, μια σειρά από οδοντωτές κορυφές στο βάθος. Ο ορεινός όγκος Μπετανκουρία υψωνόταν ανατολικά, με βουνά διάσπαρτα μπροστά του. Μετά από τέσσερις δεκαετίες συνεργασίας στο Κόλτσεστερ, το αποτέλεσμα ήταν να ενθουσιαστώ. Η μεγάλη έκταση της άνυδρης γης ανέβασε τη διάθεση μου και απέρριψα ως δια μαγείας τις ανησυχητικές προβλέψεις της θείας Κλαρίσα. Παρηγορήθηκα, επίσης, γνωρίζοντας ότι είχα έναν γείτονα εκατέρωθεν και έναν απέναντι, αν και δεν υπήρχε κανένα σημάδι ότι ήταν κανείς στο σπίτι σε κανένα από αυτά τα σπίτια.

Προχώρησα προς τα ερείπια. Η δομή ήταν στο πίσω μέρος του δρόμου και χτισμένη με ομοιομορφία. Η κύρια πρόσοψη περιλάμβανε οκτώ επικαλυμμένες κοιλότητες όπου κάποτε υπήρχαν παράθυρα. Οι κοιλότητες ήταν ομοιόμορφα τοποθετημένες, τέσσερις πάνω και τέσσερις κάτω. Στο χαμηλότερο επίπεδο, μια από τις κεντρικές κοιλότητες ήταν ευρύτερη από τις άλλες και θα περιείχε την εξώπορτα. Κατά τόπους κατέρρεε η όλη δομή. Ορισμένες περιοχές ήταν εκτεθειμένες πέτρες. Οι πλαϊνοί τοίχοι δεν είχαν ενδιαφέρον, καθώς περιείχαν δύο πλινθώδεις κοιλότητες παραθύρων στο επάνω επίπεδο. Στο πίσω μέρος υπήρχαν τρία μικρά βοηθητικά κτίρια, το ένα σε καλή κατάσταση αν και χωρίς την οροφή του.

Δικαιωματικά χρειαζόμουν άδεια με τη μορφή κλειδιού για να μπω στο κεντρικό κτίριο, όχι ότι υπήρχε μια πόρτα για να ανοίξω, αλλά ήξερα έναν τρόπο μέσα στο πίσω μέρος όπου υπήρχε ένα κενό σε μια κακώς ξύλινη πόρτα. Το κενό το συνάντησα στην τελευταία μου επίσκεψη στο νησί, την ημέρα που τράβηξα την πολυβραβευμένη μου φωτογραφία που είχα καδράρει, τη φωτογραφία που είχε κρεμαστεί στο σαλόνι μου σαν δέλεαρ.

Στριμώχτηκα στο κενό και μπήκα σε ένα σύντομο πέρασμα που οδηγούσε σε ένα εσωτερικό αίθριο, βλέποντας το εσωτερικό του κτιρίου που είχα δει μόνο σε διαδικτυακές εικόνες που μου έστειλε μέσω ημέηλ ο δικηγόρος μου όταν ο Σενιόρ Σέγιας ήθελε να με αποτρέψει από την αγορά. Η ερήμωση μόλις και μετά βίας περιέγραψε την κατάσταση. Μερικοί από τους εσωτερικούς τοίχους ήταν ανεξάρτητοι. Έλειπε μεγάλο μέρος της στέγης. Σκάλες στο πάνω επίπεδο δεν υπήρχαν και το μπαλκόνι που θα περνούσε κατά μήκος τριών από τους τοίχους της εσωτερικής αυλής έλειπε εκτός από ένα τμήμα πρόβολο στον δυτικό τοίχο και στηριζόμενο σε δύο αδύνατους στύλους. Δεν τόλμησα να περπατήσω από κάτω. Μπορούσα να ακούσω τη φωνή του Κέβιν Μακ Κλάουντ να λέει στους θεατές του ότι, για άλλη μια φορά, η ιδιοκτήτρια είχε δαγκώσει πολύ περισσότερα από όσα μπορούσε να μασήσει και ότι το κόστος και ο χρόνος θα ήταν τεράστιος.

Όχι όσο βρισκόταν στο χέρι μου.

Διάλεξα να πάω από γύρω. Υπήρχαν ενδείξεις χρώματος σε μερικά δωμάτια, που σε πήγαιναν πίσω, σε πιο ένδοξους καιρούς. Οι τοίχοι ήταν βαμμένοι περισσότερο σε χρώμα κίτρινο της ώχρας. Ένα απλό διάζωμα διακοσμούσε την κορυφή μερικών από τους τοίχους, ευθείες γραμμές από μπλε του κοβαλτίου και μαύρα και στένσιλ λουλούδια στις γωνίες. Διαφορετικά, πιο γήινα χρώματα είχαν χρησιμοποιηθεί σε παρόμοιο σχέδιο με ίσια περιγράμματα και απλές εργασίες με στένσιλ σε άλλα σημεία του σπιτιού.

Φαινόταν ότι υπήρχαν τέσσερις μεγάλοι χώροι καθιστικού, μια τραπεζαρία και μια κουζίνα, και αυτό που πιθανώς ήταν ένα πλυντήριο ή ένα μπάνιο. Δεν υπήρχε τρόπος πρόσβασης στο επάνω επίπεδο, αλλά φαντάστηκα μια παρόμοια διάταξη μεγάλων δωματίων και υπολόγισα τουλάχιστον έξι υπνοδωμάτια. Σε ένα από τα δωμάτια του κάτω ορόφου οι σανίδες δαπέδου είχαν τραβηχτεί προς τα πάνω, αποκαλύπτοντας το υποδάπεδο των κουβερτών και των δοκών.

Όλη η διάταξη των δωματίων έβλεπε στο εσωτερικό αίθριο, το οποίο είχε χωριστεί στα δύο με διαχωριστικό τοίχο. Ο τοίχος είχε μια μεγάλη τρύπα στο κέντρο του σαν κάποιος να μην ήθελε να υπάρχει ο τοίχος και να τον τρύπησε, και στοιχεία ότι ήταν μεταγενέστερη προσθήκη φαίνονται στον τρόπο με τον οποίο έκοψε ένα τμήμα του επιστυλίου και διέλυσε το υπάρχον μπαλκόνι στον δυτικό τοίχο.

Στάθηκα δίπλα στην τρύπα στο χώρισμα σε αυτό που θα ήταν το κέντρο της βεράντας και απορροφούσα την ατμόσφαιρα. Ο άνεμος πέρασε από κάθε χαραμάδα του ερειπίου, γκρινιάζοντας και σφυρίζοντας. Εκτός από τον άνεμο δεν ακουγόταν ήχος. Δεν μπορούσα να ακούσω ένα σκύλο να γαυγίζει ή μια μηχανή οχήματος ή οποιαδήποτε άλλη ένδειξη ζωής πέρα από τους τοίχους. Παρά τον αέρα, υπήρχαν θύλακες ησυχίας και το ερείπιο απέπνεε μια διαχρονική ποιότητα. Ενσωματωμένοι στην ερειπωμένη του κατάσταση παρέμειναν αμυδροί απόηχοι της ιστορίας του, επικαλυμμένοι με θλίψη, σαν οι ίδιες οι πέτρες και τα αρχαία ξύλα να θρηνούσαν τον προηγούμενο εαυτό τους, όταν ήταν ενωμένοι ως ένα, δυνατοί, περήφανοι και αληθινοί.

Το σπίτι φημολογείται ότι ήταν διακοσίων πενήντα ετών, το οποίο χτίστηκε από μια πλούσια οικογένεια από την Τενερίφη που απολάμβανε τα πλούτη των εξαγωγών κρασιών της και αργότερα πουλήθηκε σε μια οικογένεια δικηγόρων. Φαντάστηκα αυτό που μπορεί να ήταν, το μεγαλείο του σκαλιστού ξύλου και των θολωτών οροφών, τα μπαλκόνια, το αίθριο γεμάτο φυτά και τα κομψά υπαίθρια καθίσματα.

Φανταζόμουν άντρες και γυναίκες με φορεσιές εποχής, με ίσια πλάτη και θεοσεβείς, να κάνουν τις καθημερινές τους δουλειές με σιωπηλές φωνές. Θα είχαν και υπηρέτες για να μαγειρεύουν και να καθαρίζουν. Η κυρία του σπιτιού φρόντιζε τα φυτά της και πήγαινε στη μάζα. Ο κύριος διάβαζε ένα βιβλίο ή μια εφημερίδα και έκανε ταξίδια με καμήλα ή γαϊδουράκι για να ασχοληθεί με τις δουλειές του. Θα συζητούσαν τις ανησυχίες τους για τον καιρό, τη δημόσια υγεία, τη συγκομιδή, θέματα πολιτικής και εμπορίου. Ίσως δέχονταν επισκέπτες, τον ιερέα, επισκέπτες που ξενυχτούσαν. Και θα υπήρχαν παιδιά και μέλη της ευρύτερης οικογένειας. Θείες και θείοι και ξαδέρφια. Ένας επιζών παππούς ή δύο.

Έξω από τα τείχη, ο αέρας θα φυσούσε και θα μάζευε τη σκόνη. Το εσωτερικό της Φουερτεβεντούρα αντέχει πολλές μέρες το καλοκαίρι, και χωρίς δέντρα να σκιάζουν τη βραχώδη γη, οι θερμοκρασίες περιβάλλοντος ανεβαίνουν σε κολασμένα ύψη. Δεν μπορούσα να φανταστώ κανέναν από την κομψή, καλογραμμένη οικογένειά μου να βγαίνει έξω, εκτός κι αν έπρεπε. Όχι το καλοκαίρι. Αντίθετα, θα είχαν εκμεταλλευτεί πλήρως την κλειστή ζωή τους μέσα, απολαμβάνοντας τη δροσιά της εσωτερικής αυλής.

Μια αδύναμη μυρωδιά ούρων από ζώα που περιφέρονταν στον αέρα με επανέφερε στο παρόν. Ένα σκυλί; Ή μια γάτα; Άρχισε να σκοτεινιάζει και σκέφτηκα ότι ήταν φρόνιμο να επιστρέψω στο διαμέρισμά μου πριν νυχτώσει. Με παρόρμηση, σκέφτηκα να πάρω μαζί μου ένα μικρό κομμάτι από το νέο μου εξοχικό κτήμα για να τιμήσω την περίσταση. Διάλεξα μια απόκρημνη πέτρα από τον τοίχο. Είχε το μέγεθος του χεριού μου και το χρώμα της πορτοκαλί ώχρας και τραχύ στην αφή. Καθώς έφευγα, μια ξαφνική ριπή ανέμου φύσηξε μέσα από την τρύπα στον τοίχο. Ήταν ένας προκαταρκτικά ψυχρός άνεμος για το κλίμα. Ανατρίχιασα από το κρύο. Δεν σκέφτηκα τίποτα.

Ο ΚΑΤΑΣΚΕΥΑΣΤΉΣ

Πίσω στο διαμέρισμά μου, τοποθέτησα το βραχώδες ενθύμιο μου στο μονό ράφι του σαλονιού, ανάμεσα στην τηλεόραση και ένα λευκό βάζο σε σχήμα λάρνακας, τακτοποιώντας τον βράχο σε διάφορες θέσεις μέχρι να είμαι ικανοποιημένη ότι φαίνεται πολύ καλά.

Γύρω στην ώρα του δείπνου, έφτιαξα μια ομελέτα με τυρί και σαλάτα. Μετά το φαγητό, βυθίστηκα στην ατμόσφαιρα του μοντέρνου, ορθογώνιου χώρου, με την καθαρή, βελτιωμένη αίσθηση.

Ένιωσα κάπως έκπληκτη. Καθόμουν εκεί, έχοντας αφήσει τη μοναδική καριέρα που είχα γνωρίσει ποτέ, πούλησα το μοναδικό σπίτι που είχα ποτέ και μετακόμισα σε ένα νησί όπου δεν είχα οικογένεια ή φίλους, για να ξεκινήσω ένα μεγάλο έργο αποκατάστασης. Είχα αναλάβει πάρα πολλά; Δεν ήταν μια σκέψη που ήμουν διατεθειμένη να κάνω στροφή. Ήμουν κουρασμένη από το ταξίδι, αυτό ήταν όλο, και η κούραση χρωμάτιζε τις σκέψεις μου. Χρειαζόμουν έναν καλό ύπνο.

Κοιμόμουν στις εννιά, παρά τους άγνωστους θορύβους στη νέα μου γειτονιά.

Το επόμενο πρωί ξύπνησα, έκανα ένα ντους και βγήκα από

το σπίτι κατά τις εφτά και μισή. Στο Κόλτσεστερ, είχα ρωτήσει την δικηγόρο της Φουρτεβεντούρα που ήταν υπεύθυνη για την αγοραπωλησία μου αν γνώριζε κάποιον αξιόπιστο κατασκευαστή. Με έφερε σε επικοινωνία με τον Μάριο, στον οποίο και έστειλα ημέηλ. Κανονίσαμε να βρεθούμε στο σημείο εκείνη την ημέρα κατά τις εννιά. Ήμουν εκεί από τις οκτώ, περιπλανιόμουν στη γη μου μέσα στο πρωινό αεράκι, μαρκάροντας την περιοχή μου με τα βήματά μου, διασκεδάζοντας με την ιδέα να αγοράσω ένα τροχόσπιτο αντί για αυτοκίνητο και να το παρκάρω στον μελλοντικό μου κήπο καθ' όλη την διάρκεια της κατασκευής. Φανταζόμουν τι θα σκεφτόντουσαν οι γείτονες για την ξένη Αγγλίδα που θα εμφανιζόταν κάθε μέρα από το τροχόσπιτό της.

Υπήρχε κανείς που να με παρακολουθούσε πίσω από τα παράθυρα των σπιτιών που μπορούσα να δω; Με έκριναν άραγε; Στεκόμουν εκεί, ντυμένη με μπεζ κάπρι και μια λευκή μπλούζα, η χαίτη μου από τα χάλκινου χρώματος μαλλιά μου, συγκρατούνταν από με την βοήθεια ενός μεγάλου μαντηλιού κεφαλής, το λευκό μου δέρμα και τα μπλε μου μάτια ήταν αταίριαστα με το περιβάλλον, το σχήμα του σώματός μου, μεγαλύτερο στα άκρα και μαλακό στην κοιλιά, πολύ μακριά από το νευρικό μυϊκό σώμα που χρειάζεται κάποιος να έχει ώστε να καλλιεργεί γη. Όμως η Κλερ Μπένετ από το Κόλτσεστερ δεν ήταν πλέον τραπεζική υπάλληλος. Η Κλερ Μπέντε σχεδίαζε να έρθει σε φόρμα και είχα πολλά να κάνω.

Σκέφτηκα ότι θα ξεκινούσα δημιουργώντας έναν κήπο στη γωνία του ακινήτου που ήταν πιο μακριά από τις εργασίες αποκατάστασης. Να φυτέψω μερικά δέντρα και θάμνους. Ή τουλάχιστον να αρχίσω να τακτοποιώ τον χώρο. Υπήρχαν πέτρες σε όλο το έδαφος και οι τοίχοι από ξερολιθιά στο πίσω μέρος του οικοπέδου ήταν ερειπωμένοι.

Ένα σκονισμένο παλιό βαν ανέβηκε λίγο μετά τις εννιά. Ακολούθησε μια μεγάλη παύση πριν ανοίξει η πόρτα του οδηγού και βγήκε ένας συμπαγής, βαθιά μαυρισμένος άντρας με κοντά μαύρα μαλλιά. Του έγνεψα. Κοίταξε και πλησίασε. Μπορούσα να δω ότι ήταν οικοδόμος με μια ματιά. Είχε αυτόν τον αέρα εξουσίας καθώς παρατηρούσε το ερείπιο και κρατούσε ένα μεγάλο σημειωματάριο κάτω από το ένα χέρι.

«Μάριο», είπα μερικά λεπτά αργότερα όταν είχε πλησιάσει. Του έδωσα το χέρι μου.

Δεν μου ανταπόδωσε το χαμόγελο αλλά μου έδωσε μια θερμή χειραψία.

«Κλερ».

Το βλέμμα του γλίστρησε στο ερείπιο. Καθώς προχωρούσαμε, τράβηξα τις γνώσεις μου για την ισπανική γλώσσα στο προσκήνιο του μυαλού μου, έτοιμη να ξεφύγω από τους όρους οικοδόμησης που είχα μάθει περιληπτικά κατά την προετοιμασία. Αλλά ο Μάριο δεν ήταν φλύαρος τύπος και δεν τον ενδιέφερε καθόλου η γνώμη μου. Τα μάτια του ήταν παντού, κάνοντας γρήγορες εκτιμήσεις για αυτό και εκείνο και γράφοντας στο τετράδιό του. Ακόμη και πριν μπούμε από τη ρωγμή στο παράθυρο που είχε επιβιβαστεί, έβγαζε θορύβους που υποδήλωναν μια αρνητική άποψη για το έργο.

Μέσα, η στάση του ήταν ακόμη χειρότερη. Σε λίγο, κουνούσε το κεφάλι του και αναστέναζε και έβγαζε απαλούς θορύβους. Συνολικά, η συμπεριφορά του άρχισε να με εκνευρίζει και είχα στο μυαλό μου να βρω έναν άλλο οικοδόμο, γιατί έπρεπε να υπήρχαν δεκάδες στο νησί με τις ικανότητες να εργαστούν σε μια αναστήλωση.

Αφού τρύπωσε σε όλα τα δωμάτια του κάτω ορόφου και κοίταξε επίμονα τα δοκάρια και ό,τι είχε απομείνει από την οροφή, σταματήσαμε στο αίθριο δίπλα στην τρύπα στον τοίχο, τη μοναδική περιοχή ολόκληρης της κατασκευής που ένιωθες ασφαλής να σταθείς για οποιοδήποτε χρονικό διάστημα. Το κτίριο μπορεί να στεκόταν για αιώνες, αλλά δεν μπορούσαμε να πούμε πότε κάτι μπορεί να γλιστρήσει και ένα ολόκληρο τμήμα να πέσει στα κεφάλια μας.

«Αυτός είναι ένας διαχωριστικός τοίχος», είπε,

χαϊδεύοντας το θρυμματισμένο υπόβαθρο και κοιτάζοντας πού συναντούσε ο τοίχος την υπόλοιπη κατασκευή.

«Θέλω να φύγει, προφανώς».

«Στερεώνει τους δύο τοίχους, εκεί κι εκεί», είπε, δείχνοντας μπροστά και πίσω του.

«Πρέπει να κατέβει».

«Εντάξει, αλλά ξεκινάμε με αυτό το δωμάτιο εκεί». Έδειξε με χειρονομία το σαλόνι στη βορειοδυτική γωνία, το δωμάτιο στην καλύτερη επισκευή.

«Υπάρχει ιδιαίτερος λόγος;»

«Μπορούμε να το τελειώσουμε πιο γρήγορα. Δεν υπάρχουν τόσα πολλά να κάνουμε ». Τα μάτια του με τρύπησαν κάτω από πυκνά, τοξωτά φρύδια. «Αυτό θα κοστίσει πολλά χρήματα».

«Το γνωρίζω καλά αυτό».

Κι έχω πολλά χρήματα, σκέφτηκα. Δεν το είπα. Δεν ήθελα να του δώσω την εντύπωση ότι θα μπορούσα να ξοδέψω περισσότερα από όσο θα κόστιζε μια βασική ανακατασκευή, σε περίπτωση που θα με έβλεπε ως δικαιολογία για να μου φουσκώσει το λογαριασμό.

Παρά το γεγονός ότι είχα την επιθυμία να κοιτάξω αλλού, συνέχισα να τον κοιτάζω.

«Πότε μπορείς να ξεκινήσεις»;

Αναστέναξε και ξεφύλλισε το σημειωματάριό του, που το είχε επίσης και σαν ημερολόγιο. Ο άνεμος φυσούσε και ένα από τα δοκάρια έτριξε. Κοίταξε τριγύρω του και οι δυο μας περιμέναμε και για δεύτερο τρίξιμο. Δεν έγινε κάτι, αλλά και μόνο ο θόρυβος τον έκανε να κοιτάξει προσεκτικά το σημειωματάριό του και να πει, « Γιατί δεν το κατεδαφίζεις και να χτίσεις κάτι ωραίο και μοντέρνο;»

Αμέσως άρχισα να αμύνομαι.

«Μ' αρέσει αυτό το σπίτι», είπα, εμφυσώντας στη φωνή μου μια δόση αγανάκτησης.

Αγνόησε την αντίδρασή μου, ή του ήταν εντελώς

αδιάφορη.

«Μια νέα κατασκευή θα κόστιζε πολύ πιο φθηνά.» Είχε έναν ενθουσιασμό καθώς μιλούσε. «Μπορούμε να ξαναχρησιμοποιήσουμε την πέτρα. Θα του δώσει χαρακτήρα. Θα φτιάξεις ένα πολύ όμορφο σπίτι.»

«Δεν θέλω ένα πολύ όμορφο, μοντέρνο σπίτι. Άκουσε, Μάριο, μου είπαν πως είσαι ο καλύτερος μάστορας για να αναπαλαιώσεις αυτό το ερείπιο. Μπορείς να το κάνεις; Αλλιώς θα πρέπει να βρω κάποιον άλλον.»

«Φυσικά και μπορώ να το κάνω. Απλώς θέλω να σιγουρευτώ πως είναι αυτό που θέλεις. Σκέφτηκα να σου κάνω μια διαφορετική πρόταση. Έχει πολλή, και εννοώ πάρα πολλή δουλειά και θα είναι πολλή ακριβή. Αλλά αν είσαι σίγουρη.» Σταμάτησε σα να ήθελε να μου δώσει χρόνο να το σκεφτώ ξανά. Δεν έκανα κανένα σχόλιο.

«Θέλεις να το χρησιμοποιήσεις για κάτι;» Ρώτησε.

«Θέλω απλώς να το επαναφέρω σε αυτό που ήταν.»

Ξεφούσκωσε τα μάγουλά του καθώς εξέπνευσε. Μετά είπε, «έχεις αρχιτεκτονικά σχέδια;»

«Όχι, αλλά θέλω να αποκατασταθεί, όχι να αλλάξει.»

«Θα χρειαστείς μερικές αλλαγές, πίστεψέ με.»

«Αφού το λες εσύ.» Αν και είχε μάλλον δίκιο.

«Τι γίνεται τώρα;»

«Μπορώ να σου φτιάξω τα σχέδια και να τα καταθέσω στο συμβούλιο για έγκριση. Μετά πρέπει να βρω ντόπια υλικά. Δεν μπορείς να χρησιμοποιήσεις καινούργια υλικά σε ένα παλιό κτήριο όπως αυτό. Και πρέπει να φτιάξω μια ομάδα. Χρειάζεσαι να είναι όλοι εδώ, για τη στέγη, την ξυλουργική, την τοιχοποιία, και μετά τα υδραυλικά και τα ηλεκτρικά. Χρειάζονται πολλά άτομα.»

«Πόσο θα χρειαστεί αυτό;»

«Τρεις μήνες;»

«Τρεις μήνες!»

«Πολύ γρήγορα. Μπορώ να σχεδιάσω τα σχέδια αμέσως.

Έχω έναν φίλο στο συμβούλιο που μπορεί να ενεργήσεις για μτην έγκριση πιο γρήγορα. Αλλά θα χρειαστώ προκαταβολή.»

Με την κατάσταση ξαφνικά να φαίνεται θετική, είπα, «Πες μου πόσα και θα μεταφέρω το ποσό.»

«Εντάξει.»

«Θα ξεκινήσεις με τα σχέδια αμέσως μόλις σε πληρώσω;»

«Ναι, ναι.»

Με κοίταξε με προσμονή. Έδειχνε πρόθυμος να φύγει. Τον οδήγησα έξω μέσα από το κενό της πόρτας που ήταν κλειστή, προσέχοντας να μην μου αρπάξει ή λερώσει τα ωραία ρούχα μου.

Σταθήκαμε μαζί για μια στιγμή. Άπλωσε το χέρι του και ήμουν έτοιμη να το πάρω, αλλά στη θέα των βοηθητικών κτιρίων μου ήρθε μια ιδέα.

Του έδωσα το νικηφόρο χαμόγελό μου και είπα, «Μάριο, σίγουρα μπορείς να ξεκινήσεις νωρίτερα. Θέλω να πω, δεν υπάρχει δουλειά που μπορείς να κάνεις πριν εμπλακεί το συμβούλιο;».

Με κοίταξε ανέκφραστα.

«Ίσως μπορείς να κάνετε μια αρχή εδώ», είπα δείχνοντας τα βοηθητικά κτίρια.

Φαινόταν ανθεκτικός. «Συνήθως ο ιδιοκτήτης θέλει το σπίτι ολοκληρωμένο πριν εργαστεί στα βοηθητικά κτίρια».

«Συνήθως ο ιδιοκτήτης έχει ξεμείνει από χρήματα μέχρι τότε. Ξέρω πώς πάει. Αλλά στην περίπτωσή μου, δεν θα συμβεί ». Αναρωτήθηκα αν είχα αποκαλύψει πάρα πολλά αλλά ο τρόπος του δεν άλλαξε.

Πήγα στο μεγαλύτερο βοηθητικό κτίριο, αυτό χωρίς στέγη. Ο Μάριο ακολούθησε. Το κτίριο αποτελούνταν από χοντρούς πέτρινους τοίχους, ένα άνοιγμα όπου θα υπήρχε μια πόρτα και ένα μικρό ψηλό ορθογώνιο στον παρακείμενο τοίχο που χρησίμευε ως παράθυρο. Ο χώρος του δαπέδου φαινόταν περίπου δεκαπέντε πόδια επί δώδεκα, αρκετά μεγάλος για ένα στούντιο ή εργαστήριο κάποιου είδους. Ένας σωρός από πέτρες στο κέντρο ήταν απόδειξη κάποιου είδους εσωτερικού τοίχου.

«Για τις κατσίκες», είπε, κλωτσώντας ένα πετραδάκι και δημιουργώντας ένα σύννεφο σκόνης.

«Με στέγη, πάτωμα και μια ανακατασκευή, θα μπορούσα να το χρησιμοποιήσω ως αποθήκη.»

«Θα έχεις πολύ χώρο εκεί μέσα,» είπε, δείχνοντας πίσω στο σπίτι και μετά κοιτώντας με αινιγματικά.

Χρειαζόταν να είναι τόσο αρνητικός;

«Θα μπορούσες να το χρησιμοποιήσεις κι εσύ», είπα. «Ίσως να θέλεις να αποθηκεύσεις εργαλεία ή σάκους με τσιμέντο, ίσως.»

«Αλήθεια.»

«Πότε μπορείς να ξεκινήσεις;»

«Μ' αυτό;» Σήκωσε τους ώμους.

«Αύριο;»

Γέλασε. «Θα σου στείλω μήνυμα. »

«Θέλω να γίνει αμέσως, αν είναι δυνατόν», είπα καθώς γύρισε να φύγει.

Παρακολουθώντας τον να μπαίνει στο φορτηγάκι του και να φεύγει, δεν μπορώ να πω ότι μου άρεσε ο Μάριο. Ήταν φυγόπονος, μη κομπλεξικός και λίγο ανεξερεύνητος και περίμενα πλήρως να μην τον ξαναδώ. Η προειδοποίηση της θείας Κλαρίσα άστραψε στο μυαλό μου και την απέρριψα χωρίς να το σκεφτώ. Θα έδινα στον Μάριο μερικές μέρες για να αποδείξει τον εαυτό του και μετά θα έψαχνα για άλλον οικοδόμο, αν χρειαζόταν.

ΠΆΚΟ

ΔΕΝ ΜΠΟΡΟΥΣΑ ΝΑ ΚΡΑΤΗΘΩ ΜΑΚΡΙΆ ΑΠΌ ΤΟ ΚΤΗΡΙΟ. Ο ΉΛΙΟΣ έκαιγε κι εγώ άρχισα να πεινάω και να διψάω, αλλά ήθελα να κάνω κάτι στην περιουσία μου, κάτι που να σημάδευε αυτή την περίσταση. Σκεπτόμενη να τακτοποιήσω, γύρισα στο εξωτερικό κτήριο και μάζεψα τις πέτρες που ήταν πεταγμένες στο χώμα, φτιάχνοντας ένα μικρό σωρό με αυτές. Σύντομα κουράστηκα. Τα γυμνά μου χέρια κάηκαν και η πλάτη μου πονούσε από την προσπάθεια. Δεν ήμουν ντυμένη για σκληρή εργασία και δεν ήθελα να λερώσω το καπρίς μου.

Χρειαζόμουν γάντια, ένα καροτσάκι, κηπευτικά εργαλεία και μια στρατηγική για το πώς θα χρησιμοποιήσω ξανά όλα αυτά που λέρωναν το κτήριό μου. Ετοιμαζόμουν να γυρίσω πίσω στο Πουέρτο ντελ Ροσάριο για να βρω ένα κατάστημα υλικών όταν πρόσεξα έναν άντρα που καθόταν στην άλλη μεριά του δρόμου, κοιτώντας προς τα μένα. Η Όλη κατάσταση είχε κιόλας κινήσει το ενδιαφέρον, σκέφτηκα, νιώθοντας χαρούμενη γι' αυτό. Κάποιος γείτονας ίσως; Ή κανένας ενοχλητικός παραθεριστής; Άρχισα να προχωρώ προς το μέρος του, όντας περίεργη.

Διέσχισε το δρόμο και βρεθήκαμε πάνω στο πεζοδρόμιο.

«Ωραίο πρωινό σήμερα», είπα με έναν χαρούμενο τόνο.

Δεν ανταπόδωσε τον ζεστό μου χαιρετισμό. Στο άκουσμα ότι είμαι Αγγλίδα, είπε με χαμηλή και βαριά φωνή, «Τι γυρεύεις εδώ πέρα; Αυτή η γη είναι ιδιωτική.»

Όντως είναι ιδιωτική», είπα»... «μου ανήκει».

Κούνησε το κεφάλι του. «Δεν γίνεται. Ανήκει στην οικογένεια Σέγιας.»

«Όχι πια. Την πούλησαν.»

«Αυτό είναι αδύνατον. Ούτε η ίδια η κυβέρνηση δεν τους κατάφερε να το πουλήσουν.»

«η κυβέρνηση δεν τους πρόσφερε αρκετά.»

Με κοίταξε με εκτίμηση, ίσως λίγο αιφνιδιασμένος, σαν να μην του φαινόμουν ο τύπος της πλούσιας.

«Είσαι Αγγλίδα. Και το αγοράζεις αυτό;». Έγειρε το κεφάλι του προς στο ερείπιο. «Για ποιο λόγο; Θα το κάνεις ξενοδοχείο;»

«Το αγόρασα για να ζήσω σε αυτό».

Ποιος στο διάολο νομίζει ότι είναι, που μου φέρεται με τέτοια περιφρόνηση;

Κοιτάξαμε και οι δύο πίσω στο ερημωμένο, με τα παράθυρα και τις κοιλότητες των θυρών του επιστρωμένα, με το υπόβαθρο να γκρεμίζεται από τους τοίχους που στέκονταν ακόμα. Βρήκα την ευκαιρία να ρίξω μια κλεφτή σε αυτόν τον απότομο και κάπως αγενή άντρα που έδειχνε ένα ακραίο και ίσως κτητικό ενδιαφέρον για το σπίτι μου. Ήταν ψηλός, πάνω από τα έξι πόδια, λεπτός και σε φόρμα. Είχε μακριά μαύρα μαλλιά, δεμένα πίσω σε μια αλογοουρά, πλαισίωνε ένα πρόσωπο με καλές αναλογίες, με μια έξυπνη στροφή προς το στόμα και μια ένθερμη λάμψη στα βαθιά του μάτια. Η σκούρα χροιά υποδήλωνε μια νοτιοευρωπαϊκή καταγωγή. Ένας ντόπιος; Τον τοποθέτησα στα τριάντα του. Από τον αριστερό του ώμο κρεμόταν μια τσάντα —χονδροειδής, φθαρμένη και φουσκωμένη.

«Μεγάλο σπίτι, έτσι;» Είπε με τα σπασμένα του αγγλικά. Είσαι παντρεμένη; Με παιδιά; Είστε μεγάλη οικογένεια;»

Αυτό το βρήκα πολύ αγενές.

«Μόνη μου είμαι.»

«Ωωωω!»

Μπορούσα να εντοπίσω την κρίση σε αυτή την απλή λέξη ακόμα και στα ισπανικά και δεν αναφερόταν στην οικογενειακή μου κατάσταση. Ήμουν πλημμυρισμένη από ενοχές, ενοχές που δεν ανήκαν σε εμένα, αλλά γενικά στους ομογενείς. Υπήρχαν πολύ λίγες προσιτές κατοικίες για τους ντόπιους, ενώ οι ξένοι αγόραζαν το απόθεμα κατοικιών σε εξωφρενικές τιμές και ζούσαν μια παραδεισένια ύπαρξη σε γη που πραγματικά δεν ήταν δική τους. Στην ουσία, η τάση ήταν μια μορφή αποικισμού και ήταν ένα κοινό παράπονο στις ισπανικές ομάδες μέσων κοινωνικής δικτύωσης στις οποίες ήμουν. Η βασική διαφορά στην περίπτωσή μου ήταν πως δεν αγόραζαν πολλοί ξένοι ερείπια. Ανεξάρτητα από το πού ζούσαν, ήταν πολύ ακριβό να αποκατασταθούν. Για να μην αναφέρουμε χρονοβόρο. Στεκόμενη μπροστά στον ψηλό και μυστηριώδη ξένο, με έκανε να νιώσω σαν να είχα διαπράξει το απόλυτο πολιτισμικό παράπτωμα. Δεν είχα δικαίωμα ιδιοκτησίας. Ακόμη χειρότερα, ένιωσα ότι μπορεί να πίστευε ότι οικειοποιούμαι την τοπική ιστορία. Θα έπρεπε να είχα αγοράσει ένα διαμέρισμα στο Κοραλέχο όπως όλοι οι άλλοι του είδους μου και να είχα αφήσει την ενδοχώρα ήσυχη, η ιδέα μου ότι κάνω δημόσια υπηρεσία στο νησί, διαψεύστηκε.

Ήταν η δεύτερη μέρα μου στο νησί ως κάτοικος και κάτι ξινό διαπέρασε την ύπαρξή μου. Δεν είχα συνειδητοποιήσει πόσο πολύ ήθελα να αποκαταστήσω ένα ερείπιο και να το σώσω από την κατεδάφιση μέχρι εκείνη τη στιγμή. Δεν μπορούσα να μην δω τον παραλογισμό της κατάστασης επίσης. Γιατί, ποιος απλός ντόπιος θα μπορούσε ποτέ να αντέξει οικονομικά τα έξοδα της αγοράς, πόσο μάλλον τις οικοδομικές εργασίες. Τέτοια έργα είχαν γίνει το έδαφος των πλουσίων και της κυβέρνησης. Αυτός ο άνθρωπος μπροστά μου θα έπρεπε να με ευχαριστεί, όχι να με καταδικάζει.

Ο άνεμος δυνάμωσε, οι άκρες του μαντηλιού μου χαστούκιζαν το πρόσωπό μου. Έβγαλα το ύφασμα και άλλαξα τη στάση μου. Με την πλάτη μου στο κτίριο, κοίταξα τον άγνωστο και κάποιο μέρος μου, που το αποκαλούμε αυτοσυντήρηση, με ανάγκασε να επουλώσω το ρήγμα που σχηματιζόταν μεταξύ μας. Δεν ήθελα εχθρότητα από έναν άντρα που υποψιαζόμουν ότι θα έσκαγε από ιδιοτροπία.

«Είμαι η Κλερ.» Του έδωσα το χέρι μου.

Εκείνος δίστασε, το πήρε και είπε, «Πάκο».

«Χαίρω πολύ για τη γνωριμία, Πάκο. Μένεις στο χωριό;»

«Την Τισκαμανίτα; Όχι!»

Δεν έδωσε άλλη απάντηση. Δεν είχα ιδέα το πώς να προχωρήσω ή πώς να κλείσω τη συζήτηση. Μια άβολη στιγμή μας διαπέρασε. Ο άνεμος δεν έδειχνε σημάδια βελτίωσης. Εκτός από τις τούφες που του χτυπούσαν το πρόσωπο, ο Πάκο δε φαινόταν να τον ενοχλεί.

«Ενδιαφέρεσαι για το σπίτι;» Ρώτησα, δηλώνοντας το φανερό.

Έδειξε το σακίδιό του. «Είμαι φωτογράφος». Ανακοίνωσε το επάγγελμά του, ή το χόμπι του, λες και από μόνο του αυτό, ήταν μια ικανοποιητική εξήγηση,.

«Τότε θα χαρείς να μάθεις πως σκοπεύω να φτιάξω το κτήριο όπως ήταν στην αρχική του δόξα.»

«Χα!» είπε με όσο μεγαλύτερο σαρκασμό μπορούσε. «Και μετά θα το πουλήσεις και θα βγάλεις μια περιουσία.»

Αυτός ο Πάκο, με τρέλαινε με τις ανταγωνιστικές του σκέψεις. Έκανα ό,τι μπορούσα ώστε να μην του δώσω τη χαρά να με δει θυμωμένη και του είπα με ήρεμη αλλά αυστηρή φωνή. «Για να μείνω, όπως είπα. Έχεις μπει μέσα;»

«Πολλές φορές.»

Σκέφτηκα να του προσφέρω άλλη μια ξενάγηση, αλλά δεν ήμουν σίγουρη πώς θα το ερμήνευε αυτό. Σε μια τελευταία προσπάθεια να καθησυχάσω τον οξύθυμο φωτογράφο είπα: «Τότε ίσως με βοηθούσες. Επισκέπτομαι το νησί κάθε χρόνο και έχω οδηγήσει πολλές φορές από αυτό το ερείπιο. Αλλά δεν ξέρω την ιστορία του. Θα ήθελα να μάθω όλα όσα πρέπει να γνωρίζω. Ίσως τα γράψω όλα και δημιουργήσω ένα φυλλάδιο ως ενθύμιο. Έτσι, ό,τι ανακαλύψω εγώ, εμείς, θα διατηρηθεί ».

Δεν είχα ιδέα από πού προήλθε η ιδέα, δεν είχα κρατήσει τόσο ημερολόγιο παιδικής ηλικίας όλα τα σαράντα μου χρόνια, αλλά το πρόσωπό του φωτίστηκε από ενδιαφέρον και ένιωσα ότι είχα δεσμευτεί, μέσω μιας ασυνήθιστα χαλαρής γλώσσας, σε ένα έργο που δεν είχα την ικανότητα ή την διάθεση να ακολουθήσω. Ήταν μια στιγμή απελπισίας για να κατευνάσω, αλλά γιατί ένιωθα ότι χρειαζόμουν να κάνω τόσο μεγάλα μήκη για να κερδίσω την έγκριση του Πάκο, δεν μπορούσα να καταλάβω. Ίσως κάποιο διαισθητικό κομμάτι του εαυτού μου ήξερε ότι θα έπαιζε σημαντικό ρόλο τους επόμενους μήνες, ή ίσως κατά βάθος είχα αποφασίσει ότι χρειαζόμουν έναν σύμμαχο και επειδή είχε έντονο ενδιαφέρον για την καταστροφή μου, ταίριαζε. Όποιο και αν ήταν το κίνητρο, τον διαβεβαίωσα ότι ήταν ευπρόσδεκτος να επισκεφθεί όποτε ήθελε και να παρακολουθήσει την πρόοδο.

Καθησυχασμένος, έφυγε και με άφησε να περιπλανιέμαι στη γη μου, καταπνίγοντας ένα μείγμα τρόμου και απογοήτευσης και μια εξίσου έντονη επιθυμία να ανέβω και να κάνω εντύπωση στον κήπο.

ΚΙΝΟΎΜΕΝΕΣ ΠΈΤΡΕΣ

ΛΊΓΟ ΜΕΤΆ ΤΗΝ ΑΠΟΧΏΡΗΣΗ ΤΟΥ ΠΆΚΟ, ΞΕΚΊΝΗΣΑ ΓΙΑ ΤΟ Πουέρτο ντελ Ροζάριο, κατευθυνόμενη προς το κατάστημα σιδηρικών στα περίχωρα της πόλης. Εκεί, αγόρασα ένα φτυάρι και μια αξίνα, μια τσουγκράνα και μυστρί κήπου, τέσσερα ζευγάρια γάντια κηπουρικής βαρέως τύπου, ένα ποτιστήρι και ένα μικρό καροτσάκι. Έπρεπε να διπλώσω τα πίσω καθίσματα για να μπει το καρότσι στο αυτοκίνητο. Έχοντας υπόψη τη βρωμιά που θα έφερναν αυτά τα εργαλεία στο αμάξι, επέστρεψα και αγόρασα ένα φύλλο χοντρό πλαστικό. Ήθελα πολύ να επιστρέψω στην Τισκαμανίτα, αλλά πλησίαζε το μεσημέρι και το στομάχι μου γουργούριζε από την πείνα.

Οδήγησα στο διαμέρισμά μου και έφτιαξα μια μπαγκέτα με ζαμπόν και τυρί και έβαλα κι ένα μεγάλο ποτήρι χυμό. Έφαγα και ήπια τόσο γρήγορα που την τελευταία μπουκιά την ρεύτηκα. Έπειτα έβαλα ένα φαρδύ μπλουζάκι και σορτς και ένα ζευγάρι πάνινα παπούτσια και επέστρεψα στη γη μου μέσα σε λίγες ώρες.

Εκείνο το απόγευμα, με γάντια και ένα καρότσι κατάφερα να καθαρίσω όλες τις πέτρες στο βοηθητικό κτίριο, κάνοντας ένα σωρό περίπου δέκα βήματα μακριά. Πρόσθεσα στο σωρό και άλλες πέτρες που βρήκα τριγύρω. Έμεινα ευχαριστημένη με το αποτέλεσμα. Η περιοχή γύρω από τα βοηθητικά κτίρια φαινόταν πολύ πιο τακτοποιημένη. Είχα αφήσει το στίγμα μου και ένιωθα ότι είχα κάνει μια πρόοδο.

Τις μέρες που ακολούθησαν, πήγα στο κτίριο και πέρασα μερικές ώρες παλεύοντας με τον ήλιο και τον άνεμο για να καθαρίσω τους βράχους, αποφασισμένη να καλύψω κάθε τετραγωνικό του μέτρο. Συσσώρευσα τους βράχους σε βαρέλια που μεγάλωσαν και μεγάλωσαν σε μέγεθος μέχρι που φάνηκαν από απόσταση.

Που και που ίσιωνα τελείως και τέντωνα την πλάτη μου, και αφιερώνω μια στιγμή για να απορροφήσω τις καμπύλες του ηφαιστείου που υψωνόταν πίσω από τους κοντινούς λόφους. γεωγραφία των Καναρίων Νήσων. Ήταν περίεργο που η Φουερτεβεντούρα, ήταν ένα νησί με λίγα ηφαίστεια σε σύγκριση με την αδερφή του, το Λανθαρότε, θα έπρεπε να είχα επιλέξει να κυριαρχεί στη θέα από την πίσω αυλή μου. Το ηφαίστειο ήταν το πρώτο σε μια αλυσίδα των τεσσάρων που είχε εκτοξεύσει λάβα και στάχτη προς τα ανατολικά, προς την ακτή. Στεκούμενη δίπλα σε έναν από τους βράχους μου, βλέποντας το μεγαλείο αυτού του φυσικού δολοφόνου, αναρωτιόμουν αν με είχε τραβήξει το σκηνικό τόσο πολύ όσο το ίδιο το ερείπιο.

Μια βδομάδα κάτω από τον ήλιο μαύρισα και έχασα μερικά κιλά, με τη μέση του παντελονιού μου αισθητά πιο χαλαρή. Η έκθεση στη γυμνή γη μου είχε δικαιολογήσει απόλυτα την ιδέα μου για το τροχόσπιτο. Επικοινώνησα με τον ιδιοκτήτη του διαμερίσματος και έκανα κράτηση για έναν επιπλέον μήνα. Δεν ήταν το πιο πολυτελές κατάλυμα, που θα μπορούσα να αντέξω οικονομικά οπουδήποτε, αλλά εξακολουθούσα να ήμουν η Κλερ Μπένετ του Κόλτσεστερ και η λιτή ζωή μού ταίριαζε απόλυτα.

Τα βράδια, απέκλεια τον θόρυβο των γειτόνων με τα ακουστικά μου και βυθιζόμουν στη μουσική των Κοκτώ.

Μερικές φορές, σκεφτόμουν τη μητέρα μου και αναρωτιόμουν τι θα έκανε για το νησί. Φαντάστηκα ότι θα ήταν τόσο μαγεμένη όσο εγώ. Θα είχε δει την ομορφιά και τη λεπτότητα στην έντονη θέα της ερήμου. Θα της θύμιζαν την Περσία και την Αραβία του παρελθόντος, το Μαρόκο, τις ερημικές χώρες και τα αρχαία μυστήρια, τους Σούφι και τους Δερβίσηδες με τους μυστικιστικούς τρόπους τους. Θα είχε περπατήσει στους δρόμους της Τισκαμανίτα και θα φανταζόταν ότι πήγαινε προς ένα παζάρι. Η Κλαρίσα είπε ότι η Ίνγκριντ είχε αυτή τη φαντασία. Θα περπατούσε σε έναν δρόμο χαμένο σε έναν άλλο κόσμο, έναν κόσμο της φαντασίας της. Αποτελούσε κίνδυνο για τον εαυτό της, είπε η Κλαρίσα. Όταν μεγάλωναν, πολλές φορές η Κλαρίσα χρειάστηκε να πει στη μητέρα μου να σταματήσει στο πεζοδρόμιο καθώς έκανε να βγει στον δρόμο. Ήταν μια ποιότητα που δεν έχασε ποτέ.

Στη Φουερτεβεντούρα, η Ίνγκριντ θα απολάμβανε επίσης τις παραλίες. Η Κλαρίσα μου είπε μια φορά πως η Ίνγκριντ αγαπούσε να είναι δίπλα στη θάλασσα. Δεν θυμάμαι να επισκεφτήκαμε, αλλά προφανώς, πήγαμε εκδρομές στο παραλαικαό Κλάκτον. Φτιάχναμε κάστρα από άμμο και απολαμβάναμε τη διασκέδαση στην προβλήτα και τρώγαμε μαλλί της γριάς. Πρέπει να ήταν όταν ήμουν πολύ μικρή.

Ο Μάριο επικοινώνησε μαζί μου την Τετάρτη εκείνης της εβδομάδας σκληρής εργασίας και μιλήσαμε για το έργο. Ακουγόταν πιο δεκτικός στο τηλέφωνο και σκέφτηκα ότι ίσως είχε μια μέρα ρεπό όταν συναντηθήκαμε στο κτίριο για να συζητήσουμε την πρότασή μου. Ακούγοντας τον να λυγίζει σύμφωνα με τις επιθυμίες μου, μαλάκωσα και πλήρωσα την προκαταβολή. Συζητήσαμε τις ιδέες μου και του έστειλα φωτογραφίες από τα σκίτσα μου. Τον παρακάλεσα να καταρτίσει τα σχέδια το συντομότερο δυνατό και μου είπε ότι ήμουν τυχερή που είχε μια μέρα άδεια για να φροντίσει ένα από τα παιδιά του που ήταν εκτός σχολείου. Την επόμενη μέρα, μου έστειλε στιγμιότυπα από τα προσχέδιά του. Μη θέλοντας να κουβεντιάσω και να επιβραδύνω τον ρυθμό, συμφώνησα με τις μικρές του αλλαγές και προτάσεις. Στη συνέχεια, κατάρτισε τα τελικά σχέδια που υπέβαλε στο συμβούλιο πριν από το κλείσιμο της ημέρας εκείνης της Παρασκευής.

Μετά από αυτό, τα βράδια που βαριόμουν να ακούω μουσική, κοιτούσα το ηλεκτρονικό αντίγραφο των σχεδίων του σπιτιού.

Το σχέδιο ήταν επίσημο. Το σαλόνι στη βορειοδυτική γωνία ήταν ένα δωμάτιο περίπου δώδεκα επί δεκαπέντε ποδιών, στο οποίο η πρόσβαση ήταν μέσω του προθάλαμου που οδηγούσε στις διπλές πόρτες που έβλεπαν στο δρόμο. Η είσοδος στο διπλανό δωμάτιο, κάποτε η τραπεζαρία, γινόταν από το αίθριο και αυτά τα δύο δωμάτια επικοινωνούσαν μεταξύ τους. Υπήρχε ένα παράθυρο στο σαλόνι, στραμμένο προς τα δυτικά σαν την εξώπορτα. Το άλλο δωμάτιο ήταν χωρίς παράθυρα, δεν υπήρχε παράθυρο στον κάτω όροφο στον τοίχο με βόρεια πλευρά. Λογικό, καθώς αυτή ήταν η κατεύθυνση του ανέμου που επικρατούσε. Στη βορειοανατολική γωνία ήταν η κουζίνα, ένα δωμάτιο δεκαπέντε επί δεκαοκτώ πόδια. Δεν υπήρχε πόρτα στην τραπεζαρία. Όπως τα περισσότερα δωμάτια του κτηρίου, η πρόσβαση γινόταν μέσω του αίθριου. Τα δύο παράθυρα της κουζίνας έβλεπαν στο ηφαίστειο. Καθώς φανταζόμουν να ξεπλένω ένα ποτήρι στο νεροχύτη, άρχισα να βλέπω μέσα από τη μεγαλοπρέπεια του κτιρίου τη χαρά της ζωής ανάμεσα σε εκπληκτική θέα.

Υπήρχε ένα πλυντήριο στο κέντρο του ανατολικού τοίχου δίπλα στην πίσω έξοδο. Ένα μπάνιο θα καταλάμβανε τη νοτιοανατολική γωνία. Ένα δωμάτιο πανομοιότυπο με την τραπεζαρία θα ήταν μια αίθουσα μελάτης ή βιβλιοθήκη, και στη νοτιοδυτική γωνία θα ήταν ένα μεγάλο σαλόνι σε σχήμα Γάμα. Και τα δύο δωμάτια είχαν παράθυρα με θέα στον κήπο και το γωνιακό δωμάτιο είχε παράθυρα με θέα στο δρόμο.

Ολόκληρο το κτίριο είχε πλάτος σαράντα πέντε πόδια και μήκος σαράντα οκτώ πόδια, με τοίχους πάχους τριών ποδιών. Ο επάνω όροφος αντικατοπτρίζεται στον κάτω όροφο στις διαστάσεις των δωματίων και θα περιλαμβάνει έξι υπνοδωμάτια και δύο μπάνια, και έναν χώρο επίπεδης οροφής για μια βεράντα πάνω από το πλυσταριό. Διάλεξα το καλύτερο δωμάτιο για την κρεβατοκάμαρά μου, αυτό πάνω από την κουζίνα, με υπέροχη θέα στο ηφαίστειο.

Το εσωτερικό αίθριο ήταν περίπου είκοσι επτά επί είκοσι ένα πόδια, αρκετά μεγάλο ώστε να περιέχει το φαρδύ μπαλκόνι που θα περνούσε κατά μήκος τριών από τους τοίχους και το αλτζίμπε κάτω από το έδαφος στο κέντρο του. Το σχέδιο ήταν και μεγαλειώδες και απλό και εξαιρετικά βιώσιμο, ένα σπίτι ευγενών με κάθε σκέψη να δίνεται σε ένα είδος υποτροπικής άνεσης.

Αφού φαντάζόμουν τον εαυτό μου σε κάθε δωμάτιο, μελέτησα άλλες αποκαταστάσεις στο Διαδίκτυο και οραματίσα πώς θα ήταν το σπίτι μου. Το μυαλό μου βούιζε από ιδέες για λευκά είδη για κουρτίνες, σχέδια υφασμάτων για έπιπλα και χαλιά, σχέδια κουζίνας, φωτιστικά και ανοιχτόχρωμες αποχρώσεις, ακόμη και εξαρτήματα μπάνιου. Ο Mario με προειδοποίησε ότι θα έπρεπε να λάβω υπόψη μου κάθε λεπτομέρεια σε κάθε δωμάτιο και ήταν καλή ιδέα να ξεκινήσω την περιήγηση. Η μόνη δυσκολία που αντιμετώπισα ήταν να περιορίσω τις αναζητήσεις μου στο νησί. Ήταν πολύ εύκολο να μπεις σε ιστότοπους όπου τα προϊόντα ήταν διαθέσιμα μόνο στο Ηνωμένο Βασίλειο. Δεν ήθελα να στείλω για έπιπλα. Με τράβηξε το χωριάτικο στυλ και τα έπιπλα αντίκες που ήταν παραδοσιακά στα νησιά και περιόρισα τις αναζητήσεις μου ανάλογα.

Ενώ περιμέναμε την έγκριση του συμβουλίου, ο Μάριο συγκέντρωσε μια μικρή ομάδα εργατών για να αντιμετωπίσει το μεγαλύτερο βοηθητικό κτίριο, το οποίο αποκαλούσε αχυρώνα.

Την πρώτη μέρα της κατασκευής, πήγα για ψώνια νωρίς στο σούπερ μάρκετ και πέρασα το πρωί τακτοποιώντας το διαμέρισμα και πλένοντας τα ρούχα μου που είχαν σχηματίσει ένα μικρό βουνό στο πάτωμα της κρεβατοκάμαρας μου. Απαθής, τακτοποίησα τη βαλίτσα μου. Θαμμένη στο κάτω μέρος ήταν η κορνιζαρισμένη φωτογραφία του ερειπίου μου που είχα φέρει μαζί μου. Σύμβολο του λόγου που βρίσκομαι εκεί. Τα υπόλοιπα υπάρχοντά μου θα έφταναν με πλοίο.

Θέλοντας η φωτογραφία να εμφανίζεται στο ένα ράφι σε ολόκληρο το διαμέρισμα, την έβαλα ανάμεσα στην τηλεόραση και το βάζο, μεταφέροντας το βράχο που είχα τραβήξει από το διαχωριστικό στην άλλη άκρη του ραφιού, τοποθετώντας το μπροστά από μια μικρή σειρά από βιβλία που κρατούνται στη θέση τους από ξυλόγλυπτες βιβλιοθήκες. Τα βιβλία περιλάμβαναν ένα ισπανικό-αγγλικό λεξικό και ένα άλλο στα ισπανικά-γερμανικά, έναν οδηγό για τη Φουερτεβεντούρα στα αγγλικά, μια Αγκάθα Κρίστι στα ισπανικά, δύο ρομάντσα σε κάτι που φαινόταν ότι ήταν ολλανδικά, ένα σκληρό εξώφυλλο για τον γερμανικό εξπρεσιονισμό και έναν Στήβεν Κινγκ στα γαλλικά. Φαντάστηκα ότι καθένα απ' αυτά είχε μείνει πίσω, σκόπιμα ή όχι, από έναν προηγούμενο καλεσμένο. Ο βράχος έδενε όμορφα με τη διάταξη. Ένας βράχος χωρίς ιδιαίτερη ομορφιά ή σημασία πέρα από αυτό που προερχόταν από αυτόν τον τοίχο, και ήδη τον είχα εμποτίσει με κάποια σημασία. Ο πρώτος βράχος που αφαιρέθηκε από έναν τοίχο που είχε χωρίσει για πολύ καιρό αυτό το ερείπιο, χωρίζοντάς το σε δύο ξεχωριστές κατοικίες.

Επρόκειτο να αποκαταστήσω αυτό το σπίτι και να το κάνω όπως ήταν αρχικά. Σκεπτόμενη πώς το χώρισμα μείωσε την ακεραιότητα του κτιρίου, αυτός ο τοίχος μου φαινόταν παράβαση και όσο πιο γρήγορα έφευγε, τόσο το καλύτερο.

Σήκωσα τον βράχο και τον γύρισα στο χέρι μου. Είχε έξι διακριτές όψεις ανάμεσα στους μικρούς κρατήρες και τα εκβλαστήματα. Έριξα ένα δάχτυλο πάνω από την επιφάνεια, ένιωσα το βάρος του -περίπου μισό κιλό- και το επέστρεψα στο ράφι, βάζοντάς το στη μεγαλύτερη πιο επίπεδη επιφάνειά του, δείχνοντας ένα εμφανές εξόγκωμα προς τα εμπρός. Έτσι ο βράχος πήρε το σχήμα ενός πλατιού και πεπλατυσμένου κεφαλιού και μπορούσα να ξεχωρίσω μάτια, μύτη και χείλη από όλες τις εσοχές και τις προεξοχές, όπως έκανα ως παιδί με τις κουρτίνες της μητέρας μου με λουλουδάτο σχέδιο.

Τελειώνοντας με τις δουλειές του σπιτιού, έβαλα σε μια λεπτή πάνινη τσάντα τη συνηθισμένη μου μπαγκέτα με ζαμπόν και τυρί, μαζί με δύο πορτοκάλια και ένα λίτρο νερό, και ξεκίνησα για την Τισκαμανίτα. Αμφιβάλλω ότι οι εργάτες θα με ήθελαν εκεί, αλλά έπρεπε να παρακολουθήσω την περίσταση.

Στα στενά δρομάκια του Πουέρτο ντελ Ροζάριο, δεν είχα προσέξει την ομίχλη της σκόνης, παρά μόνο στην ανοιχτή ύπαιθρο, ήταν όμως εκεί, μειώνοντας την ορατότητα, τα βουνά δεν ήταν πλέον διακριτά, ο ορίζοντας πίσω μου θολός. Η θερμοκρασία ανέβαινε σταθερά καθώς έπνεε αέρας από τα ανατολικά. Ήταν ένα καλίμα, μια καταιγίδα σκόνης της Σαχάρας. Δεν είχα ιδέα πόσο θα διαρκούσε ή πόσο έντονο θα ήταν, αλλά όταν βγήκα έξω από την ιδιοκτησία μου μπροστά σε μια σειρά από αυτοκίνητα και φορτηγά και άνοιξα την πόρτα του αυτοκινήτου, ο Αγγλικός μου εαυτός εκνευρίστηκε από τις καιρικές συνθήκες που είχαν νόημα κάθε ένδυσης που κάλυπτε το σώμα από την κορυφή μέχρι τα νύχια, συμπεριλαμβανομένου, ιδιαίτερα του προσώπου. Είχα αντέξει το μερίδιο που μου αναλογούσε από το δικό μου καλίμα και διέφεραν σε ένταση, αλλά οι συνθήκες εκείνης της ημέρας ήταν ιδιαίτερα άσχημες και, νόμιζα, εκτός εποχής.

Τα άλλα οχήματα ήταν στραμμένα προς το μέρος μου. Οι άνδρες πρέπει να έχουν έρθει όλοι από το νότο. Δεν ήξερα αν έπρεπε να αφήσω το παράθυρό μου ανοιχτό για να βγει η ζέστη ή να το κρατήσω κλειστό για να μην μπει σκόνη. Το άφησα κλειστό και άρπαξα το σακουλάκι με το μεσημεριανό μου από το πίσω κάθισμα.

Τα σημάδια της κατασκευής ήταν παντού, σε εργαλεία και καροτσάκια, φωνές και αιχμηρά επαναλαμβανόμενα χτυπήματα του σφυριού στη σμίλη. Το ξύλο ήταν στοιβαγμένο κοντά στο βράχο που είχα δημιουργήσει δίπλα στον αχυρώνα. Αν και δεν ήταν πια βράχος εκεί. Η τακτοποιημένη διάταξή μου είχε ισοπεδωθεί, οι βράχοι σκορπίστηκαν. Κατέπνιξα την απογοήτευσή μου, όλη μου η σκληρή δουλειά είχε πάει στράφι.

Ο Μάριο κι εγώ είχαμε συμφωνήσει για μια δίρριχτη στέγη. Μέσα στη ζέστη και τη σκόνη και τον άνεμο, τέσσερις άντρες – μέτρησα τέσσερις – δούλευαν επισκευάζοντας και σκεπάζοντας τους πέτρινους τοίχους στο στάδιο της προετοιμασίας. Με αγνόησαν, αλλά ένας από τους άντρες πρέπει να είπε κάτι στον Μάριο, γιατί κοίταξε τριγύρω και βλέποντάς με να στέκομαι δίπλα στον τοίχο του σπιτιού, ήρθε.

«Εσύ τα έκανες όλα αυτά;» είπε, χωρίς να μπει στον κόπο να πει ούτε ένα γεια, κουνώντας απαξιωτικά το χέρι δείχνοντας τη στοίβα των βράχων μου.

«Ήθελα να βοηθήσω».

«Να βοηθήσεις; Έχεις κάνει μια εύκολη δουλειά πολλή δύσκολη. Εκείνοι οι βράχοι μέσα στον αχυρώνα είχαν πέσει από τους τοίχους. Καλύτερα να είχαν μείνει εκεί που ήταν και να μην ανακατευτούν με όλους τους άλλους βράχους. Τώρα οι άντρες πρέπει να ψάξουν για κάθε βράχο, χάρη στο σωρό σου».

«Δεν είχα ιδέα», είπα αμυντικά, υποκύπτοντας σε μια ξαφνική ορμή ταπείνωσης. Έκανα ό,τι μπορούσα για να το καταπιέσω. Πώς τολμούσε να μου απευθύνεται με τόση ανυπομονησία, τόση αγένεια!

«Σε παρακαλώ, Κλερ», είπε με μια ξαφνική αλλαγή τρόπου, «πρέπει να αφήσεις τη δουλειά σε εμάς». Άπλωσε το χέρι του και πήρε το δικό μου πιέζοντάς το ανάμεσα στα δικά του, μια χειρονομία που ήταν τόσο συμβιβαστική όσο και πατρονική και τράβηξα το χέρι μου. Η ανατροπή με έκανε να αναρωτιέμαι για την αλήθεια της μεταφυσικής προειδοποίησης της Κλαρίσα. Δεν είχα ιδέα πού βρισκόμουν με αυτόν τον άντρα. Ωστόσο ήξερα ότι είχε δίκιο. Έπρεπε να φύγω. Εκείνοι ήταν οι ειδικοί, εγώ, ήμου η ιδιοκτήτρια, ξεκάθαρα η αδαής.

«Κατασκευάζουν ήδη τον τοίχο;» Είπα, ανυπόμονα για να δείξω τις ελάχιστες τεχνικές μου γνώσεις και να προχωρήσω τη συζήτηση πέρα από αυτή τη συγκυρία.

«Δεν υπάρχουν και πάρα πολλά να γίνουν σε ορισμένα τμήματα».

Έκανα ένα βήμα μπροστά. Εκανε προς τα αριστερά του και στάθηκε ακριβώς μπροστά μου, κλείνοντας το δρόμο μου. Έτρεξα για να τον προσπεράσω. Έβγαλε ένα αστείο γέλιο καθώς παραμερίστηκε, αλλά το είχε ξεκαθαρίσει με τον πιο κραυγαλέο τρόπο ότι δεν ήθελε να πλησιάσω τους άντρες. Προχωρούσε πολύ πέρα από αυτό που θα θεωρούσα κατάλληλη συμπεριφορά, ακόμα κι αν κορόιδευε. Εξάλλου τα μάτια του και τα λόγια του ήταν σοβαρά. Δεν θα δεχόταν καμία παρέμβαση από εμένα.

«Μάριο», είπα, χαμογελώντας για να αμβλύνω την ένταση. «Αυτή είναι μια σημαντική μέρα για μένα. Θα αφήσω τους άντρες να δουλέψουν, αλλά πρώτα θα ήθελα να βγάλω μερικές φωτογραφίες, αν είναι εντάξει».

Δεν περίμενα απάντηση. Πέρασα δίπλα του, με το τηλέφωνο σε ετοιμότητα.

Οι άντρες κοίταξαν όλοι με τη μία, κοίταξαν για λίγο την τρελή Αγγλίδα που έβγαζε μια φωτογραφία με το τηλέφωνό της και μετά συνέχισαν να εργάζονται. Καθώς πλησίαζα στον αχυρώνα, άκουσα τη φλυαρία τους. Υπέθεσαν ότι δεν καταλάβαινα ισπανικά ή ότι ο αέρας θα παρέσυρε τις φωνές τους. Και τα δύο ήταν αληθινά σε κάποιο βαθμό, έπρεπε να ζοριστώ για να ακούσω και να ερμηνεύσω τις χοντρές προφορές τους.

«Ποια είναι αυτή;»

«Η ιδιοκτήτρια» είπε ένας άντρας με άσπρο πουκάμισο. «Ο Μάριος λέει πως θέλει να αποκαταστήσει το κυρίως σπίτι».

Υπήρξε μια στιγμή μαύρου γέλιου. Εκανα πως δεν το άκουσα.

«Δεν θα δουλέψω σ' αυτό» είπε ένας κοντός άντρας με βρώμικο πουκάμισο κάνοντας μια χειρονομία πίσω του.

«Ούτε κι εγώ.»

«Χαίρομαι που το ακούω. Κι εσύ θα πρέπει να είσαι θυμωμένος», είπε ένας τρίτος άντρας.

«Ο Μάριο θα πρέπει να φέρει άντρες από το Λανζαρότε.»

«Θα βρει κι εδώ εργάτες», είπε ο άντρας με το λευκό πουκάμισο. Φαινόταν να ασκεί κάποια εξουσία πάνω στους άλλους.

«Έτσι λες; Ξένους ίσως. Κανένας ντόπιος δε θα δουλέψει εδώ.»

«Πράγματι. Θα πρέπει να είναι τρελοί». Έφτυσε στο χώμα.

Έβγαλα τρεις διακριτικές φωτογραφίες και έφυγα. Το μυαλό μου έτρεχε. Τι μπορεί να εννοούσαν; Είχα ακούσει σωστά; είχα αρχίσει να έχω αμφιβολίες.

Ο Μάριο βγήκε από το άνοιγμα της εξώπορτας με τις σανίδες. Φύλαξα το τηλέφωνό μου και πήγα μαζί του.

«Κανένα νέο για τα σχέδια του σπιτιού;»

«Σε μια βδομάδα;» γέλασε. Εγώ δεν γέλασα μαζί του. «Όταν τελειώσει αυτό, θα ξεκινήσουμε.»

«Εκείνοι οι άντρες είπαν μόλις τώρα ότι δε θα δουλέψουν εδώ.»

«Μην τους δίνεις σημασία. Έχω ένα σωρό άντρες που μπορώ να χρησιμοποιήσω.»

Άρα, σωστά άκουσα.

«Μα είπαν ότι κανένας ντόπιος δε θα δουλέψει. Δεν καταλαβαίνω. Τι τρέχει με το σπίτι μου;»

«Ηρέμησε. Πρόκειται απλώς για δεισιδαιμονίες και κουτσομπολιά.»

Έφυγε πριν προλάβω να ρωτήσω περισσότερα. Έμεινα αμήχανη. Η δεισιδαιμονία σήμαινε φαντάσματα, παραφυσικές δραστηριότητες, μια κατάρα αρκετά ισχυρή ώστε να εμποδίσει τους λογικούς, εργατικούς άνδρες να κερδίσουν έναν καλό μισθό σε ένα μεγάλο έργο. Κάτι έπρεπε να πηγαίνει πολύ στραβά για να προκαλέσει αυτή την αντίδραση. Ίσως εξηγούσε γιατί κανείς δεν το είχε αποκαταστήσει πριν, γιατί ο Σέγιας ήθελε να το κατεδαφίσει. Μου είχε ευχηθεί καλή τύχη. Έμοιαζε σαν να την χρειαζόμουν. Η προειδοποίηση της θείας Κλαρίσας μου ήρθε ξανά στο μυαλό, αλλά την απέρριψα. Το διάγραμμα μετακόμισης που είχε δημιουργήσει αφορούσε ολόκληρο το νησί, όχι μόνο τη δική μου γη.

Τριγύρισα για λίγες ώρες ακόμα ώσπου άρχισα να διψάω. Η μπαγκέτα, χωμένη στη λεπτή πάνινη τσάντα μου όλο αυτό το διάστημα ζεσταινόταν σταθερά, αποφάσισα πως ήταν, μη βρώσιμη. Αν ήθελα γεύματα σε πακέτο, έπρεπε να επενδύσω σε μια πιο δροσερή τσάντα. Οι άντρες συνέχισαν να με κοιτάζουν. Συνειδητοποιώντας ότι η παρουσία μου επιβράδυνε τον ρυθμό, επέστρεψα στο αυτοκίνητό μου.

Ανοίγοντας την πόρτα βρέθηκα σε ένα φούρνο και ζεματίζοντας τα χέρια μου στο τιμόνι που είχε πάρει το μεγαλύτερο βάρος του ήλιου, συνειδητοποίησα γιατί όλα τα άλλα οχήματα ήταν στραμμένα προς την άλλη πλευρά. Είχα πολύ δουλειά για να εγκλιματιστώ μπροστά μου.

Άνοιξα το ραδιόφωνο για την επιστροφή μου στο Πουέρτο ντελ Ροζάριο για να πνίξω τις ανακατεμένες σκέψεις μου. Πάνω απ' όλα, αρνήθηκα να ακούσω τη φωνή μέσα μου που ήταν απασχολημένη με την αξιολόγηση της ημέρας των εγκαινίων της κατασκευής ως δυσοίωνη. Η σύμπτωση του Καλίμα δεν βοήθησε. Το πρόβλημα ήταν ότι αυτοί οι εργάτες ήξεραν κάτι που δεν ήξερα και ενώ ο Μάριο διέλυσε τους φόβους τους, μέρος του εαυτού μου δεν μπορούσε. Ήταν το μέρος του εαυτού μου που σχηματίστηκε από την Ίνγκριντ και την Κλαρίσα, το ένα σε αντίθεση με τον λογικό εαυτό μου από τον τραπεζίτη. Επέλεξα να μην πιστεύω στα φαντάσματα ή στο υπερφυσικό ή στο ουρλιαχτό της Κλαρίσα, αλλά αυτοί οι άντρες ξεκάθαρα το πίστευαν και έμεινα αναστατωμένη από αυτό.

Το αυτοκίνητο έδειξε εξωτερική θερμοκρασία τριάντα πέντε βαθμών και απέμενε πολλή μέρα για να ανέβει περαιτέρω η θερμοκρασία. Στο παρελθόν, οι ντόπιοι έμεναν μέσα, έκλειναν όλα τα παραθυρόφυλλα στα παράθυρα και έβγαιναν από την ανατολή, έτοιμοι να σκουπίσουν τη σκόνη μόλις γυρνούσε ο αέρας. Είχα στεγνωτήριο έξω, ένα παράθυρο μπάνιου ανοιχτό, και όσο πιο γρήγορα ακολουθούσα αυτές τις λογικές παραδόσεις τόσο το καλύτερο.

Βγήκα έξω από το διαμέρισμα με την ηρεμία μου μερικώς αποκατεστημένη. Έμεινα έτσι για δύο ολόκληρα λεπτά. Στη συνέχεια, μπήκα στο διαμέρισμα και είδα ότι ο βράχος που είχα τοποθετήσει τόσο προσεκτικά στο ράφι μπροστά από τα βιβλία, βρισκόταν στο πάτωμα.

Πώς έπεσε και κατέληξε εδώ πέρα;

Άρχισα να σκέφτομαι διάφορες εξηγήσεις για να ηρεμήσω το ανήσυχο μυαλό μου. Είχε πέσει; Όχι, δεν θα μπορούσε. Πώς ήταν ακόμη δυνατό; Ακουμπούσε στη φυσική του βάση από την οποία δεν μπορούσε να έχει ανατραπεί. Τα πλακάκια του δαπέδου δεν είχαν χτύπημα, και αν έπεφτε ή έστω είχε πέσει, σίγουρα θα υπήρχε κάτι. Ήταν κάποιος στο διαμέρισμά μου; Η Ντολόρες; Ο ιδιοκτήτης; Ένας εισβολέας; Γιατί κάποιος από αυτούς να βάλει αυτόν τον βράχο στο πάτωμα; Ωστόσο, αυτή έπρεπε να είναι η απάντηση. Ίσως είχαν έρθει με ένα παιδί που είδε τον βράχο και τον σήκωσε και τον εξέτασε. Ναι, αυτό είχε συμβεί.

Κοίταξα τριγύρω μήπως βρω άλλα στοιχεία ότι κάποιος ήταν μέσα ενώ ήμουν έξω, αλλά δεν υπήρχαν. Ο οιωνός της Κλαρίσας έπεσε στο προσκήνιο του μυαλού μου, αλλά δεν είχε πει τίποτα για φαντάσματα και αρνήθηκα να σκεφτώ κάτι τέτοιο. Προτιμώντας να αποφύγω την επανάληψη, έβαλα τον βράχο σε ένα ντουλάπι κουζίνας, καλά κρυμμένο στο πίσω μέρος πίσω από μια στοίβα πιάτα.

Χρειάστηκε μια κρύα μπύρα και ένα μπολ παγωτό για να τακτοποιήσω τις σκέψεις μου. Έπειτα έβαλα το πλυντήριο και έκλεισα το παράθυρο του μπάνιου και ξεκίνησα να αποθηκεύσω στον σκληρό μου δίσκο τις φωτογραφίες που είχα τραβήξει από το βοηθητικό μου κτίριο.

Αργότερα, έγραψα την πρώτη μου καταχώριση στο σημειωματάριό μου, με ευχαρίστηση που επιτέλους χρησιμοποιούσα το όμορφο σκληρό εξώφυλλο σε μέγεθος φύλλου που είχα βρει σε ένα τοπικό βιβλιοπωλείο. Κάλεσα την πρώτη μου συμμετοχή, την πρώτη μέρα. Δεν ήταν εύκολη η εγγραφή. Ήθελα η μέρα να είναι χαρούμενη και εορταστική και είχα φύγει με μια αρνητικότητα. Η κατασκευή μου καθόταν κάτω από ένα σύννεφο καταστροφής. Περιέγραψα την καλίμα, τον Μάριο, τους άντρες, την καλή πρόοδο ακόμα και το λάθος μου επιχείρημα με τους βράχους. Δεν είδα την ανάγκη να αναφέρω τον βράχο του μεσοτοιχίου στο σαλόνι μου.

ΜΠΕΤΑΚΟΥΝΡΊΑ

Το καλίμα διήρκησε για άλλες τρεις μέρες. Παρέμεινα κλεισμένη μέσα για όλη αυτή τη διάρκεια, διαβάζοντας την Αγκάθα Κρίστι στα ισπανικά που κρατούσα στο μοναδικό ράφι και όταν κουραζόμουν, άκουγα μουσική με τα ακουστικά μου. Έπαιζα μόνο Κοκτώ, επιλέγοντας τρταγούδια των Φέλα Κούτι και Αντζελικ Κιγκτο, μια ήσυχη χωρίς μπιτ μουσική, με έναν χαρούμενο ρυθμό, από καλλιτέχνες με ρίζες από τα Κανάρια Νησιά. Ένας πρώην μου, ο Σάιμον νομίζω, μου το είχε πει.

Όταν τελείωσε το άλμπουμ της Κιγκτο, έστειλα στον πατέρα και στη θεία μου ένα σύντομο ημέηλ στον καθένα που τους ενημέρωνε ότι είχαν ξεκινήσει οι οικοδομικές εργασίες. Κανένας από τους δύο δεν απάντησε, τουλάχιστον όχι αρκετά σύντομα. Βρήκα τον εαυτό μου να ελέγχει τα εισερχόμενά μου κατά διαστήματα, λαχταρώντας την ανθρώπινη αλληλεπίδραση, ακόμη και σε ηλεκτρονική απόσταση. Μόνη στο μικροσκοπικό διαμέρισμά μου καθώς έβγαινα από τη θύελλα της σκόνης, ακούγοντας το γέλιο και τον κρότο των γειτόνων μου μέσα από ηχοπορώδεις τοίχους, κοίταξα το άμεσο μέλλον μου και αναρωτιόμουν πώς θα ήμουν για πολύ ακόμη χωρίς φίλους και λίγη ουσιαστική ανθρώπινη επαφή.

Αλλά δεν επρόκειτο να αφήσω ένα σημείο απομόνωσης να με ενοχλήσει. Η απάντηση ήταν απλή. Θα ήμουν απασχολημένη. Η κατάσταση χωρίς φίλους δεν θα διαρκούσε για πάντα. Πάντα είχα αυτοπεποίθηση. Ίσως είναι μια ιδιότητα που έρχεται με την ανύπαντρη ζωή.

Την Παρασκευή εκείνης της εβδομάδας, οδήγησα στην Τισκαμανίτα και πάρκαρα έξω από το ακίνητό μου στην απέναντι πλευρά του δρόμου, με άμεση οπτική γωνία στον αχυρώνα. Τα κιάλια θα ήταν χρήσιμα, αλλά μπορούσα να δω από απόσταση ότι τα ξύλα είχαν αρχίσει να ανεβαίνουν στην οροφή και η πόρτα είχε ένα νέο υπέρθυρο. Τέσσερις άνδρες σήμαιναν γρήγορη πρόοδο. Ο αχυρώνας ήταν μικρός και χρειαζόταν πολύ λιγότερη επισκευή από το κυρίως σπίτι. Ήταν ένα ευχάριστο θέαμα, αλλά δεν το ένιωθα. Τη στιγμή που ένας από τους άνδρες με εντόπισε στο αυτοκίνητό μου, έβαλα την ανάφλεξη και έφυγα.

Ανυπομονώντας να μάθω περισσότερα για την ιστορία του σπιτιού, έφτασα στον κεντρικό δρόμο της Τισκαμανίτα κοντά σε ένα μικρό καφέ που είχε την σήμανση «τοπικά» παντού. Πριν μπω μέσα, στάθηκα στο πεζοδρόμιο και κοίταξα τη γύρω περιοχή, συνειδητοποιώντας, όπως ότι όσο καιρό είχα διασχίσει το χωριό με το αυτοκίνητο, δεν είχα κάνει ποτέ τον κόπο να σταματήσω και να επισκεφτώ τα καταστήματα και τα καφέ.

Οι επιχειρήσεις στο κέντρο του χωριού αποτελούνταν από ένα αρτοποιείο, ένα κρεοπωλείο, ένα μικρό παντοπωλείο, ένα κομμωτήριο, δύο καφετέριες και ένα εστιατόριο, όλα στριμωγμένα γύρω από την εκκλησία και την πλατεία. Αρκετά για την εξυπηρέτηση του τοπικού πληθυσμού και τίποτα περισσότερο. Με πληθυσμό περίπου πεντακοσίων κατοίκων, δεν θα μπορούσες να περιμένεις πολλά από τις εγκαταστάσεις. Ωστόσο, το χωριό έκανε λίγα για να προσελκύσει τον παραθεριστή που περνούσε. Οι δυνατότητες ήταν εκεί. Το χωριό κόπηκε στα δύο από τον δρόμο Αντίγκουα-Τουινεγιέ και φιλοξενούσε έναν ανακαινισμένο ανεμόμυλο, το Λος Μολίνος, που είχε μετατραπεί σε ένα από τα πολυάριθμα μουσεία του νησιού. Παρόλο που ο ανεμόμυλος βρισκόταν στην άκρη του χωριού και οι παραθεριστές αναμφίβολα θα πήγαιναν στο επόμενο τουριστικό μέρος. Πιθανότατα θα χρειαζόταν πολύ για να τους κάνει να σταματήσουν για λίγο, πολύ περισσότερο από έναν μικρό στολισμό του χωριού.

Δυστυχώς, η Τισκαμανίτα είχε μια ατμόσφαιρα παρακμής. Οι χώροι του καταστήματος ήταν άδειοι. Πολλά από τα αγροκτήματα εγκαταλείφθηκαν. Δεν υπήρχαν αρκετά για να προσελκύσει κόσμο, τίποτα γύρω για να κρατήσει τους ανθρώπους. Οι περισσότεροι ξένοι προτιμούσαν την ακτή και ποιος θα μπορούσε να τους κατηγορήσει, και οι ντόπιοι που παρέμειναν μάλλον απολάμβαναν τον ήσυχο τρόπο ζωής τους ενώ οι απόγονοί τους έφυγαν αναζητώντας δουλειά και ενθουσιασμό.

Με μια αίσθηση ανησυχίας πλησίασα το καφενείο, αναρωτιόμουν πώς θα με υποδέχονταν, μια ξένη από την Κόλτσεστερ, μια νέα κάτοικος που είχε χρήματα, που ήθελε να εδραιωθεί ανάμεσα στους ντόπιους. Τουλάχιστον μπορούσα να επικοινωνήσω στη γλώσσα. Σίγουρα αυτό θα προκαλούσε θετική απάντηση.

Είχα επιλέξει να ζήσω στην Τισκαμανίτα εν μέρει επειδή βρισκόμουν εκεί θα μπορούσα να αποσυνδεθώ από την υπόλοιπη κοόρτη μου, τους Βρετανούς, ή τουλάχιστον, έτσι σκέφτηκα. Στέκοντας στο πεζοδρόμιο παρατηρώντας την ησυχία, οι υποθέσεις μου φάνηκαν μη ρεαλιστικές. Δεν ήξερα τίποτα για το χωριό ή τους ανθρώπους του, εκτός από αυτά που μπορούσα να δω με τα μάτια μου και μερικές παραγράφους που είχα συναντήσει στο διαδίκτυο. Ήμουν, και υποψιαζόμουν ότι θα ήμουν για πολύ καιρό, μια ξένη.

Μπήκα στο καφέ, παρακάμπτοντας το υπαίθριο κάθισμα για ένα τραπέζι δίπλα στο παράθυρο. Ήταν πολύ νωρίς για μεσημεριανό. Δύο άντρες με εξοπλισμό εργασίας μπήκαν λίγο αφότου κάθισα. Έκαναν τις αγορές τους και συνέχισαν τον δρόμο τους, αφήνοντας εμένα την μοναδική πελάτισσα. Σκάναρα το μενού που ήταν γραμμένο σε τρεις μικρούς πίνακες που κρέμονταν στον τοίχο πίσω από τον πάγκο. Δεν υπήρχε εξυπηρέτηση σε τραπέζι. Σηκώθηκα και πλησίασα τη γυναίκα που στεκόταν δίπλα στο μπαρ και παρήγγειλα έναν καφέ. Σκεπτόμενη να την ευχαριστήσω με το έθιμο μου, παρήγγειλα επίσης μια τορτίγια. Φαινόταν αρκετά ευχάριστη: ήταν κοντόχοντρη, μεσήλικη και περήφανη. Υπέθεσα ότι ήταν η ιδιοκτήτρια.

Ξανακάθισα στη θέση μου και όταν ήρθε με την παραγγελία μου, της έδωσα ένα θερμό χαμόγελο και τη ρώτησα αν το καφέ ήταν δικό της. Όταν εκείνη έγνεψε καταφατικά, της έδωσα ένα πιο πλατύ χαμόγελο και κοιτώντας την είπα, «τότε, είμαστε γειτόνισσες».

Η γυναίκα φάνηκε να ξαφνιάζεται, σκεφτόμενη σίγουρα, πως δεν μπορεί άλλη μια αγγλίδα να αγόρασε την ιδιοκτησία. Έκανε να μιλήσει, αλλά άλλαξε γνώμη.

Βλέποντας πως ήταν έτοιμη να φύγει, άλλαξα θέση. «Αγόρασα το σπίτι των Σέγιας. Στο Κάλε Καμπρέρα.»

Ένα βλέμμα περιέργειας φάνηκε στο πρόσωπο της γυναίκας, μεταξύ φόβου και δισταγμού.

«Το κάσα Μπαράσο;» είπε αργά. «Άκουσα πως κάποιος το αγόρασε. Εσύ ήσουν;»

«Κάσα Μπαράσο; Το όνομα του αρχικού ιδιοκτήτη ήταν αυτό;»

Η ιδιοκτησία βρισκόταν στην κατοχή των Σέγιας για πολλές γενιές και υπέθετα πως εκείνοι ήταν οι αρχικοί ιδιοκτήτες. Δεν ήξερα για κανέναν Μπαράσο.

«Ο Σενιόρ Μπαράσο δεν ήταν ποτέ ιδιοκτήτης του σπιτιού», είπε, κάνοντας ένα μικρό βήμα μπροστά. «Ζούσε εκεί για πολλά χρόνια. Ήταν κυβερνητικός αξιωματούχος από την Τενερίφη.»

Θυμήθηκα το άρθρο που είχα διαβάσει, εκείνο που με είχε

προκαλέσει το ενδιαφέρον να αγοράσω το σπίτι. Ήμουν σίγουρη πως δεν ανέφερε πουθενά αυτόν τον Μπαράσο. Ίσως να το γνώριζαν μόνο οι ντόπιοι ή απλώς να μην είχα διαβάσει αυτή την πληροφορία. Αναρωτήθηκα πώς θα μάθαινα περισσότερα για αυτόν τον άντρα. Στη βιβλιοθήκη ίσως; Μήπως στην ιστορία του τόπου; Θα ξεκινούσα ρωτώντας την ιδιοκτήτρια.

Άνοιξα το στόμα μου να μιλήσω όταν μπήκαν δύο γυναίκες και χαιρέτησαν την ιδιοκτήτρια με δυνατές φωνές. Κατευθύνθηκαν όλεσι μαζί στο γκισέ και σαφώς είχα χάσει την ευκαιρία μου. Επικεντρώθηκα στην ομελέτα μου, απολαμβάνοντας την αμυδρή σκορδάτη γεύση και ήπια τον καφέ μου, που ήταν μέτριος. Καθώς έτρωγα ένιωθα τα μάτια των γυναικών στην πλάτη μου. Είχαν χαμηλώσει τους τόνους αλλά ήξερα ότι μιλούσαν για το σπίτι. Άκουσα το «Σέγιας» και το «Μπαράσο» καθαρά σαν καμπάνα. Ήθελα να κάνω περισσότερες ερωτήσεις, ειδικά για τον Σενιόρ Μπαράσο, και ήθελα επίσης να ρωτήσω την ιδιοκτήτρια του καφέ αν ήξερε τον λόγο της άρνησης των εργατών μου να συμμετάσχουν στην αποκατάσταση, αλλά η αντιμετώπιση με τρεις ντόπιες αμέσως ένιωθα να γίνεται τρομακτική. Τα κουτσομπολιά για μικρά χωριά και η γνώση ότι με κρίνουν με είχαν κάνει ήδη να οπισθοχωρήσω κάπως. Ήταν μια άμυνα. Όποτε ένιωθα ότι απειλούμουν, υποχωρούσα στο κέλυφος της αχιβάδας που είχα δημιουργήσει ως παιδί για να προστατευτώ από τον τραυματισμό. Τότε ήταν μια συρρίκνωση της πλάτης που χρησίμευσε για να ενισχύσει την αίσθηση ότι η νέα μου ζωή δεν θα ήταν τόσο εύκολη διαδρομή όσο πίστευα.

Τελείωσα την τορτίγια και τον καφέ μου και περίμενα τις δύο γυναίκες είτε να καθίσουν είτε να φύγουν — έφυγαν — πριν πλησιάσω στον πάγκο για να πληρώσω. Προσπάθησα να τραβήξω το βλέμμα της γυναίκας, αλλά δεν έδειξε ενδιαφέρον να μου μιλήσει. Την ευχαρίστησα και καθώς έφευγα της είπα ότι η τορτίγια ήταν νόστιμη, κάτι που σαφώς την ευχαρίστησε αλλά παρέμεινε απαθής.

Μετά την εσωτερική θλίψη, η ξαφνική φωτεινότητα της ημέρας, που ατενίζει τους ασβεστωμένους τοίχους του καφέ, έφτασε στα μάτια μου. Είχα μια δροσερή ανάπαυλα στο καφέ, και παρά τη φοβερή ζέστη που με κατακεραύνωσε όταν άνοιξα την πόρτα του αυτοκινήτου, ένιωσα ανακούφιση που ξεκίνησα.

Με τους άντρες στο εργοτάξιο να εμποδίζουν την παρουσία μου στην ιδιοκτησία μου και να γεμίζει όλη την ημέρα, αποφάσισα να οδηγήσω στην Μπετανκουρία, την αρχική πρωτεύουσα του νησιού, ακολουθώντας τη νότια διαδρομή μέσω Παχάρα για να απολαύσω τις σαρωτικές στροφές στα βουνά. Θα συμπεριφερόμουν σαν παραθερίστρια, σκέφτηκα, και θα πάρω τον χρόνο μου. Σταμάτησα ακόμη και στο καθορισμένο σημείο για να θαυμάσω τη θέα στα βουνά.

Η Μπετανκουρία βρίσκεται σε μια μικρή λεκάνη μιας κοιλάδας, περιτριγυρισμένη από όλες τις πλευρές από χαμηλά βουνά με τις ομαλές, σχεδόν αισθησιακές καμπύλες τους, ο ορεινός όγκος κυματιστός σαν μια τσακισμένη και τσαλακωμένη κουβέρτα. Υπερυψωμένη και τοποθετημένη στη δυτική ακτή, η παλιά πόλη τείνει να είναι πιο δροσερή από το υπόλοιπο νησί. Εκείνη την ημέρα, σίγουρα αισθάνθηκα πιο εκλεπτυσμένη, με τα στενά δρομάκια του να ανεβαίνουν σε ζιγκ-ζαγκ στις πλαγιές της κοιλάδας, πλαισιωμένα από γοητευτικά ανακαινισμένα κτίρια. Υπήρχε μια αίσθηση χλιδής στο κέντρο του χωριού, το εκθετήριο του νησιού. Περιποιημένη και άψογη, είχε δοθεί προσοχή σε κάθε λεπτομέρεια.

Ο κατακτητής του νησιού, Jean Bétancourt, είχε επιλέξει τη Betancuria να είναι η πρωτεύουσα όχι για την ατμόσφαιρα, αλλά για την προστασία που παρείχε από τις πειρατικές επιθέσεις. Η προστατευμένη του θέση δεν εμπόδισε την πόλη να ισοπεδωθεί από τους πειρατές το 1593, ένα γεγονός που γοήτευσε ακόμα κι όταν η βία της με απώθησε.

Τράβηξα στον κεντρικό δρόμο, τυχερός που βρήκα ένα μέρος για να παρκάρω έξω από την εκκλησία. Η Φουερτεβεντούρα, σκέφτηκα ειρωνικά καθώς κατέβηκα από το αυτοκίνητό μου, ήταν γνωστή όχι μόνο για τις παραλίες της. Αν και χρειάστηκαν αρκετές επισκέψεις πριν σκοντάψω στην τέχνη του νησιού.

Η Λα Ιγκλέσια Σάντα Μαρία ντε Μπατανκουρία είναι αναμφίβολα το καλύτερο παράδειγμα, μια εκκλησία που δεσπόζει στην παλιά πρωτεύουσα. Είναι ένα υπέροχο οικοδόμημα από όλες τις απόψεις. Σε στιλ μπαρόκ, έχει τοξωτά παράθυρα τοποθετημένα ψηλά στους λαμπρούς λευκούς τοίχους της, έναν στιβαρό πύργο και πέτρινο τρούλο. Η εκκλησία φωνάζει στους γύρω. Δεν υπάρχει διαφυγή από την πίστη που κυβέρνησε εδώ.

Η δομή κόβεται στην πλαγιά του λόφου. Μια μεγάλη πλακόστρωτη πλατεία, που περιέχει πολλά πέτρινα καθίσματα και μια διάταξη από επίσημες φυτεύσεις, παρέχει στους παραθεριστές και τους ντόπιους την ευκαιρία να απολαύσουν την ατμόσφαιρα. Η είσοδος στην εκκλησία γίνεται από σκαλιστές ξύλινες πόρτες που τοποθετούνται σε στρογγυλεμένη αψίδα που καλύπτεται με περίτεχνα σκαλισμένο αέτωμα. Πέρασα από μια οικογένεια που ετοιμαζόταν να πάει στο κατάστημα με είδη δώρων και μπήκα στο δροσερό.

Το εσωτερικό της εκκλησίας αποπνέει μεγαλειώδη θρησκευτικότητα, με τις θολωτές οροφές και τους εντυπωσιακούς βωμούς να γίνονται ακόμη πιο εντυπωσιακά δίπλα στο κατάλευκο των τοίχων.

Αγνοώντας μερικούς παραθεριστές που μιλούσαν, πήγα στο σκευοφυλάκιο για να κοιτάξω το ταμείο. Επισκεπτόμουν αυτήν την εκκλησία κάθε αργία από την ημέρα που περιπλανήθηκα μέσα για να δω τι ήταν όλη η φασαρία, αφού άκουσα δύο γυναίκες να ενθουσιάζονται.

Η οροφή του σκευοφυλακίου ήταν αρκετή για να

προκαλέσει τρακάρισμα ακόμη και στον πιο κυνικό από τους παρατηρητές. Κάθε τετράγωνο περιέχει ένα ομοιόμορφο σχέδιο από ροζέτες και φυλλώματα βαμμένα σε πλούσιους τόνους χρυσού και κόκκινου και πράσινου.

Όταν ένιωσα τον λαιμό μου δύσκαμπτο και επώδυνο, μελέτησα τους πίνακες. Έπειτα, επέστρεψα στο σηκό και κάθισα στην άκρη ενός στασιδιού, με το βλέμμα μου καρφωμένο σε ένα από τους μικρότερους βωμούς, αποδομένα στα ίδια πλούσια χρώματα. Ένα άγαλμα της αμόλυντης Παναγίας στεκόταν στη δική του εσοχή πλαισιωμένο από παραστάδες. Το μάτι μου τράβηξε πρώτα εδώ και μετά από εκεί, όλες οι περίπλοκες λεπτομέρειες. Ένα τέτοιο έργο τέχνης ήταν σίγουρα αρκετό για να παρασύρει ακόμη και τους μη θρησκευόμενους στην εκκλησία. Σχεδόν ένιωσες μια παρόρμηση για λατρεία.

Δεν είχα καταλάβει ποτέ αυτή την παρόρμηση. Καμία πλευρά της οικογένειάς μου δεν ήταν θιασώτες οποιασδήποτε πίστης. Ο πατέρας μου είναι υλιστής ως το μεδούλι του και η πλευρά της μητέρας μου είναι αποκρυφιστές βαμμένοι μέχρι το μαλλί. Δεν είναι περίεργο που για μένα, η θρησκεία ήταν πλύση εγκεφάλου, σχεδιασμένη για να εξαναγκάσει την υπακοή σε αντάλλαγμα για ασαφείς και μη ικανοποιητικές εξηγήσεις για τον ανθρώπινο πόνο και ψευδείς υποσχέσεις για μια μετά θάνατον ζωή. Πολύ συχνά η θρησκεία χρησιμοποιήθηκε για τον έλεγχο και την καταπίεση. Όταν οι Κανάριοι Νήσοι κατακτήθηκαν, οι ιθαγενείς αναγκάστηκαν να εγκαταλείψουν το δικό τους σύστημα πεποιθήσεων και να υιοθετήσουν τον Καθολικισμό. Αν δεν το έκαναν, θα πέθαιναν. Για αιώνες μετά, χτίζονταν εκκλησίες και οι εκκλησίες πήγαιναν στη λειτουργία και κοινωνούσαν και έμαθαν να κάνουν αυτό που τους έλεγαν. Αποπνικτικός. Το καλύτερο που θα μπορούσαμε να πούμε ήταν ότι άφησε μια κληρονομιά καλής παλιάς τέχνης.

Ο κόσμος τριγυρνούσε μέσα και έξω. Χωρίς να βιάζομαι να

μετακινηθώ, έμεινα καθισμένη, απορροφώντας τα αποτελέσματα τόσου πλούτου και δύναμης. Μια εσωτερική γαλήνη με εμφύσησε, αλλά θα ήταν μια ειρήνη βραχύβια. Γιατί μου πέρασε από το μυαλό σε μια ανεπιθύμητη έκρηξη ότι είχα αγοράσει στην αποικιακή ιστορία του νησιού. Διότι είχα πέσει σε ένα σπίτι ευγενών, όχι σε ένα ταπεινό αγρότη. Μήπως αυτό σήμαινε ότι είχα αυταπάτες μεγαλείου; Εγώ, η Κλερ Μπένετ, μια ταπεινή τραπεζική ταμίας από το Κόλτσεστερ, η ιδιοκτήτρια μιας έπαυλης σύμφωνα με τα πρότυπα του νησιού. Η συνειδητοποίηση με έκανε να νιώσω άβολα στο πετσί μου. Τι φανταζόμουν ότι θα έκανα σε ένα τόσο μεγαλοπρεπές σπίτι μόλις ανακαινιζόταν; Ο φωτογράφος, ο Πάκο, είχε δίκιο. Χρειαζόμουν σύζυγο, παιδιά, ανθρώπους για να γεμίσω έξι υπνοδωμάτια. Ίσως θα έπρεπε να νοικιάσω δωμάτια ή με άλλον τρόπο να βγάλω κέρδος από αυτό, αλλά τίποτα τέτοιο δεν είχε καμία έκκληση. Ήθελα το σπίτι μου μόνο για τον εαυτό μου, αν και καθόμουν σε εκείνη τη μεγάλη παλιά εκκλησία, η προοπτική μου φαινόταν ξαφνικά παράλογη. Ήταν σαν να με είχε τρυπήσει μια καρφίτσα που ξεφούσκωσε το μπαλόνι ζεστού αέρα της φανταστικής, μεγαλειώδους ντιζάιν επιθυμίας μου.

Ταραγμένη, έφυγα από την εκκλησία και κάθισα στην πλατεία, παρακολουθώντας τους περιηγητές να περπατούν πέρα δώθε. Ήμουν στο νησί δύο εβδομάδες. Είχα λίγες πιθανότητες να απολαύσω τον πλούτο μου, αν και η αίσθηση ελευθερίας που έδινε ήταν λυτρωτική. Με είχε καταναλώσει η ανυπομονησία για την κατασκευή. Γιατί για άλλη μια φορά ήξερα ότι δεν είχα απαντήσει σε μια θεμελιώδη και φρικιαστική ερώτηση: είχα κάνει το σωστό που μετακόμισα στην Τισκαμανίτα; Δεν έπρεπε να είχα αγοράσει μια βίλα στην ακτή;

Η θεία Κλαρίσα ήρθε στο μυαλό μου, θυμίζοντάς μου για πολλοστή φορά όλες εκείνες τις αστρολογικές γραμμές που διασχίζουν τη Φουερτεβεντούρα. Αυτή τη φορά, σταμάτησα για να σκεφτώ. Τι είχε πει για τον Ποσειδώνα και τον δωδέκατο οίκο; Ό,τι κι αν ήταν, αμφέβαλα για τη συνάφεια και ο λογικός εαυτός μου μπήκε με μια απάντηση. Υπάρχουν στιγμές που καίγονται γέφυρες και δεν υπάρχει επιστροφή. Είχα επενδύσει εξακόσιες χιλιάδες ευρώ σε αυτό το ερείπιο και δεν ήμουν έτοιμη να λυγίσω. Εξάλλου, δεν είχα παρελθόν για να επιστρέψω. Ο μόνος δρόμος ήταν μπροστά. Μπορεί να μην αποδεικνύεται μια εύκολη εξέλιξη, αλλά ήταν κάτι που έπρεπε να γίνει.

Μετά από λίγο καιρό η σκέψη μου λειτούργησε και η θετική μου νοοτροπία επέστρεψε. Στο κυνήγι για ένα καλό μέρος για μεσημεριανό, άφησα την εκκλησία και πήγα για μια βόλτα πρώτα σε ένα στενό, μετά σε ένα άλλο από τα στενά, πλακόστρωτα δρομάκια.

Επέλεξα ένα εστιατόριο κοντά στο πολιτιστικό κέντρο, το οποίο τραβούσαν τα παλιά βαρέλια κρασιού που λειτουργούσαν ως τραπέζια έξω. Βρίσκοντας το εστιατόριο γεμάτο, κάθισα σε ένα τραπέζι δίπλα στην πόρτα και παρήγγειλα το μενού της ημέρας και ένα μπουκάλι μπύρα. Βυθίστηκα στο βουητό, τον κρότο, τις υπέροχες μυρωδιές μαγειρικής. Τι καλύτερο λόγο χρειαζόμουν για να είμαι εδώ;

Μια σούπα λαχανικών ήρθε πρώτα και άρχισα να τρώω, χωρίς να συνειδητοποιήσω ότι είχα πεινάσει μέχρι που εκείνη η πρώτη μπουκιά πλούσιου ζωμού ζωντάνεψε τους γευστικούς μου κάλυκες.

Έτρωγα την τελευταία κουταλιά σούπας από το μπολ μου όταν μια φιγούρα μπήκε στο μπαρ. Κοίταξα και είδα τον Πάκο να με κοιτάζει. Παράξενο.

«Να που συναντιόμαστε ξανά», είπε καθώς στηριζόταν στην κενή καρέκλα.

Του χαμογέλασα. «Είσαι καλά;»

Έκανε μια χειρονομία προς στο τραπέζι και, όταν είδε πως του το επέτρεψα, τράβηξε την καρέκλα και κάθισε.

«Πώς πάει η αποκατάσταση;»

«Έχω ξεκινήσει πρώτα από τον αχυρώνα. Οι άντρες δούλευαν εκεί σήμερα το πρωί όταν πήγα να τους δώ. Νομίζω πως πάει καλά.»

«Τους είδα κι εγώ. Γιατί δε φτιάχνουν το σπίτι;»

«Πήγες στην ιδιοκτησία μου;» είπα, νιώθοντας ότι με κατασκόπευε, αν και ήξερα πως αυτή η αίσθηση ήταν ανόητη.

«Κάνω συχνά παράκαμψη», είπε, λες και περνώντας από το ερείπιό μου να ήταν κάτι συνηθισμένο. «είμαι φωτογράφος.»

«Μου το είπες». Συνέχιζα να τον κοιτάζω περιμένοντας κάτι περισσότερο.

«Μου αρέσει να παρακολουθώ τα παλιά σπίτια, να φροντίζω να μην τους συμβαίνει τίποτα κακό».

Δεν ήμουν πεπεισμένη, αλλά η εξήγησή του έπρεπε να γίνει. Δεν φαινόταν τίποτα να πω σε απάντηση.

«Τι σε φέρνει μέχρι εδώ;» ρώτησε.

«Τι φέρνει *εσένα* μέχρι εδώ;»

«Επισκέπτομαι έναν φίλο».

«Και εγώ απολαμβάνω μια μέρα σαν παραθερίστρια».

Χαμογέλασε. Ήταν ένα ζεστό χαμόγελο και το επέστρεψα με ένα δικό μου. Η αμηχανία μεταξύ μας εκτονώθηκε. Ο Πάκο χαιρέτησε έναν σερβιτόρο και παρήγγειλε μια μπύρα.

«Γιατί ενδιαφέρεσαι ιδιαίτερα για το σπίτι μου;» Είπα ελπίζοντας σε μια ειλικρινή απάντηση.

Αυτή τη φορά, ήταν καλοπροαίρετος, όχι, περισσότερο από καλοπροαίρετος. Τα μάτια του άστραφταν και το πρόσωπό του γέμισε απορία. «Μια γυναίκα, μια Αγγλίδα ήρθε εκεί πριν από πολλά χρόνια. Είναι αυτή που με γοήτευσε».

«Ποια ήταν;»

«Την λένε Ολίβια Στόουν. Μπορεί να έχετε ακούσει για αυτήν».

«Όχι, δεν πιστεύω ότι έχω συναντήσει κάποια Ολίβια Στόουν».

«Τότε πρέπει να αγοράσεις τα βιβλία της», είπε, σκύβοντας μπροστά στη θέση του.

«Ήταν συγγραφέας;»

«Έγραφε ταξιδιωτικά ημερολόγια. Έγραψε ένα πολύ διάσημο βιβλίο για τα νησιά».

«Δεν μπορώ να πω ότι το έχω δει.

«Στη δεκαετία του 1880. Πριν από πολύ καιρό, ίσως. Ήρθε στη Φουερτεβεντούρα και έμεινε σε πολλά σπίτια στα χωριά. Το δικό σου ήταν ένα από αυτά».

«Ουάου, είμαι εντυπωσιασμένη», είπα, χωρίς να πιστέψω ούτε μια λέξη που έλεγε.

«Θα έπρεπε να εντυπωσιαστείς. Ήταν μια πολύ ιδιαίτερη κυρία ».

Ήθελα να μάθω περισσότερα για τη μυστηριώδη γυναίκα, αλλά το κύριο πιάτο μου έφτασε μαζί με την μπύρα του Πάκο, και αφού ο σερβιτόρος πήρε το μπολ με τη σούπα μου, είδα ένα γενναιόδωρο πιάτο κατσικίσιο στιφάδο με ολόκληρες πατάτες και μια γαρνιτούρα μαϊντανό. Το άρωμα έκανε να μου τρέχουν τα σάλια. Δίστασα.

«Τρώε. Φάε», είπε, δείχνοντας το φαγητό μου.

Μασώντας την πρώτη μπουκιά, αποφάσισα ότι ήταν το πιο νόστιμο κατσικίσιο στιφάδο που είχα δοκιμάσει ποτέ. Ο Πάκο ήπιε την μπύρα του και κοίταξε.

«Δεν πεινάς;» Ρώτησα ανάμεσα σε μπουκιές, άβολα κάτω από το βλέμμα του.

«Μόλις έφαγα».

Κάτι τράβηξε το βλέμμα του και στριφογύρισε και σηκώθηκε, χαιρετώντας μια γυναίκα που εμφανιζόταν από μια πλαϊνή είσοδο.

«Θα τα ξαναπούμε», είπε καθώς έφευγε.

Κατάπια και σήκωσα το πιρούνι μου για αντίο, βλέποντάς τον να φεύγει και νιώθοντας την απουσία του.

Πίσω στο Πουέρτο ντελ Ροζάριο, πέρασα από το τοπικό βιβλιοπωλείο, αλλά δεν είχαν κανένα αντίγραφο από την Ολίβια Στόουν. Ο βοηθός δεν την είχε καν ακούσει.

Επέστρεψα στο διαμέρισμά μου και αναζήτησα τον

συγγραφέα στο διαδίκτυο. Χρειάστηκαν αρκετές αναζητήσεις πριν την βρω. Η Τενερίφη και οι Έξι Δορυφόροι της: Έκδοση $2^η$ ... ήταν διαθέσιμη από πολλά διεθνή βιβλιοπωλεία. Ήταν ένα περίεργο συναίσθημα να δίνω τα στοιχεία μου και την τρέχουσα διεύθυνσή μου.

ΔΆΚΡΥΑ

ΉΤΑΝ ΣΆΒΒΑΤΟ. ΑΦΟΥ ΈΚΑΝΑ ΜΙΑ ΣΥΝΤΟΜΗ ΣΗΜΕΙΩΣΗ ΣΤΟ σημειωματάριό μου για την πρόοδο του αχυρώνα, όπως την είχα δει από το παράθυρο του αμαξιού μου, πέρασα το πρωινό μου δημιουργώντας ένα υπολογιστικό φύλλο. Επινόησα προϋπολογισμούς για φωτιστικά και εξαρτήματα, για τις σουίτες της κουζίνας και του μπάνιου και για έπιπλα. Βυθισμένη σε αριθμούς και λεπτομερής περιγραφή κάθε πτυχής του εσωτερικού μου έδωσε μια αίσθηση ελέγχου και με έκανε να χαλαρώσω μετά την αναταραχή της προηγούμενης ημέρας. Χρειαζόμουν να αποκαταστήσω την αίσθηση της κανονικότητας και οι τσακισμένοι αριθμοί ήταν ο καλύτερος τρόπος που μπορούσα να σκεφτώ για να το κάνω.

Κατά τη διάρκεια των διαδικτυακών ταξιδιών μου σε διάφορα καταστήματα οικιακών ειδών και σιδηρικών, είχα κατεβάσει φυλλάδια και τιμοκαταλόγους και είχα τραβήξει στιγμιότυπα άλλων για να πάρω μια ιδέα. Οι ρίζες μου από το Έσσεξ με προειδοποίησαν για τις εκρήξεις κόστους. Θα υιοθετούσα ένα στυλ που θα επέτρεπε τα περιστασιακά εντυπωσιακά έπιπλα, αλλά δεν θα μείωνε το τραπεζικό μου υπόλοιπο. Αποφάσισα ενάντια στις αντίκες υπέρ του ρουστίκ και τοπικά φτιαγμένο όπου ήταν δυνατόν. Θα είχα άφθονο χρόνο για να μαζέψω αυτό που ήθελα.

Ακόμη και με τη λιτή προσέγγισή μου, έμεινα έκπληκτη με το μέγεθος του τελικού υπολογισμού. Ένα κουρτινόξυλο μπορεί να έχει μόνο δέκα ευρώ, αλλά πολλαπλασίασέ το με τον αριθμό των παραθύρων και το κόστος σύντομα αρχίζει να φτάνει σε εκατοντάδες, ακόμη και χιλιάδες. Τα σημεία τροφοδοσίας και οι διακόπτες φώτων ήταν ακόμη χειρότερα. Έπρεπε να υπενθυμίζω στον εαυτό μου ότι μπορούσα να το αντέξω οικονομικά. Η προσαρμογή στο να είσαι πολυεκατομμυριούχος αφού παρακολουθούσες τις πένες για δεκαετίες δεν ήταν εύκολη. Ούτε το τραπεζικό μου υπόβαθρο με βοήθησε. Αυτόματα έψαξα για οικονομίες.

Πριν κλείσω τον φορητό υπολογιστή μου, έβαλα το «Ολίβια Στόουν ταξιδιωτική συγγραφέας» στη μηχανή αναζήτησης για να δω τι προέκυψε εκτός από το βιβλίο της για τα Κανάρια Νησιά. Σύντομα ανακάλυψα ότι ήταν σύζυγος ενός δικηγόρου, του Τζων Ματίας Στόουν, και το βιβλίο της παρουσιάστηκε στη βασίλισσα Βικτώρια. Είχε καλές σχέσεις τότε, ίσως μια κυρία της κοινωνίας, και ήταν η συγγραφέας ενός προηγούμενου έργου, της Νορβηγίας τον Ιούνιο. Έζησε σε μια εποχή περιέργειας και εξερεύνησης. Πρέπει να ήταν μία από εκείνες τις εύρωστες Βρετανίδες που αφοσιώθηκαν στο ταξίδι σε μακρινές αναρριχήσεις. Μπορούσα να την φανταστώ, μια λογική κομοδίνα, με μεγάλα κόκαλα με βαρύς μηρούς και μια αυστηρή, ειλικρινή ματιά γύρω της.

Έκανα κλικ σε μερικούς ακόμη ιστότοπους και βρίσκοντας λίγο περισσότερο, το ενδιαφέρον μου μειώθηκε. Θα περίμενα και θα διάβαζα το βιβλίο μόνη μου. Αρκετά συνέχισα χωρίς να με παρεξηγεί η έρευνα για μια γυναίκα που μπορεί να έχει μείνει ή όχι στο σπίτι μου για μια ή δύο νύχτες.

Έφαγα άλλη μια μπαγκέτα ζαμπόν και τυρί, αυτή τη φορά με φέτες ντομάτας. Θα έπρεπε πραγματικά να διευρύνω τις γαστρονομικές μου συνήθειες, είπα στον εαυτό μου, καθώς τα ψίχουλα σκορπίστηκαν στον πάγκο.

Οι οικοδόμοι δεν εργάζονται τα Σαββατοκύριακα. Με το απόγευμα μπροστά μου, γέμισα το μπουκάλι μου με νερό και άρπαξα τα κλειδιά του αυτοκινήτου μου νομίζοντας ότι θα έλεγξα την πρόοδο. Η διαδρομή είχε ήδη γίνει δεύτερη φύση και ήμουν έξω από το κτίριό μου σε μισή ώρα χωρίς να καταλάβω πώς έφτασα εκεί.

Κανένα άλλο αμάξι δεν ήταν παρκαρισμένο στο δρόμο. Μην έχοντας ακόμη γνωρίσει κάποιον γείτονα, άρχισα να αναρωτιέμαι αν όλες οι τριγύρω ιδιοκτησίες ήταν άδειες. Αλλιώς, γιατί να μην έχει εμφανιστεί κανείς; Δεν είχαν πεθάνει από την περιέργεια ως τώρα;

Η πρώτη αλλαγή που παρατήρησα στο χώρο ήταν η παντελής απουσία του βράχου μου κοντά στον αχυρώνα. Αυτό, και όλα τα ξύλα της στέγης ήταν επάνω. Σε μια πιο προσεκτική εξέταση, οι τοίχοι είχαν καλυφθεί με κονίαμα και μια πλάκα κορυφής, και δύο ομοιόμορφα τοποθετημένα δοκάρια κάλυπταν το πλάτος του κτιρίου. Δεν μπορούσα να είμαι σίγουρη, καθώς δεν είχα ιδέα πόσο χρόνο θα διαρκούσε μια τέτοια δουλειά, αλλά φαινόταν ότι οι άνδρες δούλευαν με ιλιγγιώδη ταχύτητα. Προσθέτοντας τον ρυθμό των εργασιών, όταν ο Μάριο μου έστειλε με ημέηλ την πλήρη προσφορά του για τον αχυρώνα, εξήγησε ότι η ξυλεία είχε απομείνει από άλλη δουλειά και γι' αυτό έφτασε στο χώρο τόσο γρήγορα. Όχι ότι φαινόταν ότι μου είχαν κάνει κάποια έκπτωση. Η ισχιακή στέγη θα ήταν ντυμένη με τα παραδοσιακά κυρτά πήλινα κεραμίδια στέγης που είχαν επίσης φτάσει. Προφανώς ο Μάριο είχε ένα απόθεμα από αυτά έτοιμο να τα παραδώσει επίσης.

Ο Μάριο μπορεί να πίστευε πως είμαι τρελή που επέμενα να αρχίσουν οι εργασίες σε αυτόν τον μικρό αχυρώνα, αλλά όταν ο καιρός ήταν κλειστός και μπορούσε να κλειδώσει, θα μπορούσα να το χρησιμοποιήσω για αποθήκευση. Τα υπάρχοντά μου θα έφταναν από το Ηνωμένο Βασίλειο σε περίπου δύο μήνες και, όσο λιγοστά κι αν ήταν, δεν είχα που να τα αποθηκεύσω στο μικροσκοπικό μου διαμέρισμα.

Πλησίασα το κυρίως σπίτι με τρόμο. Δεν είχα πάει μέσα από τότε με τον Μάριο. Όποτε σκεφτόμουν την κατάσταση του ερειπίου ένιωθα άγχος. Είχα ένα συναίσθημα ότι οι τοίχοι θα έπεφταν πριν το συμβούλιο εγκρίνει τα σχέδια.

Το κενό στο άνοιγμα της πόρτας ήταν μεγαλύτερο. ένα κάτω τμήμα του κόντρα πλακέ είχε αποσπαστεί. Μπήκα μέσα και, με μεγάλη επιθυμία να μην στέκομαι σε δωμάτια με ξύλα πάνω από το κεφάλι, μπήκα βιαστικά στο αίθριο.

Τίποτα δεν είχε αλλάξει. Ούτε τα ζιζάνια δεν είχαν φυτρώσει. Στάθηκα στραμμένη προς την κατεύθυνση του δρόμου και παρατήρησα το υπόλοιπο τμήμα του μπαλκονιού, ένα μπαλκόνι που θα παρείχε πρόσβαση στα πάνω δωμάτια, και παρατήρησα πώς ο διαχωριστικός τοίχος έκοψε το μπαλκόνι στα δύο, για να εμποδίσει οποιονδήποτε στον επάνω όροφο να περπατήσει γύρω από το εσωτερική περίμετρο του κτιρίου. Στην πλευρά όπου στάθηκα, η ξυλεία είχε ξεπεραστεί και φαινόταν ότι υπήρχαν στοιχεία για τρυπητές.

Με ενθουσιασμό, περπάτησα, μελετώντας τους τοίχους πιο προσεκτικά από πριν. Εκεί που είχε αφαιρεθεί ο σοβάς, η μέθοδος κατασκευής ήταν εμφανής. Οι ακρογωνιαίοι λίθοι ήταν λαξευμένοι βασάλτοι, ο υπόλοιπος τοίχος αποτελείται από μεγάλους βράχους σφηνωμένους στη θέση τους, πολύ μικρότερες πέτρες και βότσαλα που γεμίζουν τα κενά. Κάθετες ρωγμές διασχίζουν τα μήκη και των δύο άκρων του αετώματος στο βόρειο τμήμα του ερειπίου, επιβεβαιώνοντας τον φόβο μου ότι αν κάτι δεν γινόταν σύντομα, ολόκληρη η κατασκευή θα κατέρρεε.

Σαν να ενίσχυε τη σκέψη μου ένα από τα ξύλα έτριξε σε ένα δωμάτιο στα δεξιά μου. Άκουσα έναν ήχο και το χτύπημα των φτερών καθώς ένα πουλί πέταξε κάτω για να ερευνήσει την παρουσία μου.

Στην τελευταία μου επίσκεψη, δεν είχα περάσει από την τρύπα στον τοίχο. Έσκυψα και πέρασα μέσα, παρατηρώντας ότι υπήρχε μια περίεργη πτώση της θερμοκρασίας, σαν η νότια πλευρά του κτιρίου να δεχόταν λιγότερο ήλιο και να προσελκύει περισσότερο αέρα. Κι όμως ίσχυε το αντίθετο.

Ο νότιος εσωτερικός τοίχος ήταν σε φρικτή κατάσταση επισκευής. Ελάχιστη στέγη είχε απομείνει, κανένα δάπεδο δεύτερου επιπέδου και τμήματα των εσωτερικών τοίχων είχαν πέσει. Άλλα γκρεμίζονταν. Το αίθριο είχε απογυμνωθεί από το μπαλκόνι του. Από τα δύο τμήματα του ερειπίου, η νότια πλευρά ήταν η πιο ερειπωμένη και ερειπωμένη. Σε αντίθεση με το βόρειο μισό, που έτριξε και απειλούσε με κατάρρευση, το νότιο είχε ήδη καταρρεύσει. Δεν έμειναν πολλά για να πέσει.

Θέλοντας να νιώσω τουλάχιστον τη συγκίνηση της ιδιοκτησίας και να αποκτήσω μια ρεαλιστική αίσθηση αυτού που είχα αναλάβει, βρήκα ένα επίπεδο κομμάτι εδάφους χωρίς μπάζα κοντά στο χώρισμα και κάθισα σταυροπόδι. Προσάρμοσα την πόρπη ενός σανδαλιού που έμπαινε στον αστράγαλο του άλλου μου ποδιού. Μετά ίσιωσα την μπλούζα μου.

Μόλις ένιωσα άνετα και ακίνητη, με κυρίευσε μια περίεργη διάθεση σαν έκσταση. Δεν ήμουν για διαλογισμό, αλλά είχα κάνει μαθήματα χαλάρωσης μια φορά και βίωσα την ίδια μεθυστική ηρεμία.

Αντί να αναλογιστώ τις παρούσες συνθήκες του ερειπίου, σύρθηκα πίσω στο παρελθόν του. Ένιωσα σαν να απέδιδα τα σέβη μου στους προηγούμενους ιδιοκτήτες, σε όλα όσα είχαν συμβεί ποτέ εκεί. Βρέθηκα να φαντάζομαι την παλιά δόξα του σπιτιού. Φαντάστηκα μια λίμνη και ίσως ένα σιντριβάνι στο κέντρο του αίθριου, και κάτω από το μπαλκόνι υπάρχουν φυτά τοποθετημένα στις γωνίες και δίπλα σε κάθε στύλο. Φαντάστηκα τις πόρτες να ανοίγουν σε ένα σαλόνι ή μια τραπεζαρία, τις σκάλες να ανεβαίνουν. Ένιωσα την ησυχία και σχεδόν άκουγα την ακουστική.

Μετά άκουσα τη φωνή της Ελίζαμπεθ Φρέιζερ να αντηχεί γύρω από τους τοίχους, τη μουσική των Κοκτώ Τουίνς να γεμίζει την ατμόσφαιρα με αιθέρια ομορφιά, μια αίσθηση ευσέβειας στον ήχο, το ερείπιό μου ισοδυναμεί με καθεδρικό ναό. Με γέμισε μια έντονη αίσθηση ευεξίας ανάμεικτη με ευφορία. Οι όποιες αμφιβολίες είχα για το μέγεθος του έργου διαλύονταν από μόνες τους και ήμουν εντελώς γοητευμένη.

Η έκσταση μου βάθυνε και ήταν τότε που είδα τη μητέρα μου να κατεβαίνει στις μύτες των ποδιών τις σκάλες με ένα μακρύ λευκό φόρεμα. Συγκλονίστηκα που την είδα σε αυτό το εξωγήινο σκηνικό, σοκαρίστηκα που μπόρεσα να την φανταστώ με αυτόν τον τρόπο. Κι όμως, ήταν εκεί, τα μελί μαλλιά της κυλούσαν, το πρόσωπό της τόσο γαλήνιο, τα μάτια της φλογισμένα από απορία. Γοητευμένη και συγκινημένη, είδα το χέρι της να γλιστράει κάτω από το κάγκελο.

Δεν ήταν αληθινή. Καθώς τα πόδια της άγγιξαν το πλακόστρωτο της αυλής, την έχασα και στην απουσία της μια έξαρση θλίψης με κυρίευσε. Μέσα από το φακό της αγωνίας μου, είδα την αποκατάσταση ως φόρο τιμής στη μητέρα που μετά βίας γνώριζα.

Δάκρυα έτρεξαν από τα μάτια μου και κύλησαν στα μάγουλά μου. Πονούσε ο λαιμός μου. Ανατρίχιασα κάτω από ένα βάρος που πίεζε το στήθος μου. Σύντομα είχα ανάγκη από αέρα, έσκυβα από το σημείο που καθόμουν, τα χέρια μου έριχναν με μανία τα ζιζάνια γύρω μου, ξερίζωνα μίσχους και φύλλα, απλώνοντας το χέρι και τραβώντας τις ρίζες.

Το συναίσθημα έσβησε τόσο γρήγορα όσο είχε έρθει και έμεινα να νιώθω άδεια και άναυδη. Η αγωνία, περισσότερο η έντασή της, ήταν απροσδόκητη. Δεν είχα κλάψει για το θάνατο της μητέρας μου από την κηδεία και έκλαψα μόνο τότε γιατί ήταν όλοι οι άλλοι. Δεν είχα ιδέα ότι κρατούσα μέσα μου ανέκφραστη θλίψη. Για τριάντα χρόνια είχα περάσει τη ζωή ανταποκρινόμενη στην απουσία της, μου έλειπε, αναρωτιόμουν πώς θα ήταν η ζωή μου μαζί της, αλλά ούτε μια φορά δεν λυπήθηκα για εκείνη σαν να με είχαν κουράσει.

Ίσως ήταν λάθος να ακούω τόσο πολύ τους Κοκτώ Τουίνς. Η φαντασία μου γινόταν υπερδραστήρια. Είχα επικαλεστεί άθελά μου ένα άνοιγμα βαθιά μέσα μου και ήμουν απογοητευμένη από αυτό. Δεν ήθελα η αποκατάσταση να φέρει μια σφραγίδα προσωπικής θρησκευτικότητας. Δεν αποκαθιστούσα το ερείπιο για να δημιουργήσω ένα μνημείο για τη μητέρα μου. Ήθελα ένα σπίτι για να ζήσω.

Σηκώθηκα στα πόδια μου και ανέπνευσα βαθιά και σκούπισα τα μάτια μου με το πίσω μέρος των χεριών μου. Κάπου στην τσάντα μου είχα ένα χαρτομάντιλο.

Ανυπόμονα για μια αίσθηση χώρου γύρω μου, μπήκα μέσα από την τρύπα στο χώρισμα και κατευθύνθηκα πίσω έξω. Αυτή τη φορά δεν τόλμησα να πάρω μαζί μου έναν βράχο στο σπίτι.

ΠΟΥΈΡΤΟ ΝΤΕΛ ΡΟΣΆΡΙΟ

ΞΎΠΝΗΣΑ ΑΡΓΆ ΤΗΝ ΕΠΌΜΕΝΗ ΜΈΡΑ. ΉΤΑΝ ΚΥΡΙΑΚΉ ΚΑΙ Η γειτονιά ήταν ήσυχη. Άνοιξα την κουρτίνα της κρεβατοκάμαρας για αν ανακαλύψω τη συννεφιά που μπλόκαρε το φως του ήλιου.

Η συννεφιά πύκνωσε και μέχρι το μεσημέρι έβρεχε, όχι πολύ, αλλά αρκετά για να με κρατήσει μέσα. Η διάθεσή μου αντικατόπτριζε τον καιρό και υπέκυψα σε μια επίθεση νωθρότητας. Τριγυρνούσα μέσα στο διαμέρισμα σαν ζώο σε κλουβί, απεικονίζοντας τη μοναχική μου ζωή σε ένα ανακαινισμένο ερείπιο, ερωμένη των ταραγμένων αναμνήσεων. Βαρέθηκα, και ενοχλούμουν με εναλλαγές. Η θλίψη μου είχε εξαπολυθεί και φαινόταν έτοιμη να περιπλανηθεί μέσα μου με μια δική της θέληση. Οι αμφιβολίες μου επέστρεψαν. Ανέλαβα πάρα πολλά. Δεν είχα κανένα δικαίωμα να αποκαταστήσω αυτό το ερείπιο και δεν έπρεπε ποτέ να το αγοράσω. Τι θα έκανα με τον εαυτό μου όταν το είχα; Θα ήμουν καταδικασμένη να τριγυρνάω στο μεγάλο μου σπίτι και να τρελαίνομαι σιγά σιγά από τη μοναξιά, στοιχειωμένη από τη μητέρα μου. Άρχισα να αμφισβητώ τι έκανα στο νησί. Δεν μπορούσα να αντέξω τον εαυτό μου να ακούσει τους Κοκτώ από φόβο μήπως ξεσηκώσει τη θλίψη μου ακόμα περισσότερο, έτσι έπαιξα τους Γκορίλας ελπίζοντας ότι θα με φτιάξουν τη διάθεση.

Δεν το έκαναν.

Η άθλια και κατακερματισμένη κατάστασή μου ήταν τόσο άχαρη, που δεν αναγνώρισα τον εαυτό μου. Τελικά, έβαλα το άτονο μυαλό μου στη μελέτη των ισπανικών, κοιτώντας ψηλά για να δω τις σταγόνες της βροχής να στάζουν στο τζάμι της κουζίνας σαν να ήταν δικά μου δάκρυα.

Μόνο μια φορά άνοιξα το ντουλάπι της κουζίνας για να βεβαιωθώ ότι ο βράχος ήταν ακόμα εκεί κρυμμένος στο πίσω μέρος πίσω από τα πιάτα. Ήταν.

Τη Δευτέρα ο καιρός είχε επιστρέψει στα φυσιολογικά του, ήταν καλός και ηλιόλουστος. Εκμεταλλεύτηκα τον καθαρό, ξηρό αέρα και, με το σημειωματάριό μου στην τσάντα μου, βγήκα με τα πόδια για να δω αν μπορούσα να ανακαλύψω από δημόσια αρχεία κάτι από την ιστορία του σπιτιού μου.

Πήγα με τα πόδια στην Αβενίδα Χουάν ντε Μπέθενκορντ μέχρι που συναντούσε το Κάλλε Λεόν ι Καστίλλε. Και οι δύο δρόμοι απολάμβαναν μια κεντρική κράτηση φυτεμένη με καθιερωμένα δέντρα, συμπεριλαμβανομένων φοινίκων. Οι προσπάθειες του Πουέρτο ντε Ροσάριο στον καλλωπισμό επικεντρώθηκαν στην περιοχή του λιμανιού. Η διάθεση μου ανέβηκε λίγο στη θέαση. Ήταν ο τουρίστας μέσα μου που ερχόταν στο προσκήνιο. Ήθελα παντού στο νησί να μοιάζουν με την Μπετανκουρία , αν και το Πουέρτο ντε Ροσάριο δεν ήταν ποτέ προορισμός για παραθεριστές. Ένα παλιό ψαρολίμανο κάποτε γνωστό ως Πουέρτο ντε Καμπρας (Λιμάνι Κατσίκων), η πρωτεύουσα ήταν ο εμπορικός και δημοτικός κόμβος του νησιού και αυτό ήταν.

Πάντα το έβρισκα κρίμα που άλλα χωριά και πόλεις της Φουερτεβεντούρα δεν διατήρησαν τη γραφικότητα τους. Ωστόσο, υπάρχουν μέρη με γοητεία του παλιού κόσμου, στη

Λα Ολίβια, στο Τουινέχε και στην Παχάρα, πόλεις που έχω επισκεφτεί πολλές φορές για να απολαύσω μια βόλτα στις απάνεμες, γεμάτες δέντρα πλατείες τους και ένα ωραίο γεύμα.

Το συνηθισμένο και μη εμπνευσμένο περιβάλλον της πόλης έδωσε τη θέση του στη μεγαλοπρέπεια στο επόμενο τετράγωνο όπου το κτίριο του δημοτικού συμβουλίου, ένα μεγαλοπρεπές κτίριο, επίσημο σε ντιζάιν, αντιμετώπιζε το εξίσου επιβλητικό δημαρχείο. Και οι δύο μοιράζονταν την ίδια πλατεία στην οποία κυριαρχούσε, όχι η κυβερνητική αρχή, αλλά μια παλιά εκκλησία: η Παρόγκια ντε Νουέστρα Σινιόρα ντε Ροσάριο.

Η πλατεία ήταν κομψά διαρρυθμισμένη και πλακόστρωτη, αλλά δεν είχε σκιά.

Σαν να συμπληρώνει τα σύμβολα της εξουσίας, νέα και παλιά, όλη αυτή η επισημότητα συνοδεύτηκε από μια σειρά από τράπεζες. Βρήκα εντυπωσιακό το γεγονός ότι η δύναμη, η επιρροή και το χρήμα πρέπει να συγκεντρώνονται έτσι, επιδεικνύοντας το ανάστημά τους. Ωστόσο, γιατί δεν το κάνουν; Ήταν πιο περίεργο το γεγονός ότι καθ' όλη τη διάρκεια που δούλευα σε ένα τραπεζικό υποκατάστημα στο Κόλτσεστερ, ποτέ δεν αμφισβήτησα ούτε καν αναγνώρισα το ίδιο είδος ομαδοποίησης. Έχοντας πλήρη επίγνωση του πλούτου μου, είχα αποκτήσει συνείδηση του εαυτού μου και ως εκ τούτου πιο συνειδητοποιημένη για τον πλούτο γύρω μου, παρόλα αυτά θα παρέμενα ξένη όταν επρόκειτο για αυτό το επίπεδο προνομίων. Δεν θα είχα ποτέ δύναμη ή επιρροή. Δεν το ήθελα καν. Θα παρέμενα η ταπεινή Κλερ Μπένετ για πάντα. Σε αντίθεση με όποιον έχτισε το ερείπιό μου, που σίγουρα είχε δύναμη, ή επιρροή, ή και τα δύο.

Περιπλανώμενη στην περίμετρο της πλατείας, βρήκα μια ακόμη μεγαλύτερη ειρωνεία. Σε περίπτωση που κάποιος πολίτης διαπράξει παράβαση, το αστυνομικό τμήμα ήταν πίσω από το δημαρχείο και παρατήρησα το δικαστικό μέγαρο πίσω από την εκκλησία. Κάθε πτυχή της θεσμικής εξουσίας, λοιπόν, ήταν συγκεντρωμένη σε αυτή τη μικρή περιοχή. Πιθανόν να ήταν τυχαίο, σκέφτηκα, να έβγαζε δικαιολογίες, και πίστευα ότι θα ήταν βολικό για το προσωπικό. Και για μένα. Αν ανακάλυπτα την αλήθεια για τους προηγούμενους ιδιοκτήτες του σπιτιού μου, θα ήταν ανάμεσα σε αυτά τα οικοδομήματα.

Πήγα πρώτα στο δημαρχείο αλλά με παρότρυναν στο δημοτικό συμβούλιο όπου κρατούνταν οι τίτλοι όλων των ακινήτων του νησιού. Ο βοηθός στο γραφείο πληροφοριών με χαιρέτησε στα αγγλικά. Εξήγησα το αίτημά μου και προσκόμισα την ταυτότητά μου και τα στοιχεία της αγοράς του ακινήτου μου. Ο βοηθός, ένας απαθής, μεσήλικας, απομακρύνθηκε.

Περίμενα πολύ σε αυτό το δροσερό και λιτό εσωτερικό. Πίσω μου σχηματίστηκε μια ουρά. Ένιωσα την τάση να παραμερίσω, αλλά δεν εμφανίστηκε άλλος βοηθός, οπότε έμεινα εκεί που ήμουν.

Ο άντρας επέστρεψε με ένα φάκελο, μουρμουρίζοντας κάτι για δικηγόρους και αναρωτιόταν γιατί ο δικός μου δεν μου είχε δείξει τις λεπτομέρειες. Απάντησα, στα καλύτερα ισπανικά μου, λέγοντάς του ότι ήταν επειδή δεν το είχα ρωτήσει. Ο τρόπος του άλλαξε αμέσως και γύρισε ένα έγγραφο για να το διαβάσω, δείχνοντας με ένα στυλό τις σχετικές λεπτομέρειες.

Το άρθρο της εφημερίδας ήταν ακριβές, είπε.

Ένιωσα ανησυχία στην ουρά, αλλά ο βοηθός εμφανίστηκε χωρίς βιασύνη και αφού προφανώς δεν ήταν έτοιμος να μου εμπιστευτεί το αρχείο, διάβασα όσο πιο γρήγορα μπορούσα.

Ο αρχικός ιδιοκτήτης ήταν ένας Δον Γκονζάλες, ένας πλούσιος άνδρας που είχε έναν αμπελώνα στην Τενερίφη. Έκτισε το σπίτι το 1770. Αυτό που ήλπιζε να κερδίσει ζώντας στην Τισκαμανίτα, το ήξερε μόνο ο παράδεισος. Ίσως ήταν ένας απόντας ιδιοκτήτης αυτού του αμπελώνα της Τενερίφης, ένας δονός που διέμενε στην Ισπανία και, επειδή αγαπούσε την παραλία, επέλεξε τη Φουερτεβεντούρα για το εξοχικό του. Στην Τισκαμανίτα; Ω καλά. Ίσως είδε δυνατότητες στο κοχίνι.

διάβασα. Το 1870, οι απόγονοί του, για οποιονδήποτε λόγο, πούλησαν τις εγκαταστάσεις στην οικογένεια Σέγιας. Μετά το θάνατο του Σενιόρ Χουάν Σέγιας το 1895, το ακίνητο έπεσε στα χέρια της κόρης του, μιας Δόνα Αντονία Σέγιας και του ανιψιού του, Σαντιάγκο Σέγιας. Αυτό πρέπει να έγινε όταν ανέβηκε ο τοίχος.

Το άρθρο δεν μου είπε τίποτα περισσότερο. Έγραψα όλες τις λεπτομέρειες, ευχαρίστησα τον βοηθό και πήγα τις σημειώσεις μου στη δημοτική βιβλιοθήκη, σε μικρή απόσταση με τα πόδια από το Κάλε Πριμέρο ντε Μάγιο.

Η βιβλιοθήκη στεγάζεται σε ένα μοντέρνο κτήριο με θέα σε πολιτιστικό κέντρο και αίθουσα συναυλιών, σε αυτό που λειτουργεί ως καλλιτεχνικός κόμβος του Πουέρτο ντε Σοράιο. Παρά τον διαχωρισμό του πολιτισμού από τη θεσμική εξουσία, μου αρέσει ο διαχωρισμός της μικρής πόλης με αυτόν τον τρόπο. Έχει πρακτικό νόημα. Εκείνη την ημέρα της αναζήτησής μου, μου άρεσε ιδιαίτερα που μπορούσα να περπατήσω σε όλα όσα χρειαζόμουν.

Στο εσωτερικό, η βιβλιοθήκη ήταν ελαφριά και ευάερη, και στο επάνω επίπεδο είχε χρησιμοποιηθεί πολύ σωληνοειδές κιγκλίδωμα βαμμένο κίτρινο του δημοτικού. Πήγα κατευθείαν στο γραφείο πληροφοριών με το ερώτημά μου και μια βοηθός με ξεκάθαρα προφορικά αγγλικά με οδήγησε σε μια επιλογή από βιβλία τοπικής ιστορίας. Την ευχαρίστησα στα Ισπανικά και ανταλλάξαμε ματιές και γελάσαμε απαλά μαζί. Ήταν νέα, ίσως όχι πάνω από είκοσι πέντε, και η συμπεριφορά της ήταν ευγενική και, σκέφτηκα, αναζωογονητικά κοσμοπολίτικη.

Πήγα και έβγαλα κάθε βιβλίο για την τοπική ιστορία από το ράφι και τα στοίβαξα σε ένα τραπέζι κοντά. Πήρα τα ευρετήρια στο κυνήγι για τους Ντον Γκονζάλες και Σενιόρ Σέγιας. Δεν βρήκα καμία αναφορά για τον Γκονζάλες. Δεν θα μπορούσε να έχει κάνει καμία εντύπωση εδώ ή να ασχοληθεί με την τοπική πολιτική ή τον πολιτισμό. Το σπίτι μπορεί να ήταν μια απόλαυση, μια ανοησία, ακόμη και ένας τρόπος να βυθίσει τον πλούτο του σε βράχο και κονίαμα. Ίσως ήταν μοναχικός τύπος και ήθελε να κρυφτεί. Ή τα αρχεία που τον αναφέρουν χάθηκαν. Βρήκα μια σύντομη παράγραφο για τον Σέγιας σε ένα βιβλίο για την ιστορία του Τουινέχε.

Από ό,τι μπόρεσα να συλλέξω, η οικογένεια Σέγιας ήταν μακρινός και μικρότερος βραχίονας μιας από τις ευγενείς δυναστείες της Ισπανίας και είχε αντλήσει πολύ πλούτο από το κοχίνι. Ενθυμούμενη την ιδιοκτήτρια του καφέ στην Τισκαμανίτα να αναφερόταν στο σπίτι μου ως Κάσα Μπαράτσο, γύρισα πίσω σε όλα τα ευρετήρια. Δεν βρήκα αναφορά σε κανέναν με αυτό το επώνυμο. Χωρίς να έχω ιδέα πότε έμενε στο σπίτι, δεν έψαξα άλλο.

Δεν είχα ανακαλύψει και πολλά, αλλά ρίχνοντας μια ματιά σε αυτούς τους τόμους, μου κίνησε το ενδιαφέρον για την ιστορία της Φουερτεβεντούρα, έτσι αποφάσισα να τριγυρίσω λίγο και να κάνω μια εξερεύνηση.

Πήρα ένα βιβλίο με τίτλο Τέχνη, Κοινωνία και Εξουσία: Σπίτι των Συνταγματαρχών που είχε εκδοθεί το 2009 από την κυβέρνηση των Καναρίων Νήσων. Τα ισπανικά μου δε θα με βοηθούσαν και τόσο πολύ, αλλά μετά τις πρόσφατες παρατηρήσεις μου για το πώς άρεσε η δύναμη να συγκεντρώνεται και να φροντίζει τον εαυτό της, θεώρησα ότι ήταν σκόπιμο, να αφιερώσω λίγο χρόνο για να κατανοήσω την ιστορία. Ένιωθα ένοχη που όλα τα χρόνια των διακοπών μου, δεν είχα κάνει ούτε μια φορά τον κόπο να γνωρίσω πραγματικά το μέρος. Το να κατέχω ένα ερείπιο το είχε αλλάξει αυτό και γρήγορα πλήρωνε την άγνοιά μου.

Το βιβλίο αφορούσε τη βασιλεία των συνταγματαρχών που ξεκίνησε στις αρχές του δέκατου όγδοου αιώνα. Ο κανόνας ήταν δυναστικός, όλοι οι συνταγματάρχες προέρχονταν από την ίδια οικογένεια, την Καμπρέρα Μπεθενκορτς. Κυρίως, ο τόμος αφορούσε ένα μεγαλειώδες σπίτι στη Λα Ολίβα, Σπίτι των Συνταγματαρχών, κάποτε το σπίτι του πολύ φοβισμένου συνταγματάρχη Αγκουστίν ντε Καμπρέρα Μπεθενκόρτ

Νταμπιέρες. Ένα προοίμιο στο βιβλίο παρείχε μια σύντομη ιστορία της ζωής στη Φουερτεβεντούρα κατά τη διάρκεια του δέκατου όγδοου και δέκατου ένατου αιώνα, η οποία περιλάμβανε την πρώτη ιστορία εκατοντάδων ετών για το σπίτι μου.

Από ό,τι μπόρεσα να σταχυολογήσω, τόσο η τοπική αστική τάξη όσο και η ισπανική αριστοκρατία κράτησαν τον πλούτο τους μέσω του γάμου τους και της κληρονομιάς στον πρώτο καλό γιο, όπως έτεινε να κάνει η αριστοκρατία σε όλο τον κόσμο. Αρχικά οι πλούσιοι, οι Σενιόρες (Κύριοι), ζούσαν γύρω από την Μπετανκουρία, όπου το έδαφος ήταν γόνιμο. Αυτό, το ήξερα ήδη. Για διακόσια χρόνια μετά την κατάκτησή του, ο πληθυσμός του νησιού οργανώθηκε σε πολιτοφυλακές υπό τη διοίκηση του εκλεγμένου λοχαγού του Σενιόρ. Στη συνέχεια, το 1708 υπό τη δυναστεία των Βορβόνων, άρχισε η εποχή των συνταγματαρχών και για τα επόμενα εκατόν εξήντα δύο χρόνια, μέχρι τη χρονιά που ο Σέγιας αγόρασε το ερείπιό μου το 1870, η δικαστική και στρατιωτική εξουσία βρισκόταν στα χέρια ενός και μόνο συνταγματάρχη υπόλογο μόνο στον Ισπανό Βασιλιά. Καμία άλλη τοπική αρχή ή άρχοντας δεν είχε καμία επιρροή. Τόση πολλή δύναμη συγκεντρώθηκε σε έναν άνθρωπο, και αφού ο αρχηγός του ήταν ο Ισπανός βασιλιάς που ήταν πολύ μακριά, ο συνταγματάρχης μπορούσε να κάνει ό,τι ήθελε. Η εκκλησία δεν βοήθησε. Οι επίσκοποι ήταν σε σύγκρουση.

Υπήρχαν επτά συνταγματάρχες συνολικά, και το σπίτι μου χτίστηκε κατά τη διάρκεια της διακυβέρνησης του πιο διάσημου, του βάναυσου και άπληστου Αγκουστίν Καμπρέρα που ανέλαβε τη θέση το 1766, όταν ήταν μόλις είκοσι τριών ετών και κυβέρνησε για σαράντα τέσσερα χρόνια. Ήταν επίσης σε διάφορες περιόδους κατά τη διάρκεια της θητείας του ως συνταγματάρχης: δημοτικός, δικαστής και αρχιφύλακας του δικαστηρίου της Ιεράς Εξέτασης. Έγινε πλούσιος με μηνύσεις κατά γαιοκτημόνων που δεν είχαν τα μέσα να υπερασπιστούν τους εαυτούς τους, προκειμένου να κατακτήσουν τις περιουσίες τους. Ακουγόταν σαν απόλυτος τύραννος.

Συχνά είχα προσπαθήσει να φανταστώ πώς θα μπορούσε να ήταν η ζωή για τους ντόπιους προτού επικρατήσει ο τουρισμός. Είχα επισκεφτεί πολλά από τα μουσεία και απεικόνισα τη ζωή της γεωργίας, πρωτόγονη και απλή, και εφευρετική. Είδα τους ανεμόμυλους, θαύμασα τα είδη κουζίνας και τα αγροτικά σκεύη και τα φίλτρα νερού. Η απλή αγροτιά. Οι κατσίκες τους. Είδα παλιές φωτογραφίες βοδιών που οργώνουν τα χωράφια και καμήλες φορτωμένες με σανό και τα περίεργα θολωτά αποθέματα σιτηρών που έχτισαν οι αγρότες. Στη συνέχεια υπήρχαν οι εκκλησίες, μία σε κάθε χωριό, που υποδηλώνει έναν πληθυσμό αφοσιωμένο στον Καθολικισμό. Ήξερα ότι η θρησκεία είχε συντρίψει την πίστη των ιθαγενών. Ήξερα ότι το νησί ήταν αραιοκατοικημένο και ήξερα ότι οι κύριες εξαγωγές του νησιού ήταν ορχίλα και βαρίλια και πολύ αργότερα, κοκκινέλαιο, μαζί με δημητριακά όταν έβρεχε αρκετά για να υπάρξει πλεόνασμα. Ήξερα επίσης ότι η Φουερτεβεντούρα αντιμετώπιζε περιφρονητικά ως την κακή σχέση από τους ανώτερους γείτονές της στα νησιά, ειδικά την Τενερίφη. Συνολικά, είχα δημιουργήσει μια ρομαντική εικόνα της αγροτιάς που πολεμούσε τα στοιχεία και μου είχε ξυπνήσει την επιθυμία να υπερασπιστώ το αουτσάιντερ.

Ήξερα επίσης για το περίφημο Σπίτι του Γουίντερ στο Κοφέτ στο ορεινό νότιο άκρο του νησιού, το σπίτι ενός Γερμανού μηχανικού με στενές συνδέσεις με την Ισπανία και τη Φουερτεβεντούρα. Όλοι όσοι ήρθαν στο νησί κατέληξαν να γνωρίζουν για αυτό. Ο Γουστάβος Γουίντερ έχτισε το σπίτι στα τέλη της δεκαετίας του 1930 σε ένα απομακρυσμένο και απρόσιτο μέρος του νησιού και το σπίτι συνέχισε να είναι η πηγή πολλών εικασιών και θεωριών συνωμοσίας που σχετίζονται με τους Ναζί. Δεν είχα επισκεφτεί το Κοφέτ, καθώς δεν με ενδιέφεραν οι άγριες παραλίες που σφυροκοπούνταν από τον Ατλαντικό και δεν υπήρχε τίποτα άλλο εκεί κάτω από το ορεινό ανάγλυφο που καταλήγει, στη δυτική ακτή, σε έναν μακρύ βράχο.

Πριν μπω στη δημοτική βιβλιοθήκη, είχα νιώσει οπλισμένη με όλα όσα έπρεπε να ξέρω για το νησί. Δεν φαινόταν πολλά. Άλλωστε, πώς θα μπορούσε να υπάρχουν, το μέρος ήταν τόσο μικρό. Δεν είχα ιδέα ότι κρατούσα μια μονόπλευρη και μερική κατανόηση. Αυτό που δεν είχα κάνει ποτέ τον κόπο να διασκεδάσω πριν αγοράσω το ερείπιό μου ήταν η κυριαρχία της αγροτιάς από τους Ισπανούς ευγενείς και μια τοπική αστική τάξη. Ήταν σαν να σήκωνε ένα πέπλο. Πρώτα η Μπετανκουρία και τώρα εδώ. Δεν ήμουν σίγουρη τι να κάνω με κανένα από αυτά, εκτός από το ότι με έκανε να νιώθω άβολα και, χειρότερα, να αισθάνομαι άσχημα.

Άφησα κάτω το βιβλίο. Χωρίς να αφήσω την περιπλάνηση σε μεγαλοπρεπή σπίτια, είχα ακόμη να επισκεφθώ το Σπίτι των Συνταγματαρχών, αλλά αποφάσισα ότι έπρεπε, έστω και μόνο για να δω τι είδους ζωή είχαν κάνει οι πλούσιοι, ενώ οι φτωχοί μάχονταν με τα στοιχεία. Θα έκανα ένα ταξίδι στο Λα Ολίβια κάποια στιγμή.

Η Κλερ Μπένετ από το Κόλτσεστερ θα μπορούσε να επιφέρει στο νησί μια καλή στροφή στην αποκατάσταση ενός από τα παλιά σπίτια της τοπικής αστικής τάξης, και εξακολουθούσα να ένιωθα ότι ήταν σημαντικό να το κάνω, αλλά ένιωθα ότι θα ανέβαζα την ιστορία των καταπιεστών, κάτι που με ταλάνιζε από τότε που κάθισα στην εκκλησία στη Μπετανκουρία. Διότι ενώ εκείνος ο συνταγματάρχης και οι σύντροφοί του πάχαιναν, η δυστυχία αντιμετώπισε πολλούς αγρότες που αντιμετώπισαν ξηρασία και ασθένειες. Φαινόταν παράξενο ότι τέτοια χλιδή, όπως ήταν εμφανής στις εκκλησίες και τα αρχοντικά σπίτια, μπορούσε να προέρχεται από μια γη τόσο δύσκολη στη ζωή.

Γέμισα μερικές σελίδες του σημειωματάριου μου με γενικές

πληροφορίες, έβγαλα φωτογραφίες παλιών φωτογραφιών και έφυγα από τη βιβλιοθήκη με το κεφάλι μου γεμάτο γεγονότα. Αφού σταμάτησα για μεσημεριανό γεύμα σε ένα τοπικό καφέ, γύρισα στο διαμέρισμά μου. Η βόλτα ήταν ανηφορική σε όλη τη διαδρομή.

ΟΛΙΒΙΑ ΣΤΌΟΥΝ

ΟΙ ΈΡΕΥΝΈΣ ΜΟΥ ΣΤΟ ΚΥΒΕΡΝΗΤΙΚΌ ΓΡΑΦΕΊΟ ΚΑΙ ΣΤΗ ΒΙΒΛΙΟΘΉΚΗ είχαν δώσει μια γεύση από την ιστορία του ερειπίου μου, αλλά δεν ήμουν πιο κοντά στο να μάθω για τον Σενιόρ Μπαράσο ή γιατί οι ντόπιοι αναφέρονταν στο σπίτι μου ως Κάζα Μπαράσο. Το βιβλίο της Ολίβια Στόουν δεν θα έφτανε σύντομα και ένιωθα ότι οι έρευνές μου στο Πουέρτο ντε Ροσάριο είχαν σταματήσει. Πέρασα την υπόλοιπη εβδομάδα φυλλομετρώντας σε καταστήματα επίπλων, εκθεσιακούς χώρους κουζίνας και μπάνιου και μάντρες αυτοκινήτων— χρειαζόμουν να αγοράσω το δικό μου όχημα και να αφήσω την ενοικίαση—ενώ χάνω τον χρόνο. Απάντησα σε ένα ημέηλ του πατέρα μου με μια σύντομη ενημέρωση και έστειλα ένα μεγαλύτερο ημέηλ στη θεία Κλαρίσα, προσαρμοσμένο στις ανάγκες. Μέχρι το επόμενο Σάββατο είχα χορτάσει να τριγυρνάω στο Πουέρτο ντελ Ροσάριο.

Καθώς το φως του ήλιου ζέσταινε το δρόμο και ο αέρας στην πόλη ζεσταινόταν, μάζεψα τα εργαλεία κηπουρικής μου στο πορτμπαγκάζ και πήγα σε ένα κέντρο κήπου στην Τεφία, το οποίο, σύμφωνα με τον ιστότοπό τους, περιείχε ένα ευρύ φάσμα ανεκτικών στην ξηρασία και τον άνεμο, φυτών.

Η Τέφια βρίσκεται σε μια υπερυψωμένη πεδιάδα προς το απομακρυσμένο βορειοανατολικό άκρο του νησιού. Η πεδιάδα είναι ανεμοδαρμένη, έντονη και πολύ εκτεθειμένη για άνεση. Τα βουνά σε εκείνο το βόρειο άκρο του νησιού είναι τόσο διαμορφωμένα και τραχιά όσο παντού. Οι τόνοι χλωμοί, πιο ωχροί στις ρεματιές. Συνολικά, η τοποθεσία είναι ένα τέλμα, αν ένα νησί τόσο μικρό όσο η Φουερτεβεντούρα θα μπορούσε να έχει κάτι τέτοιο.

Βγήκα από το χωριό και βρήκα το κέντρο του κήπου, στο οποίο είχα πρόσβαση μέσω ενός μικρού τμήματος χωματόδρομου. Πάρκαρα στραμμένη προς το βορρά για να αποφύγω τον χειρότερο ήλιο στο παρμπρίζ, άφησα το παράθυρο πολύ λίγο ανοιχτό και πέρασα μέσα, πατώντας πάνω στα χαλίκια.

Ήταν καταπραϋντική η περιήγηση σε σειρές φυτών. Μου άρεσε το πράσινο. Μια ήσυχη ικανοποίηση με γέμισε καθώς περιπλανιόμουν πάνω κάτω. Βρήκα τις αγορές φυτών απείρως προτιμότερη από το αποστειρωμένο περιβάλλον των καταστημάτων επίπλων και σιδηρικών. Αν και αντιμετώπισα το ίδιο πρόβλημα. Δεν είχα ιδέα τι να αγοράσω.

Οι κάκτοι και οι φοίνικες φαίνονταν οι προφανείς επιλογές, αλλά μου άρεσε μια διαφορετική εμφάνιση. Μου είχαν πει ότι το δημοτικό συμβούλιο θα παρείχε έως και σαράντα δωρεάν φυτά το χρόνο σε κάθε ιδιοκτήτη σε μια προσπάθεια να πρασινίσει το νησί, αλλά δεν είχα ακόμη αξιοποιήσει αυτό το σχέδιο. Επικεντρώθηκα σε τρία δέντρα δράκου, πέντε φυτά αλόης βέρα, δέκα σωλήνες από ένα σκληροτράχηλο γρασίδι και μερικές γλάστρες με ένα χυμώδες κάλυμμα εδάφους. Όχι ιδιαίτερα περιπετειώδεις επιλογές, αλλά όλες χαρακτηρίστηκαν ανθεκτικές στην ξηρασία και τον άνεμο και θα έπρεπε να είναι. Φύτευα την πίσω γωνία του κτιρίου μου, πολύ μακριά από την κατασκευή. Ήταν ένα εκτεθειμένο σημείο και ό,τι κι αν έβαζα εκεί μπορεί κάλλιστα να ξεχαστεί.

Η διαδρομή από την Τεφία στην Τισκαμανίτα με πήγε πίσω μέσα από την επίπεδη πεδιάδα που περικλείεται από βουνά, μια πεδιάδα που φαινόταν να συνεχίζεται για πάντα, αν και σύντομα αντιμετώπιζα τον ορεινό όγκο Μπετανκουρία και κατευθυνόμουν προς την Αντίγκουα. Σε μισή ώρα ανέβαινα το κράσπεδο έξω από το σπίτι μου, ευχαριστημένη που είχα καθαρίσει το κτίσμα από βράχους.

Πάρκαρα σε μια λογική απόσταση από την περιοχή που σχεδίαζα να αρχίσω την κηπουρική, σπρώχνοντας την πόρτα του αυτοκινήτου ενάντια στον άνεμο. Έντεκα η ώρα, και ο ήλιος τσιμπούσε. Άπλωσα το βαμβακερό μου μαντίλι για να το τυλίξω γύρω από το κεφάλι μου. Χωρίς αμφιβολία έδειχνα περίεργη, με το κεφάλι και τον λαιμό μου καλυμμένο με ένα κασκόλ, τα μάτια μου πίσω από σκούρα γυαλιά. Χρειαζόμουν πραγματικά ένα από αυτά τα μεγάλα καπέλα που φορούσαν οι γυναίκες.

Με γλάστρες με φυτά στα πόδια μου, τα χέρια μου με γάντια κηπουρικής, το πιρούνι του κήπου και το φτυάρι μου ακουμπισμένο στο καρότσι μου, ένιωθα όσο πιο μακριά γινόταν από την ταμία Κλερ. Ο κήπος μου στο Κόλτσεστερ — με βόρειο προσανατολισμό και σκοτεινός— αποτελούταν από ένα μικρό πλακόστρωτο ορθογώνιο διακοσμημένο με λίγα φυτά με στραβά γλάστρα. Ένα κρεμαστό καλάθι δίπλα στην εξώπορτα με νότιο προσανατολισμό κράτησα για προβολή. Τώρα, ντυμένη με φαρδύ παντελόνι και ένα μακρυμάνικο πουκάμισο, το κεφάλι και το λαιμό μου τυλιγμένα με ένα μαντήλι, δεν ήμουν σίγουρη ποια ήμουν, αυτή η γυναίκα στέκεται μόνη σε ένα στρέμμα γης με θέα σε ένα ηφαίστειο, έτοιμη να σκάψει τρύπες και να φυτέψει ένα κήπο.

Κυρία ενός ερειπίου;

Κοίταξα πίσω στη θλιβερή κατασκευή και στον αχυρώνα μου με τη νέα κεραμοσκεπή του. Όντας στη δική μου γη, έτοιμη να σκάψω την πρώτη μου τρύπα και να φυτέψω ένα φυτό, ένιωσα δύναμη και ξαλαφρωμένη αμέσως. Ήμουν μόνη. Δεν είχα κανέναν με τον οποίο να μοιραστώ οποιαδήποτε από τις εμπειρίες μου. Χωρίς μητέρα, με έναν πατέρα που δεν έδειχνε κανένα ενδιαφέρον —όχι ότι θα ήταν κάτι άλλο από ενοχλητικός, με ατελείωτες επικρίσεις και βλέμματα που σου έλεγαν «στα' λεγα εγώ» —και χωρίς τη θεία Κλαρίσα, αν και θα ήταν χαμένη σε αυτή την άγρια φύση, το αφιλόξενο περιβάλλον. Ευνοούσε τις ανέσεις της, έκαναν την αγαπημένη μου γριά θεία. Εξάλλου, ήταν πολύ μεγάλη για να βοηθήσει. Όσο για τους φίλους μου στην τράπεζα, είχαν αρχίσει να μου στέλνουν ημέηλ με ενθουσιασμό και έκαναν ουρά για επίσκεψη. Άρχισα να βλέπω πολλούς από αυτούς να μου φορτωνόντουσαν για δωρεάν διακοπές και έκανα μια νοητική σημείωση να αποστασιοποιηθώ από τον καθένα από αυτούς. Αυτό άφησε ένα κενό μέσα μου. Ήμουν στο νησί ένα μήνα και σε αυτό το διάστημα δεν είχα κάνει φίλους. Ούτε έναν.

Τίναξα από πάνω μου τις αυθόρμητες σκέψεις μου, υπενθυμίζοντας στον εαυτό μου ότι όταν θα έρχονταν οι επισκέπτες μου, θα ήθελα να τους δείξω κάτι για το οποίο ήμουν περήφανη. Ξεκίνησα, επιλέγοντας ένα σημείο, περίπου έξι πόδια από τον ξερολιθικό τοίχο και άρχισα το σκάψιμο.

Το χώμα ήταν στεγνό, η πρόοδος αργή. Τα μόνα θετικά είναι η έλλειψη ζιζανίων και η παρουσία ενός στρώματος ηφαιστειακού χαλικιού, το οποίο παρέλειψα καθώς ετοίμαζα μια τρύπα. Πόσο βαθιά έπρεπε να είναι η τρύπα; Πόσο πλατιά; Ήξερα ότι το φυτό δεν πρέπει να φυτεύεται στενά στο χώμα που το περιβάλλει, αλλά τι γίνεται με το έδαφος από κάτω; Δεν χρειαζόταν να είναι και αυτό χαλαρό; Ή θα μπορούσα να αφήσω τις ρίζες να δυσκολέψουν τα πράγματα εκεί κάτω; Δέκα μαχαιρώματα με την πιρούνα αργότερα έβρισκα το σκάψιμο πολύ δύσκολο, και συμβιβάστηκα.

Φύτεψα έναν δράκο και οπισθοχώρησα για να θαυμάσω τις προσπάθειές μου. Το μικρό φυτό φαινόταν μοναχικό και έτσι επέμεινα με μια άλλη τρύπα περίπου τρία μέτρα από την πρώτη. Το έδαφος αποδείχθηκε πιο μαλακό. Η αποφασιστικότητα επικράτησε και μπήκα σε ρυθμό. Όταν ο τρίτος δράκος ήταν στο έδαφος, άφησα τα εργαλεία και πήγα στο μικρό σούπερ μάρκετ για σνακ και ένα ποτό, τόσο για μένα όσο και για τα φυτά μου, φεύγοντας με πέντε δοχεία νερού των δέκα λίτρων.

Το να χρειάζεται να μεταφέρω νερό με αυτόν τον τρόπο φαινόταν γελοίο και θα μπορούσα να το είχα κάνει μια βρύση στον κήπο, αλλά αυτή η ιδέα ανήκε στην Αγγλία όπου τα υδραυλικά ήταν παντού και έβρεχε. Εδώ έξω, το νερό ήταν πολύτιμο. Κάθε σπίτι έχει τη δική του υπόγεια δεξαμενή νερού. Σκεπτόμενη πόσο συχνά αυτά τα φυτά θα χρειάζονταν πότισμα, αποφάσισα ότι θα ήταν καλύτερα να το πάω χαλαρά με την κηπουρική αλλιώς θα ένιωθα σα νεροκουβαλητής.

Συνέχισα να σκάβω και να φυτεύω, να κάνω μικρά διαλείμματα για να ρίξω νερό ή να φάω πατατάκια και φρούτα, ευγνώμων που τα μικρότερα φυτά χρειάζονταν μικρότερες τρύπες. Τοποθέτησα τα χόρτα κατά μήκος της μπροστινής άκρης του τριγωνικού παρτεριού στον κήπο μου και τις αλόες βέρα τις χώρισα δίπλα στους τοίχους. Ανακάτεψα τα καλύμματα εδάφους ανάμεσα στους δράκους. Ήταν τρεις η ώρα όταν τελείωσα. Μέχρι τότε, ο ήλιος ήταν άγριος. Είχα αρχίσει να αισθάνομαι λιποθυμία και απελπισμένη για σκιά.

Έμεινα πίσω για μια στιγμή. Πριν ξεκινήσω το πότισμα στα φυτά, έβγαλα το κασκόλ μου και έριξα νερό στα μαλλιά και το πρόσωπό μου, ξαναβάζοντάς το κασκόλ για να πιάσει τις σταγόνες και να παγιδεύσει το δροσερό υγρό.

Όταν τελείωσε η κηπουρική, άφησα τα εργαλεία μου και περιπλανήθηκα στο τετράγωνο, παρατηρώντας το διπλανό σπίτι, όλο κλειστό πίσω από έναν πυκνό φράχτη από φραγκόσυκα, και εκείνο στη βόρεια πλευρά, με τον μακρύ και ψηλό τοίχο του πίσω από τον οποίο δεν άκουσα κανένα σημάδι ζωής, ούτε ένα ψίθυρος ή ένα κλάμα ή ένα σκύλο που να γαβγίζει. Η παλιά αγροικία απέναντι ήταν σαφώς άλλο ένα ερείπιο πίσω από την ξεπερασμένη πρόσοψή της, και πιο πάνω, τα μπροστινά παράθυρα μιας άλλης αγροικίας ήταν κλειστά. Κανείς δεν πέρασε με το αυτοκίνητο καθώς ο δρόμος δεν οδηγούσε πουθενά αλλού παρά σε περισσότερα ερείπια. Δεν θα μπορούσα να είχα επιλέξει πιο μοναχικό μέρος. Όταν έφτασα στον ανακαινισμένο αχυρώνα μου, άνοιξα τη νέα και άβαφη πόρτα και κοίταξα μέσα, αλλά δεν υπήρχε τίποτα άλλο να δω από το σταυρό των δοκών της οροφής και το νέο παράθυρο ψηλά στον πίσω τοίχο. Το τσιμεντένιο δάπεδο δεν είχε ακόμη τοποθετηθεί.

Ήμουν έτοιμη να επιστρέψω στο αυτοκίνητό μου για να μαζέψω τα πράγματά μου όταν ένα σκονισμένο παλιό τετρακίνητο επιβράδυνε και σταμάτησε έξω από το κτίσμα μου. Αναγνώρισα το αυτοκίνητο του Πάκο.

Βλέποντάς με, περπάτησε, προσαρμόζοντας το λουράκι της ταλαιπωρημένης τσάντας του. Δεν ήξερα πώς να τον χαιρετήσω αφού τον συνάντησα μόνο δύο φορές, αλλά αποφάσισε για μένα σκύβοντας και προσφέροντάς μου το μάγουλό του.

«Καλή πρόοδο», είπε, γνέφοντας προς τον αχυρώνα.

Πέρασε από τα ερείπια κι εγώ του έδειξα το μέρος τριγύρω. Κοίταξε μέσα και πάνω την οροφή.

«Πότε θα ξεκινήσουν με το σπίτι;» ρώτησε.

«Δεν ξέρω.»

Δεν ήμουν σίγουρη τι άλλο να πω. Δεν ήθελα να μπω σε λεπτομέρειες για την άδεια του συμβουλίου. «Παρήγγειλα το βιβλίο της Ολίβια Στόουν» είπα, αγωνιώντας, ίσως παραπάνω για να συνεχίσω την συζήτηση.

«Μάλλον θα σου έρθει σε μορφή πι-ντι-εφ, στο διαδίκτυο.»

«Το προτιμώ σε χαρτί. Εξάλλου, δεν βιάζομαι.»

«Ίσως όχι. Επισκέφτηκε την Τισκαμανίτα.»

«Μου το είπες.»

«Αλήθεια;» φάνηκε μπερδεμένος, σα να μη θυμόταν τη συζήτησή μας στην Μπετανκουρία. Για να καλύψει την αμηχανία του πρόσθεσε, «Έμεινε στο σπίτι του Δον Μάρσιαλ Βελάσκεθ Κουρμπέλο.»

«Ποιος ήταν αυτός;»

«Ο μεγαλύτερος αδερφός του ανθρώπου που του ανήκει ο δρόμος που στεκόμαστε.»

Το βλέμμα του έπεσε στη θέα πίσω μου, στον μικρό μου κήπο. Αρπάζοντας το ενδιαφέρον του, τον καθοδήγησα. Καθώς περπατούσαμε, είπα, «Κάλε Μανουέλ Βελάσκεθ Καμπρέρα», είπα κάθε συλλαβή. «Ποιος ήταν αυτός;» ρώτησα με ξαφνικό ενδιαφέρον.

«Ένας δικηγόρος που υπερασπίστηκε τους σκοπούς της Φουερτεβεντούρα και του Λανζαρότε».

«Εντυπωσιακό!»

«Ο αδερφός του, Μάρσιαλ, ήταν ένας καλλιεργημένος και λογοτεχνικός άνθρωπος που εντυπωσίασε την Ολίβια Στόουν με το πνεύμα και την εξυπνάδα του. Μάλλον διάβαζε την εφημερίδα του».

«Εξέδιδε εφημερίδα;»

«Τη Φωνή της Τισκαμανίτα».

«Τι υπέροχο! Υπάρχει ακόμα;».

«Μετά βίας.» Ο τόνος του δεν ήταν απαξιωτικός, αν και ίσως λίγο χλευαστικός. Ήταν δύσκολο να τον διαβάσεις. Σταματήσαμε κοντά στα εργαλεία μου.

«Ουάου, ήσουν πολυάσχολη γυναίκα!»

«Είναι μια αρχή», είπα με σεμνότητα.

«Γιατί εδώ σε αυτή τη γωνία;»

«Είναι ασφαλές από την κατασκευή.»

«Α, ναι, φυσικά».

Θα έπρεπε να είχα αφήσει τη συζήτηση να τελειώσει εκεί, αλλά ήμουν περίεργη για αυτήν τη γυναίκα την Ολίβια Στόουν.

«Πιστεύεις ότι μπορούσε να διαβάσει ισπανικά τότε;»

«Σίγουρα. Μπορεί. Λίγο.» Ακουγόταν αόριστος.

Μη θέλοντας να σβήσει το θέμα της συζήτησης πριν

ξεκινήσει πλήρως, είπα με πολύ ενθουσιασμό, «Ακούγεται σαν μια αξιοθαύμαστη γυναίκα».

«Ήταν πολύ περισσότερο από αυτό», είπε, με τον τόνο του περίεργα σοβαρό. Γύρισε το βλέμμα του ξανά στο πρόσωπό μου. «Εξαφανίστηκε, ξέρεις. Δεν υπάρχει κανένα αρχείο για το θάνατό της και κανείς δεν έμαθε για αυτήν μετά την έκδοση του βιβλίου της».

«Σίγουρα, το έκαναν». Δεν ήθελα να φανώ απορριπτική. Ήταν μια συνηθισμένη απάντηση που είχα πάρει ως ταμίας σε τράπεζα. Προειδοποίησα τον εαυτό μου να χάσει την τάση της ετοιμόλογης έξυπνης. Θέλοντας να αποκαταστήσω το παλιότερο ενδιαφέρον μου, πρόσθεσα, «Τι άλλο γνωρίζετε για αυτήν;»

«Γεννήθηκε στην Ιρλανδία και παντρεύτηκε έναν Άγγλο δικηγόρο. Ζούσαν στο Λονδίνο και κινούνταν σε υψηλούς κοινωνικούς κύκλους». Όπως υποψιαζόμουν, είχε γίνει και πάλι ψυχρός.

Χαμογέλασα, ελπίζοντας να τον κερδίσω.

«Από πού αποκτήσατε όλες αυτές τις πληροφορίες;»

«Από μια βιογραφία που δημοσιεύτηκε σε ένα περιοδικό με μεγάλη εκτίμηση. Ήρθε με παραπομπές ». Ακουγόταν περήφανος. Ένιωσα ότι το χαμόγελό μου είχε το επιθυμητό αποτέλεσμα. Αυτός συνέχισε. «Η συγγραφέας του άρθρου προτείνει, και πιστεύω, ότι ήρθε να ζήσει εδώ στα Κανάρια Νησιά. Αναφέρθηκε μια Στόουν, που έφτασε στο Γουαζάν στην Τενερίφη τον Νοέμβριο του 1895».

«Και νομίζεις ότι ήταν αυτή».

«Πρέπει να ήταν.»

«Αλλά ο κόσμος θα ήξερε γι' αυτήν τότε. Άνθρωποι που ζουν στην Τενερίφη».

«Όχι αν ήρθε εδώ.»

«Στην Φουερτεβεντούρα;»

Στην Τισκαμανίτα.»

«Μα δεν έχεις αποδείξεις.» Έκανα μια παύση. «Συγνώμη,

δεν ήθελα να φανώ αγενής. Ίσως να έχεις κάποιες αποδείξεις. Έχεις;»

«Το άρθρο λέει πως ονόμασε το σπίτι της στο Ντόβερ, Φουερτεβεντούρα.»

Έκανα παύση. *Αυτό ήταν;* Έκανα τόση προσπάθεια να κατευνάσω τον Πάκο για να ανακαλύψω ότι στην πραγματικότητα είναι τρελός.

«Μα αυτό δε σημαίνει πως ήρθε στην Τισκαμανίτα», είπα ευγενικά, κι η υπομονή μου άρχισε να εξαντλείται. «Εξάλλου, τι έγινε ο άντρας της;»

«Ξαναπαντρεύτηκε το 1900.»

«Τότε θα πέθανε.»

«Ή χώρισαν.»

«Οι άνθρωποι δεν χώριζαν τότε.»

«Ίσως απλά, να έφυγε.»

«Και εγκατέλειψε τον γάμο της; Είχε παιδιά;»

«Τρία αγόρια.»

«Ορίστε λοιπόν. Δεν θα τα άφηνε ποτέ.»

«Θα ήταν έφηβοι και μάλιστα αλητάκια αν έμοιασαν στον πατέρα τους.»

«Δεν μπορείς να το πεις αυτό. Δεν τον ξέρεις.»

«Το άρθρο έχει μια φωτογραφία του. Θα σου την φέρω την επόμενη φορά να σου τη δείξω. Φαίνεται γουρουνάνθρωπος.»

«Ακόμη κι έτσι, θα γινόταν σκάνδαλο. Μια γυναίκα της τάξεώς της, θα την ανέφεραν όλες οι εφημερίδες.»

Ο άνεμος φυσούσε, κολλώντας στο δέρμα μου το παντελόνι και το πουκάμισό μου. Γύρισα την πλάτη μου στο βάρος του. Μια άδεια γλάστρα με φυτά έπεσε στο πλάι και κύλησε σε μικρή απόσταση, φτάνοντας να σταθεί δίπλα στο καρότσι.

Ο Πάκο περίμενε να ηρεμήσει ο άνεμος πριν συνεχίσει τη θεωρία του. «Το μόνο που ξέρω είναι ότι οι αποδείξεις συσσωρεύονται. Δεν υπάρχει πιστοποιητικό θανάτου, καμία ειδοποίηση θανάτου σε καμία εφημερίδα, τίποτα απολύτως που να καταγράφει τον θάνατό της. Και δεν υπάρχει ούτε αρχείο διαζυγίου. Όχι σύμφωνα με το άρθρο, το οποίο γράφτηκε από έναν μελετητή από το Πανεπιστήμιο της Λα Λαγκούνα».

«Εντάξει, εξαφανίστηκε λοιπόν. Ίσως ήρθε στη Φουερτεβεντούρα, αλλά γιατί στην Τισκαμανίτα;»

«Η απάντηση είναι απλή. Μόλις διαβάσεις το ταξιδιωτικό της ημερολόγιο θα δεις. Απολάμβανε πάρα πολύ την συντροφιά του Μάρσιαλ». Έκανε παύση. «Ίσως να είχαν δεσμό.»

Σοβαρολογούσε;

«Ίσως και να είχαν», είπα, αποφασισμένη να κάνω χιούμορ.

Μου έδειξε παραπέρα και είπε με χαμηλή φωνή. «Ακριβώς εκεί, κάτω από τη στέγη σου.»

«Μα αυτό ήταν το σπίτι του Σενιόρ Σέγιας.»

«Το ότι ανήκε στον Σέγιας δεν σημαίνει πως έμενε κιόλας σε αυτό.» Κοίταξε το ρολόι του. «Θέλεις μια μπίρα; Φαίνεσαι να τη χρειάζεσαι.»

Γέλασα. Ανακουφίστηκα που τελείωνε μια συζήτηση με μια κοινωνική πρόσκληση. «Πρέπει να μαζέψω.»

«Θα βρεθούμε στο καφέ, απέναντι από την εκκλησία της Αντίγκουα.»

«Εκείνο στο τέλος της πλατείας;»

«Το ξέρεις;»

«Το Καφέ Ρόζα. Ναι, το ξέρω.»

Γύρισε, δίστασε, και μετά άφησε το σακίδιό του για να με βοηθήσει να μαζέψω τα εργαλεία μου. Μετά τον παρακολουθούσα να γυρίζει στο αμάξι του, μπερδεμένη για αυτόν τον περίεργη άντρα με την ακόμα πιο περίεργη εμμονή του, ο οποίος πιθανότατα να γινόταν ο πρώτος μου φίλος στο νησί.

ΑΝΤΙΓΚΟΥΑ

Ήμουν ιδρωμένη και κολλούσα και το πρόσωπό μου έκαιγε από τη ζέστη παρά το μαντήλι και τα γυαλιά ηλίου. 'You know it?'

'Café Rosa. Yes, I do.'ι ήμουν ενθουσιασμένη σαν μικρό παιδί που περιμένει να του δώσουν τούρτα. Είδα την Αντίγκουα μπροστά μου. Ο Πάκο έκανε αριστερά στον δρόμο οδηγώντας προς το δημαρχείο. Τον ακολούθησα. Το καφέ ήταν στα δεξιά, μόλις μετά το αστυνομικό τμήμα.

Η περιοχή γύρω από την πλατεία επωφελούνταν από μια πυκνή φύτευση μεγάλων φοινίκων. Καταφέραμε και οι δύο να βρούμε πάρκινγκ σε κάποια σκιά και μπήκαμε μαζί στο καφέ, ο Πάκο διάλεξε ένα τραπέζι στη γωνία δίπλα στο παράθυρο.

Ισπανική ποπ μουσική έπαιζε στο βάθος. Ένα νεαρό ζευγάρι με σορτς και μπλουζάκια μπήκε μέσα, έριξε μια γρήγορη ματιά στο καφέ και, βλέποντας το εσωτερικό άδειο εκτός από εμάς και τους ντόπιους άντρες και τις οικογένειες στα πίσω τραπέζια, βγήκαν κατευθείαν έξω έχοντας προφανώς αλλάξει γνώμη ή δεν βρήκαν αυτόν που έψαχναν.

«Μπίρα;» ρώτησε ο Πάκο.

«Πεινάω σα λύκος», είπα εγώ, παίρνοντας το μενού από το τραπέζι.

«Κάνουν ωραίο βραστό κατσίκας εδώ.»

Ο άντρας πίσω από τον πάγκο πλησίασε και χαιρέτησε τον Πάκο. Μίλησαν στα γρήγορα στα ισπανικά, ήμουν πολύ κουρασμένη για να παρακολουθήσω. Ο Πάκο επιβράδυνε την ομιλία του και παρήγγειλε ένα πιάτο βραστό με δύο μπίρες.

«Εσύ δε θα φας;»

Ο άντρας δίστασε και κοιτάξαμε και οι δυο τον Πάκο, που χάιδευε την κοιλιά του και κουνούσε το κεφάλι.

«Κερνάω», είπα. Μου έριξε ένα επίμονο βλέμμα. «Σε παρακαλώ, δεν έχει γούστο να τρώει κανείς μόνος». Δεν περίμενα την απάντησή του. «Φέρτε δυο πιάτα», είπα, και το μενού με τα τάπας, πρόσθεσα, «και θέλω ντομάτα με ελιές.»

Του έδωσα το μενού. Εκείνος χαμογέλασε, φανερά χαρούμενος που είχα πάρει τον έλεγχο.

«Τίποτα άλλο;» Κατεύθυνε την ερώτησή του στον Πάκο, που τώρα κοιτούσε προς το παράθυρο.

Υπήρξε μια άβολη παύση.

«Αυτά μόνο, ευχαριστώ.» Είπα για να την καλύψω.

Ο άντρας έφυγε.

«Δεν ήθελα να σε φέρω σε δύσκολη θέση», είπα γέρνοντας προς τα μπρος.

«Δεν ήρθα σε δύσκολη θέση.»

Δεν τον πίστεψα.

«Γνωρίζεις τον σερβιτόρο;»

«Είναι ο Χουάν, ο γιος του ξαδέρφου της μητέρας μου. Το καφέ είναι δικό του.»

Ποτέ δεν θεώρησα τον εαυτό μου κοινωνικά αδέξιο, αλλά υπήρχε κάτι στον τρόπο με τον οποίο επέλεξε ο Πάκο να συνομιλήσει, στο πώς επέλεξα να συνομιλήσω μαζί του, που ένιωθα στριμωγμένη. Ξαφνικά έπρεπε να αναρωτηθώ τι να πω για την τελευταία του παρατήρηση. «Είσαι από την

Αντίγκουα;» Ήξερα ότι έβγαζα βιαστικά συμπεράσματα, ότι μάλλον δεν ήταν.

«Απ' το Τρικουιβιγιάτε».

Ένα άλλο μικρό χωριό στη διαδρομή από την Αντίγκουα στο Πουέρτο ντελ Ροσάριο. Σε αντίθεση με την Τισκαμανίτα, το χωριό βρίσκεται πίσω από τον κυρίως δρόμο και δεν έχει κυκλοφοριακό. Ήταν μια μικρή μετα-περιοχή με υποδιαιρέσεις και πολυτελείς κατοικίες.

«Η οικογένειά σου έχει αγρόκτημα;» Ήταν μια προφανής ερώτηση.

«Είχε. Καλλιεργούσαμε φραγκόσυκα, όπως όλοι.»

«Και τώρα;»

Σήκωσε τους ώμους. «Οι γονείς μου ζουν στο Πουέρτο Ροσάριο. Η μητέρα μου εργάζεται στην Κόστκτο και ο πατέρας μου σε ένα κατάστημα επισκευής αυτοκινήτων.»

«Κι εσύ;»

«Εργάζομαι σε ένα εστιατόριο στο Καλέτα ντε Φούστε.»

Σερβιτόρος, λοιπόν; Σερβιτόρος σε εστιατόριο;

«Μένεις κι εκεί;»

«Έχει πολλούς παραθεριστές εκεί. Νοικιάζω ένα μικρό διαμέρισμα στο Πουέρτο ντελ Ροσάριο, κοντά στην παραλία.»

Ο συγγενής του Πάκο, ο Χουάν, ήρθε με τις μπύρες και τα τάπας, μαζί με ένα καλάθι με ψωμί, και ασχοληθήκαμε να μαχαιρώνουμε κομμάτια ντομάτας περιχυμένη με ελαιόλαδο και να μασουλάμε ελιές. Κοίταξα έξω από το παράθυρο στον ήσυχο δρόμο, νομίζοντας ότι ήταν περίεργο, που στο παρελθόν υπήρχαν δύο Φουερτεβεντούρα, των αγροτών και των φεουδαρχών. Σήμερα υπάρχουν επίσης δύο, εδώ και αυτή στην ανατολική ακτή αφιερωμένη στον τουρισμό. Οι ντόπιοι αναγκάζονται σε χαμηλά αμειβόμενες άθλιες δουλειές καθώς λαχταρούν να διατηρήσουν μια πιο ήσυχη, λιγότερο κυριαρχούμενη από ξένους ζωή. Ένιωσα μια άβολη ντροπή στη σκέψη. Μετά έρχονται άνθρωποι σαν εμένα και εισβάλλουν στην ενδοχώρα. Το νησί είχε ήδη θυσιαστεί στο τουριστικό δολάριο και δεν είχα ιδέα για το αποτέλεσμα που θα είχε μακροπρόθεσμα, αλλά αμφέβαλα ότι θα ήταν καλό. Ειδικά αν κανείς δεν μπήκε στον κόπο να αποκαταστήσει τα παλιά κτίρια. Με την απώλεια της αρχικής αρχιτεκτονικής έρχεται μια απώλεια πολιτισμού, απώλεια ταυτότητας. Παρά την εθνικότητά μου —δεν μπορούσα να μην πω ποια ήμουν—συμμερίζομαι το ενδιαφέρον του Πάκο, την αποφασιστικότητά του να διατηρήσει ό,τι είχε απομείνει. Κι ας ήταν το σπίτι μου η πρώην κατοικία μιας χοντρής γάτας. Αναρωτήθηκα αν ο Πάκο θα το έβλεπε έτσι. Τι σκέφτεται για μένα; Πρέπει να με συμπαθεί αλλιώς γιατί να με καλέσει έξω; Προφανώς δεν ήταν τόσο μόνος όσο εγώ.

Ήπια την μπύρα μου. Την πίκρα του αφρού έσβησε μια δίψα που δεν είχα συνειδητοποιήσει ότι είχα. Το πρόσωπό μου έκαιγε και οι ώμοι μου άρχισαν να πονούν από τη σκληρή δουλειά της ημέρας. Ο Πάκο είχε ησυχάσει ξανά. Φωτογράφος που εργάζεται σε εστιατόριο; Ήταν αναμφίβολα παθιασμένος, αλλά δεν είχα ιδέα για το επίπεδο της δημιουργικής του παραγωγής. Φαινόταν το μόνο προσωπικό θέμα που είχε απομείνει για συζήτηση και άρχισα να βρω την ευκαιρία να ανακαλύψω περισσότερα για αυτόν τον νέο και επιφυλακτικό φίλο.

Προσπάθησα να πιάσω το βλέμμα του καθώς μιλούσα. «Μπορείς να πουλήσεις ή να δημοσιεύσεις τις φωτογραφίες σου;»

Κατάπιε αυτό που μασούσε και κατέβασε μια γουλιά μπίρας πριν μιλήσει.

«Σε εφημερίδες και περιοδικά, ναι. Ετοιμάζομαι για μια έκθεση.» Δίστασε και μετά πρόσθεσε με κάποια ειρωνεία, «Το εστιατόριο που εργάζομαι πουλάει τις κάρτες μου.»

«Δε νομίζω να σου αποφέρει πολλά κέρδη αυτό». Αμέσως ευχήθηκα να μην το είχα πει αυτό. Πιθανόν τον είχα προσβάλλει. Είδα, ξαφνικά, πως τα σχόλια που έκανα ως Κλερ

Μπένετ, η ταμίας, δεν ήταν πια τόσο εύστοχα, τώρα που είμαι πλούσια.

«Δεν πρόκειται για τα χρήματα», είπε. «βγάζω φωτογραφίες για να απαθανατίσω την ομορφιά του νησιού. Κάθε στιγμή που περνάει, νύχτα και μέρα.»

«Δεν φωτογραφίζεις τα άλλα νησιά;»

«Όταν έχω χρήματα για να ταξιδέψω. Θέλω να επισκεφτώ το Ελ Χιέρο. Έχεις πάει; Όχι; Είμαι μικρό και δραματικό, η κορυφή ενός ηφαιστείου που αναδύεται από τον ωκεανό. Δεν υπάρχουν παραλίες εκεί. Όμως η θέα σου κόβει την ανάσα.»

«Δεν τα πάω καλά με τα ύψη.»

Μελέτησε το πρόσωπό μου. «Θα το συνηθίσεις.»

Δεν ήμουν σίγουρη ότι θα το έκανα. Η Αγγλία ήταν σχετικά επίπεδη, και ποτέ δεν είχα πάει σε ένα ψηλό κτίριο, πόσο μάλλον σε μια κορυφή βουνού ή στην άκρη ενός γκρεμού. Ακόμη και στην επιφυλακή στον δρόμο Παχάρα-Μπετανκουρία, έπρεπε να σταθώ πολύ πίσω από την άκρη για να πάω στα βουνά και τον ωκεανό πολύ πιο κάτω.

Ήρθε το κατσικίσιο στιφάδο και η κουβέντα σταμάτησε καθώς πήραμε ο καθένας το πιρούνι και το κουτάλι μας και βυθιστήκαμε μέσα. Το κρέας ήταν τρυφερό, οι γεύσεις έντονες, η σάλτσα πηχτή και χορταστική. Βούτηξα σε ό,τι είχε απομείνει από το ψωμί. Ο Πάκο κοίταξε τον ξάδερφό του και σε μια στιγμή ήρθε άλλο ψωμί και άλλες δύο μπύρες.

«Σου λείπει η πατρίδα σου;» είπε εντέλει.

Ένιωσα άβολα αμέσως. «Εδώ είναι η πατρίδα μου», απάντησα, ελπίζοντας να μην φάνηκα στριμμένη.

«Δεν έχεις οικογένεια στην Αγγλία;»

«Έναν πατέρα και μια θεία.»

«Μόνο αυτούς;»

«Ναι.»

«Είναι λυπηρό.»

«Καθόλου. Έτσι είναι.»

«Και η μητέρα σου;» ρώτησε καρφώνοντάς με μέ το βλέμμα του.

«Πέθανε όταν ήμουν εφτά.»

«Τι τραγωδία», είπε, χαμογελώντας μου με συμπόνοια. «Σου λείπει;»

Ένιωσα πολύ άβολα για να απαντήσω. «Κι εσύ;» ανταπάντησα. «Αδέρφια; Αδερφές;»

«Τρία αδέρφια που ζουν εδώ και μία αδερφή στα Κανάρια. Είναι παντρεμένη με τρία αγόρια.»

«Τα αδέρφια σου είναι παντρεμένα;»

«Όλα. Και έχουν και παιδιά.»

«Κι εσύ;» Καθώς οι λέξεις έβγαιναν από το στόμα μου πάγωσα και ανησυχούσα για την αντίδρασή μου.

«Εγώ;» Γέλασε. «Δεν έχω κανέναν.» Έμοιαζε θλιμμένος για μια στιγμή. Σκέφτηκα πως κάτι θα είχε συμβεί. Κάποια ερωτική απογοήτευση. Ευτυχώς δεν ρώτησες να μάθει για την ερωτική μου ζωή, η οποία ήταν ανύπαρκτη. Είχα βγει αρκετά ραντεβού, έκανα κάποιες σχέσεις – με τον Σάιμον ήταν η πιο μακρά – αλλά κανείς δεν ήταν ο τύπος μου. Ποιος ήταν ο τύπος μου; Δεν μου είχε ραγίσει την καρδιά κανένας και είχα συνηθίσει στην εργένικη ζωή. Δεν είχα νιώσει ποτέ πως χρειαζόμουν έναν άντρα για να με ολοκληρώσει.

Σύντομα τελειώσαμε με το φαγητό. Ο Πάκο άφησε τα κουταλοπίρουνά του, έριξε μια ματιά στο ρολόι του και ακούμπησε στην πλάτη της καρέκλας. Αισθάνοντας πως η ώρα μας είχε τελειώσει, μουρμούρισα το όνομα που τριγυρνούσε στο μυαλό μου σε όλη τη διάρκεια του γεύματος.

«Μπαράσο.»

«Ορίστε;»

«Το σπίτι μου είναι γνωστό στους ντόπιους και ως Σπίτι του Μπαράσο. Φαίνεται πως κάποιος με το όνομα αυτό ζούσε εκεί.»

«Ναι, το ξέρω. Ο Μπαράσο ζούσε εκεί για κάμποσο καιρό μέχρι που πέθανε το 1862.»

«Ποιος ήταν;»

«Φίλος του δισέγγονου του Δον Γκονζάλες. Ο Δον Πάμπλο Μπαράσο Μεδίνα Ροντρίγκες Μπέθενκορτ.»

«Μεγάλο όνομα. Άρα ήταν ευγενής.»

Πήρα μια χαρτοπετσέτα και έψαξα την τσάντα μου για στυλό. Ο Πάκο άπλωσε την τσάντα του και μου έδωσε τη δική του. Επανέλαβε το όνομα όπως έγραψα.

«Είχε μια γυναίκα και τέσσερις κόρες», μου είπε. «Όλοι πέθαναν σε μια επιδημία κίτρινου πυρετού».

Συνέχισα να γράφω.

«Τριάντα περίπου χρόνια πριν ζήσει η Ολίβια Στόουν εκεί;»

«Θα είχε το σπίτι για τον εαυτό της».

«Μπορεί. Ίσως ο Σέγιας να μην έζησε ποτέ εκεί. Αλλά όταν πέθανε ο Σέγιας, άφησε το σπίτι σε δύο μέλη της οικογένειας και έβαλαν αυτόν τον διαχωριστικό τοίχο. Αυτό θα ήταν το 1895, περίπου την εποχή που λες ότι η Ολίβια Στόουν έμεινε εκεί. Και εκείνη η κόρη και ο ανιψιός πρέπει να έμεναν στο σπίτι. Διαφορετικά, τι νόημα θα είχε ο τοίχος;»

Εξέτασε την ανάλυσή μου χωρίς σχόλια. Συνέχισα, επίμονα. «Θα ήταν μια φρικτή εγχώρια κατάσταση, δεν νομίζεις; Σαφώς δεν ήθελαν να συγκατοικήσουν και ίσως ακόμη και να περιφρονούσαν ο ένας τον άλλον. Κατέστρεψαν το σπίτι με αυτόν τον τοίχο».

Κάθισα ξανά στη θέση μου και περίμενα την απάντησή του, η οποία δεν ήταν αμέσως διαθέσιμη.

«Μάλλον δεν τους ένοιαζε», είπε τελικά. «Ήταν ηπειρώτες και ήταν πλούσιοι. Για αυτούς, ήταν απλώς ένα ηλίθιο σπιτάκι σε ένα ηλίθιο μικρό νησί».

Ξαφνιάστηκα με την πικρία του.

«Ακόμα κι έτσι», είπα, αποφασισμένη να μην αφήσω το θέμα, «αμφιβάλλω ότι η Ολίβια Στόουν θα είχε συγχωρήσει αυτή τη ρύθμιση για ένα δευτερόλεπτο».

«Πρέπει να έχει. Ή ίσως αυτός ο τοίχος στήθηκε αφού έφυγε. Δεν ξέρουμε πότε χτίστηκε».

«Μα σίγουρα, θα μπορούσε να είχε μείνει σε οποιοδήποτε σπίτι της περιοχής, λίγο-πολύ;»

Άρχισα να πιστεύω την τρελή ιστορία του; Μπορεί να έχει αποδείξεις, όσο ελάχιστες κι αν είναι, και από μόνη της να επισκέφτηκε την Τισκαμανίτα και έκανε φίλο τον Μαρσιάλ, αλλά δεν είχα ιδέα πού έμενε, αν και σίγουρα δεν ήταν το σπίτι μου.

«Πρέπει να καταλάβεις ότι εξαφανίστηκε», είπε ο Πάκο, μετακινούμενος προς τα εμπρός και ακουμπώντας τους αγκώνες του στο τραπέζι, κρατώντας το βλέμμα μου, με τα μάτια του γεμάτα ίντριγκα. «Άγνωστο. Η θεωρία μου είναι ότι έζησε στο σπίτι σου απομονωμένη. Αν είχε μείνει οπουδήποτε αλλού, για παράδειγμα με τον Μαρσιάλ, τότε όλοι θα το ήξεραν. Θα υπήρχε στο αρχείο. Στο Κάσα Μπαράσο, υπήρχε μόνο με μια υπηρέτρια, άρα οι χωρικοί δεν θα είχαν ιδέα ότι ήταν εκεί».

Δεν μπορούσα να διώξω τον ερεθισμό που ανεβαίνει μέσα μου. Ο Πάκο έβγαζε βιαστικά συμπεράσματα σαν συνωμοσιολόγος που κουβαλούσε χαρτιά. Το Κάσα Μπαράσο δεν ήταν το Σπίτι της Γουίντερ.

«Πρέπει να το ήξεραν», απάντησα. «Η καμαριέρα θα είχε κουτσομπολέψει. Τι εννοείς; Ότι έφτασε το βράδυ και δεν βγήκε ποτέ από το σπίτι;»

Το μόνο που είπε ήταν «Ναι».

«Και δεν ήρθε κανείς; Κανείς δεν είδε; Δεν εμφανίστηκε ποτέ καν σε ανοιχτό παράθυρο;»

Ο Πάκο δεν απάντησε. Του έδωσα πίσω το στυλό του και το άφησε στη τσάντα του.

Φαντάστηκα το μέγεθος του σπιτιού μου, το κλειστό αίθριο, και υπέθεσα ότι ήταν πιθανό η Ολίβια Στόουν να κρυβόταν εκεί. Όχι πιθανό, αλλά πιθανό. Αν και, όχι για πολύ, ούτε για πάρα πολλά χρόνια.

Οι σκέψεις μου σταμάτησαν. Οι εργάτες πίστευαν ότι το σπίτι ήταν καταραμένο και μια κατάρα μπορούσε να σημαίνει μόνο ένα πράγμα - κάτι τρομερό και τραγικό είχε συμβεί εκεί. Ίσως η Ολίβια Στόουν πέθανε εκεί και το φάντασμά της παγιδεύτηκε για κάποιο λόγο. Όχι ότι πίστεψα στα φαντάσματα, ούτε για ένα δευτερόλεπτο, αλλά η θεία Κλαρίσα είπε ότι τα πνεύματα των νεκρών παγιδεύτηκαν στο επίγειο αεροπλάνο λόγω των έντονων συναισθημάτων τους. Στην περίπτωσή της ενοχή, μάλλον, αν είχε εγκαταλείψει τους γιους της. Όχι, το όλο σενάριο ήταν απλά ανόητο.

Μη θέλοντας να φέρω σε δύσκολη θέση τον Πάκο, όταν ήρθε ο ξάδερφός του να μας πάρει τα πιάτα, τον ακολούθησα στον πάγκο και περίμενα δίπλα στο ταμείο.

Όταν γύρισα πίσω στο τραπέζι, ο Πάκο στεκόταν και έβαζε τη τσάντα του πάνω από το κεφάλι του. Υπέκυψα σε ένα πλήγμα απογοήτευσης και λύπης. Είχα χαλάσει μια ευκαιρία να κάνω έναν φίλο λόγω των διαφωνιών μου;

«Ευχαριστώ για το φαγητό», είπε όταν πήγα μαζί του για να φύγω.

«Δεν ήταν τίποτα.»

Του πρόσφερα ένα χαμόγελο. Η ανακούφιση με διαπέρασε καθώς ανταπέδωσε.

«Επιστρέφεις στο Πουέρτο ντελ Ροζάριο;»

Δεν είχα ιδέα γιατί το ρώτησε, ίσως ήθελε μόνο να κάνει μια χαλαρή συζήτηση.

«Σκέφτηκα ότι θα πήγαινα πίσω στο σπίτι».

«Πειράζει να έρθω μαζί σου; Θα ήθελα να βγάλω περισσότερες φωτογραφίες.»

«Φυσικά.»

Φύγαμε από την Τισκαμανίτα ως άγνωστοι και επιστρέψαμε ως φίλοι. Δεν ήμουν σίγουρη τι σκεφτόταν ο Πάκο για μένα, αλλά ήταν το μόνο άτομο με το οποίο είχα γεύμα στο νησί και δεν επρόκειτο να χάσω την ευκαιρία να αναπτύξουμε περαιτέρω τη φιλία μας.

Πάρκαρε πίσω μου. Μαζί κατευθυνθήκαμε γύρω από το πίσω μέρος του ερειπίου και στριμωχτήκαμε μέσα από την πόρτα που ήταν κλειστή. Ο Πάκο έβγαλε την κάμερά του και έβαλε στη σειρά ένα πλάνο και μετά ένα άλλο. Παρακολούθησα, ήσυχη, να τον κυνηγάω τριγύρω. Τελικά, σταμάτησε και σταθήκαμε δίπλα στον τοίχο. Κάθε φορά που έμπαινα στο ερείπιο, αυτός ο τοίχος ένιωθα σαν να ήταν το πιο ασφαλές μέρος. Ωστόσο, ένιωθα επίσης πως ήταν λάθος, επηρεάζοντας την ακεραιότητα του σπιτιού, εμποδίζοντάς το να εκφράσει τη δόξα του, τον πραγματικό του εαυτό. Όταν ο Πάκο επέστρεψε την κάμερά του στη τσάντα του, γύρισα προς το μέρος του και του είπα: «Τις περισσότερες μέρες δεν μπορώ να πιστέψω ότι έχω αναλάβει αυτό το έργο».

«Θα χρειαστούν χρόνια για να ολοκληρωθεί».

Ήλπιζα όχι.

«Αλλά τουλάχιστον θα σωθεί», είπα, μαζεύοντας έναν χαλαρό βράχο στο διαχωριστικό τοίχο.

Σαν απάντηση, η κουβέντα μας κόπηκε από μια παρατεταμένη κραυγή και μπουμ. Η καρδιά μου ανταποκρίθηκε με μια δική της έκρηξη.

Ένα σωρό σκόνης έδειξε την τοποθεσία. Πήγαμε και κοιτάξαμε διστακτικά μέσα από μια πόρτα στο βόρειο άκρο για να διαπιστώσουμε ότι ένα μικρό τμήμα ενός εσωτερικού τοίχου είχε καταρρεύσει.

ΤΟΥΙΝΈΓΙΕ

Η ΑΥΓΗ ΈΚΑΝΕ ΑΙΣΘΗΤΗ ΤΗΝ ΠΑΡΟΥΣΙΑ ΤΗΣ ΜΈΣΑ ΑΠΌ ΤΙΣ ΚΟΥΡΤΙΝΕΣ. Αποφάσισα ότι δεν είχε νόημα να παραμείνω ξαπλωμένη παρά τις πρώτες πρωινές ώρες, σηκώθηκα με δυσκολία από το κρεβάτι, άκαμπτη από χθες. Μετά βίας είχα κοιμηθεί. Στην πρώτη γραμμή του μυαλού μου, κολλημένη στην επανάληψη, ήταν μια εικόνα του τοίχου που πέφτει. Πόσο τοίχο είχα χάσει; Δεν το ήξερα. Μπορεί να ήταν μόνο ένα τετραγωνικό πόδι, αλλά μέσα στο σκοτάδι αυτό το τετράγωνο μεγεθύνθηκε δεκαπλασιασμένα μέχρι που θάφτηκα κάτω από έναν μεγάλο σωρό από βράχους και μπάζα.

Έκανα μπάνιο, ντύθηκα και έφαγα ένα απλό πρωινό με φρούτα και τοστ. Τη στιγμή που ήταν αξιοπρεπές να το κάνω, τηλεφώνησα στον Μάριο. Ήλπιζα ότι δεν ήταν θρησκευόμενος γιατί ήταν Κυριακή.

Απάντησε στο τρίτο κουδούνισμα. Προσπάθησα να κρατήσω μετρημένο τον τόνο της φωνής μου καθώς εξηγούσα την κατάρρευση, αλλά στο τέλος της εξήγησής μου ήμουν ξέφρενος.

«Πρέπει να μιλήσουμε με το συμβούλιο αμέσως, Μάριο.

Αυτό είναι επείγον. Όλο το σπίτι μπορεί να πέσει πριν αποφασίσουν να εγκρίνουν την αποκατάσταση».

«Έχουν τα σχέδια μόνο τρεις εβδομάδες».

«Δεν μπορεί να γίνει κάτι;»

Ο Μάριο μου είπε να τον συναντήσω στο συμβούλιο στο Τουινέγιε την επόμενη μέρα στις δέκα.

Με έπιασε άγχος όλη την ημέρα. Ήταν το μεγαλύτερο εικοσιτετράωρο της ζωής μου. Τριγύρισα στο διαμέρισμα, τακτοποιώντας και διπλώνοντας τα ρούχα και πλένοντας τα πιάτα. Έβαλα ένα φορτίο πλυσίματος και σφουγγάρισα ακόμη και το πάτωμα σε μια μάταιη προσπάθεια αυτοπερισπασμού. Προσπάθησα να διαβάσω και απέτυχα. Μετά το μεσημεριανό γεύμα, εξέτασα το υπολογιστικό φύλλο κοστολόγησης, αλλά διαπίστωσα ότι αυτό επιδεινώνει το άγχος μου. Πήγα για μια μεγάλη βόλτα κάτω στο λιμάνι και πίσω, ελπίζοντας να κουράσω τον εαυτό μου. Άκουγα Μπλερ, Ένια, ακόμα και Βαν Μόρισον, αλλά το μυαλό μου δεν ήταν ακίνητο.

Ξύπνησα τη Δευτέρα το ξημέρωμα, αποφασισμένη να φανώ έξυπνη για το ραντεβού. Έφτιαξα τα μαλλιά μου και έβαλα ελαφρύ μακιγιάζ, επιλέγοντας ένα επίσημο κοστούμι για να φορέσω. Στήριξα μια δερμάτινη θήκη εγγράφων –ήταν άδεια– κάτω από το μπράτσο μου και κοιτάχτηκα στον καθρέφτη. Υπήρχε μόνο μια λέξη για να περιγράψει την εμφάνισή μου: επίσημη. Είχα μετατραπεί στον τραπεζικό εαυτό μου.

Η πιο γρήγορη διαδρομή προς το Τουινέγιε ήταν μέσω της Τισκαμανίτα, τριάντα λεπτά με το αυτοκίνητο. Ξεκίνησα στις εννιά και τέταρτο για να αφήσω άφθονο χρόνο για απρόβλεπτα, βγαίνοντας εγκαίρως στο πάρκινγκ απέναντι από το δημαρχείο για να δω τον Μάριο να βγαίνει από την πλευρά του κτιρίου. Πρέπει να παρκάρει από πίσω.

Το δημαρχείο ήταν ένα μοντέρνο κτίριο βαμμένο σε κόκκινο τερακότα, με μικρά και χαμηλά παράθυρα ομοιόμορφα τοποθετημένα κατά μήκος των δύο ορατών πλευρών, και έναν δεύτερο όροφο μακριά από το δρόμο. Τοποθετημένη σε γωνία, η μπροστινή πρόσοψη του κάτω επιπέδου αποτελούσε ένα κοίλο τόξο. Η είσοδος ήταν χωμένη στο βαθύτερο μέρος της καμπύλης. Η πρόσβαση γινόταν μέσω μιας μικρής συνοικίας. Το αποτέλεσμα του σχεδίου ήταν αυθεντία και αξιοπιστία από τη μια πλευρά και φιλόξενο άνοιγμα από την άλλη. Η ελπίδα τράβηξε καθώς διέσχιζα το δρόμο και έκανα τις πόρτες της εισόδου, μπαίνοντας σε ένα ευρύχωρο φουαγιέ. Είδα τον Μάριο να μιλάει με έναν άντρα πίσω από το γραφείο πληροφοριών και πήγα μαζί του.

Ο άντρας δίστασε στη μέση της πρότασης και μου έριξε μια ματιά. Μπορούσα να καταλάβω από την αντίδραση στα μάτια του ότι η ενδυμασία μου είχε δημιουργήσει τη σωστή εντύπωση.

«Αυτή είναι η Κλερ Μπένετ», είπε ο Μάριο, γυρίζοντας για να με καλωσορίσει.

«Κλερ», είπε ο άντρας δίνοντας το χέρι του. «Είμαι ο Ραούλ. Καταλαβαίνω ότι ανησυχείς μήπως πέσει το κτίριό σου». Μου χάρισε ένα συμπαθητικό χαμόγελο.

Μη θέλοντας να συναντήσω τη στερεότυπη υστερική γυναίκα, σκέφτηκα καλύτερα να του πω ότι θα μπορούσα να είχα σκοτωθεί αν στεκόμουν σε λάθος σημείο. «Το σπίτι είναι ευάλωτο», είπα, καταγράφοντας την θήκη των εγγράφων μου. «Η κατασκευή πρέπει να ξεκινήσει αμέσως».

«Ναι, ξέρουμε. Ο προηγούμενος ιδιοκτήτης ήθελε να το κατεδαφίσει ». Αυτός χαμογέλασε. Ήταν ένα ειρωνικό χαμόγελο. Ήταν το συμβούλιο απογοητευμένο που δεν έκανε μια επιτυχημένη αγορά; Μου κρατούσαν κακία; Ή ήταν ευχαριστημένοι με κάποιαν που έκανε τον κόπο να φτιάξει αυτό το ερείπιο;

«Θέλω να σώσω το σπίτι», είπε, «αλλά φοβάμαι ότι θα αργήσουμε πολύ».

Ο άντρας έγνεψε καταφατικά και ξεφύλλισε τις σελίδες ενός αρχείου που ήταν ανοιχτό μπροστά του. Εντόπισα τα σχέδια του σπιτιού και τις αρχικές εκδόσεις των επιστολών που μου είχαν στείλει.

«Η αίτησή σας είναι υπό εξέταση. Αυτά τα πράγματα χρειάζονται χρόνο. Υπάρχει μια διαδικασία ». Έστρεψε το βλέμμα του στον Μάριο. «Της το εξήγησες αυτό;»

«Δεν μπορούν να επισπευθούν τα πράγματα;» Εκφώνησα τη λέξη, αφού την έμαθα μόνο εκείνο το πρωί. «Σίγουρα πρέπει να υπάρχει τρόπος να γίνει αυτό πιο γρήγορα; Είναι επείγον.»

Ο Μάριο ενίσχυσε την παρατήρησή μου με ένα σύντομο, «Έχει δίκιο».

«Περίμενε εδώ», είπε ο Ραούλ, κλείνοντας το φάκελο και βάζοντάς τον κάτω από το μπράτσο του βγήκε από μια πόρτα.

Ο Μάριο εξήγησε με χαμηλό ψίθυρο —όχι ότι υπήρχε κανείς να κρυφακούσει— ότι ήλπιζε ότι θα γινόταν κάτι για να επιταχυνθούν τα πράγματα. Σε λίγη ώρα, ένας ηλικιωμένος άνδρας με λευκό πουκάμισο βγήκε με τα πόδια, με τον φάκελο στο χέρι.

«Μάριο, Κλερ», είπε, απλώνοντας το χέρι του και στους δυο μας. «Καταλαβαίνετε, υπάρχει μια κανονική διαδικασία που πρέπει να ακολουθηθεί».

«Ξέρουμε.» Ο Μάριο μίλησε για τους δυο μας.

Ο άντρας άνοιξε τον φάκελο και ξεφύλλισε τα χαρτιά, σταματώντας στα σχέδια. Τα μελέτησε σαν να ήταν η πρώτη φορά που έβλεπε σχέδια σπιτιών, ξεχύνοντας κάθε σχέδιο. Έπρεπε να είναι προσποίηση. Χωρίς να κοιτάξει ψηλά, είπε, «Επειδή δεν κάνετε καμία αλλαγή στην αρχική δομή του κτιρίου, είμαι στην ευχάριστη θέση να σας πω ότι μπορούμε να σας χορηγήσουμε προσωρινή έγκριση για να κάνετε το κτίριο ασφαλές».

«Αυτό είναι υπέροχο», είπα.

Ο άντρας σήκωσε το βλέμμα του στο πρόσωπό μου. «Επί αμοιβή δύο χιλιάδων ευρώ».

Παραλίγο να πέσω από το πάτωμα. Ληστεία στο φως της ημέρας, που θα έλεγε ο πατέρας μου. Τι είδους αμοιβή ήταν αυτή; Αυθεντική; Ή το είδος της λιπαρής παλάμης; Με κόλλησαν τα βλέμματα και των δύο αντρών.

«Πολύ καλά», είπα, «Πώς πληρώνω;»

Ο άνδρας άφησε τον φάκελο και έφυγε, και σε λίγο ο Ραούλ επέστρεψε για να παρακολουθήσει την πληρωμή. Βγαίναμε από το δημαρχείο δεκαπέντε λεπτά αργότερα.

«Σε ευχαριστώ, Μάριο.»

Συνέχισε να περπατάει, γυρνώντας να πει: «Θα παραγγείλω τις σκαλωσιές και θα βρω τους άντρες. Θα ξεκινήσουμε τη δουλειά αμέσως. Μην ανησυχείς, δεν θα πέσει άλλο από το σπίτι σου ».

Τον παρακολούθησα να απομακρύνεται από την πλευρά του δημαρχείου.

Στο δρόμο της επιστροφής στο Πουέρτο ντελ Ροσάριο, σταμάτησα στο καφέ στην Τισκαμανίτα. Σκέφτηκα ότι ήταν ευκαιρία να επαληθεύσω τον ισχυρισμό του Πάκο ότι ολόκληρη η οικογένεια Μπαράσο είχε πεθάνει εκεί από κίτρινο πυρετό. Ανοίγοντας την πόρτα, ανακουφίστηκα όταν βρήκα το καφέ άδειο και την ίδια γυναίκα πίσω από τον πάγκο. Αυτή τη φορά, πήγα κατευθείαν κοντά της και άπλωσα το χέρι μου.

«Είμαι η Κλερ», είπα θερμά. «Εφόσον θα είμαι τακτική πελάτισσα στο καφέ, σκέφτηκα ότι θα ήταν καλό να συστηθώ.» Ακόμα κι όταν μιλούσα, ένιωθα γελοίο να ανακοινώνω τον εαυτό μου έτσι.

Διστακτικά, η γυναίκα μου έπιασε το χέρι.

«Ξεκίνησαν οι εργασίες;» ρώτησε.

«Όχι ακόμα, αλλά πρόκειται να γίνει».

Μου έριξε μια αμφίβολη ματιά.

«Ποιος θα δουλέψει εκεί; Κανείς εδώ δεν θα το πλησιάσει. Ήσουν τυχερή που έφτιαξες αυτόν τον αχυρώνα».

Κάποιος ήταν στον δρόμο μου τότε, αφού ξέρει για τον αχυρώνα.

« Ο Μάριο δεν φαίνεται να πιστεύει ότι θα υπάρξει πρόβλημα.»

«Ο Μάριο Φερέρο; Είναι καλό που τον έχεις. Θα σου βρει εργάτες. Μιλάει καλά αγγλικά και γερμανικά επίσης. Θα σου βρει ξένους ».

Παρά τον ψύχραιμο τρόπο της, δεν μου φαινόταν απεχθής. Ίσως δεν ήθελε να χάσει το έθιμο μου.

«Θα πιω έναν λευκό καφέ και θέλω και μια φέτα από την τορτίγια σου», είπα, με την επιθυμία να απομακρύνω το θέμα με το σπίτι για μια στιγμή. Δεν ήθελα να ασχοληθώ με την ερώτησή μου, σε περίπτωση που με θεωρούσε παρεμβατική.

Πήρα το τραπέζι δίπλα στο παράθυρο και όταν ήρθε, δεν μπορούσα να περιμένω άλλο. «Ελπίζω να μην σε πειράζει να ρωτήσω, αλλά προσπαθώ να μάθω περισσότερα για τον Σενιόρ Μπαράσο».

Έγινε αμέσως προσεκτική.

«Ναι;» είπε αργά.

«Ένας φίλος μου είπε ότι είχε γυναίκα και τέσσερις κόρες».

«Αυτό είναι σωστό.»

«Και πέθαναν όλοι σε μια επιδημία κίτρινου πυρετού».

«Ποιος στο είπε αυτό;»

«Ο Πάκο».

«Ο Πάκο;»

«Είναι φωτογράφος από την Τρινκουιβιγιάτε».

«Ξέρω τον Πάκο». Εκείνη γέλασε. «Νομίζει ότι τα ξέρει όλα». Εκείνη πάλι γέλασε. Μου φαινόταν ένα γέλιο με καλό χιούμορ, αλλά ένιωσα ότι κάλυπτε κάτι.

Ήμουν έτοιμη να ερευνήσω περαιτέρω όταν μπήκε μια μητέρα με ένα καροτσάκι και δύο μικρά παιδιά.

Η γυναίκα έριξε μια ματιά στην οικογένεια. «Ξέρει την επίσημη έκδοση», είπε γρήγορα. «Αυτό θα σου πουν και όλοι οι άλλοι».

Πήγε βιαστικά στον πάγκο και σύντομα ακούστηκαν φλυαρίες και γέλια και κανένα σημάδι ότι θα σταματούσαν και σίγουρα δεν υπήρχε περίπτωση να ρωτήσω τι εννοούσε με την τελευταία της παρατήρηση.

ΠΡΌΟΔΟΣ

Ο ΜΆΡΙΟ ΉΤΑΝ ΠΙΣΤΌΣ ΣΤΟΝ ΛΌΓΟ ΤΟΥ. ΜΙΑ ΕΒΔΟΜΆΔΑ αργότερα, τηλεφώνησε για να πει ότι τα ικριώματα είχαν φτάσει στο χώρο. Βρήκα την ευκαιρία να τον ευχαριστήσω, μεταφέροντας την εκτίμησή μου για τις προσπάθειές του. Μιλήσαμε εν συντομία για τον καιρό και τον διαβεβαίωσα ότι θα μείνω μακριά και δεν θα επέμβω στην κατασκευή. Μου είπε ότι θα ήμουν περισσότερο από ευπρόσδεκτη να το επισκεφτώ όποτε ήθελα. Δεν υπήρχε κανένα σημάδι του εχθρικού και παρεμποδιστικού Μάριου που συνάντησα για πρώτη φορά.

Η σχέση μας είχε αλλάξει την ημέρα που πήγαμε στο Τουινέγιε για να επισκεφτούμε το συμβούλιο, όταν μου έστειλε το τιμολόγιο για την αποκατάσταση του αχυρώνα και, βλέποντας ότι είχε επιλέξει να με χρεώσει στη μισή τιμή τελικά για τα ξύλα στέγης που είχε αποκτήσει από άλλη δουλειά, πλήρωσα το τιμολόγιο χωρίς κουβέντα. Στη συνέχεια πήρε τηλέφωνο για να με ευχαριστήσει. Σε μια ξαφνική παρόρμηση, του πρόσφερα ένα όμορφο μπόνους με αντάλλαγμα να επισπεύσω την κατασκευή και είπε ότι θα προσπαθήσει να ολοκληρώσει τη δομή για να κλειδώσει σε έξι μήνες. Από εκείνη τη στιγμή, οι ανταλλαγές μας είχαν μετατραπεί από την επιφυλακτική αμφιθυμία στην εγκαρδιότητα και το καλό χιούμορ.

Για μένα, η άφιξη της σκαλωσιάς σήμαινε ότι η μέρα ήταν τεράστιας σημασίας. Έβαλα το τηλέφωνό μου στην τσάντα μου, σκέφτομαι να αρπάξω την ανοιχτή πρόσκληση του Μάριου.

Νωρίτερα, είχα σκοπό να αποσπάσω την προσοχή μου από τις ανησυχίες για την κατασκευή και τη μυστηριώδη ιστορία του άλλοτε μεγαλειώδους σπιτιού μου. Είχα σχεδιάσει να κατέβω μέχρι το Μόρο Χάμπλε στο νότιο άκρο του νησιού και να πάω για μπάνιο στα ήρεμα νερά, εκμεταλλευόμενη μια εποχή του χρόνου που οι παραθεριστές ήταν λιγότεροι και ήταν δυνατό να απολαύσω ένα κομμάτι ωκεανού μόνη μου. Ήταν μιάμιση ώρα με το αυτοκίνητο, αλλά άξιζε τον κόπο. η παραλία εκεί κάτω ήταν υπέροχη και η ημέρα προβλέπεται να είναι ζεστή. Ήδη ντυμένη με μπλουζάκι και σορτς, έτρεξα προς το αυτοκίνητό μου, πέταξα την τσάντα θαλάσσης στο πίσω κάθισμα και έφυγα, κάνοντας μια παράκαμψη προς την Τισκαμανίτα. Ήταν μια διαδρομή που την είχα συνηθίσει τόσο πολύ, που δεν πρόσεξα το τοπίο, παρά μόνο για να αναγνωρίσω ότι ήταν εκεί.

Τα αυτοκίνητα και τα μικρά φορτηγά ήταν σταθμευμένα από προφυλακτήρα σε προφυλακτήρα έξω από την ιδιοκτησία μου και πέρα, εκτός από έναν χώρο που χρησίμευε ως δρόμος για φορτηγά. Ανακουφίστηκα όταν είδα ότι οι εργάτες μού έκαναν τη χάρη να μην χρησιμοποιήσουν τη γη μου ως πάρκινγκ καθώς σταμάτησα στο τέλος της σειράς των οχημάτων. Όταν σβήνεις τον κινητήρα σημαίνει ότι πρέπει να σβήσεις και το αιρκοντίσιον. Άνοιξα την πόρτα με τη ζέστη και πήγα να δω τη σκηνή. Ήθελα να βρω σκιά, αλλά δεν βρήκα καμία, στάθηκα δίπλα σε μια τεράστια χωματερή βράχου που βρισκόταν εκεί που ήταν ο πολύ μικρότερος βράχος μου.

Η απόλαυση με γέμισε καθώς προχωρούσα. Το μπροστινό και τα πλαϊνά τοιχώματα ήταν κλεισμένα σε σκαλωσιές και οι άνδρες συναρμολογούσαν τα διάφορα μήκη μεταλλικών σωλήνων κατά μήκος της πλάτης. Βλέποντάς με να στέκομαι τριγύρω, ο Μάριο τελείωσε μια συζήτηση που είχε με έναν από τους εργάτες και ήρθε.

«Οι άντρες είναι γρήγοροι», είπα, σφίγγοντας το χέρι του. «Δεν αναγνωρίζω τίποτα από την αποκατάσταση του αχυρώνα».

«Αυτοί οι άντρες δεν ήταν καλοί. Αρνήθηκαν να δουλέψουν στο σπίτι ».

Ήξερα ήδη γιατί και δεν ήθελα να το ακούσω δεύτερη φορά.

«Από πού είναι αυτοί οι άντρες;» Κανένας τους δεν φαινόταν Ισπανός, απ' ό,τι μπορούσα να καταλάβω.

«Είναι από όλο το νησί. Δύο είναι από το Λανζαρότε. Έχουμε Άγγλους, Σκωτσέζους, Ιρλανδούς, Γερμανούς, Ολλανδούς, Βέλγους και Σουηδούς. Είναι καλοί άντρες. Εργατικοί και επιδέξιοι ».

«Και όχι προληπτικοί», είπα γελώντας.

Γέλασε επίσης, αλλά δεν ήταν χαρούμενο γέλιο. Έριξε μια ματιά πίσω στην κατασκευή. Ένας από τους άνδρες προσπαθούσε να τραβήξει την προσοχή του.

«Πρέπει να επιστρέψω».

«Είναι εντάξει αν μείνω και παρακολουθώ για λίγο;»

«Φυσικά. Απλά μην μπεις μέσα. Ξεχωρίζεις εδώ, κατάλαβες; Δεν έχεις σκληρό καπέλο ».

Έκανα ό,τι μου είπαν. Δίνοντας στη δραστηριότητα μια ευρεία θέση, περιπλανήθηκα. Στη βόρεια πλευρά, οι άνδρες ανέβαζαν πέτρες για την επισκευή του πίσω τοίχου του αετώματος.

Εκτός από αυτό το βόρειο τμήμα, η οροφή ήταν κεκλιμένη που σήμαινε ότι οι τοίχοι κατέληγαν επίπεδοι. Εκεί που η οροφή ήταν άθικτη, οι άνδρες έδειχναν ξανά τον τοίχο. Τα κεραμίδια στέγης αφαιρούνταν με μεγάλη προσοχή στο πλαίσιο της προετοιμασίας για επισκευές στα ξύλα της στέγης.

Τα επιβιβασμένα παράθυρα ήταν σιδερωμένα, όπως και οι κοιλότητες της πόρτας. Ο Μάριο είχε εξηγήσει μερικές από τις μεθόδους που θα χρησιμοποιούσαν, συμπεριλαμβανομένης της εισαγωγής χαλύβδινων δεσμών για να ράψουν μεταξύ τους τις κάθετες ρωγμές στα άκρα των αετωμάτων πριν γεμίσουν τα κενά με πέτρες και ασβεστοκονίαμα.

Στη νότια πλευρά του κτιρίου, το οποίο βρισκόταν στη μεγαλύτερη ερειπωμένη κατάσταση, τμήματα του τοίχου θα έπρεπε να ανοικοδομηθούν σχεδόν εξ ολοκλήρου. Θα διατηρηθεί όλος ο υπάρχων εσωτερικός και εξωτερικός σοβάς. Τα τμήματα του τοίχου από τα οποία είχε αφαιρεθεί ο σοβάς θα επανατοποθετούνταν για πρόσθετη στερεότητα. Όλη η ξυλεία θα επαναχρησιμοποιηθεί και ο Μάριο σχεδίαζε να χρησιμοποιήσει ξυλεία από μια κατεδάφιση στη Γκραν Κανάρια. Από ό,τι μπορούσα να δω, η κύρια εστίαση ήταν η σταθεροποίηση της υπάρχουσας δομής. Δεν είχα ιδέα πόσοι άνδρες εργάζονταν μέσα στο κτίριο, αλλά μέτρησα δεκαπέντε άντρες που ασχολούνταν με διάφορες δραστηριότητες γύρω από το εξωτερικό. Έσπρωξα το κεφάλι μου στον αχυρώνα για να διαπιστώσω ότι το τσιμέντο είχε στρωθεί.

Η τοιχοποιία, ο θόρυβος, η σκόνη, τα κλεφτά βλέμματα για το μπλουζάκι και το σορτς μου, και σύντομα συνειδητοποίησα ότι η περιουσία μου δεν ήταν μέρος για μένα. Πριν ξεκινήσω, πήγα στον μικρό μου κήπο με δράκους και αλόη βέρα. Είχα ξεχάσει να τους φέρω νερό, αλλά έλεγαν ότι ήταν ανθεκτικά και δεν έδειχναν σημάδια αγωνίας. Δεν υπήρξε ούτε εμφανής ανάπτυξη, αλλά ήταν πολύ νωρίς για κάτι τέτοιο.

Δεν υπήρχε ανάπτυξη στη γη πέρα από την περίμετρο του οικοπέδου μου. Κάποτε είχε καλλιεργηθεί αλλά τώρα ήταν αγρανάπαυση. Το χωράφι είχε κλίση στους χαμηλούς, άγονους λόφους. Το ηφαίστειο και τα μακρινά βουνά μου τράβηξαν το βλέμμα. Υπήρχαν μέρες που κοίταξα έξω σε αυτό το άνυδρο τοπίο και αναρωτιόμουν γιατί δεν είχα συμβιβαστεί σε ένα καταπράσινο μέρος. Κάπου κοντά στο Κόλτσεστερ, στον πατέρα μου και στη θεία Κλαρίσα. Καμία λέξη δεν μπορούσε να εξηγήσει την έλξη ενός τόσο ξηρού τοπίου, ενός τοπίου που προσέλκυε ατρόμητους Βρετανούς για δεκαετίες, παρά το γεγονός ότι δεν είχε αμέσως εμφανή, πιο πράσινη γοητεία.

Γύρισα στο δρόμο και κοίταξα τριγύρω. Τόση δραστηριότητα στο χώρο του κτιρίου, και ούτε ένας γείτονας δεν είχε έρθει να παρακολουθήσει. Πίσω στο Κόλτσεστερ, όταν είχα ρομαντικοποιήσει την αποκατάσταση, φανταζόμουν μια μικρή ομάδα συνταξιούχων ανδρών ή μια-δυο γιαγιάδες, να περνούν για μια ματιά, να με προσκαλούν στα σπίτια τους για ενημερώσεις, να μου χαρίζουν την ευγνωμοσύνη τους, να με πιάνουν το χέρι τους λέγοντάς μου πόσο ευχαριστημένοι ήταν που κάποιος φρόντιζε επιτέλους το σπίτι. Αντίθετα, δεν σταμάτησε ούτε ένα άτομο.

Ήταν σχεδόν μεσημέρι όταν έφυγα από το χώρο, μπαίνοντας στο φούρνο του αυτοκινήτου μου για να κατευθυνθώ προς το Μόρο Χάμπλε με τους λουόμενους και την πετσέτα μου. Η διαδρομή ήταν ευχάριστη, τα βουνά υψώνονταν από την πεδιάδα, άλλα κοντά, άλλα μακριά, πάντα παρόντα, πάντα γυμνά, σαν γιγάντια αγάλματα να κοιτούν.

Μόλις διέσχισα την Κόστα Κάλμα, το τοπίο άλλαξε σε κυματισμούς αμμώδους ερήμου, πασπαλισμένο με στρογγυλούς σβώλους σπινθηρίσματος, που προσκολλώνται πάνω, το έδαφος που μοιάζει με χλωμό δέρμα που υποφέρει από μια τρομερή περίπτωση ψώρας ευλογιάς. Μπροστά, γλιστρώντας μέσα και έξω, ήταν ο ορεινός όγκος Χάντια..

Η διαδρομή ήταν μικρότερη από ό,τι είχα έρθει από το Πουέρτο ντελ Ροσάριο. Μια ώρα ακόμα και κατευθυνόμουν προς την κύρια γραμμή του Μόρο Χάμπλε. Στην ψηλή πλευρά ήταν τα ξενοδοχεία, μερικά είχαν επτά ορόφους, μονόλιθοι από σκυρόδεμα και γυαλί που μαρτυρούν το ειδύλλιο των διακοπών που ήταν η Φουερτεβεντούρα, κάθε διαμέρισμα που έβλεπε εκείνη την έκταση με το ζαφείρι και όλη αυτή τη χρυσή άμμο στα αριστερά μου.

Το Μόρο Χάμπλε είχε στριμωχτεί ανάμεσα στον ωκεανό και τα βουνά Χάντια στην άκρη ενός μακρόστενου ποδιού γης πλάτους περίπου ενός ή δύο μιλίων. Η πόλη εκτεινόταν στην ενδοχώρα σε μια βαθιά και στενή κοιλάδα, σταματώντας εκεί που ήταν αδύνατο να χτιστεί. Τα βουνά προστάτευσαν την πόλη από τους ισχυρούς βορειοδυτικούς ανέμους, κάνοντας το κλίμα πολύ πιο ζεστό από αυτό του βορρά του νησιού.

Πριν φτάσω στο κέντρο της πόλης, πήγα στα αριστερά και ανέβηκα στο τέλος ενός μικρού δρόμου δίπλα σε ένα παραθαλάσσιο καφέ που είχε υπαίθρια καθίσματα προφυλαγμένα κάτω από μεγάλες ομπρέλες. Θέλοντας να κολυμπήσω, παρατήρησα τις υπέροχες μυρωδιές που αναδύονταν από την κουζίνα και περπάτησα στην άμμο μέχρι την ακτή. Η παλίρροια ήταν έξω. Η άμμος ήταν ζεστή κάτω από τα πόδια, και συνέχιζε για ίσως εκατό μέτρα, το μεγαλύτερο τμήμα της άμμου σε μια από τις μεγαλύτερες παραλίες του νησιού. Λίγο περίεργο που οι παραθεριστές έκαναν το δρόμο τους νότια.

Πέταξα την τσάντα μου, ξεδίπλωσα την πετσέτα μου και έβγαλα το μπλουζάκι και το σορτσάκι μου καθώς κοίταξα τριγύρω. Το νότιο άκρο της παραλίας πλαισιωνόταν από χαμηλό βραχώδη βράχο και στο άκρο αυτό, η παραλία στένευε. Στην άλλη κατεύθυνση, το πλάτος της άμμου διευρύνθηκε. Σε κοντινή απόσταση, ένας φάρος βρισκόταν στην κορυφή της παραλίας στο σημείο όπου η στεριά καμπυλωνόταν προς τα βόρεια. Πέρα ήταν περισσότερη άμμος.

Νιώθοντας τον ήλιο να ζεματίζει το δέρμα μου, δεν έχασα χρόνο πηγαίνοντας στον ωκεανό.

Το νερό ήταν ζεστό και ήρεμο. Κολύμπησα μέχρι το φάρο και πίσω, απολαμβάνοντας το σπρώξιμο των μικρών κυμάτων, την απαλή άνοδο και πτώση. Μπορεί να μην θέλω να συναναστραφώ με παραθεριστές, αλλά σίγουρα μπορούσα να απολαύσω αυτό που έκαναν, ό,τι αποταμίευαν για κάθε χρόνο. Ήταν παράδεισος. Έτρεξα για λίγο ακόμα στο νερό, κολυμπούσα και πλατσούριζα στο νερό μέχρι να κουραστούν τα χέρια και τα πόδια μου.

Πίσω στην παραλία, ξεράθηκα, τύλιξα την πετσέτα γύρω από τη μέση μου και φόρεσα το μπλουζάκι μου. Μάζεψα τα υπόλοιπα πράγματά μου και κατευθύνθηκα στο καφενείο, ξαφνικά πεινασμένη.

Διάλεξα ένα τραπέζι με θέα στην παραλία και παρήγγειλα την παέγια και ένα μπουκάλι ανθρακούχο νερό. Παίρνοντας στην άδεια καρέκλα απέναντι, σκέφτηκα τον Πάκο και το γεύμα μας στην Αντίγκουα. Τι γνώμη είχε για το Μόρο Χάμπλε; Του άρεσε να κολυμπάει; Όταν συναντηθούμε, θα τον ρωτούσα.

Όπως ήταν αναμενόμενο, το φαγητό ήρθε σχεδόν αμέσως, η παέγια ήταν ήδη μαγειρεμένη και έτοιμη για σερβίρισμα. Έφαγα γρήγορα, βλέποντας τους γύρω μου να αφήνουν τα τραπέζια τους και να ξαπλώνουν ή να πλησιάζουν και να κάθονται. Ήταν όλα ευχάριστα, αλλά δεν ένιωθα ότι ανήκω εκεί. Ο πολύς ήλιος μου είχε προκαλέσει πονοκέφαλο. Έβγαλα το σημειωματάριό μου και σημείωσα την πρόοδο της κατασκευής ενώ τα πράγματα ήταν ακόμα φρέσκα στο μυαλό μου. Μετά, παρήγγειλα έναν παγωμένο καφέ και κάθισα πίσω στη σκιά της ομπρέλας, ικανοποιημένη με το απόγευμα που έφευγε.

Στο δρόμο της επιστροφής για το Πουέρτο ντελ Ροσάριο έπαιξα το αγαπημένο μου άλμπουμ των Κοκτώ Τουίνς, το Παράδεισος ή Λας Βέγκας, και απόλαυσα τα κύματα ικανοποίησης που με σάρωσαν, επιβεβαιώνοντας στην καρδιά και το μυαλό μου ότι έκανα το σωστό πράγμα που μετακόμισα στο νησί. Για κάποιο περίεργο λόγο, ή ίσως όχι τόσο περίεργο, αυτή η μουσική με έκανε να νιώθω επεκτατική και το να είμαι στο νησί είχε παρόμοιο αποτέλεσμα. Μέσα μου, αν κανείς άλλος, τα δύο, η μουσική και η γη, συγχωνεύονται σε μια ολόκληρη κατάσταση υπερβατικού θαύματος.

Η ευφορία μου διαλύθηκε, η έντονη διάθεσή μου έβγαινε από μέσα μου από τον πνιγμένο φόβο, όταν άνοιξα την πόρτα του διαμερίσματός μου και παραλίγο να σκοντάψω στον βράχο.

ΈΝΑ ΓΡΆΜΜΑ ΑΠΌ ΤΗΝ ΚΛΑΡΊΣΑ

ΔΕΝ ΜΠΟΡΟΥΣΑ ΝΑ ΠΕΡΆΣΩ ΤΟ ΚΑΤΩΦΛΙ. ΣΤΆΘΗΚΑ ΣΤΗ ΣΤΕΝΉ λωρίδα της μπροστινής αυλής με τον πολυσύχναστο δρόμο πίσω μου, κοιτάζοντας κάτω τον βράχο που ήταν πάνω σε ένα κεραμίδι στο μεγαλύτερο μέρος του με το απόκρημνο πίσω άκρο του να δείχνει προς το μέρος μου. Η τοποθέτηση ήταν ακριβής, μελετημένη, προγραμματισμένη. Ο βράχος δεν είχε κυλήσει από ένα κλειστό ντουλάπι και έπεσε στα πλακάκια του δαπέδου από την κουζίνα μέχρι την εξώπορτα. Δεν ήταν δυνατό.

Πίσω μου περνούσε μια παρέα εφήβων, κουβεντιάζοντας και γελώντας.

Μαζεύοντας το λίγο κουράγιο που είχα, μπήκα μέσα και έκλεισα την πόρτα. Το κλείσιμο του δρόμου με έκανε να νιώθω κάπως, λες και μέσα στο διαμέρισμα υπήρχε μια εναλλακτική πραγματικότητα, μια πραγματικότητα στην οποία δεν ήθελα να είμαι μέρος. Έπαιξα τον βράχο με προσοχή, περιμένοντας να βρω το κρύο σκληρό εξόγκωμα και να εκτοξευθεί στο κεφάλι μου με ξαφνική δύναμη, ανοίγοντας το κρανίο μου.

Δεν έγινε τίποτα. Πήγα στην κουζίνα και βρήκα την πόρτα του ντουλαπιού κλειστή. Όλα φαίνονταν φυσιολογικά. Τίποτα άλλο στο διαμέρισμα δεν είχε μεταφερθεί. Έβγαλα την πετσέτα θαλάσσης από την τσάντα μου, την έβαλα στην πλάτη μιας καρέκλας και γύρισα τα παράθυρα που ανοίγουν για να μπει καθαρός αέρας. Έπειτα, γύρισα κλείνοντάς τα ξανά, μη θέλοντας να κάνω εύκολη την είσοδο για όποιον είχε μπει εδώ μέσα.

Λαχταρούσα ένα ντους για να ξεπλύνω το αλάτι, αλλά θα ένιωθα υπερβολικά εκτεθειμένη και ευάλωτη γνωρίζοντας ότι κάποιος ήταν στο διαμέρισμα και είχε μετακινήσει αυτόν τον βράχο. Κάποιος που είχε εύκολη πρόσβαση στο διαμέρισμα. Ένα άλλο μέρος του εαυτού μου παρέμεινε τρομαγμένο. Αυτό ήταν το μέρος του εαυτού μου που με τράβηξε στην εξώπορτα, που με έβαλε να σηκώσω τον βράχο και να τον βάλω δίπλα στον κορμό μιας δράκαινας στο μακρινό άκρο του μικροσκοπικού τμήματος του κήπου.

Χωρίς να ρισκάρω, κλείδωσα την μπροστινή πόρτα πίσω μου και πήγα κατευθείαν στο ντους πριν αλλάξω γνώμη, βγάζοντας τα ρούχα μου και μπαίνοντας κάτω από το χλιαρό ντους.

Δεν είχα σκοπό να ξαναβγώ, έμεινα με το μπουρνούζι μου και πήγα στην κουζίνα να βάλω χυμό και να φτιάξω ένα σνακ, κανονικές εργασίες στο τέλος μιας κανονικής μέρας, όχι, πολύ περισσότερο από μια κανονική μέρα, μια μέρα για να γιορτάσω, οι ανακαινίσεις επιτέλους προχωρούν.

Επέστρεψα στο ψυγείο με το κουτί του χυμού όταν σταμάτησα. Θα μπορούσαν αυτές οι ανακαινίσεις να έχουν κάποια σχέση με αυτόν τον κινούμενο βράχο; Ήταν μια άβολη σκέψη, κάτι που η θεία Κλαρίσα θα εικάζε σε μια από τις μυστικιστικές στιγμές της. Ήμουν αποφασισμένη να τηρήσω την αρχική μου υπόθεση. Κάποιος ήταν στο διαμέρισμά μου και αυτός ήταν ένας πρακτικός πλακατζής που είχε βάλει σκοπό να με τρομάξει.

Δεν επρόκειτο να τους αφήσω να κερδίσουν, όποιοι κι αν ήταν. Χρειαζόμουν μια ισχυρή απόσπαση της προσοχής. Οι κραυγές και οι πνιγμένες φωνές που περνούσαν από τα διαμερίσματα και στις δύο πλευρές μου έδιναν λίγη άνεση. Σκέφτηκα να παίξω μουσική, αλλά δεν ήθελα να ακούω μουσική από το μικροσκοπικό ηχείο του φορητού υπολογιστή μου και το να βάλω ακουστικά θα με απομόνωνε. Χρειαζόμουν ανθρώπους κοντά, ακόμα κι αν ήταν ένας τοίχος χώρια, ακόμα κι αν κάποιος από αυτούς έμπαινε στο διαμέρισμά μου όταν έλειπα.

Άνοιξα το λαπτοπ μου και μπήκα σε ένα ημεηλ από την Κλαρίσσα. Η ελπίδα αναδεύτηκε. Σκέφτηκα ότι ίσως θα άλλαζε γνώμη και θα με επισκεπτόταν, αλλά αντ' αυτού, μετά από μια σειρά από καθησυχαστικές κοινοτοπίες—η Ρώμη δεν χτίστηκε σε μια μέρα, η υπομονή δεν ήταν ποτέ το δυνατό σου σημείο— το αγαπημένο παλιό πράγμα ξεκίνησε σε ένα φλύαρο χτύπημα-χτύπημα απολογισμός της πρόσφατης περιοδείας της με φαντάσματα.

Είχε πάει σε ένα αβαείο στο Σάφολκ που δεν είχε καταληφθεί από τη δεκαετία του 1950 και είχε γλιτώσει για λίγο την κατεδάφιση. Η Κλαρίσα τελείωσε τη φράση της με μια σειρά από θαυμαστικά. Όπως και το δικό μου, ήταν το υπονοούμενο. Το αβαείο τώρα αναστηλώνονταν — περισσότερα θαυμαστικά— και το κτήμα περιλάμβανε στάβλους, υπόγεια και ένα κελάρι. Οι ξεναγοί ήρθαν με τον συνηθισμένο εξοπλισμό: θερμικές κάμερες, συσκευές εγγραφής φωνής και μετρητή EMF για την ανίχνευση ηλεκτρομαγνητικών πεδίων. Οι οδηγοί χρησιμοποίησαν στερεότυπες τεχνικές μαντείας και κλήτευσης, όπως ραβδοσκοπικές ράβδους, μια συναυλία και μια κρυστάλλινη μπάλα. «Ήμουν ξύπνια όλη τη νύχτα», έγραψε η Κλαρίσα, «και παρά τις καλύτερες προσπάθειές μου, δεν εντόπισα τίποτα». Ούτε κάποιος άλλος για κείνη. Η Κλαρίσα έπρεπε να αναρωτηθεί αν άξιζε τα λεφτά της. Αυτές οι περιηγήσεις δεν ήταν φθηνές. Οι ξεναγοί είχαν παίξει αρκετά καλά τους ρόλους τους, αλλά οι συμμετέχοντες -που ήταν εκεί για τις συγκινήσεις- δημιούργησαν τόση ψυχική παρέμβαση που είχαν διώξει μακριά όποια φαντάσματα θα μπορούσαν να ήταν εκεί.

Διάβασα τον λογαριασμό της με αδιαφορία. Η Κλαρίσα πήγαινε σε κυνήγι φαντασμάτων κάθε λίγο και λιγάκι, φαινομενικά για να ελέγξει την αυθεντικότητα του οδηγού και να δει, ή μάλλον να νιώσει μόνη της, αν υπάρχουν υπερφυσικές οντότητες σε κάποιο από αυτά τα υποτιθέμενα στοιχειωμένα σπίτια. Κυρίως, παραδέχτηκε, ήταν ένα τέχνασμα, σαν παιχνίδι σαλονιού. Φτηνές συγκινήσεις, αν και με προβληματισμό, όχι και τόσο φθηνές.

Η Κλαρίσα συνέχισε να επαναλαμβάνει την προσοχή κατά της επίκλησης του κατώτερου αστρικού επιπέδου. Αυτοί οι ξεναγοί έθεταν τον εαυτό τους σε κίνδυνο, είπε. Οι συμμετέχοντες είχαν ως επί το πλείστων πολύ χοντρό δέρμα για να επηρεαστούν. Ολόκληρη η μόδα έφερε την παραφυσική ευαισθησία στην ανυποληψία και οι τσαρλατάνοι αφθονούσαν, όπως ακριβώς συνέβαινε στα τέλη του 1800, την εποχή των κραυγών των αδελφών Φοξ που οδήγησαν σε άνοδο του ενδιαφέροντος για τον αποκρυφισμό, ειδικά για τον Πνευματισμό που υποτίθεται ότι παρέχει αγαπημένα πρόσωπα με πρόσβαση στους νεκρούς τους.

Τα είχα ακούσει όλα πριν. Η εκδοχή της θείας Κλαρίσας για διακοπές ήταν μια περιοδεία φάντασμα. Πριν γράψω μια απάντηση, έκανα μια γρήγορη αναζήτηση στο άρθρο για την Ολίβια Στόουν που είχε αναφέρει ο Πάκο και το βρήκα χωρίς ιδιαίτερη δυσκολία. Διαβάζοντάς το, κατάλαβα ότι ο Πάκο ήταν ακριβής στις αναφορές του. Η Ολίβια Στόουν είχε εξαφανιστεί, εξ όσων γνωρίζει ο συγγραφέας, και μια εφημερίδα της Τενερίφης αναφέρει ότι έφτασε στο ατμόπλοιο «Γουαζάν» το 1895. Το άρθρο ανέφερε επίσης ότι το σπίτι της Ολίβια Στόουν κοντά στο Ντόβερ ονομαζόταν Φουερτεβεντούρα. Ήταν περίεργο που δεν είχε βρεθεί πιστοποιητικό θανάτου και δεν υπήρχε αρχείο διαζυγίου που αναφέρεται στο άρθρο. Η ουσία είναι ότι δεν θα μπορούσε να είχε γραφτεί ειδοποίηση θανάτου ή νεκρολογία, ή τουλάχιστον όχι σε μια μεγάλη εφημερίδα, όπως θα είχε βρει ο ακαδημαϊκός ερευνητής. Ίσως τελικά το σκεπτικό του Πάκο να μην ήταν τόσο φανταστικό.

Το άρθρο περιείχε μια φωτογραφία τόσο της Ολίβιας Στόουν όσο και του συζύγου της, Τζων. Μελέτησα το καθένα με τη σειρά μου.

Η φωτογραφία της Ολίβιας δεν θύμιζε σε τίποτα τη στιβαρή ορθολογιστική φιγούρα που είχα φανταστεί. Ήταν μια λεπτή, εκλεπτυσμένη γυναίκα γύρω στα τριάντα της, έξυπνη, ενδοσκοπική, βαθιά ίσως. Τα μαλλιά της, σκούρα και κυματριστά, ήταν χτενισμένα και τραβηγμένα προς τα πίσω. Είχε μικρά μάτια και μικρό στόμα. Ο τρόπος της δεν ήταν ντροπαλός και ούτε θηλυκός. Έδειχνε στοιχειωμένη, δυστυχισμένη, πιθανώς με λεπτή υγεία. Το στυλ ντυσίματός της —ένα ριχτό φόρεμα στη μέση της γάμπας με φούντες στις κοντομάνικες μανσέτες και στο στρίφωμα, και ασορτί κάπα— δήλωνε μια γυναίκα πρακτική, ανεξάρτητη και ελεύθερη σκέψη, όχι μια γυναίκα αφοσιωμένη στο μακιγιάζ ή στα κοσμήματα. Το ντύσιμό της έμοιαζε σαν ανατολίτικο και σαν να ενίσχυε το στυλ καθόταν σε μια μεγάλη, διακοσμημένη λάρνακα από την οποία φύτρωσε ένα ψηλό φυτό με φτερωτό φύλλωμα.

Ο σύζυγός της ήταν ακριβώς όπως τον είχε περιγράψει ο Πάκο, ένας ειλικρινής άντρας καθισμένος σε κάποια ξύλινα σκαλοπάτια, περήφανος με το άσπρο μουστάκι του. Ήταν ντυμένος με κοστούμι, γραβάτα και ασορτί καπέλο, ούτε επίσημο ούτε απλό. Ο τρόπος του απέπνεε εξουσία και κυριαρχία. Ίσως ο Πάκο είχε δίκιο. Ο Τζον Στόουν ήταν τύραννος και η Ολίβια είχε τραπεί σε φυγή.

Ωστόσο, η ιδέα ότι είχε έρθει στη Φουερτεβεντούρα, στην Τισκαμανίτα, στο ίδιο μου το σπίτι, φαινόταν τρελή.

Κάθισα πίσω και έριξα μια ματιά γύρω από το διαμέρισμα.

Μόλις κοίταξα την εξώπορτα, φανταζόμουν τον βράχο να βρίσκεται έξω και το άγχος Με πλημμύρισε ξανά. Μη θέλοντας να κολλήσει το μυαλό μου εκεί, άρχισα να μεταφράζω ολόκληρο το κομμάτι της Ολίβιας Στόουν, συμπεριλαμβανομένων όλων των παραπομπών, ώστε να στείλω τις πληροφορίες στην Κλαρίσα, η οποία, σκέφτηκα, θα ήθελε να κάνει μια νέα γενεαλογική αναζήτηση. Ήταν μέλος ενός διαδικτυακού ιστότοπου προγόνων και αν κάποιος μπορούσε να αποκαλύψει την αλήθεια για την Ολίβια Στόουν, θα ήταν η θεία μου.

Ως επί το πλείστον, το άρθρο ανέφερε τη σημασία του βιβλίου της και τη γενεαλογία του συζύγου της, Τζων Φρέντερικ Ματίας Χάρις Στόουν.

Η μετάφραση ήταν επίπονη δουλειά, και μου πήρε όλο εκείνο το βράδυ και μέρος της επόμενης μέρας. Στα μικρά διαλείμματα βρέθηκα να ασχολούμαι με αυτό που τελικά ήταν αγγαρεία, ακολούθησα το ενδιαφέρον μου και έψαξα σε όλα τα παλιά άρθρα εφημερίδων που μπορούσα να βρω στο διαδίκτυο σχετικά με το θέμα μου. Ανακάλυψα ότι το βιβλίο της Ολίβια Στόουν είχε κάνει μεγάλη θραύση στα μέσα ενημέρωσης και ότι είχε επιστρέψει στα νησιά το 1889 και ξανά το 1891, για να κάνει αναθεωρήσεις στο αρχικό έργο. Μια εφημερίδα αναφέρθηκε στα σμήνη των παραθεριστών που πετούσαν στην Τενερίφη μετά την έκδοση του βιβλίου της Ολίβια. Και υπήρχε μια σύντομη αναφορά που ανέφερε πώς μετάνιωσε για αυτό που είχε ξεκινήσει, τα νησιά που ήδη μεταμορφώνονταν σε προορισμό διακοπών, απειλώντας να καταστρέψει την τοπική κουλτούρα.

Ειρωνικό, λοιπόν, το γεγονός ότι η γυναίκα της οποίας τα λόγια είχαν πυροδοτήσει αυτή την εισροή απογοήτευσε τη μέρα που τα έγραψε ποτέ.

Τη φανταζόμουν στο σπίτι μου, να κρύβεται από τον κόσμο, από τον θηριώδη σύζυγό της, να της λείπουν οι γιοι της —θα ήταν έφηβοι μέχρι τότε— και να δέχεται τον Μαρσιάλ, τον μοναδικό της επισκέπτη. Ήταν εραστές; Ποιο δωμάτιο είχαν χρησιμοποιήσει για τις συναντήσεις τους;

Τότε δεν θα υπήρχε κατάτμηση. Η Ολίβια θα είχε απολαύσει ολόκληρο το αίθριο. Θα είχε πιει ένα τσάι και θα διάβαζε τα αγαπημένα της μυθιστορήματα και όταν έπεφτε η νύχτα, θα είχε βγει έξω για να θαυμάσει τα αστέρια. Ήταν εκπληκτικά εύκολο να την φανταστώ στο σπίτι μου. Σαν να ανήκε εκεί, κρυμμένη. Αναρωτήθηκα τι της είχε συμβεί πραγματικά. Περισσότερο από οτιδήποτε άλλο, ανυπομονούσα να διαβάσω το βιβλίο της.

ΤΟ ΕΡΓΟΤΆΞΙΟ

Με τρομο άνοιξα την εξώπορτα του διαμερισματος μου το επόμενο πρωί για να διαπιστώσω ότι ο βράχος ήταν εκεί που τον είχα αφήσει. Ανακουφισμένη, βγήκα νωρίς το πρωί και χτύπησα την πόρτα της Ντολόρες. Ξαφνιάστηκε που με είδε και πήρε μια στιγμή για να αναγνωρίσει το πρόσωπό μου. Τη ρώτησα αν ήταν στο σπίτι μου ή αν είχε δει ή ήξερε κάποιον που μπορεί να ήταν. Δεν ανέφερα τον βράχο, αλλά είπα ότι νόμιζα ότι είχα εισβολέα, δύο φορές. Είπε ότι δεν είχε εφεδρικό κλειδί και δεν είχε δει κανέναν να μπαίνει. Μου είπε να επικοινωνήσω με τον πράκτορα, ο οποίος θα ρωτούσε τον ιδιοκτήτη, που ζούσε στη Γκραν Κανάρια. Έδειχνε σαστισμένη, κούνησε το κεφάλι της και ανέφερε την αστυνομία. Την ευχαρίστησα για τον κόπο της και της ζήτησα να προσέχει. Μου είπε ότι θα το έκανε και την ευχαρίστησα και επέστρεψα στο διαμέρισμά μου, ρίχνοντας μια λοξή ματιά στον βράχο καθώς πήγαινα μέσα.

Δεν ήθελα να φανώ στον Μάριο, στους εμπόρους, και ειδικά στον εαυτό μου, σαν μία από αυτούς τους φασαριόζους ιδιοκτήτες σε μια παράσταση ανακαίνισης σπιτιού, ανυπόμονη για πρόοδο στη μισή ώρα, απασχολημένη με λεπτομέρειες μεγάλες και μικρές, αλλά δεν μπορούσα να αντιμετωπίσω τη διαμονή στο διαμέρισμα και το σώμα μου δεν άντεξε άλλη μια μέρα στην παραλία.

Ο εξαναγκασμός μου να βρίσκομαι στο χώρο επικυρώθηκε από τον Μάριο, ο οποίος τηλεφώνησε καθώς ετοιμαζόμουν να φύγω για την Τισκαμανίτα. Ήθελε να περάσω από το κατάστημα σιδηρικών στο Πουέρτο ντελ Ροζάριο και να μαζέψω δέκα σακούλες ασβέστη που ο ντελιβεράς δεν κατάφερε να φορτώσει στο φορτηγό.

Ήμουν στην ευχάριστη θέση να το κάνω, σηκώνοντας το μαγαζί, έχοντας περάσει από ένα αρτοποιείο για γλυκές λιχουδιές για τους άντρες, ελπίζοντας ότι η προσφορά θα με έκανε αγαπητή σε αυτούς.

Ανακάλυψα ότι δέκα σακουλάκια ασβέστη είχαν αρκετό βάρος για να χαμηλώσω το πίσω μέρος του νοικιασμένου αμαξιού μου, και έπρεπε να ανεβάσω την ταχύτητα στην τρίτη θέση στις ανηφόρες. Όλο το ταξίδι μέχρι την Τισκαμανίτα έπρεπε να καθησυχάσω τον εαυτό μου ότι 250 κιλά ισοδυναμούσαν με δύο παχύσαρκους επιβάτες στο πίσω κάθισμα. Ορκίστηκα να αγοράσω ένα στιβαρό όχημα με την πρώτη ευκαιρία. Όταν έφτασα στο εργοτάξιο, δεν τόλμησα να ανεβάσω το κράσπεδο.

Βλέποντάς με να σηκώνομαι, ο Μάριο έγνεψε σε έναν τύπο να φέρει ένα καρότσι και στάθηκα βλέποντας το πίσω μέρος του αυτοκινήτου μου να ανεβαίνει σταδιακά καθώς πηγαινοερχόταν.

Έκλεισα την πόρτα και πήρα τη συλλογή από αρτοσκευάσματα από τη θέση του συνοδηγού και κατευθύνθηκα προς το μέρος όπου είχε κατευθυνθεί ο Μάριο. Μιλούσε με έναν ψηλό τύπο με μονόχρωμο σκουφάκι του μπέιζμπολ, από την πλάτη προς τα εμπρός. Αμέσως τον χαρακτήρισα ως υπερόπτη.

Βλέποντας με, ο Μάριος σταμάτησε να μιλάει και μου έγνεψε να πάω πιο κοντά.

«Κλερ, να σου συστήσω τον Χελμούντ. Είναι διευθυντής του ιστότοπου». Ο άντρας έκανε να προσφέρει το χέρι του, έριξε μια ματιά στο στρωμένο με βρωμιά δέρμα του και γέλασε. Ήταν ψηλός, ξανθός και κουρελιασμένος. Τα μάτια του απέπνεαν μια ευγενική, εγκάρδια φύση και αναγκάστηκα να αναθεωρήσω την αρχική μου εκτίμηση. Δίπλα του, ο Μάριο εμφανιζόταν σοβαρός και βαρύς από ανησυχίες.

«Σχεδιάζουμε μια στρατηγική», είπε. «Μπορεί να θέλεις να ακούσεις».

«Η βόρεια πλευρά του κτιρίου είναι σχεδόν άθικτη», μου είπε ο Χελμούντ. «Προτείνω να συνεχίσουμε την αποκατάσταση των δωματίων σε αυτό το τμήμα, πάνω και κάτω, και να ξαναχτίσουμε τους τοίχους στη νότια πλευρά προτού γκρεμίσουμε το διαχωριστικό τοίχο».

«Δεν έχω πρόβλημα με αυτό», είπα.

«Σημαίνει ότι δεν θα υπάρχει νερό», είπε ο Μάριο. «Η δεξαμενή είναι κάτω από το αίθριο και ο τοίχος την κόβει ακριβώς απέναντι του».

«Τότε γιατί κάποιος να χτίσει τον τοίχο ακριβώς εκεί; Φαίνεται τρελό ».

«Η πρόσβαση ήταν στη νότια πλευρά», είπε ο Χέλμουντ, αγνοώντας την παρατήρησή μου. «Αλλά η δεξαμενή είναι παλιά και πρέπει να επισκευαστεί και να καθαριστεί πριν χρησιμοποιηθεί.»

«Δεν μπορούμε να κατέβουμε εκεί, Κλερ. Δεν είναι ασφαλές με όλα αυτά που είναι από πάνω. Το βάρος του βράχου είναι τεράστιο.»

«Αρκετά δίκαιο», είπα. Δεν καταλάβαινα γιατί έδινα τόση σημασία στην δεξαμενή, εκτός του ότι θα μου προμήθευε νερό, η κατοικία καθίσταται ακατοίκητη χωρίς αυτήν, τουλάχιστον με τα σύγχρονα πρότυπα. Ή ίσως σκέφτονταν τον μικρό μου κήπο.

«Δεν θα έχετε πρόσβαση στο ανώτερο επίπεδο παρά μόνο μέσω μιας σκάλας, όχι για μεγάλο χρονικό διάστημα», εξήγησε ο Χέλμουντ. «Αλλά θα έχεις δύο τελειωμένα δωμάτια στον κάτω όροφο που θα είναι εντελώς ανεξάρτητα».

«Ήθελες ένα δωμάτιο για αποθήκευση», είπε ο Μάριο. «Θα ήταν ιδανικό». Γύρισε στον Χελμούντ, «Σκόπευε να χρησιμοποιήσει τον μικρό αχυρώνα». Αντάλλαξαν χαμόγελα πριν πει ο Μάριο, απευθυνόμενος σε εμένα, «Καταλάβαμε αυτόν τον χώρο».

Κοίταξα πάνω από τον ώμο μου τον αχυρώνα. Ακολουθώντας το βλέμμα μου ο Χέλμουντ μου είπε ότι η μία άκρη ήταν γεμάτη με ανακυκλωμένα παράθυρα και πόρτες, αφήνοντας αρκετό χώρο για τη γεννήτρια.

«Πόσο σύντομα θα είναι έτοιμα αυτά τα δωμάτια του κάτω ορόφου;» Ρώτησα.

«Σε μερικές εβδομάδες. Δεν θα υπάρχει ρεύμα και οι τοίχοι θα χρειαστούν βάψιμο», είπε ο Χέλμουντ.

«Αλλά τα δωμάτια θα μπορούν να χρησιμοποιηθούν για αποθήκευση», πρόσθεσε ο Μάριο.

Αυτό σήμαινε πως θα αποθήκευα κάπου τα υπάρχοντά μου όταν έφταναν από την Αγγλία και θα μπορούσα να αρχίσω να αγοράζω έπιπλα. Πρόωρο ίσως, αλλά θα μου έδινε κάτι να κάνω.

Ευχαρίστησα τους άντρες και έδωσα στον Μάριο τη σακούλα με τα αρτοσκευάσματα. «Για τους εργάτες», είπα, «για να δείξω την εκτίμησή μου. Ελπίζω να είναι αρκετά».

«Ευχαριστώ. Αυτό θα τους αρέσει. Θα τους τα δώσω αργότερα».

Πήγα και έχωσα το κεφάλι μου μέσα στην πίσω πόρτα - δεν είχα πλέον επιβιβαστεί - και έκανα μερικά βήματα μέσα για να βρω τη σκαλωσιά που είχε στηθεί γύρω από την εσωτερική περίμετρο και έναν στρατό ανδρών να αντιμετωπίζει κάθε γωνιά της κατασκευής. Ήταν ένα ευχάριστο θέαμα και μπορούσα να δω ότι η προσφορά μου στον Μάριο για ένα μπόνους εάν μπορούσε να κλείσει το κτίριο σε έξι μήνες, είχε προκαλέσει μια φρενίτιδα δραστηριότητας. Βλέποντας όλους αυτούς τους άντρες, ήξερα ότι θα έπρεπε να αγοράσω αρκετά αρτοσκευάσματα.

Οι μαστόροι στη νότια πλευρά ασχολήθηκαν με την επίπονη εργασία της επαναχρησιμοποίησης των πεσμένων λίθων για την επισκευή των τοίχων. Ο εξωτερικός τοίχος αντιμετωπιζόταν ως ένα βαθμό, αλλά η κύρια εστίαση ήταν γύρω από ένα μπροστινό τμήμα του τοίχου που είχε τμήματα ανεξάρτητα στο επάνω επίπεδο. Στη βόρεια πλευρά, οι κάθετες ρωγμές εξαφανίζονταν σιγά-σιγά, τα κεραμίδια ήταν όλα από την οροφή και οι επισκευές στα ξύλα της οροφής φαινόταν σε εξέλιξη. Νέα ξυλεία έμπαιναν στο υποδάπεδο όπου χρειαζόταν, και τέσσερις άντρες έμπαιναν στη θέση τους σε μια βαριά δοκό που εκτείνονταν στο πλάτος μεταξύ του εξωτερικού και του εσωτερικού τοίχου. Στον κάτω όροφο, στην κουζίνα δύο άνδρες έχτιζαν πέτρινες προβλήτες για να υποστηρίξουν το υποδάπεδο. Συνολικά, η αποκατάσταση είχε ξεκινήσει καλά.

Έξω, πέρα από τις σκαλωσιές, έφερναν περισσότερα υλικά στο χώρο. Υπήρχαν στοίβες ξυλείας για φέροντες, δοκούς, σανίδες δαπέδου και υπέρθυρα, μαζί με δύο αναμικτήρες τσιμέντου και ηλεκτρικά εργαλεία όλων των περιγραφών, συμπεριλαμβανομένης μιας σειράς πριονιών, που τροφοδοτούνταν από τη γεννήτρια.

Κάθε άντρας φορούσε μια ζώνη εργαλείων. Μέσα στο σφυροκόπημα, το πριόνισμα και τη γκρίνια των ηλεκτρικών εργαλείων, ακουγόταν πολύς λόγος σε διάφορες γλώσσες και αναρωτήθηκα αν οι άνδρες εργάζονταν στις διάφορες εθνικές τους ομάδες.

Ξεχνώντας την υπόσχεσή μου να φροντίσω το εργοτάξιο, επέστρεψα μέσα για να εξετάσω την πρόοδο στα δύο, σύντομα προς χρήση δωμάτια. Σύντομα άκουσα μια κραυγή και σήκωσα το βλέμμα μου. Ο Χελμούντ στεκόταν πάνω στη σκαλωσιά. Χτύπησε το καπέλο του και έδειξε το κεφάλι μου. Του έριξα μια απολογητική ματιά και έφυγα.

Παρακολουθώντας την πρόοδο σε απόσταση ασφαλείας, φανταζόμουν εκείνη τη στιγμή που θα έμπαινα μέσα και μια αίσθηση ικανοποίησης με γέμιζε. Όλες οι σκέψεις για μυστηριώδεις κατάρες και κινούμενα τεχνουργήματα βράχου είχαν ξεθωριάσει. Μια φευγαλέα ανάμνηση του πώς είχα καθίσει στο αίθριο και έκλαιγα για τη μητέρα μου, απείλησε να εισβάλει στην ηρεμία μου και την απέρριψα.

Βλέποντάς με να στέκομαι ακόμα σε μια χαλαρή άκρη, ο Μάριο πλησίασε και είπε: «Απόψε, έχεις κάποιες εργασίες. Θέλω να επιβεβαιώσεις πού θέλεις όλα τα φώτα, τους διακόπτες φώτων και τα σημεία τροφοδοσίας.» Αγνόησε το βογγητό μου. «Ειδικά σε αυτά τα δύο δωμάτια που πρόκειται να τελειώσουν σύντομα. Μπορώ να κανονίσω τον ηλεκτρολόγο να επιταχύνει σε αυτό το τμήμα και μετά μπορούμε να ξεκινήσουμε το σοβάτισμα».

Εκτός από την προσφορά μου για μπόνους, ήθελα να ρωτήσω γιατί ήθελε να προχωρήσει η κατασκευή με ιλιγγιώδεις ρυθμούς. Είχε να τελειώσει και άλλα έργα; Ή ήταν σε οικονομική στενότητα; Ήταν πολύ ανήσυχος, πιο αιχμηρός από ποτέ, και συνέχισα να τον έπιανα να κοιτάζει τη δομή με κάτι σαν φόβο στο πρόσωπό του. Ήθελα πολύ να μάθω την πηγή.

Η ερώτησή μου απαντήθηκε τουλάχιστον εν μέρει από την ομίχλη που αναπτύσσεται στον ανατολικό ορίζοντα. Μια άλλη καλλίμα ήταν καθ' οδόν.

Κατευθύνθηκα πίσω στο Πουέρτο ντελ Ροσάριο με την ομίχλη της σκόνης να πλησιάζει. Οι ψυχροί άνεμοι υποχώρησαν, η θερμοκρασία του αέρα ανέβαινε και σε ώρες τη Φουερτεβεντούρα θα την κάλυπτε η σκόνη της Σαχάρας. Μου είχαν πει στο παρελθόν ότι το Καλίμα ήταν ένα σπάνιο γεγονός τον Μάιο, αλλά τα τελευταία χρόνια οι καταιγίδες σκόνης είχαν γίνει πιο συχνές, πιο έντονες και κρατούσαν πολύ περισσότερο. Ίσως αυτό να περνούσε σε μια μέρα. Αναρωτιόμουν πώς θα τα βγάλω πέρα τις μέρες καλοφαγίας στο νέο μου σπίτι με το αίθριο ανοιχτό στα στοιχεία, όταν το άνοιγμα μιας πόρτας προς τα έξω σήμαινε πρόσκληση στη σκόνη.

Πετάχτηκα στο σούπερ μάρκετ για περισσότερα λαχανικά και είχε μεσημεριάσει όταν κουβαλούσα τα ψώνια μου στην εξώπορτα του διαμερίσματός μου. Καθώς έμπαινα, έριξα μια ματιά στον κήπο. Ο βράχος ήταν ακόμα ακριβώς εκεί που τον είχα βάλει.

Αφού γευμάτισα με φέτες του τοστ, ντομάτα και ντόπιο τυρί, έβαλα τα σχέδια του σπιτιού στο τραπέζι και, δωμάτιο προς δωμάτιο, επιβεβαίωσα πού ήθελα τα σημεία τροφοδοσίας και τους διακόπτες φώτων. Στην αρχή ήταν εύκολο. Ένας διακόπτης φωτός σε κάθε άκρο του προθαλάμου και ένα φως στο κέντρο της οροφής του. Μετά από αυτό, κάθε δωμάτιο έγινε πιο δύσκολο, τα μπάνια και η κουζίνα τα χειρότερο από όλα. Έπρεπε να προκαταλάβω τη διάταξη των επίπλων για κάθε δωμάτιο του σπιτιού. Η όλη διαδικασία χειροτέρευε από την επίγνωση ότι μπορούσα να έχω ηλεκτρικό όπου ήθελα, χωρίς έξοδα. Θα ήταν πολύ πιο απλό αν μπορούσα να αντέξω οικονομικά μόνο ένα ηλεκτρικό σε κάθε δωμάτιο. Η διαδικασία κράτησε όλο το απόγευμα και στο τέλος του είχα εξαντληθεί.

Η ομίχλη σκόνης καθάρισε γρήγορα και το επόμενο πρωί ο ουρανός ήταν καθαρός. Ο Μάριος θα ήθελε τα σχέδια του σπιτιού, αλλά πριν πάω στην Τισκαμανίτα ήθελα να επιστρέψω στο κέντρο κήπου στην Τεφία. Παρόλο που η περισσότερη κηπουρική θα είχε ως αποτέλεσμα περισσότερο πότισμα, αυτό σήμαινε ότι είχα μια δικαιολογία για να βρίσκομαι στο χώρο.

Θέλοντας να ξεκινήσω νωρίς, αμέσως αφού έφαγα ένα πρωινό με κρύα τορτίγια και φρυγανισμένη μπαγκέτα, γέμισα τα δοχεία νερού των δέκα λίτρων και τα φόρτωσα στο πορτ-παγκαζ μαζί με τα εργαλεία κηπουρικής μου και έφυγα.

Στο κέντρο του κήπου, αγόρασα άλλα τρία δέντρα δράκο και άλλα πέντε φυτά αλόης βέρα, μαζί με είκοσι σωληνάρια από διάφορα είδη παχύφυτων. Μια προσεκτική επιλογή, αλλά μια φωνή στο κεφάλι μου με παρότρυνε ότι κάνω λάθος όσον αφορά την ομοιομορφία.

Μη θέλοντας να ξεκινήσω κάποιο προηγούμενο, πάρκαρα στο δρόμο και μετέφερα τα εργαλεία και τα φυτά μου στη μικρή γωνιά του κήπου μου κάτω από το άγρυπνο βλέμμα των εργατών.

Οι οικοδομικές εργασίες που γίνονταν πίσω μου καθώς κοπίαζα με έκαναν να νιώθω περίεργα και να έχω συνειδητότητα. Πέρασα το απόγευμα δουλεύοντας το έδαφος και σκάβοντας τρύπες και ποτίζοντας φυτά, επεκτείνοντας διπλά το υπάρχον περβάζι του κήπου, ενώ προσπαθούσα να αγνοήσω τις δραστηριότητες στην κατασκευή. Όποτε στεκόμουν και ίσιωνα την πλάτη μου, έριξα μια ματιά και παρατηρούσα τους άντρες να δουλεύουν στον νότιο τοίχο, ευχαριστημένη που έβλεπα να σημειώνεται πρόοδος, ακόμα κι αν η εξέλιξη ήταν αργή. Η ανοικοδόμηση πέτρινων τοίχων ήταν μια δουλειά μαμούθ όταν είχαν πάχος σχεδόν τρία πόδια. Αυτό ισοδυναμούσε με πολλή πέτρα. Κάθε φορά που το βλέμμα μου επέστρεφε σε έναν περίεργο εργάτη που έκανε ένα σύντομο διάλειμμα, γύριζα και έσκυβα ξανά και συνέχιζα να φυτεύω. Το μεσημέρι, πήγα στο μικρό σούπερ μάρκετ για σνακ. Δεν είχα σχέση με τους άντρες παρά μόνο για να δώσω στον Μάριο τα σχέδια όταν εμφανίστηκε για λίγο.

Ο χωρισμός μεταξύ της Κλερ, της ιδιοκτήτριας κηπουρού, και αυτού του στρατού των οικοδόμων, μαζί με την αντίληψη ότι δεν ήμουν τόσο ευπρόσδεκτη όσο θα μπορούσε να πιστεύει ο Μάριο, ενίσχυσαν μια αυξανόμενη αίσθηση απομόνωσης. Αυτή η έρπουσα μοναξιά επέστρεψε και γινόταν μεγαλύτερη μέσα μου όσο περνούσε το απόγευμα.

Έψαχνα με το βλέμμα μου για τον Πάκο, που νόμιζα ότι θα ερχόταν, αλλά δεν εμφανίστηκε. Μετάνιωσα που δεν ζήτησα τον αριθμό τηλεφώνου του. Θα ήταν ωραίο να είχα έναν καφέ ή μεσημεριανό με τον μοναδικό φίλο που είχα στο νησί, ακόμα κι αν ήταν λίγο τρελός με την εμμονή του με την Ολίβια Στόουν.

Όταν όλα τα φυτά ήταν στο έδαφος και ποτίστηκαν, μάζεψα τον κηπουρικό μου εξοπλισμό και φόρτωσα το αμάξι μου, κρατώντας το βλέμμα μου χαμηλά καθώς οι εργάτες απομακρύνονταν από την τοποθεσία και έφευγαν με τα σκονισμένα φορτηγά τους. Ήταν ξεκάθαρο ότι θα χρειαζόταν να βρω άλλους τρόπους να μείνω όσο το κτίριο ήταν σε εξέλιξη, διαφορετικά θα έπρεπε να φυτέψω όλο το ακίνητο.

Καθώς απομακρυνόμουν από το κράσπεδο σκέφτηκα ότι θα μπορούσα να προσπαθήσω να διορθώσω τα πεσμένα τμήματα του τοίχου από ξερολιθιά στο πίσω μέρος. Αν και θα το έκανα μόνο τα Σαββατοκύριακα από φόβο ότι θα γίνω περίγελος. Ακόμα καλύτερα, θα μπορούσα να πληρώσω έναν ειδικό και να βρω ένα πιο κατάλληλο επάγγελμα. Διαφορετικά, η βαρεμάρα και η ανυπομονησία θα με τρέλαιναν όσο γρήγορη κι αν ήταν η πρόοδος της κατασκευής.

Την επόμενη μέρα, αγόρασα ένα αυτοκίνητο, κάτι περισσότερο από ένα αυτοκίνητο, ένα άλογο εργασίας, ένα στιβαρό τετρακίνητο για να διευκολύνω τη μεταφορά νερού και σακουλών με ασβέστη και εργαλεία και το καρότσι. Το ότι άφησα το ενοικιαζόμενο ήταν για μένα η επιβεβαίωση για τη μονιμότητά μου στο νησί. Για να ενισχύσω την κατάστασή μου, εγγράφηκα σε έναν τοπικό γιατρό και οδοντίατρο και γράφτηκα σε ένα μάθημα γλώσσας ανώτερης-μέσης βαθμίδας που ξεκινά στις αρχές Σεπτεμβρίου. Για να γεμίσω περισσότερο τις μέρες μου, ορκίστηκα να επισκέπτομαι αγορές και να παρακολουθώ φεστιβάλ, ό,τι κι αν γινόταν. Πρέπει να συμμετάσχω, είπα στον εαυτό μου, αν ήθελα να νιώσω ότι ανήκω και να δημιουργήσω μια ζωή για τον εαυτό μου πέρα από την κατασκευή.

Η ΚΑΤΆΡΑ

ΤΡΕΙΣ ΕΒΔΟΜΆΔΕΣ ΜΕΤΆ ΤΗΝ ΑΡΧΉ ΤΗΣ ΑΠΟΚΑΤΆΣΤΑΣΗΣ, ο Μάριο τηλεφώνησε για να μου ζητήσει να περάσω από την αυλή των προμηθειών των οικοδόμων, με το πρόσχημα ότι πάλι η παράδοση θα αργούσε διαφορετικά. Ανακάλυψα την αλήθεια όταν έφτασα στο χώρο με περισσότερα σακουλάκια ασβέστη.

Βλέποντας το αυτοκίνητό μου να ανεβαίνει, ήρθε βιαστικά και μου είπε από το ανοιχτό μου παράθυρο πριν καν προλάβω να σβήσω τη μηχανή και να πάω το πορτμπαγκάζ, ότι υπήρχε πρόβλημα μεταξύ των ανδρών. Ένας από τους μαστόρους της πέτρας, ο Κλιφ, είχε αφήσει τη ζώνη εργαλείων του κρυμμένη σε ένα τμήμα τοίχου το προηγούμενο βράδυ, ορατή μόνο από ψηλά στη σκαλωσιά. Όταν πήγε στη δουλειά εκείνο το πρωί, βρήκε τη ζώνη των εργαλείων του στο έδαφος, ακουμπισμένη στο διαχωριστικό τοίχο σαν να στηρίζεται επίτηδες εκεί.

Με τα κλειδιά στο ένα χέρι και την τσάντα μου στο άλλο, μελέτησα το πρόσωπο του Μάριου, σημειώνοντας τον φόβο στα μάτια του. Στάθηκε πίσω από το αυτοκίνητο με σκυμμένο το κεφάλι, τσιμπώντας τη μύτη του.

«Ο Κλιφ κατηγορεί τους άλλους», είπε. «Όλοι το αρνούνται, φυσικά».

«Μια φάρσα;»

«Μάλλον παιδιά. Υπάρχει μεγάλη ανεργία στους νέους. Ίσως ένα παιδί σχολείου. Θα μπορούσες να ρωτήσεις τους γείτονες». Με κοίταξε παρακλητικά.

«Ποιους γείτονες;»

«Δεν υπάρχει κανείς δίπλα;»

«Δεν έχω δει ποτέ κανέναν.»

«Περίεργο.»

«Θα ρωτήσω όμως στο καφέ. Η ιδιοκτήτρια να γνωρίζει όλα όσα συμβαίνουν εδώ γύρω.»

«Τουλάχιστον δεν έσπασε τίποτα και δε χάθηκε τίποτα», είπε κάνοντας να φύγει.

«Απλά μετακινήθηκε», είπα καθώς μου σηκωνόταν η τρίχα από την ανατριχίλα.

Σταμάτησε και γύρισε. «Ακριβώς. *Μετακινήθηκε.*»

Από κρυμμένο στην κοιλότητα ενός τοίχου δύο επιπέδων σκαλωσιάς επάνω, μέχρι ακουμπισμένο στο έδαφος πάνω σε αυτόν τον διαχωριστικό τοίχο. Το περιστατικό ήταν πολύ παρόμοιο με τον βράχο που είχε μετακινηθεί στο διαμέρισμά μου, δύο φορές. Δεν επρόκειτο να πω στον Μάριο γι' αυτόν τον βράχο, αλλά αναρωτιόμουν μήπως δεν του είχε ήδη συμβεί κάτι άλλο, κάτι της ίδιας φύσης και ήταν τόσο απρόθυμος όσο εγώ να το μοιραστώ.

Άρχισα να σκέφτομαι ότι κατάλαβα τον λόγο πίσω από τη βιασύνη του Μάριου. Δεν ήταν αγώνας με τον χρόνο για να εξασφαλίσει ένα μπόνους ή επειδή είχε πολλές άλλες δουλειές. προσπαθούσε να νικήσει την υποτιθέμενη κατάρα με ταχύτητα. Ο Μάριο ήξερε ότι κάθε μέρα που περνούσε χωρίς να συμβεί κάτι περίεργο και ανεξήγητο ήταν μια ευλογία. Γιατί και αυτός πίστευε στην κατάρα του Κάσα Μπαράσο ή ήταν τουλάχιστον επιφυλακτικός.

Προσπάθησα να λογικευτώ. Προφανώς κάποιος ήταν

δυσαρεστημένος με την αποκατάσταση και ήθελε να με εκφοβίσει και να προκαλέσει δυσαρμονία μεταξύ των εργαζομένων. Αυτός ο κάποιος είχε πρόσβαση στο διαμέρισμά μου. Ήταν ο μεταφορέας που με είχε βάλει στο κτηματομεσίτη, με τον οποίο δεν είχα ακόμη επικοινωνήσει για το θέμα. Ήταν σε διαφωνία; Ή μήπως όλα αυτά ήταν η ανάμειξη του Σέγιας;

Άφησα τον Μάριο να τακτοποιήσει τα σακουλάκια με τον ασβέστη και πήγα εκεί που ήταν στριμωγμένοι οι άντρες. Μερικοί επέστρεφαν στα διάφορα σημεία τους στην κατασκευή, αφήνοντας τον λιθοξόο να συνεχίζει να μαλώνει με τον σύντροφό του. Ήταν και οι δύο ψηλοί και βαθιά μαυρισμένοι. Ο άντρας που υπέθεσα ότι ήταν ο Κλιφ ήταν ο μεγαλύτερος από τους δύο. Είχε μεγαλύτερο, πιο βαρύ σκελετό και είχε γενάκι. Ο νεότερος είχε ξανθά μαλλιά και εντυπωσιακά μπλε μάτια. Καθώς πλησίαζα, χαμήλωσαν τις φωνές τους.

«Γεια, Κλιφ», είπα, φορώντας το αυστηρό μου πρόσωπο, αυτό που χρησιμοποιούσα σε εμπόλεμους πελάτες. «Ο Μάριος με ενημέρωσε. Νομίζουμε ότι ήταν απλά που έρχονται στο χώρο όταν σκοτεινιάζει. Πάω να ρωτήσω τριγύρω, να δω αν υπάρχουν γνωστοί ταραχοποιοί στην πόλη».

Ο ηλικιωμένος, ο Κλιφ, δίστασε και εγώ είδα την οργή του να διαχέεται.

Συνέχισα. «Ευτυχώς τίποτα δεν καταστράφηκε ούτε χάθηκε. Φαίνεται ότι όποιος το έκανε αυτό δεν είχε σκοπό να προκαλέσει τίποτα παρά μόνο κακία. Προτείνω να αφήσουμε όλοι το θέμα πίσω μας και να συνεχίσουμε τις δουλειές μας, αν αυτό είναι εντάξει. Ο καιρός θα γίνει μόνο πιο ζεστός».

Δεν είχα ιδέα τι σχέση είχε η θερμοκρασία με την εξέλιξη της κατασκευής, αλλά έπρεπε να ολοκληρώσω τη μικρή μου ομιλία με κάτι. Έπιασε το κόλπο. Ο Κλιφ με ευχαρίστησε με χοντρή προφορά του Γιορκσάιρ για τα αρτοσκευάσματα που είχα φέρει τις προάλλες και ανέβηκε στη σκαλωσιά. Ο άλλος ακολούθησε.

Έριξα μια γρήγορη ματιά τριγύρω πριν πω στον Μάριο ότι πίστευα ότι ο Κλιφ θα ηρεμούσε. και μετά κατευθύνθηκα πίσω στο Πουέρτο ντελ Ροζάριο, καταπολεμώντας τους δικούς μου ενδοιασμούς.

Δύο μέρες αργότερα, ο Μάριο μου έστειλε ξανά μήνυμα για περισσότερα σακουλάκια ασβέστη. Το αίτημα είχε γίνει ευφημισμός για μπελάδες και σχεδόν δεν μπήκα στον κόπο να κουνηθώ στην αυλή του οικοδόμου. Βρήκα τον Κλιφ να φωνάζει και να κουνάει τα χέρια του και τον Μάριο να κατευνάζει. Βγήκα βιαστικά από το αυτοκίνητο και προχώρησα.

Οι άντρες που συγκεντρώθηκαν σιώπησαν. Ακόμα και η παρουσία μου τακτοποίησε τα πράγματα χωρίς να χρειάζεται να μιλήσω.

«Συνέβη ξανά», είπε ο Μάριο απευθυνόμενος σε εμένα, με το πρόσωπό του πιο ανήσυχο από πριν.

«Το ίδιο με την προηγούμενη φορά;»

«Λίγο πολύ.»

«Πάρε τα εργαλεία σου σπίτι, Κλιφ. Για όνομα του Χριστού», είπε ένα από τα παιδιά.

«Ναι, κανείς δεν πρέπει να αφήνει τα εργαλεία του εδώ».

«Δεν πίστευα ότι κάποιος θα ήταν τόσο ανόητος ώστε να το ξανακάνει», μουρμούρισε ο Κλιφ, κοιτάζοντας τους άλλους με καχυποψία.

Πήγα μπροστά και έβαλα τα χέρια μου στους γοφούς μου. «Σου είπα, μάλλον είναι παιδιά».

«Μάλλον;» Ο Κλιφ σταμάτησε. «Δεν ξέρεις σίγουρα. Ρώτησες τριγύρω όπως είπες ότι θα κάνεις;». Έκανε μια παύση, κοιτώντας με επικριτικά. Κοίταξα μακριά. «Όχι, δε νομίζω».

«Σχεδίαζα να το κάνω σήμερα. Στην πραγματικότητα, πηγαίνω προς τα εκεί αυτή τη στιγμή. Αν δεν με είχαν καλέσει επιτόπου για να βοηθήσω στη διάχυση της ψυχραιμίας σας, θα είχα ήδη τις πληροφορίες που ζητάτε».

Οι άντρες ήταν σοκαρισμένοι όσο κι εγώ με τον τρόπο με

τον οποίο έλεγα αυτά τα λόγια. Όλα αυτά τα χρόνια που εργαζόμουν στην τράπεζα έπρεπε να είμαστε ευγενικοί και συγκρατημένοι, ανεξάρτητα από το ποιος ηλίθιος στεκόταν στην άλλη πλευρά του γκισέ, και μια νέα ελευθερία αναπτύχθηκε. Στο πίσω μέρος του μυαλού μου είχα την ανάγκη να πείσω όλα τα παιδιά να συνεχίσουν να εργάζονται για την κατασκευή. Ακόμα κι αν δεν μάθαινα τίποτα για έναν δύστροπο έφηβο, σκέφτηκα να το εφεύρω, μόνο και μόνο για να μην τρομάξουν οι άντρες.

Νομίζοντας ότι είχαμε φτάσει σε αδιέξοδο, έδωσα στον Μάριο τα κλειδιά του αυτοκινήτου μου και του είπα ότι οι σακούλες με τον ασβέστη που ήθελε ήταν μέσα στο πορτμπαγκάζ. Με μια τελευταία ματιά στους άντρες, βγήκα στο δρόμο.

Η εξώπορτα του σπιτιού του γείτονά μου ήταν ακριβώς πάνω στο πεζοδρόμιο, στη μέση ενός ασβεστωμένου τοίχου. Χτύπησα και περίμενα. Τίποτα, ούτε ένα θρόισμα ή ένα τρίξιμο. Χτύπησα πιο δυνατά. Ακόμα καμία απάντηση ή καμία κίνηση μέσα. Συνέχισα περνώντας από ένα άδειο χωράφι στο διπλανό σπίτι και χτύπησα την πόρτα. Κανείς δεν ήρθε στην πόρτα. Το μόνο που πήρα για τον κόπο μου ήταν ένας σκύλος να χασμουριέται κάπου μέσα. Πέρασα και ετοιμαζόμουν να δοκιμάσω ένα άλλο σπίτι όταν άρχισα να νιώθω γελοία και σταμάτησα.

Ήμουν σε δίλημμα αν έπρτεπε να πλησιάσω τη γυναίκα στο καφέ και να την ρωτήσω, καθώς θα προκαλούσε μόνο τοπικά κουτσομπολιά, αλλά είχα υποσχεθεί στον Κλιφ. Πέρασα τον σύντομο δρόμο επινοώντας ένα τέχνασμα για να ανακαλύψω αυτό που ήθελα να μάθω χωρίς να επικαλεστώ πολλές υποψίες.

Καθώς μπήκα κατάλαβα ότι έπρεπε πρώτα να κάνω μια αγορά. Η γυναίκα διατηρούσε μια επιχείρηση, όχι ένα κέντρο παροχής υπηρεσιών. Βρίσκοντας τον εαυτό μου τον μοναδικό πελάτη, παρήγγειλα έναν φρεσκοστυμμένο χυμό πορτοκαλιού και άλλη μια φέτα από την τορτίγια της. Πιθανότατα σκέφτηκε πως είμαι η πιο αυθόρμητη γυναίκα όσον αφορά το φαγητό, οπότε πήρα και μερικά από τα ψάρια της σε βινεγκρέτ και παρήγγειλα έναν καφέ ως εκ των υστέρων. Ήταν περισσότερο από χαρούμενη που συμπλήρωσε την παραγγελία μου.

Κάθισα στο συνηθισμένο μου τραπέζι δίπλα στο παράθυρο. Το δυνατό άλεσμα του αποχυμωτή, τα ανακουφιστικά χτυπήματα και οι θόρυβοι, με έκαναν να θέλω να μείνω καθισμένη για μια ώρα ή περισσότερο για να χαλαρώσω.

«Δεν μου έχεις πει το όνομά σου», είπα όταν μου έφερε το φαγητό και το χυμό μου.

«Γκλόρια», είπε στα πεταχτά.

«Ωραίο όνομα», είπα, ελπίζοντας έτσι να την κάνω να ανοιχτεί.

«Ευχαριστώ.»

Έστρωσε την ποδιά της και στάθηκε πίσω. Περίμενε, αν και δεν φαινόταν να έχει όρεξη για κουβέντα Ήξερα ότι αν κάποιος από τους ντόπιους πελάτες της έμπαινε, θα μιλούσε με γοργούς ρυθμούς, διάσπαρτες από ευχάριστα γέλια.

«Γκλόρια», είπα, κρατώντας την εκεί με το όνομά της. «Αναρωτιόμουν, τι κάνουν οι νέοι στο. χωριό; Μόλις τελειώσουν το σχολείο, εννοώ. Υπάρχει πολλή δουλειά τριγύρω;».

«Φεύγουν», είπε αναστενάζοντας. «Ειδικά τα αγόρια».

«Πού πάνε;»

«Στο Πουέρτο ντελ Ροζάριο, αλλά οι περισσότεροι πηγαίνουν στη Γκραν Κανάρια ή στην Τενερίφη ή στην ηπειρωτική χώρα».

«Αυτό είναι θλιβερό.»

«Είναι.»

«Αναρωτήθηκα γιατί δεν έχω δει κανέναν νέο.

Σταύρωσε τα χέρια της στο στήθος της και έγειρε το κεφάλι της στο πλάι, παρακολουθώντας με από κοντά καθώς μιλούσε. «Αυτό γιατί δεν ζουν πια πολλές οικογένειες εδώ. Και το πλησιέστερο γυμνάσιο είναι στο Γκραν Ταράτζαλ ».

«Τουλάχιστον δεν αντιμετωπίζεις όλα τα συνηθισμένα προβλήματα. Βανδαλισμοί, γκράφιτι, διάρρηξη ».

«Δεν έχουμε τίποτα από αυτά εδώ». Τώρα ακουγόταν περήφανη.

«Που κάνει την Τισκαμανίτα το τέλειο χωριό». Της χαμογέλασα και μου έριξε ένα περίεργο βλέμμα σαν να μου έλεγε ότι λέω τρέλες.

Την άφησα να φύγει. Φαινόταν απίθανο να τριγυρνούσε κάποιος έφηβος. Άστεγος, ίσως. Ή κάποιος από το Τουινέγιε; Εκείνο το χωριό ήταν μόλις λίγα χιλιόμετρα πιο κάτω. Ωστόσο, καθώς συλλογιζόμουν τις τελευταίες μου σκέψεις μου φαινόταν όλο και πιο απίθανο.

Θα ήθελα να ρωτήσω τον Πάκο, ο οποίος ήταν σίγουρο ότι θα είχε απάντηση, αλλά δεν είχα κανένα τρόπο να επικοινωνήσω μαζί του και δεν είχε εμφανιστεί στο κτίσμα. Είχα αρχίσει να πιστεύω ότι με είχε εγκαταλείψει και αναρωτιόμουν τι είχα κάνει για να με αποφεύγει. Πιάνοντας τον εαυτό μου στη μέση των σκέψεών μου, συνειδητοποίησα ότι είχα δημιουργήσει μια προσκόλληση μαζί του.

Ήπια τον χυμό, έφαγα το ψάρι και συνέχισα με την τορτίγια. Στο τέλος δεν ήμουν σίγουρη ότι είχα πάρει τη σωστή σειρά. Όταν έβγαλα τον τελευταίο καφέ και ήταν όλος στην κοιλιά μου, ένιωσα ότι μπορεί να είχα μια κάποια δυσπεψία.

Δεν επέστρεψα στο εργοτάξιο, προτιμώντας να αφήσω τον Κλιφ να βράζει. Γύρισα στο διαμέρισμα και σκέφτηκα ότι ο Σέγιας ανακατευόταν στην κατασκευή. Δεν είχα κανέναν τρόπο να αποδείξω ότι ήταν αυτός, αλλά όσο πείθομαι ότι βρισκόταν πίσω από τη μεταφορά του βράχου και των εργαλείων, τόσο πιο αποφασισμένη γινόμουν να αναλάβω δράση.

Μια εβδομάδα αργότερα συνέβη ξανά. Ο Μάριο

παραιτήθηκε από το τέχνασμά του και μου έστειλε μήνυμα για να μου πει ότι καλύτερα να ανέβω γρήγορα.

Ήμουν έξω από την πόρτα αστραπιαία. Όταν έφτασα, ο Μάριο όρμησε σαν μαθητής που βροντούσε τον δάσκαλό του. Εξήγησε ότι τα καρότσια που ο Κλιφ είχε ακουμπήσει σε έναν τοίχο για να στραγγίσουν και να στεγνώσουν τα βρήκε κρεμασμένα στο έδαφος στα πλάγια.

Οι άντρες ήταν μαζεμένοι δίπλα στον αχυρώνα. Κανείς δεν δούλευε και ένας αέρας ανησυχίας διαπέρασε την ομάδα. Κατά πάσα πιθανότητα, η λέξη της κατάρας είχε κυκλοφορήσει και προκαλούσε την προσοχή, αν όχι τρόμο μεταξύ των ανδρών.

«Μπορεί να ήταν σκύλος» είπε ένας από αυτούς.

«Ή ο άνεμος»

«Πρέπει μνα ασφαλίσετε το εργοτάξιο», είπε ένας εύσωμος σκωτσέζος στον Μάριο. «αν δεν το κάνετε, δεν ξέρουμε τι άλλο μπορεί να συμβεί,.»

Οι άλλοι συμφώνησαν.

«Μάριο», είπα. ¨Προσπάθησα να ρωτήσω τους γείτονες. Δε φαίνεται να μένει κανείς σε κάποιο από αυτά τα σπίτια. Πήγα και στο καφέ και η ιδιοκτήτρια είπε ότι δεν υπάρχουν νεαρά παιδιά στο χωριό και δεν γίνονται ποτέ εγκλήματα.»

«Αυτό όμως δεν ήταν έγκλημα» είπε ο Μάριο γρήγορα.

«Είχαμε κάποιον εισβολέα» είπε ο εύσωμος άντρας. «Αυτό λέγεται καταπάτηση.»

«Δεν το ξέρεις αυτό».

«Μα δεν το βρίσκεις προφανές;»

«Μάριο», είπε ξαφνικά ο Κλιφ, με πείσμα. «Δεν μπορώ να δουλέψω πια εδώ. Κάποιος μου κρατάει βεντέτα.»

«Σε παρακαλώ, μη φύγεις», είπα.

«Λυπάμαι, αλλά είναι η Τρίτη φορά που μετακινείται κάτι δικό μου. Δεν έχει συμβεί στους άλλους. Ίσως αν φύγω, να σταματήσει ο φαρσέρ.»

Καθώς ο Κλιφ μάζευε τα εργαλεία του και έφευγε από το εργοτάξιο, οι άλλοι άντρες άρχισαν να ανησυχούν. Αφήνοντας τον Μάριο κι εμένα να στεκόμαστε δίπλα στους αναμίκτες τσιμέντων, γύρισαν όλοι στις δουλειές τους με το ηθικό τους πεσμένο. Ο Μάριος φαινόταν πιο ανήσυχος από τους υπόλοιπους.

«Λοιπόν άκου», είπα μόλις μείναμε μόνοι. «Λέω να βρεθούμε εδώ πριν τα μεσάνυχτα για να δούμε αν θα εμφανιστεί κανείς.»

«Νομίζεις πως θα έρθει κάποιος;»

«Μα κάποιος πρέπει να το κάνει αυτό, σωστά;» είπα. «μάλιστα, είμαι σχεδόν σίγουρη πως ξέρω τι συμβαίνει.»

«Αφού το λες.» Ακουγόταν σα να αμφιβάλλει. Και πάλι αισθάνθηκα πως κάτι έκρυβε.

«Δεν ήταν σκύλος αυτός που μετακίνησε τη ζώνη εργαλείων του Κλιφ, αυτό το ξέρω σίγουρα», είπα, αφήνοντας τον αυθόρμητο εαυτό μου να βγει στη φόρα.

«Ακόμα κι έτσι.»

«Θα είμαι εδώ στις εννέα», είπα αποφασιστικά, που μόνο όταν το είπα το συνειδητοποίησα. «Σε παρακαλώ, πες ότι θα έρθεις.»

«Θα προσπαθήσω.»

Δεν ακουγόταν πρόθυμος.

Η ΝΥΧΤΕΡΙΝΉ ΠΑΡΑΚΟΛΟΎΘΗΣΗ

ΤΟΝ ΙΟΥΝΙΟ, Ο ΉΛΙΟΣ ΔΥΕΙ ΓΥΡΩ ΣΤΙΣ ΕΝΝΕΑ, ΤΟ ΦΩΣ ΣΒΉΝΕΙ γρήγορα. Τα χωριά κάτω από τον ορεινό όγκο της Μπετανκουρία βυθίζονται στην καταιγίδα περίπου μια ώρα πριν, χάνοντας τα υπέροχα ηλιοβασιλέματα πάνω από τον ωκεανό που απολαμβάνει η δυτική ακτή. Εκτός από μία ή δύο αξιοσημείωτες εξαιρέσεις, δεν υπάρχουν πολλά κατά μήκος αυτής της δυτικής ακτής εκτός από γκρεμούς, βραχώδεις όρμους και σπηλιές και τις άγριες παραλίες του Κοφέτ στο νότο. Η Φουερτεβεντούρα κοιτάζει σταθερά την ανατολή του ηλίου, την Αφρική πέρα από τον ορίζοντα, οι περισσότεροι κάτοικοι συγκεντρώνονται σε πόλεις διάσπαρτες κατά μήκος της ανατολικής ακτής. Η οδήγηση τη νύχτα στα μοναχικά πίσω δρομάκια της Φουερτεβεντούρα για πρώτη φορά, με μόνο τα μακρινά φώτα της περιστασιακής αγροικίας για παρέα, μου έφερε στο σπίτι την απομόνωση μεγάλου μέρους του νησιού. Μακριά από τα χωριά της ενδοχώρας με τα σπίτια τους κλειστά στο σκοτάδι, πέρα από τα φώτα των δρόμων, δεν υπήρχε τίποτα, μόνο ο δρόμος που καμπυλώνει στην άδεια πεδιάδα και στους πρόποδες των βουνών. Στο φως της ημέρας το έδαφος ήταν σκοτεινό, τη νύχτα ήταν σκοτεινό, το σκοτάδι ενίσχυε το έρημο τοπίο. Με ανακούφιση προσέγγισα την οικειότητα της Τισκαμανίτα.

Επιβράδυνα και έστριψα αριστερά και κατευθύνθηκα στον δρόμο μου. Αρχικά, ο δρόμος φωτιζόταν από τα ηλεκτρικά φανάρια του δρόμου που ήταν συνδεδεμένα σε κάθε στύλο ρεύματος, αλλά δύο πόλους αναμμένοι, και τα φώτα ήταν αναμμένα και κανείς δεν είχε σκεφτεί να αναφέρει το θέμα στο συμβούλιο και να τα αντικαταστήσει. Το σπίτι μου, πέρα από μια μικρή καμπύλη, αποδόθηκε σχεδόν σε απόλυτο σκοτάδι.

Δεν υπήρχε κανένα όχημα στη θέα. Ο Μάριος δεν είχε φτάσει ακόμη. Πάρκαρα στην απέναντι πλευρά του δρόμου και έσβησα τους προβολείς, αφήνοντας το αυτοκίνητο στο ρελαντί ενώ άφησα τα μάτια μου να προσαρμοστούν. Μπορούσα να διακρίνω το ηφαίστειο, με σιλουέτα στον έναστρο ουρανό. Δεν υπήρχε φεγγάρι και δεν είχα ιδέα αν θα υπήρχε. Αυτό ήταν κάτι που η θεία Κλαρίσα θα ήξερε χωρίς αμφιβολία, και θα μπορούσα να είχα κάνει την παρακολούθηση παρέα της. Θα μπορούσα να είχα ωφεληθεί από την παρέα οποιουδήποτε και ήλπιζα πολύ ο Μάριο να έρθει μαζί μου όπως είχε συμφωνηθεί.

Σκέφτηκα να παραμείνω εκεί που ήμουν και μετά συνειδητοποίησα ότι κανείς δεν θα πλησίαζε αν έβλεπε το αυτοκίνητο, έτσι άναψα τους προβολείς και διέσχισα το δρόμο, σηκώνοντας το κράσπεδο και ταξιδεύοντας πάνω από τη γη μου και παρκάροντας στο πίσω μέρος του αχυρώνα όπου νόμιζα ότι θα ήμουν με ασφάλεια μακριά από τα μάτια οποιουδήποτε. Σκεπτόμενη να διευκολύνω την έξοδό μου, έκανα πίσω προς τον τοίχο, έτσι ώστε η μύτη του αυτοκινήτου να δείχνει προς το ηφαίστειο.

Έσβησα τα φώτα και τον κινητήρα, με την σιγουριά ότι δεν μπορούσαν να με δουν. Αν και, όπου βρισκόμουν, ο Μάριο δεν θα είχε ιδέα ότι ήμουν εκεί. Αν άκουγα το αμάξι του, οποιοδήποτε αυτοκίνητο, τότε θα του έστελνα μήνυμα, σκέφτηκα για ένα δευτερόλεπτο. Δεν θα υπήρχε χρόνος να γράψω ένα κείμενο. Έβγαλα το τηλέφωνό μου και έγραψα ένα πρόχειρο, έτοιμο να στείλω. Τοποθέτησα το τηλέφωνο στη θέση του συνοδηγού με εύκολη πρόσβαση. Δεν υπήρχε τίποτα να κάνω παρά να καθίσω και να κοιτάξω το κενό. Αντιμετωπίζοντας το λάθος δρόμο με τον αχυρώνα να εξαλείφει τη θέα μου, δεν μπορούσα να δω σε κανέναν καθρέφτη αν περπατούσε κανείς στο δρόμο ή, χειρότερα, απέναντι από το τετράγωνό μου. Ήμουν τυφλή. Το καλύτερο που μπορούσα να κάνω ήταν να ανοίξω το παράθυρο και να κρατήσω ανοιχτό το αυτί μου για κίνηση. Κανείς δεν θα μπορούσε να περπατήσει στη γη μου χωρίς να κάνει θόρυβο. Θα χρειάζονταν επίσης έναν πυρσό, και θα έβλεπα κάθε είδους φως, ακόμα και από τη σκοτεινή πλευρά μου.

Πόσο καιρό σκόπευα να κάτσω και να περιμένω έτσι; Όλη νύχτα; Θα ερχόταν η στιγμή που κάποιος εγκληματίας θα αγρυπνούσε; Εξάλλου, η μετατόπιση μιας ζώνης εργαλείων και η ανατροπή ενός ή δύο καροτσιών—αυτές δεν ήταν πράξεις εγκληματιών. Υπήρχε ένας φαρσέρ στη δουλειά, ένα παιδί, ίσως με έναν σύντροφο.

Περίμενα, αφήνοντας ένα απαλό αεράκι να χτυπήσει το πρόσωπό μου. Πέρασε περίπου μισή ώρα. Μισή ώρα ατελείωτης πλήξης. Δεν μπορούσα να διαβάσω ή να παίξω μουσική. Απλώς καθόμουν

Άλλα δέκα λεπτά και η αναμονή ήταν πάρα πολύ. Δεν μπορούσα να μείνω κολλημένη στο αυτοκίνητο ούτε μια στιγμή. Πήρα το τηλέφωνό μου και σηκώθηκα από τη θέση του οδηγού όσο πιο ήσυχα μπορούσα, όχι ότι πίστευα ότι θα ενοχλούσα κάποιον. Δεν ήταν αναμμένο φως στο διπλανό σπίτι που επιβεβαίωσε την υποψία μου ότι όποιος έμενε εκεί είχε φύγει. Έκανα μια νοερή σκέψη να χτυπήσω την εξώπορτα του γείτονα με το σκυλάκι και να συστηθώ πριν από πολύ καιρό. Και πάλι, δεν είχαν μπει στον κόπο να μου συστηθούν, οπότε ίσως όχι.

Η νύχτα ήταν απάνεμη. Χρησιμοποίησα το φως των

αστεριών για να περάσω από την πλευρά του αχυρώνα και να συνεχίσω προς το σπίτι. Κάθε βήμα ακουγόταν στα αυτιά μου σαν κρότος από κύμβαλα. Νόμιζα ότι τα πήγαινα καλά μέχρι που κούμπωσα το δάχτυλο του ποδιού μου σε κάτι σκληρό και έπρεπε να καταφύγω στη χρήση του φακού στο τηλέφωνό μου.

Το ένστικτο με έκανε να σηκώσω μια πέτρα.

Δεν υπήρχε κανένα σημάδι ζωής, εκτός από εμένα, και ένιωσα πολύ καλά τη δική μου ορατότητα τώρα που η αιχμηρή δέσμη του τηλεφώνου φώτιζε τον δρόμο μου.

Κοίταξα τα φωτισμένα κομμάτια του εδάφους, τους σωρούς από ξυλεία και πέτρες και τα ανασηκωμένα καροτσάκια που ακουμπούσαν στον τοίχο όπου τα είχε αφήσει ένας από τους υπόλοιπους κτίστες. Έριξα το φως στη σκαλωσιά. Δεν υπήρχε κανείς εκεί πάνω, όχι ότι μπορούσα να δω τόσο μακριά, και δεν ήμουν έτοιμη να ανέβω μια σκάλα και να μάθω αν κρυβόταν κανείς εκεί πάνω. Πέρασα από την πίσω πόρτα και έδειξα με το τηλέφωνο στο εσωτερικό. Αισθάνθηκα σαν κυνηγός. Η κατάσταση ερείπιας και το χάος της κατασκευής ήταν συντριπτικά αποτυπωμένα στη στενή δέσμη φωτός. Κάθε χαρακτηριστικό έπαιρνε μια φρικιαστική υπερ-πραγματικότητα που φωτίζεται ενάντια στο σκοτάδι.

Κόλλησα γρήγορα στο βόρειο μισό του σπιτιού, ρίχνοντας το φως στην κουζίνα. Δεν ήταν κανείς εκεί μέσα.

Παρατήρησα ένα νέο υπέρθυρο πάνω από την πόρτα της τραπεζαρίας. Δεν υπήρχε κανείς ούτε σε εκείνο το δωμάτιο, ούτε στο διπλανό δωμάτιο. Ζητώντας θάρρος, διέσχισα το αίθριο και έριξα το φως μέσα από την τρύπα του διαχωριστικού τοίχου. Δεν υπήρχε τίποτα να δεις εκτός από περιοχές με νέο τοίχο.

Έπρεπε να συγκεντρώσω το μυαλό μου για να περάσω από την τρύπα και να ελέγξω πιο προσεκτικά τα δωμάτια του κάτω ορόφου στη νότια πλευρά της κατασκευής.

Σύρθηκα τριγύρω, λάμποντας τη δάδα σε κάθε δωμάτιο. Τίποτα.

Πριν φύγω σταμάτησα στο σημείο που είχα κλάψει για τη μητέρα μου. Ακόμα δεν είχα σκεφτεί τι θα μπορούσε να είχε προκαλέσει αυτή την περίεργη κατάσταση έκστασης που κορυφώθηκε σε αυτό το παράξενο όραμα. Άρχισα να νιώθω περίεργα στην ανάμνηση και γύρισα γρήγορα από την τρύπα στο χώρισμα.

Η περιέργειά μου έκλεισε, επανεκτίμησα τη σοφία της νυχτερινής μου παρακολούθησης. Φαινόταν ότι ήμουν εντελώς μόνη, αλλά τι έπρεπε να κάνω εκεί; Να σκύψω κάπου και να περιμένω; Δεν επρόκειτο να αντιμετωπίσω κάποιον και θα είχε το πλεονέκτημα να μπορούν να με στριμώξει σε οποιαδήποτε γωνιά της κατασκευής. Η ανησυχία κύλησε στις φλέβες μου. Ήμουν πολύ ευάλωτη, πολύ εκτεθειμένη. Πού στο διάολο ήταν ο Μάριο; Ένιωσα έναν ξαφνικό καταναγκασμό για την ασφάλεια του αυτοκινήτου μου.

Ήμουν έτοιμη να γυρίσω πίσω όταν άκουσα κίνηση πίσω μου. Πάγωσα. Ο ήχος των απαλών βημάτων, ένα θρόισμα. Πήγα βιαστικά στην τραπεζαρία και κρύφτηκα στην πόρτα. Η ανάσα μου κόπηκε. Έσβησα το φως του τηλεφώνου και κοίταξα γύρω μου.

Το σκοτάδι ήταν πυκνό, αλλά είδα ένα σχήμα που κινούνταν κοντά στο έδαφος. Δεν ήταν άνθρωπος. Πάτησα το κουμπί του φακού και κατεύθυνα το φως στη δοκό στην είσοδο της βεράντας. Εκεί, στριμωγμένο με την ουρά του ανάμεσα στο πόδι του, βρισκόταν ένα κουρελιασμένο, τρομαγμένο σκυλί. Ανταλλάξαμε βλέμματα. Σήκωσα τον βράχο και αναγκάστηκα να τον πετάξω καθώς έβγαλα ένα χαμηλό γρύλισμα. Ο σκύλος δίστασε, δεν ήταν έτοιμος να παραιτηθεί από τη θέση του. Σήκωσα τον βράχο πιο ψηλά και γρύλισα πιο δυνατά, κάνοντας ένα βήμα μπροστά. Το αξιολύπητο πλάσμα έβγαλε ένα απαλό κλαψούρισμα και τράπηκε σε φυγή. Πέταξα τον βράχο πίσω του για να ενισχύσω την άποψή μου και σήκωσα άλλον σε περίπτωση που το θηρίο επέστρεφε. Ήταν μόνο ένα μισοπεθαμένο μιγαδάκι, αλλά η καρδιά μου χτυπούσε σαν σφυρί.

Τουλάχιστον ένα πράγμα ήξερα. Ο σκύλος είχε ως επί το πλείστον σκοντάψει πάνω από τα καρότσια. Αμφιβάλλω ότι είχε βρει την τσάντα εργαλείων του Κλιφ και τη μετέφερε στον κάτω όροφο, δύο φορές, αλλά άρχισα να αναρωτιέμαι αν ο Κλιφ είχε φτιάξει αυτή την ιστορία για να τρομάξει τους άλλους. Ή ήταν αφηρημένος και είχε αφήσει την τσάντα με τα εργαλεία του κάτω στο πάτωμα της αυλής. Οι θεωρίες μου δεν έλαβαν υπόψη την περίεργη μετατόπιση του βράχου στο διαμέρισμά μου, αλλά ίσως και τα δύο δεν συνδέονταν, αλλά ήταν απλώς συμπτωματικά.

Κατευθύνθηκα πίσω στο αυτοκίνητό μου, περνώντας από τα ερείπια και τις στοίβες ξυλείας. Περίπου στα μισά του δρόμου, ένιωσα πάλι υπερβολικά εκτεθειμένης. Αφού έψαξα ξανά για τον σκύλο, έσβησα το φως και περίμενα να προσαρμοστούν τα μάτια μου. Άκουσα ένα άλλο σκυλί να γαβγίζει από μακριά, μετά τίποτα, ούτε έναν ψίθυρο. Κοίταξα. Τα αστέρια ήταν φωτεινά στον ουρανό. Δεν υπήρχε ακόμα φεγγάρι. Ίσως ήταν μια νέα σελήνη.

Έκανα μερικά βήματα και μερικά ακόμα, και μετά σταμάτησα. Ο αχυρώνας ήταν περίπου δέκα βήματα μπροστά. Δίπλα του, υπήρχαν άλλα δύο βοηθητικά κτίρια, κάποτε αποθήκες κάποιου είδους, και τα δύο χωρίς στέγες, με τους τοίχους κατά τόπους στο ύψος της μέσης. Δεν είχα ιδέα πού πήγε εκείνος ο σκύλος, αλλά τον φανταζόμουν σκυμμένο μέσα σε ένα από τα κτίρια, έτοιμο να ορμήσει. Έπιασα τον βράχο, τον σήκωσα κι ετοιμάστηκα.

Δεν είχα άλλη επιλογή από το να συνεχίσω να περπατάω.

Έκανα μερικά βήματα ακόμα, με τα πόδια μου να τρίζουν στο χαλίκι. Ήταν πολύ δυνατά. Ανάμεσα στα βήματα νόμιζα ότι άκουσα κίνηση, πάλι πίσω μου. Πάγωσα. Ο σκύλος με καταδίωκε; Πρέπει να τρέξω;

Στην πλάγια όρασή μου, έπιασα μια λάμψη φωτός. Γύρισα. Εκεί ήταν πάλι, ένα έντονο κόκκινο σημείο, που πηδούσε από το εσωτερικό του σπιτιού, υψωνόταν πάνω από τον πίσω τοίχο και έστριψε προς την οριζόντια προτού ξεθωριάσει.

Δεν μπορούσα να κουνηθώ. Ο πανικός με κράτησε. Κοίταξα το σκοτάδι, με το μυαλό μου να αγωνίζεται να βγάλει νόημα από αυτό που είχα δει. Πυροτέχνημα; Έμοιαζε με λάμψη τσιγάρου. Είχε ρίξει κάποιος τσιγάρο; Αλλά δεν ήταν κανείς εκεί μέσα. Εξάλλου, πώς μπορεί να φύγει έτσι ξαφνικά ένα τσιγάρο που πετάγεται στον αέρα; Ειδικά χωρίς τη βοήθεια έστω και μιας ανάσας ανέμου. Άρχισα να αμφιβάλλω για την αντίληψή μου. Το μόνο που ήξερα ήταν ότι αν κάποιος ήταν εκεί μέσα και μου είχε διαφύγει, έπρεπε να κινηθώ γρήγορα.

Γύρισα και ετοιμαζόμουν να ανάψω το φως του τηλεφώνου μου όταν ένα άλλο σημείο φωτός έλαμψε έντονα, μπροστά μου αυτή τη φορά, προερχόμενο από το εσωτερικό του μικρότερου κτηρίου. Το φως ήταν μπλε, και καθώς κοιτούσα, μπερδεμένη, κατευθύνθηκε κατευθείαν προς το μέρος μου. Άνοιξα το στόμα μου, έτοιμος να ουρλιάξω. Αλλά η κουκκίδα της φωταύγειας κινήθηκε πιο γρήγορα από οποιονδήποτε ήχο που θα μπορούσε να βγει από μέσα μου. Αναπήδησε από το στήθος μου και ανέβηκε στον νυχτερινό ουρανό και μεγεθύνθηκε, κάνοντας ζιγκ-ζαγκ σαν ζαλισμένο έντομο.

Ίσως ήταν αυτό, ένα έντομο, αλλά δεν έπεισα.

Τρομοκρατημένη, έτρεξα πίσω στο αυτοκίνητό μου. Το σώμα μου έτρεμε. Έψαξα να βρω την πόρτα και χτύπησα τον γοφό μου στο τιμόνι καθώς μπήκα μέσα. Κατέβασα το παράθυρο και κλείδωσα τις πόρτες. Τα χέρια μου ανακατεύτηκαν με τη ζώνη ασφαλείας και μετά με τον εντοπισμό της ανάφλεξης. Γύρισα το κλειδί, πέταξα πρώτα το γρανάζι και έφυγα από το μπλοκ μου όσο γρήγορα τολμούσα. Ό,τι και αν ήταν αυτό, δεν επρόκειτο να μείνω εκεί περισσότερο.

ΔΕΝ ΈΧΩ ΠΟΥ ΝΑ ΜΕΊΝΩ

Μετά τον τρόμο στο εργοτάξιο, η επιστροφή στο διαμέρισμα δεν μου πρόσφερε την παρηγοριά που χρειαζόμουν. Η μόνη μου παρηγοριά ήταν να βλέπω τον βράχο όπου τον είχα βάλει στη στενή ολίσθηση του κήπου.

Ελπίζοντας να μουδιάσει τις αισθήσεις μου, κατέβασα δύο μεγάλα ποτήρια κόκκινο κρασί διαδοχικά. Σε μια ήπια υπνηλία, έπαιξα το «Aikea Guinea», χρειαζόταν τη φωνή της Ελίζαμπεθ Φρέιζερ να γεμίσει το κεφάλι μου και να μπλοκάρει τις εικόνες αναδρομής με τα φώτα. Το πρόβλημα ήταν ότι το άκουσμα της φωνής της μου θύμισε αμέσως τη μητέρα μου, κάτι που δεν με είχε προβληματίσει ποτέ πριν, αλλά τώρα το έκανε.

Ο ύπνος, όταν ήρθε, ήταν ταραχώδης και διάσπαρτος με μεγάλες περιόδους που έμεινα ξύπνια με το μυαλό μου να γυρίζει σαν σβούρα. Ζεσταινόμουν κιόλας, κάτι που δεν βοήθησε. Και ενοχλήθηκα με τον εαυτό μου που κρατούσα τα παράθυρα κλειστά, γιατί αυτό σήμαινε ότι έπρεπε να αντέξω τον ζεστό αέρα, αλλά δεν είχα το θάρρος να τα ανοίξω, μήπως εισχωρήσει κάποιος άγνωστος.

Με το πρώτο σημάδι της ημέρας, σηκώθηκα με το δέρμα μου να κολλάει από τον ιδρώτα. Βυθίστηκα κάτω από το ντους και μετά τσίμπησα ένα μούσλι μπαρ για πρωινό. Δεν ένιωσα καμία διάθεση να επιστρέψω στην κατασκευή. Έστειλα στον Mario ένα μήνυμα ρωτώντας πού ήταν το προηγούμενο βράδυ και ενώ περίμενα μια απάντηση, έλεγξα τα ημέηλ μου.

Δεν υπήρχε τίποτα από τον πατέρα μου. Είχα να μάθω νέα του από το προηγούμενο βράδυ. Τον φαντάστηκα να είναι δεσμευμένος με κάποια σημαντική συμφωνία, τον τρόπο που βημάτιζε πάνω-κάτω στο δωμάτιο με το ακουστικό στο αφτί του, το αλκοόλ που θα είχε καταναλώσει πολύ νωρίς το απόγευμα και θα μύριζε η ανάσα του. Θυμήθηκα τότε που εξαφανιζόταν όλο το Σάββατο παίζοντας γκολφ, αφήνοντάς με, στα δεκαέξι μου, να καθαρίσω το σπίτι. Μερικές φορές αναρωτιόμουν αν μου φερόταν σαν υποκατάστατο της πεθαμένης γυναίκας του. Σαν κάποια που θα του μαγείρευε και θα σιδέρωνε τα πουκάμισά του. Εκείνα τα πρωινά του Σαββάτου που έκανα δουλειές, έκανα μόνο τα μισά. Η Κλαρίσα έκανε τας υπόλοιπα. Μέχρι που μια μέρα, του έβαλε τις φωνές για τις πολλές δουλειές που βάζει την κόρη του να κάνει. Μετά από αυτό, προσέλαβε καθαρίστρια.

Η μητέρα μου μαγείρευε και καθάριζε πραγματικά; Δεν είχα εικόνα να το είχε κάνει ποτέ. Μου φάνηκε ως ο αδιάφορος τύπος, ή ίσως όχι. Ίσως, όντας πιο αιθέρια και ονειροπόλα, άφησε τα πράγματα ημιτελή ενώ περιπλανιόταν με κάποια ιδιοτροπία. Ήταν αλήθεια ή μου είχαν πει ή μου είχαν αφήσει αυτή την εντύπωση; Ποια ήταν; Η μόνη σχέση που είχαμε ήταν η αγάπη για τους Κοκτώ Τουίνς. Όταν ήρθε η ώρα να θυμηθώ, η μητέρα μου και το συγκρότημα είχαν λιώσει και λίγα πράγματα ξεπέρασαν αυτή τη συγχώνευση, φαινόταν τόσο μεγάλη στην ψυχή μου. Είχε αρχίσει να με ενοχλεί που δεν μπορούσα να έχω πρόσβαση σε βαθύτερες, πιο οικεία αναμνήσεις. Αναμνήσεις από παγωτά και κάστρα με άμμο στην παραλία, από τούρτες γενεθλίων και το σβήσιμο κεριών, από δώρα τα Χριστούγεννα, από αγκαλιές και φιλιά και δάκρυα. Αντίθετα, το μόνο που ένιωθα ήταν ένα συναίσθημα, μια ακαταμάχητη λαχτάρα για κάποιο είδος ένωσης με την αποθανούσα μητέρα μου, που ξυπνούσε μέσα μου κάθε φορά που άκουγα την Ελίζαμπεθ Φρέιζερ να τραγουδάει, κάτι που είχε εκδηλωθεί ανατριχιαστικά σε αυτό το όραμά της από το χώρισμα.

Η Κλαρίσα απάντησε στο τελευταίο μου ημέηλ λέγοντας ότι λυπόταν που δεν είχε χρόνο να κοιτάξει την Ολίβια Στόουν λόγω μιας σειράς ιατρικών ραντεβού - δεν υπάρχει λόγος ανησυχίας, μόνο ο οδοντίατρος, μια ετήσια ιατρική εξέταση και μια οφθαλμολογική εξέταση. Η αρτηριακή πίεση ήταν λίγο υψηλή, αλλά υπήρχαν χάπια για αυτό.

Απογοητευμένη, έκλεισα το λαπτ μου. Έλεγξα το τηλέφωνό μου αλλά δεν υπήρξε απάντηση από τονΜάριο. Οι ήχοι στο δρόμο και στα διπλανά διαμερίσματα είχαν γίνει οικείοι – παιδιά ετοιμάζονται για το σχολείο, γονείς για δουλειά. Αντλούσα παρηγοριά από τους ήχους, την καθημερινότητα μόλις έναν τοίχο μακριά, αλλά μου φαινόταν παράξενο να βρίσκομαι στη μέση όλης αυτής της κανονικότητας, ενώ στο διαμέρισμα ήμουν τυλιγμένη σε ένα σκοτεινό μυστήριο. Ο βράχος του διαχωριστικού τοίχου, τα εργαλεία και τα καρότσια του Κλιφ, η κινούμενη φωτεινή κουκκίδα - ίσως οι χωρικοί να είχαν δίκιο και το Κάσα Μπαράσο να ήταν καταραμένο, στοιχειωμένο από πνεύματα δεμένα στη γη από την τραγωδία. Σκέφτηκα να προσκαλέσω τους φίλους της Κλαρίσα που κυνηγούν φαντάσματα για λίγη απόκρυφη ανίχνευση, αλλά γρήγορα απέρριψα την ιδέα ως φάρσα.

Άλλωστε δεν υπήρχε ανάγκη. Είχα ήδη τις απαντήσεις. Τα φώτα ήταν έντομα. Ο σκύλος, όπως ήταν αδύναμος, χτύπησε τα καρότσια, αναμφίβολα αναζητούσε φαγητό που άφησαν απεριποίητοι εργάτες. Ο Κλιφ ήταν υπεύθυνος για το δικό του κιβώτιο εργαλείων, και τον βράχο που κύλησε τον χρέωσα στον Σέγιας. Η κατάρα του Κάσα Μπαράσο όντως!

Αλλά το μυαλό μου παρασύρθηκε από μια ανησυχία. Τι

γίνεται με την Ολίβια Στόουν; Είχε ζήσει πραγματικά στο σπίτι μου; Πέθανε εκεί; Ήταν το φάντασμά της στραμμένο να τρομάξει όποιον τολμούσε να αλλάξει τον τρόπο που ήταν τα πράγματα με αυτό το σπίτι;

Τι σκέφτομαι; Δεν πιστεύω στα φαντάσματα!

Φανταζόμουν την Ολίβια Στόουν ταπεινή και ενδοσκοπική, και για μια φευγαλέα στιγμή είδα τη μητέρα μου, την Ίνγκριντ, στη θέση της. Ήταν ανησυχητικό, δύο νεκρές γυναίκες συγχωνεύτηκαν έτσι. Τι συνέβαινε σε μένα, στο μυαλό μου, στην ασυνήθιστα υπερδραστήρια φαντασία μου; Ό,τι κι αν ήταν, δεν μου άρεσε καθόλου.

Η Ίνγκριντ, η Ολίβια, ο Μπαράσο, με βύθισε η τραγωδία, το μυστήριο και ο θάνατος. Η θεία Κλαρίσα δεν είχε αναφέρει ότι θα βυθιζόμουν σε θέματα προγενέστερης τάξης όταν είχε αναφέρει όλες εκείνες τις πλανητικές γραμμές που διασταυρώνονται πάνω από τη Φουερτεβεντούρα στον αστρολογικό μου παγκόσμιο χάρτη. Μυστικά και εξαπάτηση, ναι. Ψευδαίσθηση ίσως. Όχι όμως φαντάσματα.

Επανεκτίμησα τα γεγονότα και τις λογικές εξηγήσεις μου. Ο μόνος παράγοντας που με προβληματίζει ήταν ότι το ίδιο περιστατικό είχε συμβεί σε δύο ξεχωριστές τοποθεσίες. Ήταν πραγματικά σύμπτωση; Αν μια υπερφυσική οντότητα δούλευε —και δεν ήθελα να το διασκεδάσω, πόσο μάλλον να το πιστέψω για ένα δευτερόλεπτο ακόμη— τότε το πνεύμα θα έπρεπε να μπορεί να ταξιδέψει. Στο πίσω κάθισμα του αυτοκινήτου μου; Γελοίο! Τα φαντάσματα, από όσο γνώριζα, δεν ταξίδευαν. Ωστόσο, έπρεπε να είμαι σίγουρη. Έγραψα ένα γρήγορο ημέηλ στην Κλαρίσα, ζητώντας διευκρινίσεις.

Ξανασκέφτηκα αυτά τα φώτα. Ομολογουμένως, ήταν απλά περίεργα. Έντομα; Είχα ακούσει για έντομα που εκπέμπουν φως, τις πυγολαμπίδες. Ήθελα να πιστέψω ότι ήταν έντομα, αλλά μια αναζήτηση στο Διαδίκτυο σύντομα αποκάλυψε ότι δεν βρέθηκαν τέτοια έντομα στο νησί. Ακόμα κι έτσι, έπρεπε να υπάρξει μια λογική εξήγηση. Όταν είδα το πρώτο φως, ήμουν έτοιμη να πιστέψω ότι ήταν ένα τσιγάρο, αν και το πώς θα μπορούσε κάποιος να το κάνει να κινηθεί με τον τρόπο που έκανε, με ξεπερνούσε. Το δεύτερο φως ήταν μπλε και είχε έρθει κατευθείαν προς τα πάνω μου πριν χαθεί μέσα στη νύχτα. Πρέπει να ήταν κάποιου είδους κόλπο. Κάποιος ήταν εκεί. Το ότι δεν τον είδα, δεν σημαίνει ότι δεν ήταν παρών. Υπήρχε μεγάλο μέρος του κτιρίου και των γύρω περιοχών που δεν είχα ελέγξει. Αν όχι, αν δεν ήμουν μόνη, τότε ποιος το έκανε αυτό; Ποιος θα ήθελε να μπει σε όλο αυτό τον κόπο για να με τρομάξει; Πώς ήξεραν ότι θα ήμουν εκεί; Ήταν ερωτήσεις που δεν μπορούσα να απαντήσω.

Αυτό που με στοίχειωνε όλη τη χθεσινή νύχτα και με άφηνε να νιώθω ταπεινότητα, κατάφερα τουλάχιστον εν μέρει να το εξηγήσω. Τουλάχιστον στη θεωρία. Προσπάθησα να σκεφτώ εναλλακτικές θεωρίες και σκέφτηκα να αναζητήσω απόδειξη ότι είχα δίκιο σε οποιαδήποτε από τις υποθέσεις μου, αλλά δεν ήξερα από πού να ξεκινήσω. Έλεγα στον εαυτό μου ότι οι εξηγήσεις μου ήταν λογικές και σχεδίαζα να τις κρατήσω με ή χωρίς αποδείξεις. Με έκαναν να νιώθω πιο ήρεμη και να έχω τον έλεγχο.

Άρχισα να σκέφτομαι την επόμενη μέρα και τι θα μπορούσα να κάνω για να τη γεμίσω.

Ο ήχος κλήσης του τηλεφώνου μου έσπασε την ονειροπόλησή μου. Ξαφνιασμένη διάβασα την οθόνη. Δεν αναγνώρισα τον καλούντα. Όταν απάντησα, μια γυναίκα μου μίλησε στα γρήγορα ισπανικά. Ακουγόταν νευρική, απολογητική. Της ζήτησα να επιβραδύνει και να ξαναρχίσει.

Τη δεύτερη φορά, όπως εξήγησε η ίδια, εμφανίστηκε η φρικτή αλήθεια. Ήταν η κτηματομεσίτρια. Οι ιδιοκτήτες μου έδιναν προειδοποίηση δύο εβδομάδων για να εγκαταλείψω. Δεν έδωσαν κανέναν άλλο λόγο εκτός από το ότι το διαμέρισμα δεν θα ήταν διαθέσιμο μετά από αυτό. Ρώτησα αν υπήρχε κάτι άλλο στα βιβλία της, αλλά η γυναίκα είπε ότι δεν υπήρχε τίποτα, γιατί ήταν Ιούνιος.

Δεν είχα ιδέα πόσο αληθινή θα ήταν η τελευταία παρατήρησή της μέχρι που κάθισα και έψαξα στο διαδίκτυο για μια εναλλακτική. Ο Ιούλιος και ο Αύγουστος ήταν μήνες αιχμής διακοπών, αλλά ο Ιούνιος ήταν επίσης δημοφιλής, καθώς ο καιρός ήταν πολύ πιο δροσερός και το νησί ήταν σταθερό. Δεν υπήρχε τίποτα να έχει από το Κοραλέχο μέχρι τον Μόρο Χάμπλε. Έψαξα κάθε πράκτορα κρατήσεων και αρκετούς ακόμα σκοτεινούς ιστότοπους, μερικούς πιθανώς ψεύτικους. Σκέφτηκα να προσπαθήσω για μια μακροχρόνια ενοικίαση, αλλά δεν υπήρχε τίποτα. Άρχισα να απελπίζομαι. Ξανασκέφτηκα την επιλογή μου για τροχόσπιτο, αλλά ακόμη και η ιδέα να ζω στον περιορισμένο χώρο ενός τροχόσπιτου με έκανε να νιώθω εκτεθειμένη και κλειστοφοβική ταυτόχρονα. Όσον αφορά τις οικιακές μου ρυθμίσεις, χρειαζόμουν χώρο γύρω μου. Πολλά από αυτά. Η αίσθηση του ακατάστατου χώρου ήταν αυτό που με είχε τραβήξει, βαθιά μέσα μου, στο νησί και στο ερείπιό μου. Δεν επρόκειτο να αφήσω τον εαυτό μου να εγκλωβιστεί.

Τι θα έκανα; Να μείνω σε άλλο νησί; Να επιστρέψω στη Βρετανία; Καμμιά από τις δυο λύσεις δεν έμοιαζε ελκυστική, κυρίως επειδή με τον ένα ή τον άλλο τρόπο, ο Μάριο ωφελήθηκε από το να με είχε κοντά του και έπρεπε να παρακολουθώ το εργοτάξιο μετά από ώρες.

Οι σκέψεις μου διακόπηκαν από ένα χτύπημα στην εξώπορτα. Σηκώθηκα από τη θέση μου για να απαντήσω. Ένας ταχυδρόμος μου έδωσε ένα δέμα και μου ζήτησε να το υπογράψω. Έκλεισα την πόρτα και έσκισα τη χάρτινη συσκευασία. Όπως αναμενόταν, ήταν το βιβλίο της Ολίβια Στόουν, ο δεύτερος τόμος της Τενερίφη και οι Έξι της Δορυφόροι. Ευτυχισμένη που τράβηξε την προσοχή μου αυτή η μυστηριώδης γυναίκα, ξεφύλλισα τις μπροστινές σελίδες και μελέτησα τις εικόνες, προτού μεταβώ κατευθείαν στην αφήγηση της Φουερτεβεντούρα.

Η ΠΑΛΙΆ ΦΟΥΕΡΤΕΒΕΝΤΟΎΡΑ

Η Ολίβια Στοουν αφιέρωσε τα προτελευταία τρία κεφάλαια του ταξιδιωτικού της ημερολογίου στη Φουερτεβεντούρα, που ανέρχεται σε περίπου εξήντα σελίδες, ένα μικρό μέρος του χοντρού τόμου, το μεγαλύτερο μέρος του οποίου δόθηκε στη Γκραν Κανάρια. Στην αρχική παράγραφο της ενότητας Φουερτεβεντούρα, περιέγραψε την άφιξή της στο Κοραλέχο και ήρθα αντιμέτωπη με ένα Κοραλέχο πολύ διαφορετικό από αυτό που ήξερα.

Είχα ακούσει παραθεριστές να σχολιάζουν ότι η πόλη δεν ήταν όπως ήταν στη δεκαετία του 1980, αλλά η Ολίβια Στόουν με ανάγκασε να φανταστώ πώς θα ήταν το μέρος εκατό χρόνια πριν. Κάθε κάτοικος του Κοραλέχο, είχε τότε μια μικροσκοπική «συστάδα από καλύβες», ερχόταν να παρακολουθήσει ένα ιστιοφόρο να ρίχνει άγκυρα στο λιμάνι. «Όχι ένα πλήθος», είπε η Ολίβια. Ένα τσιφλίδι τότε, σαστισμένοι και περίεργοι χωρικοί που αναρωτιούνται ποιος ήταν στο πλοίο. Μεταξύ των θεατών ήταν ο Δον Βίκτωρ Ακόστα, ο οποίος επρόκειτο να είναι ο οικοδεσπότης της Ολίβια και του συζύγου της Τζων. Ήταν εκεί με δύο καμήλες και έναν γάιδαρο. Αποδείχθηκε ότι οι Στόουν περνούσαν πολύ χρόνο ιππεύοντας καμήλες στο νησί, γιατί φαινόταν ο κύριος τρόπος μεταφοράς, εκτός από τα πόδια. Αναφέρθηκαν γαϊδούρια, αλλά όχι άλογα.

Δύο παράγραφοι και κατάλαβα γιατί ο Πάκο ήταν ερωτευμένος με τη γυναίκα και το βιβλίο της. Ο τρόπος που απεικόνιζε το Κοραλέχο και τους ανθρώπους του, την απλή ομορφιά των ήρεμων νερών του κόλπου, την ηφαιστειακή νησίδα Λόμπος και τα βουνά Λανζαρότε πέρα, ήταν ένα πορτρέτο κλειδωμένο στο χρόνο, μια πρωταρχική πηγή που απεικόνιζε μια ομάδα νησιών που ετοιμάζονται να υποστούν μια γρήγορη μεταμόρφωση.

Οι παρατηρήσεις της Ολίβια ειπώθηκαν ξεκάθαρα και συνοπτικά και ήταν εύκολο να συνεχίσω το κείμενο, αλλά παρατήρησα ότι έπρεπε να ανατρέξω σε βινιέτες και ακόμη και μεμονωμένες προτάσεις πολλές φορές για να απορροφήσω την πληρότητα των λεγόμενων.

Η Ολίβια είχε πλήρη επίγνωση της φτώχειας που έβλεπε παντού γύρω της. Οι χωρικοί που συνάντησε δεν είχαν παρά τα απολύτως απαραίτητα και ζούσαν μια πολύ απλή ζωή. Δίπλα τους ζούσαν οι πλούσιοι, γιατί φαινόταν να υπάρχουν μερικοί αν μη τι άλλο στο ενδιάμεσο, και ήταν με τους πλούσιους που έμειναν οι Στόουν, έχοντας κανονίσει με αλληλογραφία διάφορους οικοδεσπότες πριν από την άφιξή τους.

Οι Στόουν, σκέφτηκα, ήταν καλά συνδεδεμένοι. Απέκτησα την αίσθηση ότι έμεναν με το τοπικό διανοητικό σύνολο αφού αναζήτησα έναν Δον Γκρεγκόριο Τσιλ ι Ναραχάνο και ανακάλυψα ότι ήταν ακαδημαϊκός από τη Γκραν Κανάρια με ενδιαφέρον για τη φυσική ιστορία και την ανθρωπολογία. Φαίνεται ότι μύησε τους Στόουν στις σχέσεις του στη Φουερτεβεντούρα.

Ήταν προφανές ότι η Ολίβια απόλαυσε τη διαμονή της και μαγεύτηκε από το τοπίο. Αναφέρθηκε στον άνεμο που φυσούσε στις πεδιάδες, στα βουνά και τα ηφαίστειας, στις εκκλησίες και τις μεθόδους καλλιέργειας, συμπεριλαμβανομένων των στοίβων με σιτηρά από κυψέλες που είχα δει φωτογραφίες, και τα είδη των εργαλείων που είχα δει στα μουσεία.

Το ταξίδι της την οδήγησε στη Λα Ολίβα και μετά στο Πουέρτο ντελ Ροσάριο, τότε γνωστό ως Πουέρτο Καμνπράς. Από εκεί το ζευγάρι κατευθύνθηκε ξανά στην ενδοχώρα, στην Αντίγκουα και μέχρι την Μπετανκουρία, κάνοντας το επίπονο ταξίδι κάτω από τον ορεινό όγκο μέχρι την Παχάρα πριν στρίψουν βόρεια και φτάσουν στην Τισκαμανίτα, όπου έμειναν μέχρι να ταξιδέψουν στο Γκραν Ταραχάλ για να επιβιβαστούν στο επόμενο σκάφος τους και να εγκαταλείψουν το νησί.

Έδειξα ιδιαίτερο ενδιαφέρον για τα όσα είχε να πει ο συγγραφέας για το χωριό μου. Χρησιμοποίησε τη λέξη «αγκομαχώντας» περιγράφοντας εύστοχα τη διάταξη των αγροκτημάτων που ήταν οργανωμένα γύρω από το κέντρο του χωριού. Παρατήρησε το πλούσιο κόκκινο χώμα, τις στάχτες που χρησιμοποιούνταν για σάπια φύλλα, τις κοιλότητες στην πεδιάδα όπου το νερό λίμναζε και παρείχε οάσεις μετά τη βροχή, και τις αναλαμπές του ωκεανού πιασμένοι ανάμεσα σε αλυσίδες από τραχιά βουνά. Τα λόγια της ήταν η πραγματικότητά μου, τόσο λίγα είχαν αλλάξει στο τοπίο.

Τη χρονιά που έφτασε δεν είχε βρέξει στο νησί για επτά χρόνια. Οι άνθρωποι λιμοκτονούσαν. Πολλοί κατέφυγαν στα άλλα νησιά και όχι μόνο. Αναρωτιόμουν ότι ήθελα να βοηθήσει η ισπανική κυβέρνηση, αλλά είχα ήδη την απάντηση, γνωρίζοντας τη φήμη τους: τίποτα.

Το ότι μιλούσε ισπανικά δεν αμφισβητούσε πλέον, γιατί ανέφερε το κόπο να συγκεντρώνεται για ώρες στη συζήτηση των άλλων. Ήταν μια ψυχική πίεση με την οποία γνώριζα πάρα πολύ.

Πράγματι έμειναν με τον Δον Μάρσιαλ Βελάσκεθ, όπως είχε πει ο Πάκο, και απόλαυσαν τον χρόνο τους με τον Μάρσιαλ, τη μητέρα του και την αδερφή του. Η Ολίβια εντυπωσιάστηκε από τη συλλογή βιβλίων του Μάρσιαλ και τις γνώσεις του για την πολιτική, την ιστορία και τη γεωγραφία, και στην ίδια σύντομη πρόταση αποκάλυψε τις δικές της προτιμήσεις και πνευματική φινέτσα. Περιέγραψε το σπίτι του Μάρσιαλ ως μονώροφο.

Δεν αναφέρθηκε καν ότι περνούσε από το σπίτι μου, πόσο μάλλον να μπει μέσα.

Γύρισα πίσω στις σελίδες. Νωρίτερα, όταν έμεναν στη Λα Ολίβα, ανέφερε ότι πέρασε από ένα γραφικό γκρι κτίριο που είχε ύψος δύο ορόφους και συνειδητοποίησα ότι πιθανότατα αναφερόταν στο σπίτι του συνταγματάρχη - το Σπίτι Των Συνταγματαρχών. Μέχρι τότε, η εποχή των συνταγματαρχών είχε τελειώσει.

Στο σύνολό της, η Φουερτεβεντούρα που περιέγραψε δεν έμοιαζε καθόλου με το νησί που γνώριζα και αγάπησα, εκτός από το τοπίο. Ο παλιός τρόπος ζωής είχε φύγει προ πολλού. Ό,τι είχε απομείνει μπορούσε να βρεθεί μόνο στα μουσεία. Για ανθρώπους σαν τον Πάκο, το ταξιδιωτικό ημερολόγιο της Ολίβια ήταν ένα εγκώμιο και μπορούσα να καταλάβω γιατί. Υπέθεσα ότι καταβροχθίστηκε πολύς κόσμος, με τον ένα ή τον άλλο τρόπο, και οι παλιοί πολιτισμοί χάθηκαν, θεωρήθηκαν άχρηστοι ή ασήμαντοι από τους προγραμματιστές, άντρες όπως ο πατέρας μου, ο οποίος, όταν ειπώθηκαν και έγιναν όλα, δεν θα μπορούσαν να μην νοιάζονται καθόλου.

Διάβασα και ξαναδιάβασα το βιβλίο της Ολίβια Στόουν και αντέγραψα μερικές περιγραφές στο σημειωματάριό μου. Συνεχίζοντας τον ισχυρισμό του Πάκο ότι είχε δραπετεύσει στην Τισκαμανίτα, έψαξα για ενδείξεις ότι ήταν μια δυστυχισμένη γυναίκα παγιδευμένη σε έναν κακό γάμο, βυθίζοντας στα κεφάλαια για τη Λανζαρότε και τη Γκραν Κανάρια, αλλά δεν υπήρχε καμία ένδειξη αυτού του είδους. Η Ολίβια σπάνια ανέφερε τον σύζυγό της, εκτός από το να αναγνωρίσει την παρουσία του.

Ήταν με πικρή ειρωνεία που στο τέλος της ημέρας

επέστρεψα στην αναζήτησή μου για κατάλυμα και, βρίσκοντας το νησί, φαντάστηκα να κατασκηνώνω κάτω από τα αστέρια ή να κοιμάμαι στο αυτοκίνητό μου, όπως είχα ακούσει άλλους να καταφεύγουν. . Αυτοί που αρνήθηκαν, όπως εγώ, να νικηθούν. Εάν η Ολίβια Στόουν, μια λιγότερο εύρωστη γυναίκα για λογαριασμό της, μπορούσε να καταφέρει να καβαλήσει μια καμήλα στην καύσωνα και τους ανέμους που πνέουν, θα μπορούσα να διαχειριστώ λίγη ταλαιπωρία, σίγουρα;

Μια άλλη σκέψη μου ήρθε στο μυαλό. Υπήρχαν δύο δωμάτια σχεδόν ολοκληρωμένα στο σπίτι μου. Αν κατάφερνα να πείσω τον Μάριο να τα κάνει κατοικήσιμα, θα μπορούσα να μείνω εκεί ακόμα και χωρίς ρεύμα ή υδραυλικά. Τουλάχιστον θα ήταν μια σωστή στέγη πάνω από το κεφάλι μου και θα ήταν πολύ καλύτερο από το να κοιμάμαι στο αυτοκίνητό μου. Το να έχω κάποιον στο χώρο τη νύχτα θα πρόσθετε ασφάλεια, επίσης, όχι ότι πίστευα ότι χρειαζόταν. Αρνήθηκα να επηρεαστώ από την ιδέα της κατάρας ή να αφήσω τον Σέγιας, έναν σκύλο ή αυτά τα παράξενα φώτα να με φοβίζουν στο σπίτι μου. Εξάλλου, θα έπρεπε να ζήσω εκεί τελικά.

Υποψιαζόμουν ότι θα ήταν κάτι που θα μπορούσε να είχε κάνει η Ολίβια Στόυν. Όχι πρόθυμα, αλλά θα το είχε ανεχτεί..

ΔΟΚΙΜΑΣΜΈΝΕΣ ΘΕΩΡΊΕΣ

Τηλεφώνησα στον Μάριο το επόμενο πρωί, όσο νωρίτερα μπορούσα, και ρώτησα όσο πιο ευγενικά και αδιάφορα μπορούσα, τι τον έκανε να μην εμφανιστεί στο κατάλυμα το προηγούμενο βράδυ. Νόμιζα ότι είχαμε συμφωνήσει, είπα. Ακούστηκε απολογητικός καθώς ξεκίνησε μια κουραστική εξήγηση που αφορούσε έναν προηγούμενο αρραβώνα τον οποίο είχε ξεχάσει και πώς έπρεπε να βγει βιαστικά από την πόρτα σχεδόν τη στιγμή που έφτασε στο σπίτι και άφησε το τηλέφωνό του στον πάγκο της κουζίνας κατά λάθος. Το σενάριο που ζωγράφισε ακουγόταν αληθοφανές, αλλά δεν το πίστευα ούτε μια στιγμή. Απογοητευμένη τον έκοψα, αλλάζοντας γρήγορα την πορεία της συζήτησης με το: «Οι εργάτες τελείωσαν το σοβάτισμα αυτών των δύο δωματίων;»

Τήρησε ένα λεπτό σιωπής κατά το οποίο επεξεργάστηκε την ερώτησή μου και απάντησε καταφατικά.

«Εντάξει, γιατί θα πρέπει να μετακινηθώ επί τόπου».

«Τι;! Γιατί; Έχεις διαμέρισμα!». Ευτυχώς το τηλέφωνό μου ήταν στο ηχείο διαφορετικά θα είχα τρυπήσει το τύμπανο.

«Δυστυχώς, ο ιδιοκτήτης με βγάζει», είπα απαλά, μην επιτρέποντας στον υστερικό του τόνο να επηρεάσει τον δικό μου. «Δεν μπορώ να βρω εναλλακτική λύση». Περιέγραψα τις διαδικτυακές μου προσπάθειες της προηγούμενης μέρας με μετρημένη φωνή. «Δεν νιώθω ότι έχω πολλές επιλογές. Εκτός από το να φύγω από το νησί για το καλοκαίρι ».

«Εντάξει εντάξει. Όχι, μην το κάνεις αυτό», είπε, ηρεμώντας. «Η πρόοδος θα είναι πολύ πιο αργή χωρίς εσένα κοντά μας. Πότε πρέπει να μετακομήσεις;».

'Σε δυο εβδομάδες.»

Τον άκουσα να εκπνέει.

«Δεν θα σου αρέσει». Αναφέρθηκε στον θόρυβο, τη σκόνη και την έλλειψη ιδιωτικότητας, ρεύματος και νερού.

«Υπάρχει μια γεννήτρια».

«Αυτό είναι μόνο για τους αναμικτήρες τσιμέντου και τα ηλεκτρικά εργαλεία.»

«Δηλαδή, δεν μπορώ να το χρησιμοποιήσω;»

«'Οχι.»

«Γιατί;»

«Επειδή θα έπρεπε να το λειτουργείς όλη τη νύχτα για ένα ψυγείο και θα υπήρχαν παράπονα για θόρυβο».

Ήταν η σειρά μου να αντιδράσω και ανάσανα. Ποιος ήταν εκεί στον δρόμο μου για να παραπονεθεί για τον θόρυβο;

«Και στους άντρες δεν θα αρέσει», πρόσθεσε.

Αυτό, μπορούσα να το καταλάβω. Θα υπήρχε τουλάχιστον το θέμα ενός καλωδίου επέκτασης να τρέχει από τον αχυρώνα μέχρι τα δωμάτιά μου. Καθώς το μυαλό μου ανακατευόταν να αφομοιώσει την έλλειψη δύναμης, του είπα ότι θα βρω έναν τρόπο να αντιμετωπίσω όλες τις δυσκολίες και θα συνεχίσω να ψάχνω για μια εναλλακτική. Εν τω μεταξύ, τουλάχιστον το να είμαι κοντά τη νύχτα θα κρατούσε μακριά τους εισβολείς. Υποχώρησε, αλλά όχι πριν μου πει ότι πρέπει πρώτα να βάψω τα δωμάτια.

«Εγώ;»

«Οι άντρες μου δεν είναι μπογιατζήδες. Δεν μπορώ να

βάλω μπογιατζή μέχρι να τελειώσει όλη η δουλειά. Οι μπογιατζήδες έρχονται πάντα τελευταίοι ».

«Δεν μπορείς να κάνεις μια εξαίρεση;»

«Έχω να λάβω υπόψη τη φήμη μου. Δεν αρέσει στους μπογιατζήδες ούτε στους άλλους. Μπορείς να βάψεις;».

Φυσικά, μπορούσα να βάψω. Ποιος ιδιοκτήτης ενός σπιτιού με μέση βεράντα στο Κόλτσεστερ που σέβεται τον εαυτό του δεν γνώριζε τη μια άκρη του πινέλου από την άλλη; Αν και έπρεπε να παραδεχτώ ότι είχα ασχοληθεί με το μπάνιο μόνο σε ένα πασχαλινό διάλειμμα, ένα μικρό υπνοδωμάτιο σε ένα άλλο, και το μόνο που έκανα ήταν να βάψω αυτό που υπήρχε ήδη. Παρόλα αυτά, είχα παρακολουθήσει αρκετές εκπομπές για να ξέρω τι πρέπει και δεν πρέπει να κάνω και όταν έπιανα το υπνοδωμάτιο, η Κλαρίσα μου έδειξε πώς να χρησιμοποιώ έναν κύλινδρο χωρίς πιτσίλισμα χρώματος, πώς να απλώνω ομοιόμορφα το χρώμα και να πετύχω ένα φινίρισμα χωρίς πινελιές. Είπε ότι είχε μάθει από έναν επαγγελματία όταν έφτιαχνε την επέκταση της και ο μπογιατζής της αρρώστησε. Είχε ανάγκη το δωμάτιο να ολοκληρωθεί εγκαίρως για ένα πάρτι.

Συμβουλεύτηκα το Ισπανο-Αγγλικό λεξικό μου και σημείωσα τη βασική γλώσσα και πήγα στο κατάστημα υλικών. Πήρα τη συμβουλή ενός χρήσιμου βοηθού και αγόρασα τρία τενεκεδάκια των έξι λίτρων με λευκή μπογιά, έναν κύλινδρο και έναν δίσκο, μια προέκταση, μια ταινία κάλυψης, μια βούρτσα για κοπή, φύλλα, μια μικρή σκάλα και μια πλατφόρμα χρώματος. Φορτώνοντας το αμάξι μου, συνειδητοποίησα ότι δεν είχα τίποτα κατάλληλο να φορέσω. Πέρασα από ένα φτηνό κατάστημα ρούχων για παντελόνι και ένα φαρδύ μπλουζάκι, χρησιμοποιώντας το αποδυτήριο τους για να αλλάξω ρούχα.

Βλέποντάς με να φτάνω με τον εξοπλισμό μου, μερικοί από τους εργάτες μου χαμογέλασαν, άλλοι γέλασαν, αν και μερικά από αυτά τα χαμόγελα ήταν πιθανώς χλευασμοί και μέσα οι άντρες γουρλώνανε τα μάτια. Πρέπει να τους το είπε ο Μάριος. Απάντησα με τον ίδιο τρόπο, υποσχόμενη να τους αγνοήσω όλους και να ξεκινήσω τη δουλειά.

Καθώς έμπαινα μέσα, βρήκα έναν ξυλουργό να κρεμάει την πόρτα της τραπεζαρίας. Με αγνόησε καθώς περνούσα με ένα μπράτσο γεμάτο σεντόνια και μπήκα στο σαλόνι από τον προθάλαμο. Οι τοίχοι ήταν γκρι σοβάς. Το παράθυρο με τα καμπύλα καθίσματα και τα ξύλινα παραθυρόφυλλα, και μια στιβαρή ξύλινη πόρτα, ταίριαζε με τα εμφανή δοκάρια της οροφής. Οι σανίδες δαπέδου δεν είχαν ακόμη τριφτεί. Προχώρησα με τον υπόλοιπο εξοπλισμό μου, νιώθοντας σαν περίεργη και όσο πιο μακριά από μέλος της ομάδας ήταν δυνατόν.

Καθώς άπλωνα τα φύλλα, ο Χέλμουντ μπήκε στο δωμάτιο. Με ένα γρήγορο σκούπισμα του ματιού του, πήρε τα σύνεργα του ελαιοχρωματιστή και προχώρησε στην έκδοση οδηγιών μου. Μου είπε πώς να χρησιμοποιήσω τον κύλινδρο χωρίς να κάνω πιτσιλίσματα. Έδειξε πώς να κρατάω ένα πινέλο και πώς να κόβω μέσα. Παρακολούθησα σιωπηλά, παρατηρώντας ένα βλέμμα έκπληκτης έγκρισης όταν αγόρασα μια βούρτσα με ουρά αρουραίου. «Καλή μάρκα, αυτό», είπε. Στη συνέχεια έλαβα οδηγίες σχετικά με τη χρήση σκαλοπατιού και πλατφόρμας και τον καλύτερο τρόπο ανάδευσης της μπογιάς. Του χαμογέλασα και τον ευχαρίστησα για τις συμβουλές του. Δεν ανέφερα την Κλαρίσα ή τις δικές μου προηγούμενες προσπάθειες. Δεν είπα ότι είχα σταθερό χέρι και σχεδίαζα να κάνω καλή δουλειά. Ήξερα ότι θα επέστρεφε για να με ελέγξει ξανά και ξανά. Ήταν άντρας, σκέφτηκα, και στους άντρες αρέσει να εξηγούν πράγματα. Μερικοί άντρες, οι περισσότεροι άντρες, όλοι άντρες; Δεν είχα ιδέα. Ωστόσο, ήμουν ευγνώμων για το καλώδιο προέκτασης και το φως που έφερε.

Αυτό που δεν μου είπε ο Χέλμουντ και έπρεπε να μάθω μόνη μου ήταν πόσο δύσκολο θα ήταν το βάψιμο, πάνω-κάτω σκάλες, ανακάτεμα, έκχυση και βούρτσισμα και κύλιση πάνω στη μπογιά, φροντίζοντας να μην πιτσιλιστεί. Ωστόσο, δεν μπορούσα να σταματήσω. Βλέποντας το γκρι να γίνεται λευκό ήταν ικανοποιητικό και η διαδικασία ήταν ρυθμική, σχεδόν υπνωτική και καταναγκαστική, και προς μεγάλη μου έκπληξη απολάμβανα τη διαδικασία.

Το επίχρισμα απορρόφησε το μεγαλύτερο μέρος της πρώτης στρώσης. Το κόψιμο ήταν εύκολο στις γωνίες και δεν υπήρχε σοβατεπί - ο Μάριο με είχε συμβουλεύσει να βάψω σχεδόν μέχρι τις σανίδες του δαπέδου - αλλά γύρω από τα δοκάρια ήταν πολύ πιο δύσκολο. Δεν ήθελα λεκέδες με μπογιές στο ξύλο μου. Το να σηκώνω τα άκρα όλων αυτών των δοκών σήμαινε να τεντώνομαι ψηλά με τα χέρια μου πάνω από το κεφάλι μου. Ωστόσο, αρνήθηκα να ζητήσω βοήθεια.

Όπως αναμενόταν, ο Χέλμουντ παρακολουθούσε προσεκτικά την πρόοδό μου, χώνοντας το κεφάλι του στην πόρτα από καιρό σε καιρό. Βλέποντάς με να σηκώνομαι και να κόβω με κόπο κατά μήκος της άκρης μιας δοκού, μου είπε να μην ανησυχώ πολύ γιατί θα χρειαζόταν να τρίψουν και μετά να λαδωθούν. Τότε ήταν που συνειδητοποίησα ότι αυτά τα δοκάρια είχαν και το όνομά μου πάνω τους. «Λάδωμα με τι;» Ρώτησα. Όταν κατέβηκα στη συνέχεια από τη σκάλα, έβαλα γυαλόχαρτο και λινέλαιο στη λίστα αγορών μου που ήταν αποθηκευμένη στις Σημειώσεις στο τηλέφωνό μου.

Οι οροφές των δέκα ποδιών σήμαιναν πολύ χρώμα. Κατάφερα δύο στρώσεις του πρώτου δωματίου πριν τελειώσω την ημέρα. Μέχρι τότε, ο καρπός μου πονούσε, είχα πονοκέφαλο και ένιωθα ζάλη από τις αναθυμιάσεις.

Το επόμενο πρωί, ξύπνησα με σκληρό λαιμό και ώμους. Απτόητη, ξεκίνησα για το εργοτάξιο νωρίς, φτάνοντας εκεί πριν από τους άντρες, ήδη στη δουλειά δίνοντας στο δεύτερο δωμάτιο το πρώτο του στρώμα προτού ακούσω το συνηθισμένο σφυροκόπημα και τα βήματα και τη συζήτηση. Αυτή τη φορά, έβαλα τα ακουστικά μου και έπαιξα

Στεροφόνικς και έμεινα χαμένη σε έναν μουσικό κόσμο, αγνοώντας την κακοφωνία που συνέβαινε παντού γύρω μου.

Την τρίτη μέρα, ο Χέλμουντ μου έδειξε πώς να τρίβω και να λαδώνω τα παλιά ξύλινα δοκάρια και τα υπέρθυρα. Αυτή τη φορά, οι οδηγίες του ήταν ευπρόσδεκτες. Έβαλα με ταινία τη φρέσκια μπογιά μου σκεπτόμενη ότι ίσως έπρεπε να είχα προσεγγίσει τις εργασίες με αντίστροφη σειρά.

Δεν κατάλαβα το τρίψιμο ή τη μυρωδιά του λιναρόσπορου, αλλά μου άρεσε να βλέπω το χρώμα της ξυλείας να σκουραίνει. Καθώς περνούσε η μέρα, η πίεση στους ώμους και το λαιμό μου με έκανε να αποφασίσω ότι έπρεπε να βρω έναν μασέρ.

Οι πόρτες και τα παράθυρα απαιτούσαν την ίδια μεταχείριση. Τουλάχιστον όλο αυτό το τρίψιμο και το λάδι ήταν στο ύψος του σώματος. Έπρεπε να περιμένω τρεις ημέρες μεταξύ των στρώσεων και να εφαρμόσω ένα top coat που περιέχει βερνίκι για να σταματήσει η ξυλεία να γίνεται θαμπή.

Στη συνέχεια, ο Χέλμουντ κανόνισε ένα τριβείο δαπέδου και έναν άνθρωπο να το συνοδεύσει. Χρησιμοποίησα εκείνη την ημέρα για να αγοράσω έπιπλα, κανονίζοντας την παράδοση την ημέρα που έπρεπε να μετακομίσω.

Τα φρύδια ανασηκώθηκαν όταν οι ντελίβερι εμφανίστηκαν με ένα κρεβάτι, μια συρταριέρα, ένα τραπέζι και καρέκλες, ένα ανεξάρτητο ντουλάπι με δύο πόρτες και δύο μικρές και άνετες πολυθρόνες. Όλα είναι πρακτικά και τίποτα αντίκα. Σκεπτόμενη καλά τις ανάγκες μου, αγόρασα μια σόμπα με δύο δακτυλίους και ένα μπουκάλι υγραερίου, κατσαρόλες, πιατικά, μαχαιροπίρουνα και σκεύη, μια τσάντα μεταφοράς γεμάτη κεριά, έναν αναπτήρα και δέκα κουτιά σπίρτα.

Εξετάζοντας πώς θα τα βγάλω πέρα χωρίς υδραυλικά, κανόνισα την παράδοση ενός δεύτερου μπάνιου, καθώς δεν είχα σκοπό να χρησιμοποιήσω το αντρικό. Το έβαλα στην άλλη πλευρά του πλησιέστερου βοηθητικού κτιρίου. Το δικό τους είχε τελειώσει δίπλα στον αχυρώνα. Αναπολώντας μια σκηνή σε μια από αυτές τις τηλεοπτικές εκπομπές επιβίωσης, καθάρισα μια περιοχή μέσα σε αυτό το βοηθητικό κτίριο όπου οι τοίχοι ήταν πάνω από το ύψος του κεφαλιού και έβαλα ένα τετράγωνο πλακόστρωτα για να χρησιμεύσει ως βάση για το μεγάλο πλαστικό μπολ και τον κουβά που θα χρησιμοποιούσα ως αυτοσχέδιο ντους . Ο Χέλμουντ με βοήθησε να βάλω ένα μεγάλο δοχείο νερού σε μια χαμηλή πλατφόρμα από μερικές σανίδες και μερικούς τσιμεντόλιθους.

Η άλλη συσκευή που αγόρασα από έναν Γερμανό στο Τετίρr, ήταν μια ηλιακή μπαταρία και δύο μικρά πάνελ που είχαν στηρίγματα που μπορούσα να στρέψω προς τον ήλιο. Μου έκανε μια επίδειξη και πήρα μερικές σημειώσεις και έστησα τα πάνελ πίσω από την πύλη μου, πολύ μακριά από την κατασκευή. Σήμαινε να κουβαλάς την μπαταρία μπρος-πίσω, αλλά θα άξιζε τον κόπο.

Ήμουν απασχολημένη να τακτοποιήσω τα πράγματά μου προετοιμάζοντας την πρώτη μου νύχτα όταν εμφανίστηκε ο Πάκο. Τον είδα από το παράθυρο του σαλονιού, το οποίο είχα αφήσει ανοιχτό για να αερίζεται το δωμάτιο. Έτρεξα έξω να τον χαιρετήσω, η εμφάνισή του ήταν μια ευπρόσδεκτη έκπληξη.

Δεν τον είχα δει από τότε που φάγαμε μεσημεριανό στην Αντίγκουα περίπου δύο μήνες πριν και είχα χάσει την ελπίδα να τον ξαναδώ. Καθώς ανέλαβε τη σκαλωσιά και τον φρενήρη ρυθμό της κατασκευής, εξήγησε ότι είχε πάει στο Ελ Χιέρο και μετά πήγε στη Λα Γκομέρα και τη Λα Πάλμα, στην πραγματικότητα σε όλα τα νησιά για να τραβήξει φωτογραφίες για ένα ταξιδιωτικό φυλλάδιο και έναν ιστότοπο.

«Ήταν απροσδόκητο. Δεν μπορούσα να το προσπεράσω».

«Μια φοβερή ευκαιρία, από ότι ακούγεται», είπα, και ο Πάκο εκτοξεύτηκε κατά την εκτίμησή μου. «Ούτε εγώ θα το προσπερνούσα. Οι εργοδότες σου στο Καλέτα ντε Φούστε δεν αντέδρασαν;».

Τα μάτια του γέμισαν διασκέδαση. «Οι ιδιοκτήτες του

εστιατορίου είναι η αδερφή της μητέρας μου και ο σύζυγός της, και όχι, τα πήγαιναν καλά με αυτό».

Ήταν με μια δόση ζήλιας που θαύμασα το δεμένο οικογενειακό δίκτυο στο οποίο ήταν μέρος και αναρωτήθηκα αν όλες οι οικογένειες στο νησί ήταν ίδιες.

Κάλυψα την αντίδρασή μου με το «Φρόντισε να μου το δείξεις όταν βγουν όλα». Βλέποντας τους άντρες να κατεβάζουν τα εργαλεία για ένα πρωινό διάλειμμα και να μαζεύονται δίπλα στον αχυρώνα, πρόσθεσα: «Ελα να ρίξεις μια ματιά για το τι γίνεται».

Έριξε μια ματιά στους άντρες των οποίων τα μάτια είχαν αναμφίβολα τραβήξει την Αγγλίδα και τον φίλο της. Υπό τον έλεγχο τους, ο Πάκο ένιωσε άβολα «Είσαι σίγουρη;»'

«Είναι το σπίτι μου, Πάκο. «Όχι το δικό τους. Ελα.»

Με ακολούθησε στο κτίριο και σταματήσαμε στο αίθριο για να κοιτάξουμε τριγύρω. Γύρισα και περίμενα. Είχε βγάλει τη φωτογραφική μηχανή του και έβγαζε φωτογραφίες κάθε μικρή λεπτομέρεια και στις δύο πλευρές του χωρίσματος, μουρμουρίζοντας στον εαυτό του. Έσκυψε στις αγκυλώσεις του για καλύτερη γωνία από ό,τι του είχε τραβήξει το βλέμμα, και παρατήρησα το τράβηγμα του παντελονιού του γύρω από τον πισινό του, τον τρόπο που η αλογοουρά του έπεφτε στην πλάτη του, το πάχος των αντιβραχίων του, το βλέμμα μου να παραμένει στο μαυρισμένο δέρμα , τα αρσενικά μαλλιά. Βρέθηκα να θαυμάζω την αρρενωπότητά του και γρήγορα κοίταξα κάτι άλλο.

«Πάκο», είπα, νιώθοντας ότι χάνουμε χρόνο και κατευθυνόμαστε προς τον προθάλαμο.

Καθώς έμπαινε στο νέο μου χώρο διαβίωσης το σαγόνι του έπεσε.

«Αυτό είναι καταπληκτικό.»

«Σ' αρέσουν οι προσπάθειές μου;» Η περηφάνια φούσκωσε στο στήθος μου.

«Εσύ;»'

«Έβαψα τους τοίχους, έβαλα λάδι στα δοκάρια και βερνίκωσα το πάτωμα. Όλα εγώ.»

«Ουάου!» Κοίταξε τα έπιπλα. «Μένεις εδώ;»

«Έπρεπε να φύγω από το διαμέρισμα. Με έδιωξαν ».

«Καθάρματα. Είπαν τον λόγο;».

« Όχι.»

«Αυτό συμβαίνει επειδή γνωρίζουν ότι μπορούν να πάρουν περισσότερα χρήματα χρεώνοντας κάποιον άλλον ημερήσια τιμή.»

«Αλήθεια;»

«Είναι περίοδος διακοπών».

Δεν πείστηκα αν και δεν είχα εναλλακτική εξήγηση. Δεν ήθελα να μαλώσω μαζί του. Δεν φαινόταν τίποτα άλλο να πει, τίποτα κανένας από εμάς δεν ήταν έτοιμος να πει. Νιώθαμε πίεση.

Στη συνέχεια, σε μια στιγμή θάρρους είπε, «Ήρθα να σε καλέσω για μεσημεριανό γεύμα».

«Είναι λίγο νωρίς», είπα πολύ γρήγορα, βρίζοντας μέσα μου από την τρανταχτή μου έλλειψη χάρης.

Φαινόταν απογοητευμένος και δεν εξεπλάγην.

«Πού σκέφτεσαι να πας;» Του χαμογέλασα για να εξιλεωθώ για την έλλειψη προσοχής μου.

«Στην Παχάρα.»

«Χρειάζομαι λίγα λεπτά για να αλλάξω».

Του έδειξα την πόρτα και έκλεισα το παράθυρο, βάζοντας τον εαυτό μου σε σχεδόν απόλυτο σκοτάδι. Τα μάτια μου προσαρμόστηκαν σύντομα και άλλαξα από το ατημέλητο παντελόνι, το μπλουζάκι και τις μπλούζες μου σε ένα πολύχρωμο φόρεμα παραλίας και σανδάλια. Ένα γρήγορο βούρτσισμα των ογκωδών μαλλιών μου και τελείωσα.

Όταν βγήκα από τα δωμάτιά μου, ο Πάκο έβγαζε ακόμα περισσότερες φωτογραφίες και οι άντρες άρχισαν να ανεβαίνουν στις σκαλωσιές και στους διάφορους σταθμούς τους γύρω από την πολυκατοικία. Τα βλέμματα πέταξαν πέρα δώθε. Ντυμένη σαν για ραντεβού, χάρηκα που έφυγα βιαστικά.

Η μέρα ζέστανε και δεν φυσούσε πολύ αεράκι. Πήγα με τον Πάκο προς το αυτοκίνητό του. Μου φαινόταν φυσικό να ταξιδεύω μαζί του, παρόλο που αγνοούσα την πολυτέλεια του ολοκαίνουργιου μου Χιουντάι. Δεν είχα πάει επιβάτης σε αυτοκίνητο από τότε που η θεία Κλαρίσα με οδήγησε στο σταθμό μια φορά όταν το δικό μου αμάξι ήταν για υπηρεσία, και ποτέ στο νησί. Για μια φορά, θα μπορούσα να απολαύσω πλήρως το τοπίο, τις οροσειρές των βουνών, τον ορίζοντα, τις σαρωτικές πεδιάδες. Είχε τελειώσει πολύ σύντομα, δέκα λεπτά με το αυτοκίνητο και είχαμε φτάσει.

Η Παχάρα είναι μια από τις αγαπημένες μου πόλεις της ενδοχώρας. Βρίσκεται στο νότιο άκρο του ορεινού όγκου Μπετανκουρία, έχει μια γραφική, ιστορική ατμόσφαιρα με μια όμορφη πλατεία στο κέντρο του γεμάτη με δέντρα και όμορφους φράχτες. Στην πλατεία κυριαρχεί το μοντέρνο κτήριο του δημαρχείου και η παλιά εκκλησία Μουέστρα Σενιόρα ντε λα Ρέγκλα, διάσημη για τα γλυπτά σε στιλ Αζτέκων. Ο Πάκο στάθμευσε σε έναν παράδρομο και περπατήσαμε σε ένα εστιατόριο που βλέπει στην πλατεία. Καθισμένη δίπλα σε ένα παράθυρο έδινε μια ευχάριστη, πλευρική θέα στην πρόσοψη της εκκλησίας.

Είχα επισκεφθεί την εκκλησία τις τελευταίες μου διακοπές. Θαύμασα πολύ την αίσθηση των Αζτέκων της λιθοδομής στο αέτωμα πάνω από την είσοδο και, στο εσωτερικό, τους υπέροχους βωμούς από το δάπεδο μέχρι την οροφή, περίτεχνα ζωγραφισμένοι, κυρίως σε κόκκινο και χρυσό. Η εκκλησία ολοκληρώθηκε περίπου εβδομήντα χρόνια πριν από το σπίτι μου, και οι θολωτές οροφές ήταν φτιαγμένες από το ίδιο σκαλισμένο ξύλο.

Ενώ την προσοχή μου τράβηξαν οι περιηγητές που τριγυρνούσαν στην πλατεία, ο Πάκο μελέτησε το μενού του. Πίσω μας γέμιζε το καφενείο. Η ατμόσφαιρα ήταν χαλαρή και ευχάριστη. Το σφύριγμα του τηγανίσματος και οι πλούσιες μαγειρικές μυρωδιές που περίμενα μου άνοιξαν την όρεξη.

«Τι θα ήθελες;», είπε διακόπτοντας την ονειροπόλησή μου.

Τα μάτια μου έπεσαν στην ανάμεικτη πιατέλα τάπας και πρότεινα να τη μοιραστούμε.

Κοίταξε πίσω στο μπαρ και μια νεαρή γυναίκα ήρθε και πήρε την παραγγελία μας, ο Πάκο πρόσθεσε δύο μπύρες. Καθίσαμε για λίγο σε μια συντροφική σιωπή. Έμοιαζε απασχολημένος ή στιγμιαία χαμένος στις σκέψεις του. Σκέφτηκα να εμπιστευτώ τα πρόσφατα γεγονότα, ιδιαίτερα τα περίεργα φώτα που είχα δει να τρέχουν, αλλά αποφάσισα να μην το κάνω. Δεν ήθελα τρομακτικές ενασχολήσεις να μας χαλάσουν το μεσημεριανό. Δεν ήθελα τίποτα άλλο από το να απολαύσω το τοπικό φαγητό περιτριγυρισμένο από κόσμο και κυρίως να απολαύσω την παρέα στο τραπέζι μου.

Όταν ήρθε το φαγητό, έγινε φλύαρος, μιλώντας για ιστορίες από την παιδική του ηλικία που μεγάλωνε στο οικογενειακό του αγρόκτημα στο Τρινκουιβιχιάτε, καθώς και από τις μεγάλες συγκεντρώσεις, τα γλέντια και τις γιορτές. Άκουγα, προσεκτικά και γοητευμένη, ενώ ζήλεψα το μεγάλο οικογενειακό του δίκτυο. Ακουγόταν ιδιαίτερα να αγαπούσε τη μητέρα του. Ακούγοντας τον να την επαινεί, ευχόμουν να θυμηθώ τη δική μου. Λυπήθηκα που κατάφερα να σβήσω όποιες αναμνήσεις υπήρχαν. Δεν είχα ιδέα τι να κάνω για αυτό. Ίσως ήταν πολύ αργά και τίποτα δεν θα μπορούσε ποτέ να ανακτηθεί.

Όταν τελειώσαμε με τους χυμούς τάπας με ψωμί κρούστας, ο Πάκο έψαξε την κάμερά του και μου έδειξε τις φωτογραφίες που είχε τραβήξει στο ταξίδι του, με την κάμερα να περνά πέρα δώθε ανάμεσά μας καθώς εξήγησε τις σεκάνς των λήψεων. Αυτά που είχε πάρει από τον Ελ Χιέρο ήταν εντυπωσιακά. Η αίσθηση της ανύψωσης στην κορυφή του νησιού και η μεγάλη έκταση του γκρεμού που αγκάλιαζε μια παραλία όπου καλλιεργούνταν η γη και μια πόλη και μερικές αγροικίες ήταν διάσπαρτες. «Φροντέρα», είπε, δείχνοντας την ίδια την πόλη. Τι εξαιρετικό μέρος, με θέα τον Ατλαντικό στα δυτικά με έναν μεγάλο βράχο να υψώνεται πίσω σου. Δεν ήμουν σίγουρη ότι θα ένιωθα άνετα με τόση στοιχειώδη δύναμη γύρω μου. Ο Πάκο είχε τραβήξει φωτογραφίες από το ειδικό ξύλο στην κορυφή του βουνού και άλλες κορδέλες από σπίτια που αγκάλιαζαν στενά σοκάκια που κατέληγαν σε απότομες χαράδρες. Τυπικές απόψεις των άλλων νησιών, όπως ανακάλυψα βλέποντας τις φωτογραφίες του από τη Λα Γκομέρα. Όταν ο Πάκο περιέγραψε το ταξίδι που είχε κάνει από το λιμάνι στη δυτική πλευρά αυτού του νησιού, τον δρόμο κολλημένο σε απότομες βουνοπλαγιές, τη φουρκέτα και τη θέα που πέφτει κατακόρυφα στις χαράδρες και στον ωκεανό, οι παλάμες μου γέμισαν με κρύο ιδρώτα.

Τα πλάνα του στη Λα Πάλμα κόβουν ακόμη περισσότερο την ανάσα. Είχε δεκάδες κοιτάζοντας κάτω από μια σκοπιά πάνω από τα σύννεφα στον αστραφτερό ωκεανό πολύ πιο κάτω.

«Είναι δύο χιλιάδες πεντακόσια μέτρα στην κορυφή», είπε.

«Αυτό είναι το υψηλότερο των Καναρίων Νήσων;»

«Όχι. Το όρος Τέντε στην Τενερίφη είναι».

«Πόσο ψηλά είναι αυτό;»

«Κοντά στις τέσσερις χιλιάδες».

Δεν είχα πάει ποτέ στην Τενερίφη. Προσπάθησα να φανταστώ ότι βρισκόμουν τέσσερα χιλιόμετρα πάνω σε ένα βουνό και αμέσως προτίμησα τη θέα του χαμηλού επιπέδου της Φουερτεβεντούρα. Όμως, καθώς ο Πάκο περιέγραφε το ταξίδι του, σκέφτηκα ότι οι νησιώτες δεν είχαν κανένα πρόβλημα με το υψόμετρο και ήταν αρκετά προετοιμασμένοι να περάσουν απότομες βουνοπλαγιές για να κάνουν χρήση των γόνιμων εδαφών, κυνηγώντας όποια βροχόπτωση υπήρχε. Όπου υπήρχε ύψος υπήρχε νερό.

Μου έδωσε ξανά τη φωτογραφική μηχανή για να δω μια φωτογραφία του Ελ Ταμπλάδο, και κοίταζα μια πίστα που ελίσσεται μέσα από έναν οικισμό και προσεκτικά καλλιεργημένα χωράφια που βρίσκονται σε αυτό που θα μπορούσε να περιγραφεί μόνο σαν ξυράφι, επειδή η γη έπεσε δραματικά και στις δύο πλευρές. Τα χωράφια στο οροπέδιο ήταν καταπράσινα και οι βουνοπλαγιές τριγύρω δασώδεις, ενισχύοντας τη σκέψη μου για τη συγκομιδή της βροχής. Δεν μπορούσα να δω κανέναν τρόπο πρόσβασης στην τοποθεσία εκτός από το να ακολουθήσω το μονοπάτι μέχρι τα βουνά.

«Το οροπέδιο τελειώνει σε έναν γκρεμό», είπε, ενισχύοντας την παρατήρησή μου καθώς έδειξε την επόμενη φωτογραφία, αυτή τη φορά στο τέλος του μικρού οροπεδίου όπου μια σκέτη σταγόνα έβλεπε για πάντα από ψηλά.

Πήγα προς τα εμπρός περιμένοντας περισσότερα από τα ίδια και αντίθετα είδα φωτογραφίες του σπιτιού μου. Ήταν αυτές που μόλις είχε πάρει. Τις ξεφύλλισα και ετοιμαζόμουν να επιστρέψω την κάμερα όταν μια φωτογραφία του διαχωριστικού τοίχου τράβηξε το μάτι μου, ή μάλλον ένα σκούρο σχήμα καθισμένο στην τρύπα. Σκέφτηκα για μια στιγμή ότι το σχήμα μπορεί να ήταν εκείνο το αδέσποτο σκυλί ή, μετά από προσεκτικότερη εξέταση, κάποιος από τους εργάτες που σκύβει, αλλά η σκοτεινή φιγούρα δεν ήταν ούτε άνθρωπος ούτε σκύλος. Ήταν κάτι άλλο, κάτι ανεξήγητο.

«Τι είναι αυτό;» είπε ο Πάκο, απλώνοντας το χέρι του για την κάμερα.

Το πήγα πίσω και κοίταξε την εικόνα. Η έκφραση στο πρόσωπό του σκοτείνιασε.

«Είναι η Ολίβια Στόουν», είπε αργά. Το πρόσωπό του είχε ένα ειρωνικό χαμόγελο.

Ήθελα να του πω να μην είναι γελοίος.

«Άσε με να ξανακοιτάξω.»

Η κάμερα πέρασε πολλές φορές ανάμεσά μας πριν την βάλει στην τσάντα του.

Η φιγούρα έμοιαζε πράγματι ανθρώπινη, σκυμμένη δίπλα στον τοίχο, αλλά το σχήμα των ρούχων ήταν βίντατζ, το περίγραμμα έμοιαζε με γυναίκα ντυμένη με μακρύ μανίκι φόρεμα, καπέλο με φαρδύ γείσο δεμένο στενά γύρω από το πρόσωπό της. Ποια ήταν και τι έκανε εκεί; Ή είχε δίκιο ο Πάκο; Θα μπορούσε η Ολίβια Στόουν να ζούσε στο σπίτι μου και να το στοιχειώσει;

Με παρόρμηση, ρώτησα αν μπορούσαμε να ανταλλάξουμε αριθμούς τηλεφώνου. «Σε γλιτώνει από το να εμφανιστείς και να κάνεις ένα χαμένο ταξίδι», είπα, αν και αυτό δεν ήταν πιθανό το κίνητρό μου. Παρέμεινε ο μοναδικός μου φίλος και παρά την φαινομενική εμμονή του με την Ολίβια Στόουν, βρήκα ότι μου άρεσε όλο και περισσότερο. Ήταν ελκυστικός με έναν τραχύ, μποέμ τρόπο και θαύμαζα το πάθος του για τα νησιά του. Είχε κερδίσει και την εκτίμηση μου για το πρόσφατο ταξιδιωτικό του έργο. Πραγματικά δεν ήταν κάποιος χαμένος που σέρβιρε μπίρες στο εστιατόριο της οικογένειάς του. Δεν τον είχα δει ποτέ έτσι, αλλά φανταζόμουν ότι έτσι θα τον φανταζόταν ο πατέρας μου, ακόμα και η θεία Κλαρίσα, που δεν είχε χρόνο για τρέλες.

Μου είπε τον αριθμό του. Το έβαλα στο τηλέφωνό μου και του έστειλα ένα μήνυμα, παρακολουθώντας τον να με αποθηκεύει στις επαφές. Η πράξη μας έδεσε κάπως, έστω και περιστασιακά, και ένιωσα καθησυχασμένη.

ΠΡΩΤΗ ΝΎΧΤΑ

ΌΤΑΝ Ο ΠΆΚΟ ΜΕ ΆΦΗΣΕ ΠΙΣΩ ΣΤΟ ΕΡΓΟΤΆΞΙΟ, ΟΙ ΕΡΓΆΤΕΣ μάζευαν τα πράγματά τους και έφευγαν. Ανησυχώντας ότι κάτι είχε πάει στραβά, είπα αντίο και όρμησα, πλησιάζοντας έναν από τους μαστόρους της πέτρας, ο οποίος εξήγησε ότι ο Χελμούντ τους είχε δώσει το υπόλοιπο απόγευμα για να απολαύσουν το φεστιβάλ στο Τουινέχε. Ο κτίστης με κοίταξε με ενδιαφέρον και ήθελε να μάθει αν θα πήγαινα, αλλά είπα ότι προτιμούσα να εγκατασταθώ στο νέο μου σπίτι. Ένα βλέμμα διασκεδαστικής δυσπιστίας εμφανίστηκε στο πρόσωπό του. Το αγνόησα.

Μόλις έμεινα μόνη, άλλαξα το φόρεμά μου και πήγα και δοκίμασα το μπάνιο, το οποίο δεν ήταν τόσο κακή εμπειρία όσο νόμιζα ότι θα μπορούσε να ήταν. Βγήκα από την πλαστική κάψουλα και περιπλανήθηκα γύρω από το τετράγωνο, βουτώντας στην απέραντη θέα και επιβεβαιώνοντας ότι ανήκω εκεί, στο νησί, στην Τισκαμανίτα και ακριβώς εκεί στο μισό στρέμμα γης μου. Οι ντόπιοι θα με σεβαστούν στο τέλος για την αναστήλωση ενός από τα σπουδαία σπίτια τους. Θα μπορούσα να γίνω προστάτιδα των ερειπίων. Όχι μια αγία, μια πραγματική ζωντανή προστάτιδα που διασώζει εγκαταλελειμμένες κατοικίες, ο σωτήρας τους. Θα μπορούσα να ξεκινήσω με αυτά στο δρόμο μου. Ήταν αρκετά για να απορροφήσουν μια ή δύο δεκαετίες από τον χρόνο μου. Ήταν μια ευγενής αν και φευγαλέα σκέψη.

Επέστρεψα στο κατάλυμα μου για το καπέλο με φαρδύ γείσο που αγόρασα στο Πουέρτο ντελ Ροζάριο μια φορά, στερεώνοντας τις κορδέλες κάτω από το πηγούνι μου. Με το κεφάλι, το λαιμό και το πρόσωπό μου σκιασμένα, σκέφτηκα να περιποιούμαι και να ποτίζω τα φυτά μου. Διάλεξα μερικές μεγάλες πέτρες από έναν κοντινό σωρό βράχων για να κόψω το περβάζι του κήπου. Στη συνέχεια, έκανα μια προσπάθεια να ξαναχτίσω ένα μικρό τμήμα του γκρεμισμένου τοίχου από ξερολιθιά, λέγοντας στον εαυτό μου όποιος είχε χτίσει τον τοίχο δεν θα μπορούσε να είχε κάνει καλή δουλειά αφού είχε καταρρεύσει σε τόσα πολλά σημεία, και δεν μπορούσα να κάνω χειρότερη δουλειά, ειδικά καθώς φρόντισα πολύ να τοποθετήσω τα βράχια μου έτσι ώστε να ταιριάζουν λίγο πολύ μεταξύ τους. Ήταν μια υπόθεση που με κράτησε και από την οποία αντλούσα κάποια ικανοποίηση. Η δουλειά ήταν αργή και ειρηνική και ήταν καλό να βρίσκεσαι σε εξωτερικούς χώρους νιώθοντας χρήσιμη.

Που και που σήκωνα το βλέμμα μου στο ηφαίστειο και καθόμουν και κοιτούσα. Όποτε σήκωνα το κεφάλι μου, εκεί ήταν, κυριαρχούσε στο τοπίο και αναρωτιόμουν ποιος άλλος ήξερε ότι είχε ένα ηφαίστειο για θέα. Κανένας.

Ο δυνατός ήλιος έπεφτε όταν μπήκα μέσα. Αφού πέρασα πάνω από κομμάτια ξυλείας πολύ βαριά για να τα μετακινήσω με το πόδι μου, ξεκίνησα να απομακρύνω όλα τα κινητά εμπόδια στο αίθριο από το δρόμο μου, επιθυμώντας να βρω ένα καθαρό μονοπάτι προς το μπάνιο. Ζώντας σε ένα εργοτάξιο, ανακάλυψα γρήγορα, ότι παρουσίαζε πολλούς κινδύνους στο σκοτάδι.

Είχα πάρει το σαλόνι ως κρεβατοκάμαρά μου. Η πρόσβαση γινόταν μέσω του προθάλαμου. Το παράθυρο με θέα στο δρόμο άνοιξε κάτω από τη σκαλωσιά. Σχεδίαζα να κρατήσω το παράθυρο κλειστό για να σφραγίσω το δωμάτιο από τη σκόνη. Είχα κανονίσει το κρεβάτι στον τοίχο που βλέπει στην πόρτα. Δύο κομοδίνα ολοκλήρωσαν τα έπιπλα κατά μήκος αυτού του τοίχου, μαζί με μια καρέκλα στη γωνία για να φέρω τα ρούχα μου. Είχα κεντράρει μια συρταριέρα στο μήκος του τοίχου πίσω από την πόρτα. Μια βαλίτσα, μισόκλειστη στο πάτωμα, περιείχε ρούχα που έπρεπε να κρεμαστούν. Είχα σκεφτεί να αγοράσω μια ανεξάρτητη ντουλάπα, αλλά προτίμησα να κρατάω τα πράγματά μου καλυμμένα όσο το δυνατόν περισσότερο. Είχα ακολουθήσει ακόμη και μια τοπική παράδοση και αγόρασα ένα μεγάλο διαφανές πλαστικό κάλυμμα για να χρησιμεύσει ως σεντόνι σκόνης για το κρεβάτι μου, για να το πετάξω κατά τη διάρκεια της ημέρας όταν οι άντρες ήταν στη δουλειά.

Η τραπεζαρία ήταν ως επί το πλείστον άδεια, εκτός από ένα τραπέζι και καρέκλες στο κέντρο της και ένα χαμηλό, δίπορτο ντουλάπι δίπλα σε ένα μήκος πάγκου σε τρίποδα που σχεδίαζα να χρησιμοποιήσω για μια αυτοσχέδια κουζίνα. Τέσσερα μεγάλα μπουκάλια νερού βρισκόντουσαν στο πάτωμα. Οι δύο μικρές πολυθρόνες που αγόρασα για άνεση ολοκλήρωσαν την επίπλωση.

Δεν υπήρχε πόρτα που να χώριζε τα δύο δωμάτια. Ζήτησα από τον Μάριο να αφήσει ανοιχτή τη διπλή πόρτα, αν και στεκόμενη σε εκείνο τον σπηλαιώδη χώρο έβλεπα ότι το βράδυ στο κρεβάτι μπορεί να ένιωθα εκτεθειμένη. Πολύ αργά για να αλλάξω αυτό που είχα αποφασίσει σε μια στιγμή βιασύνης, και επιπλέον, όταν οι αίθουσες γέμισαν και χρησιμοποιήθηκαν για αυτό που είχαν σχεδιαστεί, το άνοιγμα θα ήταν επιθυμητό. Ακόμα κι έτσι, έκανα μια νοητική σημείωση να σκέφτομαι προσεκτικά κάθε μελλοντική απόφαση, προσεγγίζοντάς την από όλες τις οπτικές γωνίες. Όταν πρόκειται για μια κατασκευή, οι αποφάσεις είναι δύσκολο αν όχι αδύνατο να αναιρεθούν.

Ο ήλιος δεν είχε ακόμη δύσει, αλλά μέσα με τις πόρτες κλειστές τα δωμάτια ήταν μαύρα σαν τη νύχτα. Πήγα να ανάψω κεριά, ογκώδη κεριά εκκλησίας το καθένα στο δικό του πιατάκι. Το εφέ όλου του φωτός που τρεμοπαίζει απαλά έδωσε στον χώρο μια αιθέρια, κυκλοθυμική αίσθηση.

Για το δείπνο, έφτιαξα μια τονοσαλάτα με μπαγκέτα και κάθισα στο τραπέζι, με την προσοχή μου να απορροφάται από το κερί μπροστά μου που έκαιγε και να αφρίζει και μετά να καθίσει σε μια σταθερή φλόγα.

Καθιερώνοντας μια ρουτίνα που θεωρούσα λογική, γέμισα ένα ποτήρι και ετοίμασα την οδοντόβουρτσά μου και βγήκα έξω, με μεγάλη επιθυμία να βουρτσίσω τα δόντια μου πριν νυχτώσει. Μετά έφερα την ηλιακή μπαταρία.

Η ορμή στο μπάνιο για ένα μεταμεσονύκτιο κατούρημα δεν ήταν καθόλου ελκυστική. Ούτε η λύση μου έκανε. Πήρα τον πλαστικό κουβά που χρησιμοποιούσα για να ποτίσω τον κήπο και βρήκα ένα σπασμένο κομμάτι κόντρα πλακέ στο σωρό των σκουπιδιών για να το χρησιμοποιήσω ως καπάκι. Επανεξέτασα την ιδέα μου για τροχόσπιτο για άλλη μια φορά καθώς το έβαλα στη μακρινή γωνία της τραπεζαρίας.

Κλείστηκα στην κάμαρά μου για το βράδυ και ήμουν σε εγρήγορση σε κάθε ήχο. Κανείς δεν θα ήξερε ότι ήμουν μόνη σε αυτά τα δύο δωμάτια, αν και θα μπορούσε να δει το αυτοκίνητό μου παρκαρισμένο δίπλα στον αχυρώνα. Αν κάποιος εισβολέας ερχόταν τυχαία, τότε θα άνοιγε σίγουρα τη μία ή την άλλη από τις πόρτες στο αυτοσχέδιο σπίτι μου. Που δεν μου άφησε άλλη επιλογή. Προσέχοντας να μην καταστρέψω το πρόσφατα σφραγισμένο πάτωμά μου, έστρεψα μια πολυθρόνα με δύναμη πάνω στην πόρτα της τραπεζαρίας ως αποτρεπτικό παράγοντα. Στην κρεβατοκάμαρά μου, στήριξα μια καρέκλα έτσι ώστε η πλάτη να βρίσκεται κάτω από τη λαβή, όπως είχα δει να γίνεται σε ταινίες.

Για να εξαλείψω τη σιωπή που επικρατούσε πάνω μου, συνέδεσα τον φορητό υπολογιστή μου με τη νέα μου μπάρα ήχου που είχα αγοράσει σε ένα από τα πολυάριθμα ταξίδια μου για ψώνια, έβαλα τη μπάρα ήχου στη νέα μου ηλιακή μπαταρία και έπαιξα απαλά το Τρέζουρ των Κοκτώ Τουίονς, συνειδητοποιώντας μετά ότι η ακουστική πρόσφερε μια νέα αισθητηριακή εμπειρία, ανέβασα την ένταση λίγο πιο δυνατά και λίγο πιο δυνατά ακόμα. Υπήρχαν πάρα πολλές επίπεδες επιφάνειες για την τελειότητα του ήχου, αλλά καθώς άκουγα ήξερα ότι η φωνή της σοπράνο Ελίζαμπεθ Φρέιζερ ανήκε στο σπίτι μου. Οι φωνές της ανέβηκαν στα ύψη, οι διακριτοί τόνοι ζωντάνεψαν και η διάθεση της κιθάρας, με τους ονειρεμένους, λυσσασμένους τόνους της, άνοιξε μέσα μου αυτή τη γνώριμη, αν και ανόητη λαχτάρα που γρήγορα μεταμορφώθηκε σε μια μελαγχολία με ανοιχτά μάτια.

Ήταν μια στιγμή απερισκεψίας και ήξερα ότι έπρεπε να το σταματήσω, να παίξω κάτι άλλο. Αντίθετα, κάθισα στο κρεβάτι μου και άνοιξα τον εαυτό μου στη μουσική και καθώς ξεκίνησε το δεύτερο μισό του «Ντόνιμο», γέμισα από πονεμένη μοναξιά. Αποκομμένη από τον κόσμο από τους τοίχους του σπιτιού, αποκομμένη από το νησί από τη νεότητά μου, αποκομμένη από τις ρίζες μου και την οικογένειά μου, στερήθηκα όλα αυτά που είχα κάποτε και ήταν ένα περίεργο συναίσθημα, οδυνηρό, ένα κενό χρειάζεται να συμπληρωθεί.

Η μουσική των Κοκτώ Τουίνς ήταν εσωτερική μουσική, που παιζόταν σε κάστρα και καθεδρικούς ναούς, που περιείχαν χώρους στους οποίους ο ήχος δεν χάνονταν στον άνεμο, αν και κατά κάποιο τρόπο οι ήχοι καθρέφτιζαν και το κενό έξω. Ωστόσο, η μουσική ήταν ασυνήθιστη, παράταιρη, γιατί ήταν μια άλλη ερημιά για την οποία μιλούσε, ένα άλλο άγριο, τραχύ τοπίο, ένα σκωτσέζικο. Εδώ, για να ανήκω αληθινά εδώ, χρειαζόταν να ασχοληθώ με την τοπική μουσική, ίσως κάτι παρόμοιο με τους Κοκτώ Τουίνς, κάποιο μουσικό γκρουπ που θα άνοιγε σε μένα, τον ακροατή, την ίδια λαχτάρα.

Το Τρέζους έφτασε στο τέλος του και έβαλα το Χέβεν ή το Λας Βέγκας. Όλη η σκέψη εξατμίστηκε όταν η Ελίζαμπεθ τραγούδησε τον πρώτο στίχο του «Αϊςμπλινκ Λακ». Δεν είχα προβλέψει τι θα καλούσε η μουσική μέσα μου για να γεμίσει το κενό στο οποίο είχα υποκύψει παρά την έξαρσή μου, ή ίσως λόγω της αυξημένης κατάστασής μου. Το ένα είδος απώλειας ήταν ένας αγωγός για το άλλο και άρχισα να πονάω για τη μητέρα μου. Ο λαιμός μου συσπάστηκε σαν να είχε κολλήσει εκεί ένα βαρύ εξόγκωμα και καυτά δάκρυα έσκασαν από τα μάτια μου και σχημάτισαν ποτάμια στα μάγουλά μου. Ήμουν κλειδωμένη σε κάθε φωνητική άνοδο και πτώση λες και η αγωνία της απώλειας της μητέρας μου ταλαντευόταν σε συγχρονισμό. Τι μου συνέβαινε; Σαν να απαντούσα, το κενό μέσα μου γέμισε σύντομα με μνήμη.

Μια ανάμνηση ενός λεωφορείου με αριθμό 13.

Λεωφορείο που διέσχισε διάβαση πεζών. Ο οδηγός είναι πολύ αργός για να αντιδράσει.

Είχε πέσει με τα μούτρα ακριβώς μπροστά από τον τροχό του συνοδηγού. Το λεωφορείο χρησίμευε ως δημοτικός ατμοστρωτήρας. Η τσάντα για τα ψώνια της, γεμάτη με υπερώριμες ντομάτες, έπεσε κάτω από τον μπροστινό τροχό μαζί της, δημιουργώντας ένα απαίσιο χάος από χυμό ντομάτας και κομμάτια λαχανικού και κουκούτσια, όλα ανακατεμένα με το αίμα, το δέρμα και τη σάρκα της μαμάς. Ο συνδυασμός της φυτικής ύλης και της μητέρας μου φαινόταν πιο παχύς και πολύ πιο εμφανής στις λευκές ρίγες στη διάβαση.

Μια φρικτή σκηνή για τους θεατές και ιδιαίτερα για έναν θεατή, εμένα.

Έχοντας δει το λεωφορείο, ήμουν ακόμα στο πεζοδρόμιο. Δεν ένιωθα σίγουρη ότι το λεωφορείο θα σταματούσε. Ήμουν επτά χρονών και είχα περισσότερη έκτη αίσθηση από τη μητέρα μου. Για την ακρίβεια, ήμουν επτά χρονών ακριβώς γιατί το λεωφορείο με το Νούμερο 13 χτύπησε τη μητέρα μου στις 13 και 13 το μεσημέρι της δεκάτης τρίτης Ιουλίου, που έτυχε να είναι τα γενέθλιά μου. Η μαμά μου είχε αγοράσει τις ντομάτες για να φτιάξει σούπα Γκαζπάτσο. Το αγαπημένο μου.

Η ανάμνηση ήταν υπερβολική, όπως και η ενοχή. Η μητέρα μου ξεκίνησε εκείνη τη μέρα για να αγοράσει τα υλικά για την αγαπημένη σούπα της μοναχοκόρης της, μια γυναίκα τόσο χαμένη στη μουσική που άκουγε που δεν κατάφερε να γυρίσει το κεφάλι της και να δει αυτό το μεγάλο κομμάτι μετάλλου να τρέχει προς το μέρος της.

Είχα μπλοκάρει τη φρίκη εκείνης της ημέρας, τη συσσωματωμένη μάζα του κόκκινου στις λευκές ρίγες της διάβασης.

Το μόνο απομεινάρι του τραύματος που γνώριζα ήταν ότι δεν με ενδιέφερε ποτέ να γιορτάσω τα γενέθλιά μου. Ο πατέρας μου και η θεία Κλαρίσα προσπάθησαν να με δελεάσουν με κέικ και κεριά, δώρα με λαμπερά τυλιγμένα δώρα και ταξίδια στην παραλία, αλλά αποσύρθηκα μέσα μου, κολλημένη σε ένα χαμόγελο και μουδιασμένη.

Πάντα πάλευα ενάντια στη μνήμη εκείνης της φρικτής ημέρας, των γενεθλίων μου, αλλά ήταν εκεί, ήμουν εκεί, περνώντας με το ζόρι τώρα μέσα από το «Περλι Ντιουντροπς Ντροπς» σαν τα αυτιά μου να ήταν της μητέρας μου και ήμουν μέσα στο κεφάλι της. Το σοκ από εκείνο το λεωφορείο έσπασε όλα όσα ήταν.

Σηκώθηκα όρθια, περπάτησα γύρω από το δωμάτιο με το τεράστιο παραθυρόφυλλο και τη σκαλιστή ξύλινη πόρτα και τα δοκάρια, και ήταν σαν μέσα σε αυτόν τον θάλαμο να είχα καλέσει τη θλίψη, την καυτή θλίψη, και τελικά του έδωσα την άδεια να βγει.

Το κλάμα συνεχιζόταν.

Τύλιξα τα χέρια μου γύρω μου και περπατούσα στο δωμάτιο, κάνοντας σπηλιές και σκύβοντας κάθε τόσο. Όταν σκέφτηκα ότι τελικά λιγόστευε, κάποια συγκινητική μελωδία άρχιζε να ακούγεται και να προκαλεί περισσότερα δάκρυα.

Ωστόσο, δεν μπορούσα να αντικαταστήσω το Κοκτώ Τουίνς με τίποτα άλλο. Θα ήταν άπιστο σε μια ανάμνηση.

Τελικά, έβαλα τη Βικτόριαλαντ. Ο ρυθμός, πιο αργός και ήπιος, επέτρεψε στα συναισθήματά μου να ηρεμήσουν και να παραμείνουν ακίνητα. Σε λίγο, η μπαταρία τελείωσε και η μουσική σταμάτησε ξαφνικά. Με έβαλαν στη σιωπή.

Τα δάκρυα του πένθους που ήταν κλειδωμένα για πάνω από τριάντα χρόνια έπρεπε να τελειώσουν κάποια στιγμή, και μετά από τρία ολόκληρα άλμπουμ μουσικής, ξοδεύτηκα. Τα μάτια μου έκαιγαν. Υπήρχε ένα μικρό βουνό με μουσκεμένα χαρτομάντιλα δίπλα στο κρεβάτι μου. Έβρεξα ένα καθαρό χαρτομάντιλο και ταμπονάρισα στο λεκιασμένο από τα δάκρυα πρόσωπό μου και τα καυτά πρησμένα μάτια μου. Εκεί κάθισα, σοκαρισμένη από την έκρηξη καθώς η λογική πήρε τον έλεγχο.

Είπα στον εαυτό μου ότι είχα περάσει πάρα πολύ καιρό σχεδόν εντελώς μόνη, υπό μεγάλη πίεση και αβεβαιότητα, και υπομένοντας κάποιες σημαντικές αποτυχίες. Ότι ήταν φυσικό που τόσο πολύ άγχος είχε πυροδοτήσει τη μνήμη που καταπιέζω τόσο καιρό. Ότι χρειαζόμουν να εξασκήσω την αυτοφροντίδα και να μην επιτρέψω στον εαυτό μου να φτάσει σε μια τέτοια κορύφωση όταν τα ερεθίσματα θα πυροδοτούσαν μια χιονοστιβάδα πόνου. Βρήκα ένα λυπηρό κομμάτι μαύρης σοκολάτας στην τσάντα μου και το έφαγα ολόκληρο.

Δεν υπήρχε τίποτα άλλο να κάνω εκτός από το να διαβάσω. Άνοιξα την Ολίβια Στόουν, το οποίο είχε ήδη θέση υπερηφάνειας στο κομοδίνο μου, και ξεκίνησα στην αρχή του ταξιδιού της στα ανατολικά Κανάρια νησιά, βυθίζοντας στο εύκολο στυλ της όπως περιέγραψε την ημέρα που αποβιβάστηκε στο Λας Πάλμας, στρέφοντας τα μάτια μου πίσω στα λόγια της όταν το μυαλό μου πήγε αλλού.

Έκανε τα ίδια είδη παρατηρήσεων όπως και για τη Φουερτεβεντούρα, μόνο που το σημείο εισόδου της στη Γκραν Κανάρια δεν ήταν αυτό ενός μικροσκοπικού ψαροχωριού αλλά μιας εδραιωμένης πόλης με μικρό λιμάνι, δρόμους και σπίτια. Με την άφιξή της το 1883 δεν υπήρχαν ξενοδοχεία στην πρωτεύουσα, αλλά ο τουρισμός είχε ήδη μια βάση και οι Στόουν δεν ήταν το μόνο ζευγάρι Άγγλων που εκτιμούσε το νησί. Τα ξενοδοχεία ήταν έτοιμα να ανοίξουν ή να κατασκευαστούν. Σε αντίθεση με τις μονόχωρες καλύβες ψαρέματος του Κοραλέχο, η Ολίβια περιέγραψε καθιερωμένους δρόμους που πλαισιώνονται από μεγάλα, τριώροφα κτίρια. Ο Τζον Στόουν είχε σχεδιάσει ένα σιντριβάνι σε έναν από αυτούς.

Οι περιγραφές ήταν ζωντανές. Το δικό της ήταν ένα ταξιδιωτικό ημερολόγιο που με έκανε να χαθώ, και σε δύο σελίδες είχα σχεδόν ξεχάσει τη θλίψη μου. Δύο σελίδες ακόμα και κοιμόμουν.

Άφησα κάτω το βιβλίο και πήγα να σβήσω τα κεριά, κρατώντας το ένα δίπλα στο κρεβάτι μου μέχρι το τέλος. Έριξα μια τελευταία ματιά τριγύρω, έσβησα τη φλόγα και εγκαταστάθηκα κάτω από τα σκεπάσματα νομίζοντας ότι έπρεπε να κοιμηθώ καλά.

Δεν ήταν να γίνει. Τη στιγμή που το φως είχε φύγει, είχα υπερευαισθησία στον ήχο. Η πόλη ήταν τόσο ήσυχη όσο ο θάνατος. Το μόνο που μπορούσα να ακούσω ήταν ο άνεμος να σφυρίζει όπου μπορούσε. Δεν γάβγιζε σκύλος. Άκουσα μια μηχανή αυτοκινήτου, μα αργοσβήνει από μακριά. Νόμιζα ότι έπιασα το κροτάλισμα και τα πυροτεχνήματα καθώς το Τουινέχε απολάμβανε τους εορτασμούς του. Η αίσθηση των άλλων έξω στους δρόμους λίγα μίλια μακριά δεν έκανε τίποτα για να ηρεμήσει την ανησυχία μου. Ποτέ πριν δεν είχα υποφέρει από νυχτερινούς τρόμους, αλλά μόνη στο σκοτάδι ένιωθα νευρική. Άπλωσα το χέρι προς το τηλέφωνό μου και άνοιξα την εργαλειοθήκη για τη δάδα, έτοιμη να την ανάψω αν χρειαστεί. Δεν μπορούσα να κάνω κάτι άλλο. Ξάπλωσα ανάσκελα και παρασύρθηκα.

Πρέπει να κοιμήθηκα βαθιά γιατί όταν ξύπνησα το φως της

ημέρας έφεγγε μέσα από τις ρωγμές στα παντζούρια. Μια αίσθηση ευεξίας με εμφύσησε. Είχα περάσει την πρώτη μου νύχτα στο νέο μου σπίτι, δεν με ένοιαζε ότι ήταν ένα εργοτάξιο και δεν με ένοιαζε που είχα κλάψει. Άναψα ένα κερί και έμεινα ακίνητη για λίγο, συλλογιζόμενη την επόμενη μέρα.

Όταν σηκώθηκα και κοίταξα τριγύρω, με κυρίευσε ο φόβος, μια αίσθηση που ακολουθήθηκε γρήγορα από θυμό.

Η καρέκλα που είχα στηρίξει κάτω από το χερούλι της πόρτας ήταν ξαπλωμένη στο πλάι στο πάτωμα. Σηκώθηκα από το κρεβάτι και σήκωσα την καρέκλα, ακουμπώντας την στα τέσσερα πόδια της στον τοίχο.

Πήγα στην τραπεζαρία και βρήκα την πολυθρόνα που είχα κουμπώσει δυνατά πάνω σε εκείνη την πόρτα, ωθημένη υπό γωνία. Η πόρτα της τραπεζαρίας ήταν μισάνοιχτη. Γιατί δεν με είχαν ξυπνήσει οι ήχοι όλων αυτών των κινούμενων επίπλων;

Κάποιος βρισκόταν στο χώρο, δεν υπήρχε αμφιβολία γι' αυτό. Ότι κάποιος είχε μπει στην κρεβατοκάμαρά μου καθώς κοιμόμουν. Ένας γλεντζές από το πανηγύρι, ίσως; Ένας από τους εργάτες; Ένας φαρσέρ; Τι ήταν από όλα αυτά και γιατί δεν είχα ξυπνήσει;

Καθώς η πλήρης συνειδητοποίηση βυθιζόταν στο ότι είχα μείνει ευάλωτη στον λήθαργο μου ενώ ένας εισβολέας είχε εισχωρήσει στο δωμάτιό μου, ένας αποκρουστικός τρόμος μπήκε στη συνείδησή μου. Ήμουν πολύ εκνευρισμένη για να πλυθώ. Μετά από έναν προσεχτικό έλεγχο για να βρω τίποτα κλεμμένο ή ενοχλημένο, ντύθηκα γρήγορα, κατέβασα ένα ποτήρι νερό και έβαλα στην τσέπη ένα μήλο. Προφανώς οι προσπάθειές μου στην ασφάλεια δεν είχαν αποδώσει. Υπήρχε μόνο μία λύση που μπορούσα να σκεφτώ. Μπουλόνια. Πήγαινα στο κατάστημα σιδηρικών στο Πουέρτο ντελ Ροσάριο και αγόρασα μπουλόνια για το πάνω και το κάτω μέρος και των δύο θυρών και για το παράθυρο. Μπουλόνια κάννης. Μεγάλα. Πήρα τα κλειδιά και την τσάντα μου και έφυγα.

Ήταν Σάββατο και το μαγαζί ήταν απασχολημένο με

πολυτεχνίτες. Εξήγησα τις ανάγκες μου στον ίδιο βοηθό που μου είχε πουλήσει το χρώμα και επέστρεψα στο σπίτι εφοδιασμένη με μπουλόνια και ένα τρυπάνι μπαταρίας. Κατάφερα να φορτίσω μερικώς την μπαταρία πριν χάσω την υπομονή μου και βάλω στη δουλειά.

Δεν θα με νικούσε αυτός ο φασρσέρ.

ΚΑΚΟΤΥΧΊΑ

ΜΙΑ ΣΥΜΠΙΕΣΗ ΤΟΥ ΗΛΕΚΤΡΙΚΟΥ ΤΡΥΠΑΝΙΟΥ ΚΑΙ ΈΒΑΛΑ ΤΗΝ τελευταία βίδα στο κάτω μέρος της πόρτας της τραπεζαρίας. Ευχαριστημένη με τις προσπάθειές μου, συσκεύασα το τρυπάνι στην πλαστική θήκη μεταφοράς του. Ο Μάριο αναμφίβολα θα απογοητευόταν από τις τρύπες που είχα ανοίξει σε αυτό το αρχαίο ξύλο, αλλά η προσωπική μου ασφάλεια ήταν πρωταρχικής σημασίας.

Πήγα και στάθηκα στο κατώφλι προς τον προθάλαμο. Δεν θα ήταν ευχάριστο το κάμπινγκ στο σπίτι, ακόμη και κατά τη διάρκεια της ημέρας, ακόμη και ένα Σαββατοκύριακο που είχα το μέρος για τον εαυτό μου. Ό,τι είχα δεχτεί προηγουμένως με μια ματιά τώρα απορρόφησα λεπτομερώς, η συντριπτική κλίμακα της αποκατάστασης που επηρεάζει κάθε γωνιά του κτιρίου. Δεν είχα ιδέα πόσο χρόνο θα χρειαζόταν, αλλά ακόμη και με έναν στρατό ανδρών στη δουλειά—πλην του Κλιφ—δεν μπορούσα να δω το έργο να ολοκληρώνεται σε έξι μήνες. Ήταν στη δουλειά τους περίπου δύο μήνες και σε αυτό το διάστημα, παρά το γεγονός ότι είχαν δύο κατοικήσιμα δωμάτια, τα υπόλοιπα έμοιαζαν πολύ μακριά από το τέλος.

Η πόρτα του προθάλαμου ήταν κεντραρισμένη σε ένα

τοίχο πάχους δύο ποδιών, στο πλάι μου φρεσκοβαμμένο λευκό, από την άλλη, παλιά επίδειξη και πέτρα. Η διπλή μπροστινή πόρτα αποκαταστάθηκε εκτός έδρας και η κοιλότητα παρέμεινε κλειστή. Ο τοίχος απέναντί μου απέναντι από το πάτωμα που κάποτε ήταν όμορφα πλακάκια ήταν σε κακή κατάσταση, με μεγάλα κομμάτια θρυμματισμένης επιφάνειας. Τα δοκάρια είχαν αντικατασταθεί στην οροφή, αλλά δεν είχαν τοποθετηθεί σανίδες δαπέδου και μπορούσα να δω μέχρι την οροφή, η ίδια σε άθλια κατάσταση. Στο τέλος της βεράντας του προθαλάμου θα υπήρχε μια πόρτα με παράθυρο από πάνω. Ήταν χαμηλής προτεραιότητας, αλλά θα ολοκλήρωνε το σπίτι, δημιουργώντας ένα κλείδωμα μεταξύ της αυλής και του δρόμου.

Ξαναπήγα μέσα και έκλεισα την πόρτα και κούμπωσα τα μπουλόνια πάνω και κάτω, δύο ικανοποιητικά κομμάτια ασφαλείας. Καθησυχασμένη ότι θα ήμουν ασφαλής, τα ξεκούμπωσα, πήρα την μπαταρία και πήγα και την κούμπωσα ξανά στον ηλιακό, μετά άρπαξα το φορητό υπολογιστή και τον φορτιστή μου και πήγα στο καφέ. Στα μισά του δρόμου εντόπισα ένα αδέσποτο σκυλί σε ένα χωράφι να με παρακολουθεί. Το ίδιο σκυλί; Αυτό φαινόταν μεγαλύτερο, πιο δυνατό, πιο υγιές. Μάλλον δεν είναι αδέσποτο. Δεν πλησίασε.

Στο καφέ, ένιωσα περιπετειώδης και παρήγγειλα μια σειρά από τάπας, μαζί με ψητά ψάρια και πατατάκια και ένα ποτήρι χυμό πορτοκαλιού, αναμφίβολα ευχαριστώντας την Γκλόρια για την παραγγελία μου, η οποία άρχισε να δρά καθώς έφευγα. Υπήρχαν μερικά εστιατόρια και άλλοι που έπιναν καφέ, αλλά ευτυχώς το τραπέζι που ήμουν μετά ήταν δωρεάν. Το εντόπισα τις προάλλες. Υπήρχε ένα σημείο ενέργειας κοντά. Δεδομένου ότι η ηλιακή μπαταρία δεν θα λειτουργούσε με την μπαταρία του φορητού υπολογιστή – κάτι που σχεδόν με είχε σταματήσει να αγοράσω το ηλιακό κιτ – δεν είχα άλλη επιλογή από το να βρω άλλες επιλογές. Πήγα και ρώτησα την Γκλόρια αν ήταν εντάξει να φορτίσω το φορητό υπολογιστή μου και εκείνη έγνεψε ότι συμφωνεί πίσω από τον πάγκο.

Υπήρχε ένα μήνυμα από τον πατέρα μου που μου ευχόταν να είμαι καλά και ελπίζει ότι η αποκατάσταση θα πήγαινε καλά. Η Κλαρίσα ζήτησε συγγνώμη που δεν είχε ακόμη χρόνο για την έρευνα της Ολίβια Στόουν. Ήταν απασχολημένη με τις ρυθμίσεις για την κηδεία ενός άλλου φίλου που είχε πεθάνει ξαφνικά και δεν είχε οικογένεια για να μιλήσει. Τουλάχιστον, κανένας δεν νοιαζόταν τρομερά. Αυτή και οι φίλες της στην εκκλησία των Πνευματικών είχαν δώσει στη φτωχή γριά Δωροθέα μια σωστή αποβολή. Ούτε ένας συγγενής δεν εμφανίστηκε. Εκπληκτικό. Αλλά ναι, είπε, τα φαντάσματα ταξιδεύουν. Γιατί ρωτάω;

Κράτησα αυτή την τελευταία πληροφορία σε ένα νοητικό αρχείο που χαρακτηρίστηκε αμφίβολο. Ακόμα πόνταρα στον Σέγιας.

Αφήνοντας το φορητό υπολογιστή μου να φορτίσει, γύρισα στα τάπας που είχε βάλει η Γκλόρια στο τραπέζι μου, απολαμβάνοντας τις εκρήξεις των ψαριών με ξύδι, τα σκορδάτα μανιτάρια, τη γλυκιά γεύση της ντομάτας. Καθώς έτρωγα, συντονίστηκα στη συζήτηση στο διπλανό τραπέζι που είχε ξαφνικά ανέβει σε ένταση και άκουσα τη λέξη «κατάρα». Δεν μπορούσα να καταλάβω τι συζητούσαν καθώς η ισπανική προφορά τους ήταν διαφορετική και μιλούσαν τόσο γρήγορα. Ένας από τους συναδέλφους μου έριξε ένα λοξό βλέμμα και έπρεπε να κοιτάξω κάτω το πιάτο μου για να μην το συναντήσω. Μιλούσαν για το σπίτι μου; Σίγουρα όχι, σίγουρα, μιλούσαν για κάτι άλλο.

Η Γκλόρια ήρθε με τα ψάρια μου και πήρε τα τάπας. Πεινούσα ασυνήθιστα, κάτι που το χρέωσα στην κάθαρση της προηγούμενης νύχτας και στην έλλειψη ενός σωστού πρωινού. Αυτό, και το φαγητό ήταν καλά μαγειρεμένο και τα πατατάκια, φυσικά, πιο πολύ. Μέχρι το τέλος του γεύματος ένιωθα πολύ γεμάτη για να πιω το χυμό μου. Έβγαλα το σημειωματάριό μου και έγραψα μερικές εντυπώσεις σχετικά με την κατασκευή τοίχων από ξερολιθιά και τη δύναμη του ήλιου και μερικές μικρές παρατηρήσεις της κατασκευής. Αρνήθηκα να καταγράψω τα δικά μου συναισθήματα ή τα περίεργα συμβάντα. Ήθελα το σημειωματάριό μου να μην αναφέρει τίποτα άλλο εκτός από τα παξιμάδια και τα μπουλόνια της αποκατάστασης και πόσο καλό ήταν να είχα ήδη δύο δωμάτια ολοκληρωμένα.

Ο φορητός υπολογιστής ήταν περίπου πενήντα τοις εκατό φορτισμένος. Κάθισα πίσω και περίμενα. Σε λίγο, το καφέ άδειασε και η Γκλόρια καθάρισε τα τραπέζια γύρω μου και επέστρεψε για να τα σκουπίσει. Όταν φαινόταν να είχε τελειώσει, της έγνεψα, σκέφτομαι να χρησιμοποιήσω αυτή τη συζήτηση που άκουσα για να θίξω το θέμα της κατάρας στο σπίτι μου.

Εκείνη γέλασε. «Δεν μπορεί. Ήταν από τη Λα Γκομέρα. Συζητούσαν για έναν ένας τοπικούς θρύλους. Την κατάρα της Λαυριγίας».

«Λαυριγίας; Ποιος ήταν αυτός;» ρώτησα, βλέποντάς τη να παίζει με το ύφασμα στο χέρι.

«Γυναίκα είναι. Είναι μια αρχαία κατάρα και δεν έχει καμία σχέση με το σπίτι σου ».

«Την ξέρεις; Θα ήθελα πολύ να ακούσω, αν έχεις χρόνο ».

Έριξε μια ματιά στην πόρτα. Βλέποντας ότι κανείς δεν επρόκειτο να μπει, άφησε κάτω το ύφασμα, τράβηξε μια καρέκλα και είπε: «Εντάξει, θα σου πω. Ο θρύλος λέει ότι η Λαυριγία ήταν σύζυγος ιθαγενών αγροτών που παρασύρθηκε όταν ήταν μικρή από τον ηγεμόνα της Φουερτεβεντούρα, Δον Πέδρο Φερνάντεθ της Σααβέδρα. Σωστός γυναικάς, ήταν και κατέληξε να αποκτήσει το νόθο παιδί του. Ένα από τα πολλά, φαντάζομαι».

«Ακούγεται σαν πραγματικό κάθαρμα.»

«Ήταν», είπε με μια γρήγορη ματιά στην πόρτα. «Έπειτα, μια μέρα, όταν ο γιος της Λαυριγίας έγινε άντρας, προσπάθησε να υπερασπιστεί την τιμή μιας νεαρής κοπέλας που παρασύρονταν παρά τη θέλησή της. Ο αποπλανητής δεν ήταν άλλος από έναν από τους νόμιμους γιους του Δον Πέδρο ».

«Πρέπει να είναι γενετικό», είπα. «Ξέρεις, γυναικεία».

Εκείνη γέλασε. «Δεν ξέρω, ίσως είναι».

Έγινε μια παύση και συνειδητοποίησα ότι μπορεί να έχασε τον ειρμό της.

«Συγγνώμη, διέκοψα. Σε παρακαλώ συνέχισε.»

Πήρε μια ανάσα. «Λοιπόν, φυσικά ακριβώς τότε εμφανίστηκε ο Δον Πέδρο. Βλέποντας τι συνέβαινε σκότωσε τον άντρα που προσπαθούσε να υπερασπιστεί την αρετή της φτωχής κοπέλας. Η Λαυριγία τρομοκρατήθηκε. Φώναξε στον Δον Πέδρο ότι είχε σκοτώσει τον ίδιο του τον γιο. Δεν έχω ιδέα τι έκανε μετά από αυτό ».

«Τι συνέβη;»

«Ήταν θλιμμένη και επίσης έξαλλη. Κάλεσε τους θεούς Γκουάτσε και έβαλε κατάρα σε ολόκληρη τη Φουερτεβεντούρα επειδή βρισκόταν υπό την κυριαρχία ενός τέτοιου ανθρώπου όπως ο Δον Πέδρο. Ένας ανατολικός άνεμος φύσηξε και έφερε το καλίμα και τα λουλούδια συρρικνώθηκαν και όλα τα χόρτα ξεράθηκαν.

«Αυτό είναι πραγματικά συναρπαστικό». Το εννοούσα.

«Αυτή η κατάρα είναι πεντακοσίων ετών», είπε, τώρα όλο φλυαρία. «Η κατάρα στο σπίτι σου είναι διαφορετική. Δεν είναι πραγματικά κατάρα, αλλά οι άνθρωποι το βλέπουν έτσι. Αυτό πιστεύουν και, στο υπόσχομαι, με βάσιμους λόγους ».

«Μα γιατί;»

«Τα τελευταία εκατόν πενήντα χρόνια, από τότε που οι Μπαράσο έζησαν και πέθαναν στο σπίτι σου, κάτι κακό συνέβη σε όσους προσπάθησαν να ζήσουν εκεί».

«Σαν τι;» είπα, δύσπιστη.

«Γνωρίζω τρία παραδείγματα. Υπήρχε η οικογένεια Ρίβας που είχε πέντε παιδιά που πέθαναν όλα από γρίπη σε μία σεζόν ».

«Αυτό είναι θλιβερό.»

«Μετά ήταν ο κύριος αγρότης, ο Χουάν Περέρα, που ζούσε εκεί με την οικογένειά του. Έπρεπε να μετακινηθούν αφού έχασε την περιουσία του λόγω κακής σοδειάς ».

«Αυτό θα μπορούσε να συμβεί σε οποιονδήποτε», είπα, γνωρίζοντας ότι έπρεπε να είχα κρατήσει τη γλώσσα μου.

«Όχι σε μια χρονιά με καλή βροχή που όλοι οι άλλοι απολάμβαναν την αφθονία».

«Αρκετά δίκαιο», είπα, αν και δεν ήμουν πεπεισμένη.

«Μετά ήταν η Κόντσα Ντελγκάδο, μητέρα δύο παιδιών, η οποία πέθανε στη γέννα».

«Συγγνώμη για την ερώτηση, αλλά δεν θα συνέβαινε έτσι κι αλλιώς;»

Σηκώθηκε όρθια και έκανε ελαφριές μαχαιριές στο τραπέζι.

«Ίσως, αλλά κάθε άτομο που έχει ζήσει σε αυτό το σπίτι είχε κακή τύχη. Με τα χρόνια, οι άνθρωποι έπαψαν να θέλουν να έχουν οποιαδήποτε σχέση με τον τόπο. Δεν τους αρέσει η αίσθηση εκεί ».

«Ποια αίσθηση;» Είπα κοιτάζοντάς την, ειλικρινά σαστισμένη. Δεν είχα νιώσει ποτέ κάποιου είδους «αίσθησης».

Πήρε το πανί της και συνέχισε να το διπλώνει σε τετράγωνα. Ο τρόπος της είχε γίνει ένα άγγιγμα ταραγμένο. Μου κράτησε το βλέμμα. «Μια δυσάρεστη. Μου είπαν ότι μια από τις υπηρέτριες που δούλευαν εκεί άκουσε φωνές ».

«Φωνές!»

«Φαντάσματα. Και τα πράγματα κινήθηκαν ». Κοίταξε αλλού και ένιωσα ότι μετάνιωσε για αυτό το τελευταίο σχόλιο. Ένα βλέμμα ανησυχίας εμφανίστηκε στο πρόσωπό της. «Δεν θα σου έλεγα. Δεν είμαι σίγουρη ότι τα πιστεύω όλα αυτά, αλλά αυτό μου είπαν. Τα πράγματα κινήθηκαν ».

Η πόρτα άνοιξε και ένα ηλικιωμένο ζευγάρι με σορτς και καπέλα μπήκε. Το τελευταίο της σχόλιο αντήχησε στο μυαλό μου. Τα πράγματα κινήθηκαν. Αλλά ήταν κουτσομπολιά, όλα αυτά, κανείς δεν είχε ζήσει εκεί για πάνω από έναν αιώνα. Οι μάρτυρες ήταν εδώ και καιρό νεκροί. Αυτό που έμεινε ήταν φήμες και κουβέντες.

Μόλις το λαπτοπ και το τηλέφωνό μου φορτίστηκαν, άφησα το καφέ και περιπλανήθηκα στο δρόμο και αγόρασα προμήθειες από το σούπερ μάρκετ. Με εξυπηρέτησε ένας διαφορετικός βοηθός. Του συστήθηκα αλλά φαινόταν να ξέρει ήδη ποια ήμουν.

Με μια τσάντα με ψώνια σε κάθε χέρι και τον φορητό υπολογιστή μου να βαραίνει την τσάντα ώμου μου, γύρισα με τα πόδια στο εργοτάξιο, με τον σφριγηλό ήλιο αποφασισμένο να ζεματίσει ό,τι γυμνό δέρμα έβρισκε.

Υπήρχε ακόμη πολύς δρόμος μέχρι τη δύση του ηλίου. Έπαιξα με το να αφιερώσω χρόνο στην επισκευή του ξερολιθιάτου τοίχου, αλλά το σκέφτηκα καλύτερα. Περνούσα πολύ χρόνο στον ήλιο, πολύ περισσότερο από ό,τι ήταν υγιές για το ανοιχτόχρωμο δέρμα μου. Αντίθετα, άφησα τα ψώνια και πήγα με το αυτοκίνητο στο Αζούγ στη δυτική ακτή, όπου το αεράκι του ωκεανού θα ήταν δυνατό.

Τριάντα λεπτά, ήμουν με τους παραθεριστές που απολάμβαναν την παραλία, το σέρφινγκ και την υπαίθρια τραπεζαρία ενός μικροσκοπικού ψαροχωριού που παραδόθηκε σε εστιατόρια. Κάθισα στη σκιά και έφυγα για λίγες ώρες με την Ολίβια Στόουν και έναν παγωμένο καφέ.

Ήταν κοντά στις έξι όταν πάρκαρα πίσω από τον αχυρώνα. Ο αέρας δεν ήταν πιο δροσερός, ο ήλιος δεν ήταν πιο ευγενικός, αλλά σίγουρα εξασθενούσε. Άλλαξα σε ρούχα κηπουρικής και έβαλα νερό για να ξεδιψάσω όλα εκείνα τα φυτά στον κήπο μου που έδειχναν φθαρμένα από την ημέρα. Μετά επιτέθηκα στον τοίχο. Ήξερα ότι οι ικανότητές μου ήταν αβυσσαλέες, αλλά τουλάχιστον οι βράχοι ήταν εκεί που ανήκαν και δεν ήταν σκορπισμένοι στην πίσω περίμετρο του οικοπέδου μου, όπου σχεδίαζα να δημιουργήσω ένα περίγραμμα από μικρά δέντρα και θάμνους.

Στο μυαλό μου μεγάλωναν ιδέες για κήπο. Θα έκλεινα

στον κήπο με έναν ψηλό τοίχο να τρέχει δίπλα στο πεζοδρόμιο, αφήνοντας χώρο στην άλλη πλευρά του σπιτιού για ένα δρόμο και, τελικά, ένα γκαράζ. Φαντάστηκα μια πέργκολα έξω από τα παράθυρα με νότιο προσανατολισμό. Θα καλλιεργούσα φυτά ανθεκτικά στον αέρα σε εκτεθειμένες περιοχές και σε προστατευμένα σημεία, λαχανικά και τρυφερά φυτά. Διάβαζα για την κηπουρική στο νησί και παρατηρούσα τις επιλογές των άλλων κοιτάζοντας τους κήπους που περνούσα όποτε μου έδινε ευκαιρία. Θα μπορούσαν να γίνουν πολλά με το εύφορο έδαφος, αυτό ήταν προφανές.

Καθώς ο ήλιος χάθηκε πίσω από τα βουνά, πήρα την μπαταρία και μπήκα μέσα. Μη θέλοντας να εξαντλήσω τη λίγη ισχύ που είχε η μπαταρία, άναψα τα κεριά, έβαλα ένα ποτήρι κρασί και συνέχισα το διάβασμα. Πριν εξαφανιστεί τελείως το φως της ημέρας, έκανα το πρώτο μου ντους με κουβά, καθάρισα τα δόντια μου και έφερα μέσα το δοχείο της ούρησης. Στη συνέχεια, μπήκα μέσα για τη νύχτα και επέστρεψα στην Ολίβια Στόουν και τα ταξίδια της στη Γκραν Κανάρια.

Απολάμβανα την αφήγηση όλο και περισσότερο. Οι παρατηρήσεις της ήταν κατατοπιστικές και πρακτικές, από τον καιρό της ημέρας μέχρι την κατάσταση του εδάφους και τα φυτά που αναπτύχθηκαν. Όταν περιέγραψε την επικράτηση των δεισιδαιμονικών πεποιθήσεων και πρακτικών μεταξύ των ντόπιων, ακόμη και στις μεγαλύτερες πόλεις και την πρωτεύουσα, Λας Πάλμας, το έκανε με πολύ σκεπτικισμό, όντας ξεκάθαρη ότι στην εποχή της επιστήμης τέτοιες πεποιθήσεις εξακολουθούσαν να τηρούνται. Αν και δυσκολευόταν να αναφέρει ότι τα ίδια είδη δεισιδαιμονικών πεποιθήσεων αφθονούσαν στην Αγγλία. Είχα βρει σύμμαχο στην Ολίβια Στόουν. Ήταν μια αληθινή ορθολογίστρια, μια γυναίκα που δεν πίστευε στα φαντάσματα, στο υπερφυσικό ή στο κακό μάτι. Στην παρέα αυτού του ατρόμητου εξερευνητή ένιωθα άνετα, τακτοποιημένη και ικανοποιημένη. Στις δέκα έσβησα τα κεριά και πήγα για ύπνο.

Έφτασε κοντά μου. Δεν μπορούσα να τη δω αλλά ήξερα ποια ήταν. Το χέρι της ήταν λερωμένο με φρέσκο αίμα. Δίστασα, παρακολουθώντας. Ήθελα να απλώσω το χέρι και να αγγίξω αυτό το λερωμένο με αίμα χέρι και να το τραβήξω προς το μέρος μου, αλλά με απώθησε αμέσως. Γύρω μας όλα ήταν πυκνά μαύρα. Άπλωσα το χέρι μου. Το δικό της προεξείχε πιο έξω από το μαύρο, με νύχια, χωρίζοντας το σκοτάδι που άρχισε να ξεθωριάζει γύρω της. Μετά άναψε ένα φως και με κοιτούσε με μάτια που δεν κρατούσαν ζωή. Το κεφάλι της κρεμόταν πίσω. Το υπόλοιπο μέρος της ήταν τσακισμένο.

Ξύπνησα, ξαφνιασμένη, ιδρωμένη, βυθισμένη σε μια κηλίδα φόβου. Το δωμάτιο ήταν μαύρο, το ίδιο μαύρο με το όνειρο. Έψαξα για το τηλέφωνό μου. Ήταν σχεδόν πρωί. Άναψα ένα κερί και κάθισα στο κρεβάτι ζαλισμένη. Η πρώτη λογική σκέψη που έκανα ήταν ότι χρειαζόμουν ένα κατάλληλο παράθυρο, όχι αυτά τα ξύλινα παραθυρόφυλλα που δεν αφήνουν φως. Αυτό μπορεί να ήταν η παράδοση, αλλά χρειαζόμουν λίγο ποτήρι. Η τραπεζαρία δεν είχε καθόλου παράθυρο.

Θα μιλούσα με τον Μάριο.

Κάθισα για λίγο στη δική μου λίμνη φωτός. Το όνειρο ήταν ακόμα μαζί μου, με στοίχειωνε. Ποτέ δεν είχα ονειρευτεί τη μητέρα μου πριν, και ποτέ με τόσο ζωηρή φρίκη. Δεν μπορούσα να θυμηθώ ότι είχα ποτέ έναν εφιάλτη. Ήταν λες και η μετακόμισή μου στη Φουερτεβεντούρα είχε ξεσηκώσει μέσα μου εσωτερικούς δαίμονες που ήταν κοιμισμένοι, περιμένοντας την ευκαιρία τους να ξεδιπλωθούν.

Πέταξα τα σκεπάσματα και φόρεσα ένα χαλαρό μπουρνούζι. Γύρισα ανάβοντας τα άλλα κεριά, κάτι που μου φαινόταν σαν τελετουργία από μόνο του.

Καθώς πήγα στη συρταριέρα, ένας νέος τρόμος πλημμύρισε μέσα μου, ένα χτύπημα τυμπάνου.

Τα μπουλόνια γλίστρησαν προς τα πίσω.

Κάποια στιγμή μέσα στη νύχτα κάποιος είχε μπει στο δωμάτιό μου και άνοιξε αυτά τα μπουλόνια.

Τα μπουλόνια της τραπεζαρίας ήταν τα ίδια .

Όχι μόνο τα μπουλόνια γλίστρησαν προς τα πίσω αλλά η πόρτα ήταν μισάνοιχτη.

Δεν ήταν δυνατό. Δεν υπήρχε καμία φυσική εξήγηση. Ένιωσα για μια στιγμή σαν τον Τζόναθαν Κρηκ να προσπαθώ να καταλάβω πώς θα μπορούσε να είχε επιτευχθεί το κόλπο.

Δεν μπορούσα να αντιμετωπίσω την πιθανότητα μιας υπερφυσικής δύναμης στο σπίτι μου.

Ένα φάντασμα;

Που;

Η μητέρα μου; Σίγουρα τώρα στοίχειωνε τα όνειρά μου.

Η Ολίβια Στόουν; Δεν φαινόταν ο τύπος που να στοιχειώνει.

Η οικογένεια Μπαράσο; Μα γιατί; Είχαν πεθάνει από κίτρινο πυρετό. Μια τραγωδία, αλήθεια, αλλά αυτό δεν θα εξηγούσε το κίνητρο για το στοίχειωμα.

Η θεία Κλαρίσα πάντα υποστήριζε ότι τα φαντάσματα παγιδεύτηκαν στο γήινο επίπεδο μέσα από έντονα συναισθήματα. Μέσα από τραύμα. Ξαφνικός θάνατος, αυτοκτονία, κάτι τέτοιο.

Τι γίνεται με το σχόλιο της Γκλόρια για τη μετακόμιση της υπηρέτριας που διεκδίκησε πράγματα στο Κάσα Μπαράσο; Πρέπει να το πάρω στα σοβαρά; Αν αληθεύει, τότε η ένοχη δεν θα μπορούσε να ήταν η μητέρα μου, εκτός κι αν προσπαθούσε να με φοβίσει να φύγω από το σπίτι μόνη μου για να με προστατεύσει από άλλα πνεύματα.

Τι γίνεται με τον βράχο στο διαμέρισμά μου που είχε μετακινηθεί δύο φορές; Με προειδοποιούσε και η μητέρα μου; Ήθελα να αντλήσω παρηγοριά από αυτό; Γιατί αυτή, αυτοί, όποιος κι αν ήταν δεν ήθελε να ζήσω στο Κάσα Μπαράσο;

Τι γίνεται με εκείνη την εικόνα της γυναίκας στο αίθριο

που είχε αποτυπώσει σε φωτογραφία ο Πάκο; Δεν ήταν η μητέρα μου. Θα μπορούσε να είναι η Ολίβια Στόουν; Ίσως ανησυχούσε ότι ήξερα το πραγματικό της μέρος μετά την εξαφάνισή της και δεν ήθελε να την ανακαλύψουν, ακόμη και στο θάνατο.

Όχι.

Ήταν όλα ανοησίες, τρέλες και φαντασιώσεις και δεν θα πίστευα ούτε ένα στοιχείο από κανένα από αυτά.

Κάποιος πρέπει να μπήκε από το παράθυρο.

ΕΛ ΚΟΤΊΛΟ

Άνοιξα και τις δύο πόρτες για να μπει όλο το φως που έπρεπε να έχει. Το φως των κεριών τρεμόπαιξε στον κινούμενο αέρα. Το φως μέσα παρέμενε αμυδρό, η είσοδος της τραπεζαρίας θωρακισμένη από τις σκαλωσιές. Ατσαλώνοντας τον εαυτό μου, πήγα ένα κερί στο μοναχικό παράθυρο και το έβαλα στο κυρτό κάθισμα. Μια εξέταση των παραθυρόφυλλων αποκάλυψε αυτό που ήδη υποψιαζόμουν. Τα μπουλόνια τραβήχτηκαν και δεν υπήρχε κανένα σημάδι αναγκαστικής εισόδου. Όποιος είχε μπει ήταν έξυπνος, επιδέξιος, ειδικός. Κατάφεραν με αρκετή μυστικότητα να ανοίξουν τα μπουλόνια, να μπουν στην κρεβατοκάμαρά μου, να κλείσουν τα μπουλόνια, να ανοίξουν τα μπουλόνια της πόρτας και να βγουν από την πόρτα της τραπεζαρίας χωρίς να με ξυπνήσουν και για κανέναν άλλο λόγο από το να με τρομάξουν.

Ο Σέγιας; Αυτός έπρεπε να είναι. Κανείς άλλος δεν είχε κίνητρο. Παρόλο που ο ένοχος θα μπορούσε να είναι οποιοσδήποτε φαρσέρ που θέλει να εκφοβίσει μια Αγγλίδα που έχει αποφασιστεί να αποκαταστήσει ένα ερείπιο. Κάποιο είδος ακτιβισμού ίσως. Κάποιος με μια διαταραγμένη προσκόλληση στην καταστροφή και ένα μίσος για τους ξένους. Κάποιος ψυχικά ασταθής, λυσσασμένος, παρανοϊκός, παράφρων. Πόσο μακριά θα πήγαιναν; Σκέφτηκα ότι ο δράστης ήταν μέσα στο δωμάτιό μου ερήμην μου, είδε την πρόοδο, μελέτησε τα κουμπώματα των παραθύρων και βρήκε έναν σιωπηλό τρόπο να αποκτήσει πρόσβαση. Ήξεραν ότι έμενα στο χώρο και ότι είχα τοποθετήσει μπουλόνια. Παρακολουθούσαν από κοντά. Έπρεπε να είναι ένας γείτονας, κάποιος κοντά, κάποιος που με είδε να επιστρέφω από το σιδηροπωλείο με τα μπουλόνια. Τι γίνεται με αυτόν τον βοηθό. Του είχα πει για τι τους ήθελα. Αυτό θα μπορούσε να προκαλέσει κουτσομπολιά και εικασίες. Να πήγαινε σε λάθος αυτιά. Όλα φαίνονταν περίπλοκα και παράξενα, αλλά ο συλλογισμός μου ήταν πολύ λιγότερο περίεργος από την εναλλακτική. Ένα ΦΑΝΤΑΣΜΑ.

Πήρα μια πετσέτα και τα προϊόντα περιποίησης μου, φόρεσα σαγιονάρες και βγήκα έξω. Τα μάτια μου ήταν παντού. Ήμουν σίγουρη πως αυτός που με παρακολουθούσε ήταν ακριβώς εκεί στο κτίριο. Γεμάτη απροθυμία πέρασα το κεφάλι μου μέσα από την τρύπα στον διαχωριστικό τοίχο. Δεν υπήρχε κανένας με την πλάτη του πιεσμένη στον τοίχο, κανένας που μπορούσα να δω σε κανένα από τα δωμάτια του κάτω ορόφου, αν και δεν είχα οπτική επαφή σε κάθε γωνιά και σχισμή. Πέρασα με το ζόρι τον εαυτό μου μέσα από την τρύπα και περπάτησα για να κοιτάξω σε καθένα από τα δωμάτια με νότιο προσανατολισμό. Άδειο, όπως αναμενόταν. Πήγα πίσω από την τρύπα και κατευθύνθηκα προς τα έξω, ρίχνοντας μια ματιά στην κουζίνα καθώς περνούσα. Κανείς δεν ήταν εκεί.

Θέλοντας να βεβαιωθώ απολύτως ότι δεν είχα παρέα, τοποθέτησα την πετσέτα και τα προϊόντα περιποίησης μου σε έναν μεγάλο βράχο και επέστρεψα στο αίθριο για να ανέβω τη σκάλα στο τέλος της εσωτερικής σκαλωσιάς. Περπατώντας στο αυτοσχέδιο μπαλκόνι και μπαίνοντας στα δωμάτια του επάνω ορόφου, μια ανεξήγητη θλίψη με διαπέρασε. Σκέφτηκα τη μητέρα μου καθώς κοίταζα τριγύρω για σκανδάλες, αναρωτιόμουν αν κάτι που είχα δει με είχε προκαλέσει. Η θολωτή οροφή; Τα απέραντα παράθυρα που βλέπουν πάνω από το ηφαίστειο; Η διακοσμητική βαφή στα μπαλώματα του παλιού τοίχου; Τίποτα από αυτά δεν μου θύμιζε τη μητέρα μου. Τα δωμάτια κατά μήκος της βόρειας πλευράς ήταν όλα άδεια και δεν υπήρχε καμία ένδειξη εισβολέα που μπορούσα να δω. Όχι ότι θα μπορούσα να διαλέξω τη διαφορά με τόση δραστηριότητα στον χώρο.

Στάθηκα για λίγο κοιτάζοντας κάτω το αίθριο με το περίεργο χώρισμα του που κατέστρεψε τη μεγαλοπρέπεια του κτιρίου. Από αυτό το υψόμετρο, θα μπορούσα να πάρω την κατάσταση του ερειπίου με ένα μόνο σκούπισμα. Το σπίτι ήταν γιγάντιο, η εργασία που χρειαζόταν για την ανοικοδόμηση της νότιας πλευράς τεράστια. Τι έχω αναλάβει; Σε ένα σημείο μπόρεσα να δω πέρα από το σπίτι μου και κάτω από το δρόμο. Μια κριτική σάρωση των γύρω ιδιοκτησιών με τα κλειστά παράθυρά τους και τους απόντες κατοίκους δεν έδωσε τίποτα, και ήταν με ένα μείγμα απογοήτευσης και περιφρόνησης που κατέβηκα κάτω, μάζεψα τα πράγματά μου και πήρα το δρόμο για το αυτοσχέδιο ντους μου.

Σκύβοντας μέσα στο πλαστικό μπολ που έβριζε κρύο νερό διστακτικά πάνω από ένα κομμάτι γυμνής σάρκας μετά από ένα άλλο, τρέμοντας, έτρεξα βιαστικά με τις κινήσεις όσο πιο γρήγορα μπορούσα. Εισβολέας ή κανένας εισβολέας, αμφέβαλα ότι θα συνηθίσω σε υπαίθριες ντουζιέρες, κουβάδες και μπολ και έκανα μια νοητική σημείωση για να πω στον Μάριο να δώσει προτεραιότητα στα υδραυλικά.

Έφαγα φρούτα για πρωινό. Καθισμένη στην τραπεζαρία, προσπάθησα να φανταστώ πώς θα ήταν όταν το αίθριο γέμιζε φυτά και πόσο ευχάριστο θα ήταν να καθίσω μέσα σε ένα σκοτεινό δωμάτιο μακριά από τη λάμψη και τη δριμύτητα του καλοκαιρινού ήλιου. Δεν ωφελούσε. Οι ευαισθησίες μου δεν θα προσαρμόζονταν στην εμπειρία ενός δωματίου χωρίς παράθυρα. Κανένα δωμάτιο δεν πρέπει να είναι σπήλαιο.

Σκεφτόμουν αυτό το θέμα, και όσο πιο γρήγορα τοποθετούνταν τζάμια στην κρεβατοκάμαρά μου, τόσο το καλύτερο.

Ακόμη και με ένα κατάλληλο παράθυρο, σε κανένα από αυτά τα δωμάτια δεν θα έμενα όταν το σπίτι αποκατασταθεί πλήρως. Ήταν πολύ ζοφεροί.

Οι εργάτες δεν θα ήταν στο χώρο μέχρι την επόμενη μέρα. Ενώ το πρωί ήταν ακόμα δροσερό, επιθεώρησα τα φυτά μου. Τα δέντρα δράκοι και η αλόη βέρα στέκονταν περήφανα και δυνατά, τα χόρτα έμοιαζαν χαρούμενα και τα χορτάρια του εδάφους και τα παχύφυτα αποφασισμένα να ευδοκιμήσουν. Έβγαλα μερικά ζιζάνια και μετά πήγα και έβαλα μερικές ακόμη πέτρες στον τοίχο μου. Η θέα του ηφαιστείου και των βουνών με τράβηξε όπως πάντα, οι κίτρινες και κόκκινες ώχρες, η σχεδόν παντελής απουσία πράσινου. Βλέποντας το σκηνικό που μοιάζει με έρημο, ήταν δύσκολο να φανταστεί κανείς τα γεγονότα των προηγούμενων νυχτών, αδύνατο να πιστέψει ότι κάτι θα μπορούσε να διαταράξει τη μαγευτική ενέργεια του νησιού.

Στην ύπαιθρο, μακριά από το σπίτι, ήμουν έτοιμος να συλλογιστώ την υπερφυσική εξήγηση, έστω και προσωρινά και έστω και να την απορρίψω εντελώς. Γιατί σίγουρα αυτός ο επίμονος άνεμος που φυσούσε και φυσούσε θα παρέσυρε τα πνεύματα; Ο ήλιος έλαμπε λαμπρά, μαραζώνοντας όλα εκτός από τα πιο δυνατά κάτω από τη λάμψη του. Τα φαντάσματα δεν κρύβονταν σε σκοτεινά, απόμερα μέρη; Δεν ήταν τα σκουπισμένα κάστρα και τα αρχοντικά με κισσούς βαθιά μέσα στο δάσος; Μέρη όπου ο αέρας ήταν ακίνητος και οι ενέργειες παγιδευμένες. Λίμνες και βάλτοι και πηγάδια. Όχι εδώ στη Φουερτεβεντούρα. Ή μήπως αγόραζα στερεότυπα, κάνοντας υποθέσεις βασισμένες σε γοτθικά μυθιστορήματα και στοιχειωμένες ταινίες. Δεν υπήρχε καμία εκλογίκευση της πιθανότητας σε αυτές τις γραμμές. Εξάλλου, είχα εκείνα τα δύο σκοτεινά δωμάτια. Ωστόσο, αρνήθηκα να διασκεδάσω την ιδέα ενός πνευματικού κόσμου που παρεμβαίνει στον πραγματικό κόσμο. Αυτό που ήξερα ήταν ότι δεν είχα ιδέα πώς θα κοιμόμουν κάθε βράδυ, χωρίς να ξέρω τι θα συμβεί στη συνέχεια.

Ο άδειος δρόμος, τα κλειστά σπίτια, η έλλειψη οποιουδήποτε ζωντανού γείτονα ή περαστικού πρόσθεσαν τους ενδοιασμούς μου. Ούτε το αδυνατισμένο σκυλί δεν είχε επιστρέψει. Η απουσία ζωής στον δρόμο μου ήταν λίγο παράξενη. Μου κρύβονταν οι χωριανοί; Ήταν αυτό; Πολύ φοβισμένοι για να αλληλεπιδράσουν σε περίπτωση που τους έπεφτε η κατάρα του Κάσα Μπαράσο. Ήταν ακόμα τόσο προληπτικοί οι άνθρωποι; Ίσως να ήταν. Εξάλλου, ο Μάριο δεν μπορούσε να προσλάβει ντόπιους από πουθενά στο νησί για να δουλέψουν στο σπίτι μου. Αντί για περίεργους ή αδιάκριτους γείτονες, είχα φοβισμένους που κρατούσαν αποστάσεις σαν να είχα την πανούκλα.

Άκουσα το βουητό μιας μηχανής αυτοκινήτου από μακριά και σταμάτησα, ακούγοντας. Ο ήχος πλησίασε και προς ανακούφιση και χαρά μου, ο Πάκο εμφανίστηκε με σήκωσε το σκονισμένο παλιό του αμάξι. Κουνήθηκα και έτρεξα βιαστικά και συναντηθήκαμε δίπλα στον νότιο τοίχο του σπιτιού.

Έσκυψε και με φίλησε στο μάγουλο.

«Δεν περίμενα να σε δω τόσο νωρίς πρωί Κυριακής», είπα, χαμογελώντας του, χαρούμενη που τον έβλεπα, γνωρίζοντας πως θα ένιωθα ανακούφιση.

«Ήθελα να σε προλάβω πριν φύγεις για κάπου.»

«Νόμιζα ότι θα δούλευες», είπα, με το μυαλό μου να είναι αργό για αυτή τη συζήτηση.

«Ακόμα κι ένας φωτογράφος παίρνει ρεπό. Έλα μαζί μου στην παραλία.»

«Σου αρέσει η παραλία;»

«Και σε ποιον δεν αρέσει η παραλία;»

«Σκέφτηκα να πάω για μπάνιο» είπα ψέματα, χαρούμενη για την πρόσκλησή του, «αλλά το Μόρο Χάμπλε θα είναι γεμάτο τουρίστες. Σκέφτηκα το Γκραντ Ταραχάλ αλλά κι εκεί τα ίδια θα είναι. Στο Κοραλέχο, ακόμα χειρότερα.»

«Γιατί να πάμε ανατολικά; Θα κάνει πολύ ζέστη. Εγώ πηγαίνω στο Ελ Κοτίλο κι εκεί ο ωκενός σου δίνει μια δροσιά. Κλερ, σήμερα θα κάνει πολλή ζέστη. Ήρθα να σε σώσω από την Τισκαμανίτα.»

Ένα βέλος άγνωστο σε μένα με διαπέρασε. «Το Ελ Κοτίλο. Ναι, φυσικά.» έκανα μια παύση, με διστάζοντας. «Έλα μέσα για λίγο.»

«Δεν πειράζει». Σήκωσε την κάμερά του που ήταν η προέκταση του χεριού του. «Θα σε περιμένω εδώ.»

«Σε παρακαλώ, θέλω να σου δείξω κάτι.»

Με ακολούθησε στο σπίτι.

«Εδώ κάνει πολύ πιο δροσιά», σχολίασε καθώς μπαίναμε στην τραπεζαρία. «Φρόντισε να την κλείσεις καλά για να κρατήσει τη δροσιά και θα είναι ωραία όταν γυρίσεις.» Καθώς τράβηξε την πόρτα, το βλέμμα του έπεσε στα μάνταλα.

«Αυτό ήθελα να σου δείξω.»

Τα εξερεύνησε ακόμα πιο προσεχτικά.

«Εσύ τα έβαλες;»

«Ναι.»

«Καλή δουλειά. Γιατί όμως μάνταλα; Κλειδώνεσαι μέσα;»

«Ένιωσα πως έπρεπε να το κάνω. Ξύπνησα χτες και ανακάλυψα πως κάποιος είχε ανοίξει τις πόρτες καθώς κοιμόμουν. Ή θα έπρεπε να πω,. Έσπρωξε και τις άνοιξε.»

«Τις έσπρωξε;»

Ένιωσα αμήχανα να παραδεχτώ τον φόβο μου αλλά συνέχισα. «Δεν μπορούσα να κοιμηθώ γιατί σκεφτόμουν έναν πιθανό εισβολέα και έτσι μισοφράχτηκα με καρέκλες. Όταν ξύπνησα η μία καρέκλα ήταν ξαπλωμένη στο πλάι, η άλλη σπρωγμένη μακριά και η πόρτα της τραπεζαρίας ήταν μισάνοιχτη. Σκέφτηκα ότι αν έβαζα μάνταλα στις πόρτες τότε αυτό θα απέτρεπε μια επανάληψη».

«Το έκανε;»'

«Το ευχόμουν. Σήμερα το πρωί βρήκα τα μάνταλα τραβηγμένα και η πόρτα της τραπεζαρίας ήταν ανοιχτή. Και μην πεις για την Ολίβια Στόουν. Σε παρακαλώ. Νομίζω ότι κάποιος μπήκε από το παράθυρο και μετά ξαναβγήκε».

«Είναι δυνατόν». Πήγε να επιθεωρήσει το παράθυρο. Έμεινα εκεί που ήμουν, κοντά στο άστρωτο κρεβάτι μου, με τα ρούχα απλωμένα.

«Πώς θα μπορούσε κάποιος να μπει εδώ μέσα;» είπε ανοίγοντας το κλείστρο και κλείνοντάς το και τραβώντας το μάνταλο. «Είχες κλειδώσει το παράθυρο, σωστά;»

«Νόμιζα ότι είχα». Δίστασα, η μνήμη μου ήταν θολή. Ίσως αυτό ήταν. Είχα ξεχάσει να κλειδώσω το παράθυρο. Δεν ήξερα αν έπρεπε να νιώσω ανακούφιση, σίγουρα δεν είχα φάντασμα ή αν ανησυχούσα ότι είχα σίγουρα έναν εισβολέα. «Δεν ξέρω», είπα. «Ίσως να μην είχα. Ίσως μπήκαν ούτως ή άλλως, βρήκαν έναν τρόπο να βγάλουν το μάνταλο απέναντι.»

«Αυτό θα έπρεπε να είναι κάποιο μαγικό κόλπο. Ίσως ο εισβολέας σου να είναι γνώστης διαφυγής».

«Ξέρω.» Με τσάκισε αυτό. «Σκέφτηκα ότι μπορεί να υπάρχει κάποιος τέτοιος εδώ γύρω. Ένας φαρσέρ.»

«Απίθανο.»

«Όχι τόσο απίθανο όσο ένα φάντασμα».

«Γιατί το αρνείσαι; Σου είπα ότι το σπίτι είναι στοιχειωμένο ».

«Από τους Μπαράσο».

Έβγαλε ένα απαλό γρύλισμα. «Την Ολίβια Στόουν».

«Δεν μπορείς να το ξέρεις αυτό».

«Μια φωτογραφία δεν λέει ψέματα. Και το είδες μόνη σου. Μια γυναίκα που κάθεται στο αίθριο».

Τα παράτησα. Δεν είχε νόημα να μαλώνω μαζί του. Όταν ήρθε η ώρα για την Ολίβια Στόουν ήταν ανυπόφορος. Έβαλα μαγιώ, πετσέτα, καπέλο, αντηλιακό και ένα μπουκάλι νερό στην τσάντα θαλάσσης, μαζί με ένα βαμβακερό παρεώ. «Θα πάρουμε το αυτοκίνητό μου;» Ρώτησα, νομίζοντας ότι είχε ήδη ανέβει με το αυτοκίνητο από το Πουέρτο ντελ Ροζάριο, και επιπλέον, το κλιματιστικό μου ήταν άγριο.

«Φυσικά».

Έκλεισα και τις δυο πόρτες κι εκείνος με ακολούθησε στο πίσω μέρος του αχυρώνα.\

«Ουάο», είπε, βλέποντας το Χιουντάι μου για πρώτη φορά. «Καινούργιο είναι;»

«Χρειαζόμουν κάτι που να μεταφέρει υλικά οικοδομών.»

Γέλασε. Το αμάξι μου θα ήταν καλύτερο για κάτι τέτοιο.»

Αντιστάθηκα στο να συμφωνήσω μαζί του.

Καθισμένη πίσω από το τιμόνι, εισπνέοντας τη μυρωδιά του ολοκαίνουργιου αυτοκινήτου, ένιωσα την αυτοπεποίθησή μου να επιστρέφει. Υπήρχε κάτι στο να είμαι πίσω από το τιμόνι ενός μεγάλου και ολοκαίνουργιου αυτοκινήτου που με έκανε να νιώθω πιο μεγαλειώδης, πιο δυνατή, πιο σίγουρη κατά κάποιο τρόπο. Βγήκα από το τετράγωνο και έφυγα.

Το Ελ Κοτίλο βρισκόταν στο βορειοδυτικό άκρο του νησιού, με πρόσβαση στους πίσω δρόμους μετά την Τεφία και μέσω της Λα Ολίβα και της Λαχάρες. Μια ώρα με το αυτοκίνητο και είχαμε καλύψει το μισό μήκος του νησιού και σέρνομαι στους δρόμους του χωριού μέχρι να βρω χώρο να παρκάρω.

Ο Πάκο ήταν χαρούμενος που ανέλαβα την ευθύνη. Έδειχνε να διασκεδάζει που ήξερα τόσο καλά την περιοχή. Του είπα ότι είχα κλείσει διακοπές εδώ μια φορά και το απόλαυσα τόσο πολύ, που μετά βίας έφυγα από το χωριό για να τολμήσω αλλού. Πρέπει να έχω φάει σε όλα τα εστιατόρια από το Ελ Κοτίλο μέχρι το Λαχάρας.

Γλίστρησα σε μια απολαυστική διάθεση, κέρασα και τους δύο έναν παγωμένο καφέ σε μια καφετέρια με θέα στο λιμάνι, εκμεταλλευόμενη την ευκαιρία να αλλάξω το παρεό μου, με λουόμενους από κάτω, στις εγκαταστάσεις. Ο Πάκο ήταν πανευτυχής. Τον βρήκα διασκεδαστικό. Είχε έτοιμο απόθεμα διασκεδαστικών παραμυθιών και μια αποθήκη γνώσεων για τα νησιά.

Μη θέλοντας να χάσουμε την ευκαιρία της παλίρροιας που είδαμε στο δρόμο μας προς το χωριό, επιστρέψαμε στο αυτοκίνητο και μας ανέβασα στην αγαπημένη μου παραλία, μια από τις πολλές όπου ο ύφαλος προστατεύει τους κολυμβητές από τη δύναμη του ωκεανού.

Με την κρεμώδη άμμο ανάμεσα στα δάχτυλα των ποδιών μας, γλιστρήσαμε από την εξωτερική μας ενδυμασία σαν δύο ενθουσιασμένα παιδιά και τα πετάξαμε όλα εκεί που ήμασταν και τρέξαμε στην ακτή, μπαίνοντας στα δροσερά, ρηχά νερά. Νιώθοντας το απαλό σπρώξιμο και τράβηγμα, εισπνέοντας τον αλμυρό αέρα του ωκεανού, εξέπεμψα έναν ευχάριστο αναστεναγμό. Ο Πάκο με πιτσίλισε πειράζοντας. Τον πιτσίλισα πίσω και γελάσαμε, τραβώντας στιγμιαία την προσοχή των άλλων μέσα στο νερό. Έπειτα, έχοντας επίγνωση των βράχων, κολυμπήσαμε μαζί σε όλο το μήκος και το πλάτος του κλειστού κόλπου, χωρίς να σταματήσουμε μέχρι που ήμασταν και οι δύο πολύ εξαντλημένοι για να κολυμπήσουμε άλλο.

Ποτέ σε όλη μου τη ζωή δεν είχα απολαύσει το μπάνιο στην παραλία περισσότερο από εκείνη τη φορά με τον Πάκο. Πέσαμε στην ευχαρίστηση της εμπειρίας σαν να το κάναμε όλη μας τη ζωή, μαζί, ως φίλοι ή αδέρφια ή ως εραστές. Η σκέψη μου δεν με πήγε άλλο.

Στεγνώσαμε στον δροσερό αέρα και επιστρέψαμε στο αυτοκίνητό μου. Οδήγησα στο χωριό και πήγα τον Πάκο στο αγαπημένο μου εστιατόριο για μεσημεριανό γεύμα, σε μια στενή λωρίδα μακριά από την κύρια οδό.

Πάνω από τάπας και ψητά ψάρια με δροσερή μπύρα, οι αισθήσεις μας μετριάζουν από την άσκηση, συζητήσαμε λίγο περισσότερο για το νησί και τι σήμαινε για τους ντόπιους και τους παραθεριστές.

«Νομίζω ότι το κύριο πράγμα είναι ότι είναι ασφαλές εδώ»,

είπα, συνοψίζοντας. «Ο μέσος Βρετανός ή Γερμανός ή Σουηδός έχει τον ήλιο της Βόρειας Αφρικής χωρίς την αγριότητα του κλίματος και τις ταλαιπωρίες που συνοδεύουν την αλληλεπίδραση με σημαντικά διαφορετικούς πολιτισμούς. Οι περισσότεροι παραθεριστές που έρχονται εδώ δεν θέλουν τίποτα περισσότερο από την παραλία ».

«Ωστόσο, εδώ είμαι, φωτογράφος, γιος αγρότη, που εργάζομαι σε ένα εστιατόριο. Ενσαρκώνω όλο το παράδοξο του τουρισμού ».

«Και εγώ είμαι μία ταμίας τράπεζας που έγινε πλούσια κατά τύχη και το μόνο που θέλω να κάνω είναι να βελτιώσω τα πράγματα. Είναι τόσο κακό;».

Κλείσαμε τα βλέμματα.

«Οι περισσότεροι πλούσιοι δεν νοιάζονται. Είναι εγωιστές ».

¨Εγώ δεν είμαι.»

«Δεν το έχεις συνηθίσει».

Είχε δίκιο. Δεν ήμουν. Δεν είχα ιδέα. Έτρεχα με πάθος και όνειρα.

«Πες μου για την οικογένειά σου», είπε, αλλάζοντας θέμα.

«Η οικογένειά μου; Δεν έχω τίποτα να πω ».

«Έχεις. Ξέρεις τα πάντα για την δικό μου. Ίσως τους συναντήσεις κάποια μέρα. Θα σε πάω στην Καλέτα ντε Φουστε και μπορείς να γνωρίσεις την Άννα και τον Χούλιο.»

Υπήρχε πάλι αυτή η αίσθηση σαν να υπήρχε κάτι στον αέρα ανάμεσά μας. Ήταν φιλία ή κάτι παραπάνω; Έσκασα άλλο ένα χαμογελάκι, σταματώντας.

Ο Πάκο επέμεινε. «Ο πατέρας σου, τι κάνει;»

Δίστασα. «Είναι κτηματομεσίτης.»

Δεν έδειξε αντίδραση.

«Είναι πλούσιος;»

«'όχι, δεν είναι. Δεν ήταν τόσο τυχερός και δεν έχει την υποστήριξη πολλών χρημάτων».

«Πώς είναι; Είσαι κοντά του;».

«Δεν είναι τέτοιος τύπος. Μεγαλώνοντας δεν τον έβλεπα σχεδόν. Είτε δούλευε είτε έπαιζε γκολφ ».

«Ποιος σε μεγάλωσε;»

«Η Θεία Κλαρίσα. Είναι η μεγαλύτερη αδερφή της μητέρας μου. Ψυχολόγος».

«Ενδιαφέρων.

«Θα την συμπαθούσες. Νομίζω ότι μοιράζεστε παρόμοια ενδιαφέροντα. Πιστεύει στα φαντάσματα και τέτοια πράγματα».

«Μου αρέσει ήδη».

Του διηγήθηκα την τελευταία της περιοδεία φαντασμάτων και εκείνος γέλασε.

«Είναι πολύ προσγειωμένη κατά τα άλλα», είπα. «Πρακτική.»

«Και η μητέρα σου; Ήταν πρακτική;».

Κάτι πάγωσε μέσα μου. Είχε περάσει πολύς καιρός από τότε που κάποιος με είχε ρωτήσει για τη μητέρα μου. Αγνόησα το συναίσθημα και του πρόσφερα μια απάντηση. «Όχι απ' όσο θυμάμαι. Ήταν ονειροπόλα. Η Κλαρίσα και η Ίνγκριντ προέρχονται από μια μεγάλη γενιά αποκρυφιστών. Η Κλαρίσα έχει εντοπίσει το χαρακτηριστικό σε πολλές γενιές». Σταμάτησα για να κοιτάξω έξω από το παράθυρο τον ωκεανό, τον ουρανό, τους ανθρώπους. «Νομίζω ότι η Ίνγκριντ δεν ανήκε στον πραγματικό κόσμο. Δεν της έκανε ιδιαίτερη εντύπωση, τουλάχιστον όχι σε μένα. Δεν τη θυμάμαι σχεδόν ».

«Πότε την έχασες;»

«Ήμουν επτά».

«Επτά».

«Ναί.»

«Τότε θα έχεις πολλές αναμνήσεις από πριν. Αλλά τις έχεις ξεχάσει. Ήθελες να σβήσεις τη μνήμη της μητέρας σου. Θα ήταν πιο εύκολο έτσι ».

Με κοίταξε με προσμονή. Κάτω από αυτό το ενδιαφέρον και συμπονετικό βλέμμα δεν μπορούσα να συγκρατηθώ. Τι νόημα είχε να συγκρατηθείς; Καλύτερα να αφήσεις τα πράγματα να κυλήσουν. Του έδωσα πλήρη περιγραφή του ατυχήματος. Του τα είπα λεπτομερώς. Όταν έφτασα στο μέρος με τις λιωμένες ντομάτες, εισέπνευσε και έσκυψε μπροστά για να αγγίξει το χέρι μου.

Ένα ηλεκτρικό ρεύμα με διαπέρασε σαν να απαντούσε στην προηγούμενη σύγχυση μου. Αυτός ο άνθρωπος με κάλεσε εδώ γιατί ήθελε κάτι περισσότερο από φιλία. Πώς θα μπορούσα να μην είχα εντοπίσει τις προθέσεις του πριν; Είμαι τόσο ψύχραιμη, τόσο άπειρη για να μην ξέρω πότε ένας άντρας έχει σχέδια; Τον άφησα να μου κρατήσει το χέρι στο τραπέζι. Το έσφιξε πριν γείρει πίσω για να τραβήξει την προσοχή ενός κοντινού σερβιτόρου.

«Χρειαζόμαστε παγωτό», μου είπε. «Τι γεύση; Σοκολάτα; Καραμέλλα; Βανίλια; Θα έχουμε και τα τρία ». Σήκωσε το βλέμμα στον σερβιτόρο. «Και δύο κονιάκ, διπλά, και δύο εσπρέσο».

«Πρέπει να οδηγήσω».

«Πρέπει να μείνουμε για το ηλιοβασίλεμα».

«Το ηλιοβασίλεμα;»' Αλλά αυτό ήταν ώρες μακριά. Δεν το είπα.

Εκείνος χαμογέλασε. «Έχεις άφθονο χρόνο για να χαλαρώσεις και να απολαύσεις την ημέρα. Άλλωστε το παγωτό είναι καλύτερο με κονιάκ ».

Είχε δίκιο. Ρίξαμε το αλκοόλ και τον καφέ στο παγωτό και αφεθήκαμε στη δική του εκδοχή του αφογκάτο. Κανείς από τους δύο δεν βιαζόταν να φύγει. Ρίχναμε σιγά-σιγά τα μεθυστικά γλυκά μας και πιάσαμε ο ένας τα βλέμματα του άλλου και προσφέραμε ντροπαλά χαμόγελα. Η συζήτηση ελίσσονταν, καλύπτοντας ποια βιβλία μας άρεσαν, ποιες ταινίες και τι σκεφτόμασταν για τον κόσμο. Κανείς από τους δύο δεν ανέφερε την Ολίβια Στόουν. Μετά από λίγο γλιστρήσαμε σε μια συντροφική σιωπή.

«Υπάρχει μια έκθεση στον πύργο», είπε τελικά ο Πάκο.

«Ακούγεται θαυμάσιο».

Σηκώθηκα με το πρόσχημα ότι χρειάζομαι την τουαλέτα και πλήρωσα στο μπαρ. Όταν επέστρεψα, ο Πάκο έκανε κύλιση στις φωτογραφίες της κάμεράς του. Βλέποντάς με, στάθηκε και βγήκαμε έξω, στραβοκοιτώντας στο έντονο φως.

«Δεν χρειαζόταν να πληρώσεις.».

«Το ήθελα».

«Λοιπόν, ευχαριστώ.»

Το αεράκι είχε δυναμώσει, δροσίζοντας τη θερμοκρασία μιας κατά τα άλλα καυτής μέρας. Φαντάστηκα πίσω στην Τισκαμανίτα ότι ήταν σαράντα βαθμοί.

Το Τόρε ντε Ελ Τοστόν βρισκόταν σε μικρή απόσταση με τα πόδια και ήταν ευχάριστο να κάνεις μια βόλτα στον παραλιακό πεζόδρομο, δίπλα στο λιμανάκι με τα εστιατόρια που είναι γεμάτα από θαμώνες, το πλήθος του κυριακάτικου δείπνου και σε μια επίπεδη, αμμώδη γη μέχρι το χαμηλό ακρωτήρι στο οποίο βρισκόταν ένα στιβαρό, πέτρινο οικοδόμημα που κατασκευάστηκε για να υπερασπιστεί το νησί από επίθεση. Ανεβήκαμε μια σύντομη πέτρινη σκάλα και διασχίσαμε μια σανίδα και μπήκαμε στο φρούριο.

Από τους γυμνούς βράχους τοίχους του μικρού εσωτερικού κρέμονταν μια σειρά από τοπία. Περιμένοντας παραδοσιακά έργα προσανατολισμένα στο τουριστικό εμπόριο, δεν περίμενα τη ζωντάνια και την πρωτοτυπία των κομματιών. Η παρόρμησή μου ήταν να αγοράσω ένα, αλλά δεν ήθελα να φέρω σε δύσκολη θέση τον Πάκο με τα πλούτη μου. Αντ' αυτού, επέλεξα να σημειώσω το όνομα του καλλιτέχνη. Η αγορά πινάκων αντιπροσώπευε ένα εντελώς νέο επίπεδο αγορών, στο οποίο δεν είχα καμία εμπειρία. Σκέφτηκα ότι ο Πάκο θα ήταν ο ιδανικός σύντροφος και σύμβουλος και έκανα μια νοητική σημείωση να το θυμάμαι.

Περιπλανηθήκαμε στην άκρη του ακρωτηρίου για να δούμε τη θέα, βλέποντας τους άλλους να κατεβαίνουν στο βραχώδες προεξοχή από κάτω. Στα νότια, η κρεμώδης άμμος της παραλίας του σερφ συναντούσε τους χαμηλούς βράχους, με τον ορεινό όγκο Μπετανκουρία σε απόσταση. Το σκηνικό ήταν υπέροχο και σταθήκαμε μαζί να το θαυμάσουμε καθώς ο αέρας πίεζε τα ρούχα μας στο δέρμα μας.

Καθώς γυρνούσαμε για βόλτα στο χωριό, περνώντας από το βαρύ έδαφος, ο Πάκο μου έπιασε το χέρι. Ήταν η πιο ρομαντική χειρονομία στο πιο ειδυλλιακό περιβάλλον και απολάμβανα την αίσθηση της σάρκας του, καυτής και σταθερής, ενάντια στη δική μου. Οι όποιες αδέσμευτες σκέψεις έμεναν στο περιθώριο του μυαλού μου για την κατασκευή και τις περίεργες αναταραχές εξατμίστηκαν.

Κατεβήκαμε στον τοίχο του λιμανιού για να θαυμάσουμε τα μικρά ψαροκάικα. Στη συνέχεια βρήκαμε ένα άλλο καφέ και ήπιαμε έναν δεύτερο παγωμένο καφέ.

Αποφασίζοντας ότι ζεσταθήκαμε πάλι πάρα πολύ, απογειωθήκαμε για άλλη μια βουτιά και μετά ξαπλώσαμε στην παραλία κάτω από τον ήλιο αργά το απόγευμα. Μια ακόμη βουτιά και ήμασταν έτοιμοι να επισκεφτούμε ένα τέταρτο καφέ για να μοιραστούμε μια παέγια. Ποτέ, δεν είχα απολαύσει τόσο πολύ την παρέα ενός άντρα. Δεν ήθελα να τελειώσει η μέρα.

Την ώρα που ο ήλιος βυθίστηκε χαμηλά στον ορίζοντα και ο ουρανός έλαμπε κατακόκκινος, ήμασταν μόνοι μας στην παραλία και ο Πάκο είχε το χέρι του γύρω από τον ώμο μου, και καθώς τα χρώματα ξεθώριαζαν και ο ουρανός στα ανατολικά βάθυνε σε λουλακί, φιλιόμασταν.

ΈΝΑ ΙΝΤΕΡΛΟΎΔΙΟ

Η ΟΔΌΣ ΚΑΛΕ ΜΑΝΟΥΕΛ ΒΕΛΆΣΚΕΘ ΚΑΜΠΡΕΡΑ ΉΤΑΝ ΤΌΣΟ ΈΡΗΜΗ ΌΣΟ ΠΟΤΕ. Χωρίς κόσμο. Χωρίς αυτοκίνητα. Ήταν σαν να τελείωσε η ζωή στο χωριό στη διασταύρωση, το τελευταίο φως του δρόμου που σηματοδοτούσε το τέλος του πολιτισμού. Όταν έφτασα στο τετράγωνό μου, ανέβηκα στο κράσπεδο και πάρκαρα πίσω από τον αχυρώνα.

Μετά την γευστικά ευχάριστη μέρα μας στο Ελ Κοτίλο, η άφιξη ήταν απογοητευτική. Καθώς έλυσα τη ζώνη ασφαλείας μου, δεν ήμουν σίγουρη τι να κάνω μετά, να προσκαλέσω τον Πάκο μέσα ή να τον ευχαριστήσω για την ημέρα και να τον αποχαιρετήσω;

Με πήγε στο σπίτι και σταματήσαμε κάτω από τη σκαλωσιά. Η νύχτα ήταν ζεστή, όλη αυτή η πέτρα ακτινοβολούσε τη ζέστη της ημέρας. Ο άνεμος, που φυσούσε από βορειοανατολικά, τυλίχτηκε γύρω από το κτίριο, γκρίνιαζε, σφυρίζοντας μέσα από ρωγμές. Το πλαστικό κουνήθηκε, μια σανίδα κάπου από πάνω χτυπήθηκε ελαφρά και μετά σταμάτησε. Στη συνέχεια, ο άνεμος υποχώρησε, αφήνοντας το κτίριο μόνο για μια στιγμή και όλα ήταν ήσυχα.

Αποφάσισα ότι δεν ήμουν έτοιμη να αντιμετωπίσω τη νύχτα μόνη μου, τον κάλεσα μέσα.

Χρησιμοποιήσαμε τους φακούς του τηλεφώνου μας για να φωτίσουμε το δρόμο, ο Πάκο σταμάτησε δίπλα στην τρύπα στο χώρισμα για να ρίξει το φως του στο άλλο μισό της βεράντας, στη συνέχεια στεκόταν πίσω και έλαμψε το φως στην ίδια την τρύπα, πιθανώς εκεί που είχε τραβήξει τη φωτογραφία που είχε απαθανατίσει την εικόνα μιας γυναίκας που σκύβει.

Και οι δύο πόρτες στα δωμάτιά μου ήταν κλειστές. Ο αέρας ήταν πιο δροσερός μέσα. Μπήκα μέσα και άναψα τα κεριά. Όλα ήταν όπως τα είχα αφήσει, κρεβάτι άστρωτο, μερικά βρώμικα πιάτα και φλιτζάνια στοιβαγμένα στον αυτοσχέδιο πάγκο.

Ο Πάκο ήρθε πίσω μου. Γύρισα και έγνεψα στο τραπέζι και τον κάλεσα να καθίσει και του πρόσφερα κρασί.

«Ένα νυχτερινό ποτό.»

Έριξα δύο ποτήρια κόκκινο Λανζαρότε και του έκανα παρέα.

«Θα είσαι εντάξει να κοιμηθείς εδώ απόψε;» είπε παίρνοντας το ποτήρι του.

«Έχω τους Κοκτώ Τουίνς για παρέα».

«Που;»

«Εδώ.» Πήρα το λάπτοπ και τα ακουστικά μου και του έπαιξα το «Αϊμπλινκ Λακ». Η έκφραση του προσώπου του άλλαξε από περιέργεια σε απορία. Περίμενα να τελειώσει το κομμάτι πριν μιλήσω.

¨Πώς το βρίσκεις;»

«Εκπληκτικό.»

«Σου αρέσουν;»

«Από που είναι;»

«Από τη Σκωτία. Τώρα είμαι εδώ, νομίζω ότι πρέπει να βρω λίγη τοπική μουσική για να ακούσω ».

«Θα ήθελες τον Λουίς Μορέρα. Είναι από τη Λα Πάλμα. Είναι το μεγαλύτερο μουσικό ταλέντο των νησιών».

Σημείωσα το όνομα, μην πιστεύοντας στην ουσία ότι θα τον ακούσω. Ή μήπως έφταιγε αυτή η προκατάληψη που είχα; Ξανάβαλε τα ακουστικά στα αυτιά του. Φάνηκε να απολαμβάνει το επόμενο κομμάτι. Ένιωσα ξεκομμένη από αυτή την απόλαυση. Περίμενα. Ήπια μια γουλιά από το κρασί μου. Ήταν πικάντικο, στιβαρό. Σκέφτηκα τη ριόχα, το τεμπρανίλο, το πώς ταξίδεψε το ισπανικό κρασί, βρίσκοντας το δρόμο του στα ράφια των σούπερ μάρκετ σε όλο τον κόσμο. Άπλωσα και χτύπησα το χέρι του. Γλίστρησε τα ακουστικά προς τα κάτω και τυλίχτηκαν γύρω από το λαιμό του.

«Έχεις ποτέ ταξιδέψει εκτός;» ρώτησα.

«Μόλις γύρισα».

«Εννοούσα εκτός του νησιού».

«Στην Μπαρτσελόνα μόνο.Κι εσύ;»

«Μόνο εδώ.»

«Θα σου αρέσει η Μπαρτσελόνα.»

«Είμαι σίγουρη.

Χαμογέλασε και γύρισε τα ακουστικά μου στα αυτιά του και συνέχισε να ακούει. Η έκφραση στο πρόσωπό του έδειχνε να την απολαμβάνει. Είτε ήταν αποφασισμένος να απολαύσει τη μουσική, δίνοντασσα μια καλή παράσταση για να κρατηθεί στα καλά μου βιβλία, είτε του άρεσε πολύ.

Τότε, ήθελα να του δείξω το Κόλτσεστερ. Μπορεί να του αρέσει εκεί. Νιώθοντας την επιθυμία, συνειδητοποίησα ότι είχα έρθει πιο κοντά σε αυτόν τον ιδιόρρυθμο φωτογράφο που είχε πάθος με την Ολίβια Στόουν.

Τι ήταν αυτή του η καθήλωση; Ίσως τον τράβηξε η εικόνα της, μπορεί να ήταν ελκυστική για έναν άντρα σαν αυτόν, αλλά αυτό ήταν άδικο και υποτιμητικό. Ένας άντρας σαν τον Πάκο δεν είχε φετίχ για μια νεκρή γυναίκα. Ήμουν παράλογη. Εξάλλου, μπορούσα να την δω να αντανακλάται πίσω στα νησιά μια εκδοχή του εαυτού της που έχει χαθεί. Αυτή ήταν αρκετή δικαιολογία για τον θαυμασμό του. Τόσο επιτυχημένο ήταν το βιβλίο της που μετά την έκδοσή του, ο τουρισμός, τουλάχιστον στην Τενερίφη, ξεκίνησε σοβαρά μεταξύ των πλουσιότερων τάξεων. Περισσότερα ατμόπλοια τοποθετήθηκαν. Άνοιξαν ξενοδοχεία. Και προχώρησε.

Έπινα περισσότερο από το κρασί μου και συνέχισα να τον παρακολουθώ ακούγοντας τη μουσική μου. Που και που με κοιτούσε και χαμογελούσε πριν το βλέμμα του ξεγλιστρήσει και χανόταν από τον ήχο.

Μέσω του Πάκο, μέσω της Ολίβια Στόουν, έλαβα μια απροσδόκητη εκπαίδευση, ένα είδος εισαγωγής στον αρχαίο τρόπο ζωής των νησιωτών, με πολύ περισσότερες λεπτομέρειες από ό,τι θα μπορούσε να προσφέρει ένα μουσείο. Η αφήγηση της Ολίβια Στόουν ήταν βιωμένη εμπειρία. Μου έδειχνε πόσο διαφορετικά ήταν τα νησιά από τη γη των Ισπανών αποικιοκρατών. Δεν είχα ξαναδεί έτσι τα νησιά. Πάντα τα θεωρούσα ένα βολικό γεωγραφικά φυλάκιο της Ισπανίας, με τέλειο καιρό όλο το χρόνο και εκπληκτικά τοπία. Κάπως έτσι, όταν ο Πάκο ήταν εκεί, κατέληξα να μένω στην Ολίβια Στόουν. Υπέθεσα ότι ήταν το σημείο εισόδου μου στην αλήθεια για το νησί.

Το άλμπουμ πλησίαζε στο τέλος του. Δεν ήθελα να φύγει ο Πάκο, αλλά δεν είχα ξεκάθαρη ιδέα πώς να τον κάνω να μείνει. Γέμισα τα ποτήρια μας και κάθισα πίσω. Μου έβγαλε τα ακουστικά και ήπιε μια αργή γουλιά. Ήταν αυτός που ανέδειξε το θέμα του φαντάσματος.

«Μπορεί να χρειαστεί να κάνεις έναν εξορκισμό. Ξέρω έναν ιερέα που κάνει τέτοια πράγματα».

«Εξορκισμό;»

Έγνεψε καταφατικά. «Θα έκανες μια χάρη στην Ολίβια, αφήνοντάς την ελεύθερη».

Γιατί έπρεπε να καταστρέψει τη στιγμή με αυτά τα σκουπίδια; Ήθελα να πω μην είσαι γελοίος. Αντίθετα, συνέχισα να πίνω το κρασί μου.

Έριξε μια ματιά τριγύρω, με το βλέμμα του να μένει στις

γωνίες. «Αυτό το μέρος έχει μια συγκεκριμένη ατμόσφαιρα. Δεν το νιώθεις;».

«Φαντάζεσai πράγματα», είπα γρήγορα, αναπολώντας την Γκλόρια να αναφέρει το ίδιο. «Το μέρος είναι περίεργο γιατί είναι ένα εργοτάξιο. Αυτό είναι όλο.'

«Αν το λες εσύ.»

Αγωνίστηκα να καταπνίξω ένα χασμουρητό που ήρθε από το πουθενά, ανησυχώντας ότι θα έδινε λάθος εντύπωση.

Για μια στιγμή φάνηκε αβέβαιος. Μετά, σαν να είχε αποφασίσει, άδειασε το ποτήρι του. «Καλύτερα να πηγαίνω. Χρειάζεσαι ύπνο. Θα είσαι καλά μόνη σου;».

«Θα πρέπει να είμαι καλά. Θα κλειδωθώ μέσα ».

«Αυτό δεν λειτούργησε την τελευταία φορά».

Ένα μέρος του εαυτού μου ήθελε να τον παρακαλέσω να μείνει, αλλά αντιστάθηκα, μη θέλοντας να περιπλέξω αυτό που εξελισσόταν μεταξύ μας από φόβο. Σηκώθηκε, όταν η πόρτα του σαλονιού άνοιξε και έκλεισε μόνη της. Ξαφνιασμένη έβγαλα ένα μικρό ουρλιαχτό. Έπιασε το τραπέζι και έγειρε μπροστά.

«Αυτό, ό,τι κι αν ήταν, δεν ήταν δυνατό, έτσι;»

«Ο άνεμος», είπα αβοήθητη.

Στάθηκε και κατευθύνθηκε προς την πόρτα.

«Πάκο, μην φύγεις.»

Γύρισε και έβαλε ένα χέρι στον ώμο μου. «Δεν πρόκειται. Μην ανησυχείς».

«Σε ευχαριστώ.»

«Απλά πρέπει να...» κι έφυγε.

«Και εγώ.»

Πήρα ένα ποτήρι νερό και την οδοντόβουρτσά μου και βγήκα στο σκοτάδι, φωτίζοντας το δρόμο μου με το τηλέφωνό μου. Δεν μπήκα στον κόπο να φέρω πίσω την μπαταρία. Όταν επέστρεψα, ο Πάκο πήγε και έκανε το ίδιο, χρησιμοποιώντας τη νέα οδοντόβουρτσα που πρότεινα. Ήταν ακόμα στο πακέτο του.

Ενώ είχε φύγει, ίσιωσα το κρεβάτι και έβγαλα το φόρεμά μου. Δίστασα, δεν ήμουν σίγουρη τι άλλο να βγάλω και τι να φορέσω, όταν ξαναμπήκε στο δωμάτιο. Μου έριξε μια ματιά με το εσώρουχό μου, και πήγε και βίδωσε και τις δύο πόρτες, έλεγξε τα παντζούρια και έσβησε όλα τα κεριά εκτός από αυτά που ήταν δίπλα στο κρεβάτι. Ύστερα ήρθε γύρω στο σημείο που στεκόμουν.

«Έλα», είπε, και ξαπλώσαμε μαζί πάνω από τα σκεπάσματα.

Το δέρμα μου ήταν ζεστό από μια μέρα στον ήλιο, και επίσης αλμυρό. Σκέφτηκα ότι θα έπρεπε να κάνω ένα ταξίδι σε ένα πλυντήριο ρούχων σύντομα. Τι ηλίθιο θέμα να μπαίνει στο μυαλό μου, δεδομένης της κατάστασης.

Οι οικιακές μου σκέψεις διακόπηκαν από το πιο απαλό άγγιγμα καθώς το χέρι του άπλωσε το δικό μου.

Απάντησα με τον ίδιο τρόπο και εκείνος γύρισε στο πλάι και απομάκρυνε τα μαλλιά από το πρόσωπό μου.

«Είσαι πολύ όμορφη», είπε. «Μου επιτρέπεις;» Και έγειρε και με φίλησε.

Υποχώρησα, μυρμηγκίζοντας από προσμονή και ξαφνική λαχτάρα, ανοιγόμουν μπροστά του καθώς χάιδευε το δέρμα του χεριού μου. Ήταν διστακτικός, αργός, όπως κι εγώ καθώς τον άγγιζα, αν και σύντομα φλεγόμουν, ανυπόμονα να χορτάσω την πείνα μου για πολύ καιρό θαμμένη. Τα φιλιά μας έγιναν παθιασμένα, η σάρκα μας σύντομα γυμνή, και τυλίξαμε τα άκρα μας το ένα με το άλλο, πιέσαμε τους κορμούς μας, ενώ η ζέστη μας συνδυάστηκε. Σε λίγο ήμασταν καμίνι, ζεστοί, υγροί και λαχανιασμένοι.

Όταν επιτέλους ξαπλώσαμε και οι δύο πίσω στη λάμψη, με κομμένη την ανάσα, γέλασα.

«Που είναι το αστείο;»

«Δεν είναι αστείο. Ευτυχία είναι».

«Ωραία.»

Έσβησε το κερί του κι εγώ το δικό μου και ξαπλώσαμε στο σκοτάδι πιασμένοι χέρι χέρι. Ένα εκατομμύριο ερωτήσεις πέρασαν από το μυαλό μου. Ποιος ήταν αλήθεια ο Πάκο; Ενας καλός άνθρωπος; Κακός; Ήταν ειλικρινά στοργικός ή ήταν ένας γυναικάς και εγώ μια άλλη κατάκτηση, μια γραμμή κιμωλίας στο πλαίσιο της πόρτας του γεμάτη γραμμές κιμωλίας; Τι ήθελε από μένα; Την αγάπη μου; Τα πλούτη μου;

Ένα μόνο ήξερα. Είχα παρασυρθεί. Δύο πράγματα, γιατί είχα νιώσει υπέροχα.

ΣΕΝΙΟΡ ΜΠΑΡΑΣΟ

Η ΖΕΣΤΑΣΙΑ ΤΟΥ ΣΩΜΑΤΟΣ ΤΟΥ ΠΑΚΟ ΔΙΠΛΑ ΜΟΥ ΚΑΙ Η ΣΤΑΘΕΡΗ ανάσα του επισφράγισαν την απόφασή μου να αποκαταστήσω το ερείπιο. Ήταν σαν η προσπάθεια να σήμαινε κάποιο είδος βαθύτερης αποδοχής της ύπαρξης μου εδώ. Δεν είχα ιδέα αν θα αποτελούσε μέρος της μελλοντικής μου ζωής στο νησί, αν αυτό που συνέβαινε μεταξύ μας είχε κάποιο μέλλον ή αν ήταν ένα ενδιάμεσο. Από πολλές απόψεις, θα προτιμούσα τη συντροφιά φίλων που θα είχαν γεμίσει τη ζωή μου χωρίς κανέναν κίνδυνο ρομαντικής περιπλοκής. Με έναν περίεργο τρόπο, προς το παρόν, ο Πάκο ενίσχυσε την απομόνωσή μου.

Ήταν ακόμα νύχτα. Η κύστη μου γκρίνιαζε να την αδειάσω. Ήξερα ότι κοιμόταν, αλλά δεν ήμουν έτοιμη να κατουρήσω σε έναν κουβά, ούτε καν στην άκρη του άλλου δωματίου. Πήρα το τηλέφωνό μου, έψαξα να βρω το μπουρνούζι και τις σαγιονάρες μου και ξεβίδωσα την πόρτα της τραπεζαρίας όσο πιο απαλά μπορούσα.

Εκείνος δεν κουνήθηκε.

Βγαίνοντας έξω από το αίθριο, περνώντας την τρύπα στο διαχωριστικό τοίχο που είχε φτάσει να συμβολίζει το ερείπιο, ένιωσα μεγαλύτερη αυτοπεποίθηση, γνωρίζοντας ότι είχα μια άλλη ζωντανή παρουσία, μια καλοπροαίρετη, κοντά. Ωστόσο, η ταραχή μου παρέμενε. Έξω στην πίσω αυλή, έλαμψα τη δάδα καθώς περπατούσα. Μέσα στο χάος της κατασκευής ένιωσα μόνο μια ιδέα ιδιοκτησίας της γης που πάτησα. Δεν είχα κάνει ακόμα το μέρος δικό μου. Περισσότερο από οτιδήποτε άλλο, ένιωσα σαν εισβολέας. Ίσως ο Σέγιας να είχε δίκιο και το ερείπιο έπρεπε να είχε γκρεμιστεί. Ή ίσως έπρεπε να είχα λάβει τη συμβουλή του Μάριου και να χτίσω ένα νέο σπίτι από το παλιό.

Βγαίνοντας από το μπάνιο, σταμάτησα για να δω το σκοτάδι. Ο αέρας είχε πέσει. Το φεγγάρι, ένα μισοφέγγαρο γαλακτώδους φωτός, αιωρούνταν γύρω από το ηφαίστειο. Αστέρια ήταν ορατά στο στερέωμα πέρα από την εμβέλειά του. Κοίταξα τον ουρανό, εντυπωσιασμένη από το μέγεθος των αστεριών, τα σχέδια τους, τη λάμψη τους. Στο Κόλτσεστερ, θα μπορούσα να με συγχωρήσουν που δεν ήξερα ότι υπήρχαν. Μετά βίας θυμάμαι ότι είχα δει ποτέ το βραδινό αστέρι. Ίσως δεν είχα δώσει σημασία.

Νιώθοντας την πίεση στο λαιμό μου επέστρεψα το βλέμμα μου στο επίπεδο του εδάφους και μπήκα στο κτίριο, απρόθυμα να μπω, ή ίσως επειδή ο Πάκο ήταν εκεί.

Έριξα μια ματιά στα βοηθητικά κτίρια και μετά πίσω μου στο ηφαίστειο. Καθώς γύρισα πίσω μια λάμψη φωτός τράβηξε το μάτι μου. Κάρφωσα το βλέμμα μου για να δω από όπου είχε έρθει και είδα, σαν από το πουθενά, μια λαμπρή κουκκίδα κόκκινου φωτός να αιωρείται πάνω από το αίθριο. Το παρακολούθησα να σηκώνεται ξαφνικά, να τρέχει ξανά προς τα κάτω και ξανά και μετά να χορεύει ξέφρενο, άτακτο σαν τρελή μύγα. Το φως ανέβηκε στον ουρανό και εξαφανίστηκε. Έπρεπε να είναι έντομο. Ή ίσως είχα παραισθήσεις και σιγά σιγά τρελαίνομαι. Όποια και αν ήταν η αιτία, ήταν περίεργο και γύρισα βιαστικά μέσα, έκλεισα με το μάνταλο την πόρτα και γλίστρησα στο κρεβάτι.

Ο Πάκο κουνήθηκε αλλά δεν ξύπνησε. Ξάπλωσα στο

σκοτάδι, με τα μάτια κλειστά, το μυαλό έτρεχε. Αρνήθηκα να πιστέψω στο υπερφυσικό. Στοιχειωμένα σπίτια δεν υπάρχουν. Δεν υπάρχει τέτοιο πράγμα όπως φαντάσματα. Σκέφτηκα ότι αν καθόμουν, αν έμενα ξύπνια, θα ανακάλυπτα ποιος άνοιγε αυτά τα μάνταλα. Μου ήρθε μια καλύτερη ιδέα και γλίστρησα από το κρεβάτι, άρπαξα μια σκούπα, μια καρέκλα και μερικά πλαστικά δοχεία και έκανα ήσυχα μια διάταξη από εμπόδια μπροστά από τα παντζούρια. Αν κάποιος κατάφερνε να ανοίξει το συγκεκριμένο μάνταλο, θα πατούσε πάνω στα εμπόδια και θα ξυπνούσαμε σίγουρα. Ικανοποιημένη, γλίστρησα ξανά στο κρεβάτι, σίγουρη ότι θα κοιμηθώ περισσότερο.

Ξύπνησα με μια απαλή αίσθηση χαϊδεύματος στο μάγουλό μου. Βγήκα σιγά σιγά από τον λήθαργο συνειδητοποιώντας ότι ήταν ο Πάκο. Το δωμάτιο ήταν σκοτεινό αλλά ένα κομμάτι φωτός ήταν ορατό κάτω από την πόρτα.

«Ήσουν απασχολημένη τη νύχτα», γέλασε ο Πάκο, ρίχνοντας το φως του τηλεφώνου του στο παράθυρο και δείχνοντας τα μικρά μου οχυρά.

Είδα ότι ήταν ακόμα όπως τους είχα αφήσει, όσο καλύτερα μπορούσα να θυμηθώ. Έδωσα στον Πάκο μια σύντομη περιγραφή της νυχτερινής μου περιπέτειας, αποφεύγοντας να του πω για το παράξενο φως που είδα. Δεν ήθελα να του δώσω ακόμα περισσότερο καύσιμο για τις υπερφυσικές θεωρίες του.

«Και όταν γύρισες μέσα, έβαλες το μάνταλο στην πόρτα της τραπεζαρίας;»

«Ναι.»

«Είσαι σίγουρη;

«Απολύτως.» Μα γιατί αμφέβαλλε για μένα;

«Λοιπόν, τώρα είναι ανοιχτή.»

«Είναι αδύνατον», είπα, πηδώντας από το κρεβάτι για να δω.

Γέλασε. Το γέλιο του με έκανε να αναρωτιέμαι αν ήταν αυτός που άνοιξε εκείνη την πόρτα. Είχα μόνο τον λόγο του.

Σίγουρα, δεν θα ήταν τόσο σκληρός; Ίσως όχι σκληρός, αλλά ικανός να αναλάβει δράση, οποιαδήποτε ενέργεια για να αποδείξει την άποψή του.

Σαν να ενίσχυε την υποψία μου, είπε: «Σου είπα, η Ολίβια Στόουν δεν θέλει να ανακαλυφθεί το πραγματικό της μέρος και δεν θα σταματήσει σε τίποτα για να μην πεις στον κόσμο πού πήγε όταν εγκατέλειψε την οικογένειά της».

Κλείσαμε τα βλέμματα. Ήμουν γυμνή, είχα πλήρη επίγνωση της πτώσης του στήθους μου, της καμπύλης της κοιλιάς μου. Εκείνος ήταν ήδη πλήρως ντυμένος.

«Αν είναι αυτή», είπα, άρπαξα το μπουρνούζι μου από το πάτωμα σε μια στιγμή ντροπαλότητας.

«Αυτή είναι. Αυτή η φωτογραφία το αποδεικνύει».

«Θα μπορούσε να είναι οποιοσδήποτε».

«Εάν επιμένεις. Αλλά πρέπει να την διώξεις αν θέλεις να ζήσεις εδώ».

«Ή να ζήσω με τα κόλπα της, που θα έλεγε η θεία μου η Κλαρίσα. Μάθε τι θέλει πραγματικά».

Μου χαμογέλασε και μου έδωσε ένα φιλί στο μάγουλο.

«Σοφή γυναίκα, η θεία σου. Τώρα, πρέπει να πάω να κάνω κάποια πράγματα. Θα είσαι καλά μόνη σου;».

«Φυσικά.»

Παρά τον εκνευρισμό μου, ήθελα να ρωτήσω πότε θα τον ξαναδώ αλλά μου φάνηκε κτητικό. Έπρεπε να αντισταθώ σε μια απελπισία που με ροκανίζει βλέποντάς τον να βγαίνει από την πόρτα, χωρίς να είμαι σίγουρη αν θα μου έδινε την προστασία που ξαφνικά λαχταρούσα.

Βλέποντας την ώρα - ήταν έξι - άρπαξα τα προϊόντα περιποίησης και μια πετσέτα και έτρεξα στο προσωρινό μου ντους. Μόλις καθαρίστηκα και ντύθηκα, πήγα και μάζεψα τα ηλιακά πάνελ και την μπαταρία, αποθηκεύοντάς τα κάτω από έναν πλαστικό μουσαμά στο τρίτο κτίριο, σχεδιάζοντας να τα αφήσω εκεί μέχρι να αποφασίσω αν θα ήταν ποτέ χρήσιμα. Έπειτα μάζεψα πετσέτες, σεντόνια, ρούχα και μαγιό σε μια μεγάλη τσάντα για να τα πάω στο πλυντήριο, άρπαξα τον φορητό υπολογιστή και τον φορτιστή και ξεκίνησα για το καφέ για πρωινό. Καθώς έβγαινα από το τετράγωνο, έφταναν οι πρώτοι από τους εργάτες.

Εκτός από το πλύσιμο των ρούχων μου, δεν είχα ιδέα πώς θα περνούσα τη μέρα ή οποιαδήποτε μέρα από Δευτέρα έως Παρασκευή με την κατασκευή σε εξέλιξη, αλλά θα έπρεπε απλώς να το επανορθώσω καθώς προχωρούσα.

Πάρκαρα έξω από το καφέ και μπήκα μέσα με το λαπτοπ και τους φορτιστές μου, αποφασισμένη αυτή τη φορά να πάρω μια πλήρη απάντηση από την Γκλόριαα στην ερώτηση για μτο Κάσα Μποαράσο. Κάτι μας πήγαινε πίσω κάθε φορά που μιλούσαμε. Ήμουν σίγουρη γι' αυτό.

Υπήρξε μια σειρά από πελάτες αμέσως μετά την άφιξή μου και οι θαμώνες αιωρούνταν πίσω μου. Παρήγγειλα καφέ και χυμό πορτοκαλιού και τοστ και ομελέτα και κάθισα στο τραπέζι που προτιμούσα. Τη στιγμή που κάθισα φόρτισα το λαπτοπ μου. Χωρίς να κάνω τίποτα άλλο από το να περιμένω την Γκλόρια, έλεγξα τα ημέηλ μου στο τηλέφωνό μου και έβλεπα την πελατεία να πηγαινοέρχεται.

Μέχρι να μου φέρει τον καφέ, το κατάστημα είχε επιστρέψει στη συνηθισμένη του ηρεμία και τη ρώτησα ποιος έμενε κοντά στο σπίτι μου. Είπε ότι τα σπίτια απέναντι ήταν ανακτήσεις τραπεζών, το πέτρινο κτίριο δίπλα μου ήταν ένα εξοχικό που ήταν ως επί το πλείστον άδειο, και πιο κοντά μου στη βόρεια πλευρά ζούσε ένα ηλικιωμένο ζευγάρι που ήταν σχεδόν εντελώς κωφό. Πιο πάνω στον δρόμο μου, τα περισσότερα σπίτια ήταν είτε εξοχικά, είτε σπίτια που άφησαν άδεια οι Ισπανοί ιδιοκτήτες τους. Δύο ή τρία ήταν κτήματα νεκρών. Συνολικά, αυτό εξηγούσε γιατί ένιωθα τόσο μόνη στο δρόμο μου.

Έφυγε βιαστικά για να δει τα αυγά μου. Σε λίγο άκουσα το άλεσμα του αποχυμωτή. Όταν ήρθε και με τα δύο, είπε: «Πρόσθεσα λίγο τυρί. Ελπίζω να μην σε πειράζει».

Της χαμογέλασα. «Τα προτιμώ με τυρί».

Ικανοποιημένη με άφησε να φάω.

Πήρα το χρόνο μου για το πρωινό μου. Το λαπτοπ είχε φορτιστεί μέχρι να τελειώσω το τοστ. Συνέδεσα το τηλέφωνό μου και παρήγγειλα άλλο έναν καφέ, περιμένοντας μια άλλη στιγμή που το καφέ ήταν άδειο.

Όταν η Γκλόρια ήρθε να καθαρίσει ένα κοντινό τραπέζι, έθιξα το θέμα χωρίς πρόλογο. «Το ήξερες ότι πρέπει να κοιμάμαι στο σπίτι τώρα;»

«Ναί.» Άφησε κάτω τα πιάτα που κρατούσε και ήρθε. «Πώς το βρίσκεις;»

«Παράξενο. Αρκετά άνετα στα δύο δωμάτια, αλλά περίεργα ».

«Οι πόρτες ανοίγουν μόνες τους;» ρώτησε διστακτικά.

«Πως το ήξερες;»

Ένα ανήσυχο βλέμμα εμφανίστηκε στο πρόσωπό της.

«Πες μου σε παρακαλώ. Τι λέει ο κόσμος;».

«Θέλεις να μάθετε τι πραγματικά συνέβη στο Κάσα Μοπαράσο;»

Επιτέλους! Έγνεψα καταφατικά, και ήμουν όλο αυτιά.

«Τότε θα σου πω. Αλλά δεν θα σου αρέσει. Ο Μπαράσο δεν ήταν καλός άνθρωπος. Ήταν βάναυσος. Έφερε τη γυναίκα του και τις τέσσερις κόρες του από την Τενερίφη για να τις τρομοκρατήσει, κρύβοντάς τες σε εκείνο το σπίτι ».

«Πώς το ξέρεις αυτό;»

«Η προγιαγιά μου γεννήθηκε το 1890 και η γιαγιά της ήταν είκοσι τριών ετών όταν πέθανε η οικογένεια Μπαράσο. Ήταν η υπηρέτρια τους. Είπε ότι δεν πέθαναν από κίτρινο πυρετό. Η αλήθεια καλύφθηκε. Είδε το αίμα, το μαχαίρι, τα τραύματα από μαχαίρι. Είχε πνίξει τα κορίτσια στα κρεβάτια τους, είχε σκοτώσει τη γυναίκα του και μετά τον εαυτό του ».

Άρχισα να βαριανασαίνω. «Μα πώς καλύφθηκαν όλα αυτά;»

«Ήταν από μια σημαντική οικογένεια. Είχαν καλή σύνδεση.

Πλήρωσαν συγγενή μου για να σιωπήσει. Και οκτώ χρόνια αργότερα το σπίτι πουλήθηκε. Στην πραγματικότητα, χρειάστηκαν οκτώ ολόκληρα χρόνια για να πουληθεί. Ο Σέγιας δεν ήξερε τίποτα, επειδή ήταν από την ηπειρωτική χώρα, και πούλησε φτηνά. Από τότε κανείς δεν μπόρεσε να ζήσει εκεί. Όχι για εκατόν πενήντα χρόνια. Οι άνθρωποι έχουν μείνει εκεί, αλλά δεν έχουν μείνει ποτέ πολύ και πάντα υποφέρουν από κάποια ατυχία. Φοβάμαι ότι το ίδιο θα συμβεί και σε σένα».

Άκουσα τα λόγια της, έκπληκτη από την απαίσια αποκάλυψη. Μια βάναυση αυτοκτονία στο σπίτι μου. Ένιωσα αηδία και λίγο λιποθυμία. Ίσως ο Σέγιας που μου πούλησε το σπίτι να είχε ακούσει τη φήμη, είχε ανακαλύψει την αλήθεια και ήθελε να γκρεμίσει το σπίτι για να σβήσει τη μνήμη. Είναι δυνατόν η κατεδάφιση να έλυνε το πρόβλημα; Ή μήπως τα πνεύματα αυτών των άτονων νεκρών θα στοιχειώνουν το ίδιο το έδαφος όπου βρισκόταν το σπίτι; Έπιασα τον εαυτό μου να τον παρασέρνουν οι σκέψεις, αρνήθηκα σθεναρά να πιστέψω σε αυτό. Φαντάσματα! Ωστόσο, η απόρριψη της ιδέας ενός στοιχειωμένου σπιτιού δεν εξάλειψε την απόλυτη αλήθεια, τέσσερα κορίτσια και η μητέρα τους δολοφονήθηκαν εκεί. Δεν ήμουν σίγουρη ότι ήθελα να ξαναπατήσω το πόδι μου στη δική μου ιδιοκτησία.

Βλέποντας την έκφραση στο πρόσωπό μου, η Γκλόρια είπε: «Δεν έπρεπε να σου το είχα πει».

«Θα το είχα ανακαλύψει, τελικά».

«Μπορεί. Πρόσεχε, Κλερ. Πρόσεχε πολύ.»

Της είπα ότι θα το κάνω. Καθώς έφευγε για να εξυπηρετήσει έναν πελάτη, επανέλαβα τα λόγια της, απεικονίζοντας τη σκηνή, αναρωτιόμουν σε ποια από τα υπνοδωμάτια είχε κοιμηθεί η καθεμία από αυτές. Τέσσερις κόρες και μια σύζυγος εννοούσαν πιθανώς όλες. Ένας φόνος σε κάθε δωμάτιο στον επάνω όροφο. Εικόνες εκείνης της άγριας επίθεσης πέρασαν από το μυαλό μου σαν φωτογραφίες από σκηνή εγκλήματος. Έβγαλα τον φορτιστή και μάζεψα τα πράγματά μου. Όταν η Γκλόρια ήρθε στο τραπέζι μου, της έδωσα ένα χαρτονόμισμα των είκοσι ευρώ και της είπα να κρατήσει τα ρέστα. Δεν μπορούσα να βγω από την Τισκαμανίτα αρκετά γρήγορα.

ΚΛΙΜΆΚΩΣΗ

ΟΔΉΓΗΣΑ ΣΤΟ ΠΟΥΈΡΤΟ ΝΤΕΛ ΡΟΣΆΡΙΟ ΜΕ ΤΟΥΣ ΜΠΛΕΡ ΝΑ ΠΑΊΖΟΥΝ ΔΥΝΑΤΆ ΑΠΌ ΤΑ ΗΧΕΊΑ ΤΟΥ ΑΥΤΟΚΙΝΉΤΟΥ, αρνούμενη να ενδώσω στις σκέψεις της οικογένειας Μπαράσο και στη φρίκη που είχε συμβεί στο σπίτι μου. Στο πλυντήριο στην Αβενίδα Χουάν ντε Μπέθενκορτ, κάθισα και περίμενα τον κύκλο πλύσης και μετά τον κύκλο στεγνώματος. Θα μπορούσα να είχα περιπλανηθεί στο δρόμο ή να διασχίσω το δρόμο για να επισκεφτώ το καφέ απέναντι για έναν καφέ, αλλά αντ' αυτού, συντονίστηκα στο σταθερό ήχο των μηχανών, το βαρύ άρωμα της σκόνης πλυσίματος και την έντονα φωτισμένη ατμόσφαιρα. Έχασα τον εαυτό μου σε ένα κατάστημα γεμάτο ηλεκτρικές συσκευές. Υπήρχε κάτι καταπραϋντικό σχετικά με την κανονικότητα, την οικειότητα, τη βασική ανθρωπιά του πλυσίματος των ρούχων. Οτιδήποτε, για να μην χρειαστεί να σκεφτώ τις αποκαλύψεις της Γκλόρια.

Με τα ρούχα και τα σεντόνια μου διπλωμένα και μυρίζοντας σαν χωράφι με λουλούδια, ανέβηκα με το αυτοκίνητο στην ακτή στο μικροσκοπικό χωριό Πουέρτο Λάχας και πάρκαρα δίπλα στο μικρό παρεκκλήσι στο τέλος του κεντρικού δρόμου. Η παραλία ήταν προστατευμένη αλλά δεν είχε την κρεμώδη άμμο του Ελ Κοτίλο ή του Μόρο Χάμπλε.. Εδώ, η άμμος ήταν βασάλτης-καφέ και διάσπαρτη με βότσαλο, η περιοχή ήταν λιγότερο ανεπτυγμένη, και ως αποτέλεσμα υπήρχαν λιγότεροι παραθεριστές. Αν και ήταν σαφές ότι έχαναν μια φιλόξενη τοποθεσία. Ένας ύφαλος προστάτευε τον κόλπο και παρόλο που τα νερά ήταν βαθύτερα από τις λιμνοθάλασσες του Ελ Κοτίλο, έμοιαζαν ασφαλή για να κολυμπήσεις. Μικρά ψαροκάικα, αγκυροβολημένα στην ανοικτή θάλασσα, κυλούσαν στα προστατευμένα νερά. Πήγα στην ίσαλο γραμμή και κοίταξα τον θολό ορίζοντα, συγκρίνοντας το γαλάζιο του ουρανού με το γαλάζιο του ωκεανού, ακούγοντας τον απαλό ήχο των κυμάτων, τις κραυγές διασκέδασης και το γέλιο που κουβαλούσε ο αέρας.

Για ποιο λόγο είχα έρθει σε αυτό το νησί; Να ζήσω τη ζωή ενός ερημίτη σε ένα σπίτι διαταραγμένο από το δικό του παρελθόν; Να γίνω αναζητητής της ευχαρίστησης, να μαυρίζω και να κολυμπώ και να τρώω σε εστιατόρια; Για να παρέχω δωρεάν διαμονή διακοπών στους υποτιθέμενους φίλους μου; Ή είχα έρθει εδώ για να παρασυρθώ από έναν ντόπιο; Χρειαζόμουν ένα επάγγελμα, ήταν ξεκάθαρο, και τα σχέδια για το σπίτι μου μόλις αποκατασταθεί, αλλά δεν μπορούσα να σκεφτώ τίποτα από τα δύο. Ίσως το μάθημα των Ισπανικών που πρόκειται να ξεκινήσω σε μερικούς μήνες θα είχε ως αποτέλεσμα τουλάχιστον μερικούς φίλους και πιθανώς ακόμη και μια νέα αίσθηση σκοπού.

Ήμουν πάλι άτονη και προβληματισμένη. Ο ήλιος έκαιγε το δέρμα μου και ακόμη και στο λαμπρό φως δεν μπορούσα να ταρακουνήσω μια απαίσια, υφέρπουσα αίσθηση που διαπερνούσε μέσα μου καθώς οι σκέψεις μου έπεσαν στον Μπαράσο, ο οποίος είχε δολοφονήσει τα τέσσερα παιδιά του και τη γυναίκα του και στη συνέχεια αυτοκτόνησε. Η Γκλόρια ήταν ανένδοτη και δεν είχα λόγο να μην την πιστέψω. Ήταν δύσκολο να το επεξεργαστώ. Το αποτρόπαιο έγκλημα ήταν αρχαίο, αλλά αυτό δεν άλλαξε τη γνώση ότι είχε συμβεί.

Αμφιβάλλω ότι θα είχε μεγάλη διαφορά αν είχε γίνει μόλις πέρυσι. Το γεγονός παρέμενε ότι στο σπίτι μου είχαν σφάξει ανθρώπους, παιδιά. Μου φάνηκε δύσκολο να το αφομοιώσω. Οι πιθανότητες ήταν πάντα υψηλές οι θάνατοι να είχαν συμβεί μέσα σε αυτά τα τείχη κατά τη διάρκεια των αιώνων, αλλά ένας θάνατος από ασθένεια ή γήρανση ήταν μέρος της κανονικής ροής της ζωής. Η δολοφονία ήταν διαφορετική. Ήταν βάναυσο, ξαφνικό, σοκαριστικό και με ενόχλησε. Δεν μπορούσα να θυμηθώ ποτέ να είχα ενοχληθεί τόσο πολύ από έναν ξαφνικό θάνατο, εκτός από αυτόν της μητέρας μου. Πίστευα ότι αυτός ήταν ο λόγος που αντιδρούσα έντονα στις δολοφονίες του Μπαράσο. Είχα βαθιά γνώση του τραύματος του βίαιου θανάτου, αφού είχα δει το ατύχημα της μητέρας μου. Είχα ακούσια προσελκύσει, είχα εμμονή και στη συνέχεια με οδηγούσε να αγοράσω το Κάσα Μπαράσο λόγω του δικού μου ασυνείδητου τραύματος; Λειτουργούσε έτσι η ζωή; Ή ήταν όλα τυχαία;

Ίσως η Ολίβια Στόουν να είχε τραβηχτεί στο σπίτι για τον ίδιο λόγο. Η ενέργεια θα είχε απήχηση. Μόνο που είχε ξεφύγει από μια κακή οικιακή κατάσταση για να προσγειωθεί στον απόηχο μιας άλλης, αποδεικνύοντας τι θα μπορούσε να της είχε συμβεί αν είχε μείνει με τον σύζυγό της. Αν η εκδοχή της πραγματικότητας του Πάκο ήταν αληθινή.

Πλησίαζε η ώρα του μεσημεριανού γεύματος και οι μυρωδιές από το παραλιακό εστιατόριο ήταν ορεκτικές. Περιπλανήθηκα και καθώς μπήκα με οδήγησε ένας φιλικός σερβιτόρος σε ένα άδειο τραπέζι στα μισά του δρόμου κατά μήκος ενός τοίχου διακοσμημένου με κιθάρες. Το εσωτερικό είχε μια οικεία αίσθηση με ένα πράσινο βαμμένο πάτωμα. Το κάτω μέρος των τοίχων ήταν βαμμένο στην ίδια απόχρωση του πράσινου, συναντώντας την κίτρινη ώχρα στο ύψος της μέσης. Ρουστίκ, και τα χρώματα δίνουν μια γήινη αίσθηση στο εσωτερικό, το χρώμα του πράσινου είναι πάντα μια ευπρόσδεκτη πινελιά σε ένα νησί χωρίς αυτό. Τα τραπέζια ήταν καλυμμένα με καφέ και λευκά καρό τραπεζομάντιλα. Είχα πάρει την καρέκλα με την πλάτη μου στην κουζίνα και κοίταξα έξω τα καθίσματα στο ύπαιθρο, τους φοίνικες, την παραλία και τον ωκεανό πέρα. Παρήγγειλα έναν καφέ και απολάμβανα την ατμόσφαιρα. Παράδεισος. Ήταν κατηγορηματικό. Καθώς άλλοι πελάτες περιπλανιόντουσαν για μεσημεριανό γεύμα, χαιρέτισα τον σερβιτόρο και παρήγγειλα τάπας με ντομάτες κομμένες στα τέσσερα, καρυκευμένα με λάδι και βότανα και φέτες σκόρδου, ακολουθούμενα από παέγια. Σκέτη απόλαυση, και αφού ήμουν σε θέση να τρώω έξω σε καθημερινή βάση, ίσως θα συνέχιζα να το κάνω. Ο τρόπος μου να στηρίζω την τοπική οικονομία.

Τους τελευταίους μήνες είχα συνηθίσει να είμαι μόνη μου, αλλά βλέποντας ζευγάρια γύρω μου, οι σκέψεις μου πήγαν στον Πάκο και αναρωτιόμουν ακόμα κι αν θα τον ξαναέβλεπα ποτέ, πόσο μάλλον να είμαι μαζί του ως κοπέλα ή σύντροφός του. Ήταν οδυνηρές αμφιβολίες και οι πρόσφατες ανακαλύψεις μου για το σπίτι με έκαναν να θέλω να είναι πάντα μαζί μου. Προειδοποίησα τον εαυτό μου να μην βιαστεί να κάνω μια σχέση με κάποιον που σχεδόν δεν ήξερα με βάση τον φόβο μου. Προειδοποίησα τον εαυτό μου να μην τον θέλω απλώς επειδή ήμουν αδρανής, βαριόμουν, ανυπόμονη και επιθυμούσα να περισπασμούς. Αν ήθελα να είμαι μαζί του, χρειαζόμουν έναν σοβαρό λόγο, και αυτός ο λόγος θα ήταν επειδή τον αγαπούσα και τον θαύμαζα.

Αν το μόνο που ήθελα ήταν ένας σύντροφος και προστάτης, τότε θα έπρεπε να πάρω έναν σκύλο.

Επέστρεψα στην κατασκευή καθώς οι άντρες μάζευαν τα πράγματά τους. Άφησα το αυτοκίνητό μου στο δρόμο, έλεγξα για πρόοδο, αλλά δεν είδα κανέναν και κατευθύνθηκα στο πίσω μέρος και στο αίθριο. Ο Μάριο στεκόταν δίπλα στην τρύπα του διαχωριστικού τοίχου και μιλούσε στον Χελμούντ. Έγνεψε όταν με είδε και με κάλεσε.

«Χαίρομαι που είσαι εδώ», είπε με σοβαρό τόνο. «Πρέπει να μιλήσουμε.»

«Ω ναι;»

Δίστασε. Ήταν ο Χελμούντ που έκανε την είδηση. «Ο διαχωριστικός τοίχος πρέπει να κατέβει».

«Ουάου! Κιόλας;»|

«Η πρόοδος είναι γρήγορη όταν έχεις τόσους πολλούς άνδρες. Σήμερα, τα παράθυρα της κουζίνας μπήκαν μέσα. Αυτό το ανώφλι», έδειξε πάνω από τον δεξί μου ώμο, «και τα δωμάτια του επάνω ορόφου στη βόρεια πλευρά είναι έτοιμα για τους σοβατιστές».

«Αυτά είναι εξαιρετικά νέα».

«Μόνο, πρέπει να ξεκινήσουμε τη δουλειά στο μπαλκόνι. Και δεν μπορούμε να το κάνουμε αυτό μέχρι να πέσει ο τοίχος».

«Θα χαρώ όταν φύγει αυτό», είπα, και φανταζόμουν ήδη την αίσθηση του χώρου. «Είναι μια πληγή στα μάτια και σημαίνει ότι η δεξαμενή μπορεί να διορθωθεί».

«Όλα αυτά και πολλά άλλα. Αλλά...»

«Υπάρχει αλλά;»

Οι δύο άντρες αντάλλαξαν ματιές και μετά με κοίταξαν και οι δύο αμέσως.

«Θα είναι δύσκολο να είσαι εδώ», είπε ο Μάριο.

«Δεν θα είναι δυνατό», ενίσχυσε ο Χέλμουντ.

«Εξαιτίας της σκόνης.»

Είχαν αρχίσει να ακούγονται σαν να συμπλήρωνε ο ένας τον άλλον.

«Πολλή σκόνη», συνέχισε ο Χελμούντ. «Θα υπάρχουν μπάζα και βράχοι παντού. Οι εργασίες στο μπαλκόνι θα πραγματοποιούνται ακριβώς έξω από τις πόρτες των δωματίων σας.»

«Και δεν θα μπορείς να μπεις ούτε από την μπροστινή πόρτα, καθώς αυτές οι πόρτες κατασκευάζονται ακόμα».

«Θα σφραγίσουμε τις πόρτες για να προστατέψουμε τα πράγματά σας, αλλά δεν θα έχετε πρόσβαση».

«Υπάρχει κάπου που να μπορείς να μείνεις;» είπε ο Μάριος.

Και οι δύο με κοίταξαν με προσμονή. Τότε ο Χελμούντ είπε στον Μάριο, «Ίσως μπορεί να επισκεφτεί ένα άλλο νησί. Τα Γκραν Κανάρια ή την Τενερίφη».

«Αλήθεια. Αν μπορεί να πάρει μια πτήση».

Άρχισαν να απομακρύνονται προς την κατεύθυνση της πίσω πόρτας. Ακολούθησα, ακούγοντας.

«Θα υπάρξουν πτήσεις, σίγουρα;» είπε ο Χελμούντ. «Είναι μόνο ένα άτομο».

«Για αύριο; Μπορεί.»

Αύριο;

«Λοιπόν, πρέπει να πάει κάπου, και όπως λέει, δεν υπάρχει κατάλυμα στο νησί».

«Μια σκηνή;»

«Αυτό είναι δυνατό».

«Για πόσο καιρό;» Είπα, διακόπτοντας, προτιμώντας να συμπεριληφθώ στη συζήτηση και να μην αναφέρονται σε μένα σα να μην είμαι εκεί.

«Μέχρι την Παρασκευή», είπε ο Μάριο.

Ο Χελμούντ φαινόταν αμφίβολος. «Τουλάχιστον.»

«Θα έπρεπε να έχουν ξεκαθαρίσει το χειρότερο χάος μέχρι τότε».

«Μα τι γίνεται με το μπαλκόνι; Θα χρειαστεί ένα σκληρό καπέλο μόνο για να πάει στο μπάνιο της».

«Αυτό είναι αλήθεια.»

«Θα μαζέψω τα πράγματά μου και θα φύγω αύριο το πρωί».

«Ευχαριστώ, Κλερ», είπε ο Μάριο, εμφανώς ανακουφισμένος.

«Κανένα πρόβλημα.»

Αν και ήταν πρόβλημα. Και μεγάλο. Ένιωθα σαν να με έδιωχναν. Έμεινα στο χώρο μόνο ένα Σαββατοκύριακο και θα ήθελα να μου το είχαν πει πριν. Ο Χελμούντ πρέπει να το ήξερε. Όλη αυτή η δουλειά για την προετοιμασία αυτών των δύο δωματίων και κοιμήθηκα σε αυτά για μόλις τρεις νύχτες. Το μυαλό μου έτρεξε στις επιλογές μου. Φαντάστηκα τον εαυτό μου να κοιμάται στο αεροδρόμιο περιμένοντας την πρώτη διαθέσιμη πτήση από το νησί, με προορισμό οπουδήποτε.

Ήμουν έτοιμη να μπω μέσα όταν είδα τον Πάκο με το σαραβαλάκι του να παρκάρει μπροστά από το καθαρό μπλε Ρενώ του Μάριο. Ανακουφισμένη, πήγα και τον συνάντησα στο πεζοδρόμιο. Η ανησυχία μου φάνηκε στο πρόσωπό μου, με τον τρόπο μου συνολικά.

«Ποια είναι τα νέα σου;» είπε, φιλώντας μου τα μάγουλα.

«Δεν θα το πιστέψεις», μουρμούρισα, οδηγώντας τον στο μπροστινό μέρος του κτιρίου και στη βόρεια πλευρά, μακριά από τον Μάριο και τον Χελμούντ που μιλούσαν ακόμα καθώς έτρεχαν προς τα αυτοκίνητά τους. «Πρέπει να φύγω, ή τουλάχιστον να μην κοιμηθώ εδώ για τουλάχιστον μια εβδομάδα». Εξήγησα για τον διαχωριστικό τοίχο.

«Θα είναι καλό να το δούμε να έχει φύγει».

«Μου πρότειναν να πάω αεροπορικώς κάπου ή να αγοράσω μια σκηνή».

«Μια σκηνή! Δεν θα αγοράσεις σκηνή. Και δεν θα πας πουθενά».

«Τότε τι θα κάνω;» Ρώτησα, λίγο απογοητευμένη που μου είπαν τι να κάνω ξανά.

«Θα μείνεις μαζί μου».

«Δεν μπορώ», ψιθύρισα. Έμεινα έκπληκτη, λίγο ενθουσιασμένη και τρομερά ανήσυχη ταυτόχρονα.

«Γιατί όχι;» Ακουγόταν προσβεβλημένος.

Δίστασα. Θα υπήρχε χώρος για μένα στο διαμέρισμά του στο Πουέρτο ντελ Ροζάριο, το οποίο έμελλε να είναι μικρό, πολύ μικρό; Ήθελα να ρωτήσω πόσα υπνοδωμάτια είχε, αν και η ερώτηση ένιωσα αμέσως πως ήταν γελοία μετά από χθες.

«Αν είσαι σίγουρος».

«Γιατί να μην είμαι σίγουρος;» Με κοίταξε έντονα. «Θα είναι πιο ασφαλές».

«Ναι, θα είναι πιο ασφαλές». Σκέφτηκα να του πω την εκδοχή της Γκλόρια για το τι συνέβη στην οικογένεια Μπαράσο, αλλά δεν ήθελα να προσθέσω κανένα βάρος στις θεωρίες του για τα φαντάσματα.

Ο Πάκο πότιζε τα φυτά ενώ εγώ τα έβαζα. Σε λιγότερο από δύο ώρες επέστρεψα στο Πουέερτο ντελ Ροσάριο, αυτή τη φορά στο «Ναι, θα είναι πιο ασφαλές». Σκέφτηκα να του πω την εκδοχή της Γκλόρια για το τι συνέβη στην οικογένεια Μπαράσο, αλλά δεν ήθελα να προσθέσω κανένα βάρος στις θεωρίες του για τα φαντάσματα.

Ο Πάκο πότιζε τα φυτά ενώ εγώ μάζευα τα πράγματα. Σε λιγότερο από δύο ώρες επέστρεψα στο Puerto del Rosario, αυτή τη φορά στο Κάλε Καναλέχας, σε ένα διαμέρισμα πάνω από ένα άδειο κατάστημα.

Το διαμέρισμα ήταν δύο δρόμους πίσω από τον παραλιακό δρόμο και την παραλία και ένα σωρό εστιατόρια. Η τοποθεσία ήταν ζωντανή, θορυβώδης, πιο ζωντανή από την Κάλε Μπαρτσελόνα. Στο εσωτερικό, ένα ευρύχωρο σαλόνι με ενιαία διαρρύθμιση οδηγούσε σε ένα υπνοδωμάτιο. Είδα με μια ματιά ο Πάκο κρατούσε το μέρος τακτοποιημένο. Αν δεν είχαμε ήδη μοιραστεί το κρεβάτι μου, θα κοίταζα τον βαθύ και άνετο καναπέ με ανακούφιση και θα σχεδίαζα την επόμενη κίνησή μου, αναμφίβολα φεύγοντας από το νησί με την πρώτη διαθέσιμη πτήση. Καθώς έβλεπα τον Πάκο να εναποθέτει τη βαλίτσα μου στην άκρη του κρεβατιού του, συρρικνώθηκα μέσα μου σε παραίτηση. Είχα εκτοξευθεί σε μια οικιακή κατάσταση για την οποία δεν ήμουν έτοιμη. Ο Πάκο, αντίθετα, εμφανίστηκε μια χαρά με τη ρύθμιση, κάτι παραπάνω από μια χαρά. Ικανοποιημένος.

Πέντε μέρες μετατράπηκαν σε πέντε εβδομάδες καθώς οι άντρες γκρέμισαν το χώρισμα και δούλευαν στο μπαλκόνι και στην δεξαμενή. Όταν ο Πάκο δούλευε, έφευγα τις μέρες και περιπλανιόμουν στο λιμάνι, κολυμπώντας ή περπατώντας στη μικρή παραλία, έτρωγα έξω και έτρωγα σπίτι όταν ο Πάκο επέλεγε να μαγειρέψει. Ήταν καλός μάγειρας. Φαινόταν να απολαμβάνει να μοιράζεται τον χώρο του μαζί μου, και πάντα με διασκέδαζε. Με έπαιρνε ακόμη και στα φωτογραφικά του ταξίδια και με σύστησε στους γονείς του και άλλα μέλη της οικογένειάς του –όλοι έμοιαζαν σχεδόν με τον Πάκο– ως τη σύντροφό του, την Αγγλίδα που αναστηλώνει το Κάσα Μπαράσο. Όλοι, καθένας από αυτούς, με κοίταξαν με πραγματικό ενδιαφέρον και μια υπόνοια προσδοκίας. Τι άλλο τους είχε πει για μένα;

Ένα βράδυ μιλήσαμε για την ιδέα μου για ένα φυλλάδιο και καθίσαμε μαζί επιλέγοντας κατάλληλες φωτογραφίες από τις παρτιτούρες που είχε τραβήξει. Δεν είχα γράψει ποτέ κάτι παρόμοιο στη ζωή μου, αλλά σκέφτηκα ότι θα μιμούμαι κάτι παρόμοιο που είχα βρει σε ένα βιβλιοπωλείο. Δεν θα έπρεπε να είναι πολύ δύσκολο, σκέφτηκα, αφού δεν είχα σκοπό να το δημοσιεύσω. Ήταν αυτός που μου πρότεινε να συμπεριλάβω ένα μικρό κεφάλαιο για την Ολίβια Στόουν. Σκέφτηκα την ιδέα παράλογη, καθώς δεν υπήρχαν στοιχεία ότι πάτησε το πόδι της στο σπίτι μου, αλλά του έκανα χιούμορ.

Την επόμενη μέρα με πήγε σε ένα άλλο σπίτι στο οποίο είχε μείνει, στη γωνία των Κάλε Ρουίζ ντε Αλντα καικ Κάλε Λεόν Ι Καστίλλε , κοντά στο λιμάνι και μόνο ένα τετράγωνο πιο κάτω από την πλατεία που περιβάλλεται από το δημαρχείο και τα κυβερνητικά κτίρια. Ήταν ένα σπίτι που είχα περάσει πολλές φορές κατεβαίνοντας στο λιμάνι και δεν το είχα προσέξει ποτέ.

Κατεβήκαμε τον παράδρομο και σταθήκαμε μαζί σε μια απέναντι γωνία. Ο Πάκο μου είπε ότι το σπίτι ανήκε στον Χοσέ Γκαλάν Σάντσεζ και τη σύζυγό του, Μπενίγκνα Πέρες Αλόνζο, που το διαχειρίζονταν ως μικρό ξενοδοχείο. Το βιβλίο της Ολίβια Στόουν προσφέρει μια πλήρη περιγραφή της περίεργης διάταξης και των δωματίων χωρίς παράθυρα. Πήρα μαζί μου το αντίγραφο του βιβλίου της και συνέκρινα αυτό που έγραψε με αυτό που μπορούσα να δω από διάφορες οπτικές γωνίες και σίγουρα ήταν το σωστό σπίτι. Μόνο που στεκόταν εντελώς ερειπωμένο, άλλο ένα ερείπιο, αυτή τη φορά ακριβώς στην καρδιά της πρωτεύουσας του νησιού. Για μια φρικτή στιγμή, νόμιζα ότι είχα αγοράσει το λάθος σπίτι. Και πάλι, δεν θα μου άρεσε να ζω τόσο κοντά στα πράγματα. Ωστόσο, η κατοικία δεν ήταν η μόνη που έμεινε στην καταστροφή. Υπήρχαν πολλά αρχαία κτίρια διάσπαρτα τριγύρω, που χρονολογούνται πάνω από εκατό χρόνια και πιθανώς πιο κοντά στα διακόσια χρόνια. Το πρώην ξενοδοχείο θα είχε κάνει ένα καλό καφέ ή ένα μικρό κέντρο τεχνών και θα μπορούσε ακόμη και να μετατραπεί σε ένα μικρό μουσείο για να τιμήσει εκείνη την ευοίωνη επίσκεψη της Ολίβια Στόουν.

«Μακάρι να μπορούσα να σώσω όλα αυτά τα παλιά κτίρια, Πάκο».

«Δεν είναι δική σου ευθύνη».

«Αλήθεια.»'

«Αλλά είναι ωραία σκέψη, Κλερ.»

Στο δρόμο της επιστροφής προς το διαμέρισμά του, ακολουθώντας την κυκλική διαδρομή κατά μήκος του πεζόδρομου, ενώσαμε τα χέρια και απολαύσαμε το αεράκι που έβγαινε από τον ωκεανό. Χωρίς να βιαζόμαστε να επιστρέψουμε στα όρια του διαμερίσματος, πρότεινα να πάμε για έναν καφέ κάπου.

Πήγαμε στο συνηθισμένο μας και καθίσαμε έξω. Καθώς παρακολουθούσαμε τον κόσμο του Πουέρτο ντελ Ροσάριο να περνάει, ένα αστείο ανθρωπάκι με μπλουζάκι που έγραφε Αγαπώ την Φουερτεβεντούρα κάθισε στο διπλανό τραπέζι με τη σύζυγό του —η οποία φορούσε ένα πανομοιότυπο μπλουζάκι - και διάφορες τσάντες. Είχε δυνατή φωνή και μιλούσε με παχιά βαριά προφορά.

«Δεν ξέρω, Φρεντ», είπε η γυναίκα, «αυτός στη γωνία φαινόταν πιο καθαρός».

«Είδες τις τιμές τους; Νομίζω ότι κάναμε ένα λάθος που φτάσαμε τόσο νότια. Έπρεπε να μείνουμε στο Κοραλέχο.

«Μα εσύ ήθελες να δεις το Κάσα Γουίντερ, όχι εγώ.»

«Άξιζε όμως.» Ο άντρας που λεγόταν Φρεντ, γέλασε. «Και ποιος θα το πίστευε ότι θα πέφταμε πάνω στον Ρίτσαρντ!»

«Έχω προσέξει πως ο Ρίτσαρντ Πάρι εμφανίζεται παντού όπου πηγαίνουμε.»

«Όχι παντού, Μάργκαρετ. Μην υπερβάλλεις.»

«Είπε ότι έκανε κάποια αναζήτησα για ένα άλλο βιβλίο.»

«Ακόμα το παλεύω με το τελευταίο που έγραψε.»

«Δηλαδή δεν σου αρέσει τώρα;»

«Δεν είπα αυτό. Αλλά κάθε συγγραφέας έχει την στιγμή του. Και το τελευταίο του, δεν το έχω καταλάβει και τόσο...»

Και έτσι συνεχίστηκε. Διακοπές μεταξύ ενός ηλικιωμένου παντρεμένου ζευγαριού. Αφού έψαξαν για λίγες στιγμές τις τσάντες τους, έφυγαν έχοντας προφανώς αλλάξει γνώμη. Τους παρακολούθησα να απομακρύνονται και μετά είδα ότι είχαν αφήσει πίσω τους έναν σελιδοδείκτη. Περίεργη, πήγα και το πήρα.

Ήταν ένα μυθιστόρημα που ονομαζόταν Λα Μαρέτα του Ρίτσαρντ Πάρι. Έβαλα τον σελιδοδείκτη στην τσάντα μου, σκεπτόμενη ότι θα τον ψάξω κάποια στιγμή.

Πίσω στο διαμέρισμα, ο Πάκο επεξεργάστηκε μερικές φωτογραφίες στο τραπέζι και εγώ έμεινα στον καναπέ και διάβασα την Ολίβια Στόουν. Δεν μπορούσα να βρω τίποτα κακό στη συμβίωσή μας, φαίνονταν να έχουμε μπει ο ένας στη ρουτίνα του άλλου με ευκολία, ωστόσο βλέποντάς τον να δουλεύει ήξερα ότι δεν θα μπορούσε να διαρκέσει. Όχι τουλάχιστον, με εμένα στο διαμέρισμα, υπήρχε έντονη έλλειψη χώρου. Ένιωσα, επίσης, ότι η κατάσταση ήταν αφύσικη και κάπως λάθος. Ωστόσο, η επιστροφή στην κατασκευή θα με έκανε να νιώσω σαν να χωρίζω και αυτό με ενοχλούσε αφάνταστα.

Τις μέρες που ακολούθησαν έλεγα στον εαυτό μου ξανά και ξανά ότι δεν μπορούσα να μείνω.

Ένα πρωί στο πρωινό, τελικά πήρα το θάρρος και είπα στον Πάκο ότι το να ζήσουμε μαζί τόσο σύντομα ήταν ο λάθος τρόπος για να ξεκινήσουμε μια σχέση, παρόλο που ένιωθα φυσικά, αρμονικά και ωραία, και ότι αν εμείς θέλαμε και οι δυο να γίνουμε ζευγάρι, το μέλλον θα δείξει. Είχα πάρει όλη αυτή τη συζήτηση από μια ταινία που είχα δει.

Ο Πάκο ήταν εμφανώς απογοητευμένος.

Άγγιξα το χέρι του.

«Πρέπει να περάσω απόψε μόνη μου. Προσπάθησε να καταλάβεις. Πρέπει να μένω στο σπίτι μου μόνη μου και να μην τρομάζω. Διαφορετικά, δεν θα ζήσω ποτέ εκεί, ή θα θέλω να ζήσεις εκεί, μόνο και μόνο επειδή φοβάμαι πολύ να είμαι εκεί μόνη μου».

Ήταν λογικό, παρόλο που ένιωθα απαίσια και ήξερα ότι ο Πάκο το πήρε ως απόρριψη.

Εκείνη την ημέρα της επιστροφής μου, σηκώθηκα στις τέσσερις το απόγευμα για να διαπιστώσω ότι όλη η κόλαση είχε έρθει στο εργοτάξιο.

Η υδροφόρα έφευγε, αλλά στη θέση της έτρεχε ένα ασθενοφόρο.

Ο Χελμούντ με είδε και ήρθε.

«Είναι ξυλουργός. Έχει τραυματιστεί ».

«Είναι σοβαρό;» Ρώτησα, ορμώντας εκεί που ήταν ξαπλωμένος ο μάστορας στο έδαφος της εσωτερικής αυλής, στριφογυρίζοντας και βογκώντας.

Ο Χελμούντ ακολούθησε. «Θα μπορούσε. Ανέβηκε μια σκάλα όταν αυτό το μικρό μήκος δοκού απομακρύνθηκε από τον τοίχο και τον χτύπησε στο πίσω μέρος του κεφαλιού. Έπεσε και ράγισε το χέρι του σε έναν βράχο. Είναι τυχερός που είναι ζωντανός ».

Η προσβλητική δοκός, η οποία είχε καθίσει επί τόπου για εκατοντάδες χρόνια, βρισκόταν στη νότια πλευρά του χωρίσματος, η τελευταία δοκός του μπαλκονιού που είχε απομείνει κρέμεται από τον ανατολικό τοίχο περίπου στα μισά της διαδρομής. Με τον τρόπο που ο Χελμούντ περιέγραψε το ατύχημα, ο δοκός είχε χτυπήσει τον καημένο τον ξυλουργό. Πώς ήταν ακόμη δυνατό;

Όλοι αναρωτιόντουσαν το ίδιο και οι άντρες ήταν ξεκάθαρα τρομοκρατημένοι. Μετακινήθηκαν, με χαμηλά τα κεφάλια, μουρμουρίζοντας κάτω από την ανάσα ο ένας στον άλλο. Μπήκα με τα πράγματά μου, χωρίς να ανυπομονώ πότε θα πήγαιναν όλοι σπίτι.

Όταν το έκαναν, μπόρεσα να κοιτάξω σωστά γύρω μου.

Σε πέντε εβδομάδες, οι άνδρες είχαν καθαρίσει σχεδόν όλους τους βράχους στο αίθριο και έχτισαν το μπαλκόνι στη βόρεια και τη δυτική πλευρά. Ήταν πιο βαθιά απ' όσο είχα φανταστεί, με τις σκάλες να ανεβαίνουν δίπλα στον δυτικό τοίχο, με πρόσβαση στο επίπεδο του εδάφους κοντά στον προθάλαμο που οδηγούσαν στην εξώπορτα. Οι άντρες είχαν ξαναδώσει τη δεξαμενή και στον επάνω όροφο στη βόρεια πλευρά, το σοβάτισμα είχε τελειώσει και τα υπνοδωμάτια ήταν έτοιμα για τους ελαιοχρωματιστές. Η εξώπορτα ήταν μέσα και είχαν αρχίσει οι εργασίες για τη σκυροδέτηση των τμημάτων της βεράντας κάτω από το μπαλκόνι, αφήνοντας το κέντρο πλακόστρωτο. Είχα έναν καθαρό, χωρίς μπάζα διάδρομο στην πίσω πόρτα. Η κουζίνα και το πλυντήριο παρέμειναν γκρίζα, άδεια.

Στη νότια πλευρά, τα τείχη ήταν πλήρη και τα δοκάρια τα έδεσαν στην αρχή του πρώτου ορόφου. Μερικά από τα δοκάρια στέγης ήταν στη θέση τους. Το Κάσα Μπαράσο επρόκειτο σύντομα να γίνει το Κάσα Μπένετ και επέτρεψα στον εαυτό μου αισθήματα υπερηφάνειας. Όταν όλα θα είχαν τελειώσει, τίποτα δεν θα μπορούσε να μειώσει τη μεγαλοπρέπεια του σπιτιού και δεν θα άφηνα τα φαντάσματα να μου χαλάσουν τα πράγματα. Αυτή ήταν η απόφασή μου και ήλπιζα ότι θα μπορούσα να τη διατηρήσω.

Πέρασα από όλα τα τελετουργικά που είχα καθιερώσει την τελευταία φορά που κοιμήθηκα στο χώρο. Πήγα στον μικρό μου κήπο και εξέτασα τα φυτά μου. Καθώς ο ήλιος βυθιζόταν κάτω από την οδοντωτή κορυφογραμμή του βουνού, έκανα ένα ντους με κουβά για να ξεπλύνω το αλάτι από το τελευταίο μου μπάνιο στην παραλία στο Πουέρτο ντελ Ροζάριο, βούρτσισα τα δόντια μου και οργάνωσα τη φορητή τουαλέτα πριν κλείσω τη νύχτα. Έβαλα τις μελωδίες των Κοκτώ Τουίνς, έφαγα τόνο σε κονσέρβα και μια ανάμεικτη σαλάτα και κάθισα να διαβάσω έναν Στήβεν Κινγκ στα Ισπανικά. Μου έλειπε ο Πάκο, αλλά αρνήθηκα να ενδώσω στον συναισθηματισμό. Πάνω απ' όλα, αρνήθηκα να εξαρτώμαι από έναν άντρα.

Μόνο όταν έσβησα το τελευταίο κερί, η σκέψη των βίαιων θανάτων της οικογένειας Μπαράσο επανήλθε στο προσκήνιο του μυαλού μου. Μόνη στο σπίτι τη νύχτα, ήταν δύσκολο να αποτινάξω την πεποίθηση ότι το μέρος ήταν στοιχειωμένο. Η φρικτή σκηνή της αυτοκτονίας της δολοφονίας επαναλαμβανόταν ξανά και ξανά και μου πήρε πολύ χρόνο για να αποκοιμηθώ.

Ξύπνησα από τον ήχο ενός κλαψουρίσματος. Ερχόταν από το άλλο δωμάτιο. Στην αρχή νόμιζα ότι ήταν σκύλος, αλλά καθώς το άκουσα κατάλαβα ότι ακουγόταν περισσότερο σαν παιδί. Ανήσυχη, γύρισα και άναψα το κερί δίπλα στο κρεβάτι και κοίταξα το τηλέφωνό μου. Ήταν δύο η ώρα. Ήθελα να χρησιμοποιήσω τον φακό του τηλεφώνου, αλλά ανακάλυψα ότι η μπαταρία μου είχε σχεδόν εξαντληθεί. Είχα ξεχάσει να το φορτίσω στο Πάκο. Αντίθετα, πήρα το κερί και κατευθύνθηκα προς την κατεύθυνση του ήχου.

Ήταν δύσκολο να τοποθετηθεί. Περιπλανιόμουν στην τραπεζαρία και όποτε νόμιζα ότι ήμουν κοντά, ο ήχος φαινόταν να έρχεται από κάπου αλλού, σαν η πηγή να ήταν αποφασισμένη να παραμείνει για πάντα μακριά. Μετά από μια πλήρη περιήγηση στο δωμάτιο, ήξερα ότι δεν υπήρχε τίποτα να δω και κανείς δεν ήταν εκεί. Ο ήχος πρέπει να έρχεται από έξω.

Πήγα στην πόρτα για να ελέγξω τα μάνταλα. Ήταν κλειστά. Καθώς στεκόμουν, συλλογιζόμουν την επόμενη κίνησή μου, προσπαθώντας να αποφασίσω αν ένιωθα αρκετά γενναία για να βγω στο αίθριο, ο αέρας κρύωσε πάρα πολύ, τόσο κρύος, που ένιωθα σαν να είχα μπει σε μια κατάψυξη. Ανατρίχιασα. Εκείνη τη στιγμή, το κλαψούρισμα σταμάτησε. Τότε το κερί σκόρπισε και έσβησε.

Τρομοκρατημένη, οπισθοχώρησα. Το δωμάτιο ήταν αμέσως ζεστό και πάλι. Σκέφτηκα, εκεί που στεκόμουν εκεί φορώντας μόνο το εσώρουχό μου, ότι έπρεπε να βρω το δρόμο για να επιστρέψω στο κρεβάτι στο σκοτάδι. Καθώς έκανα αργά, πρόχειρα βήματα, ορκίστηκα από τότε ότι δεν θα άφηνα ποτέ το τηλέφωνό μου να αδειάσει.

Δεν μπορούσα να κοιμηθώ. Για το υπόλοιπο της νύχτας, ξάπλωσα ανάσκελα, άκαμπτη από φόβο, σκεφτόμουν να κοιμηθώ στο αυτοκίνητό μου, αλλά ήμουν ανίκανη να ενεργήσω με την παρόρμηση. Για πρώτη φορά, αντιμετώπισα τη νοσηρή συνειδητοποίηση ότι ο Πάκο, η Κλαρίσα και η Γκλόρια είχαν δίκιο, υπήρχαν πράγματα όπως φαντάσματα και το σπίτι μου ήταν στοιχειωμένο.

ΚΆΣΑ ΚΟΡΟΝΈΛΕΣ (ΤΟ ΣΠΊΤΙ ΤΩΝ ΣΥΝΤΑΓΜΑΤΑΡΧΏΝ)

ΈΝΙΩΣΑ ΤΟ ΚΕΦΆΛΙ ΜΟΥ ΒΑΡΎ, ΘΟΛΌ ΚΑΙ ΘΑΜΠΌ ΑΠΌ ΤΗΝ έλλειψη ύπνου, αλλά παρόλα αυτά ήμουν στα άκρα. Ένα γάβγισμα σκύλου, μια ριπή ανέμου, κάθε τρίξιμο και θρόισμα έστειλαν έναν κυματισμό πανικού μέσα μου. Μια σκέψη επέστρεφε ξανά και ξανά. Αν το κλαψούρισμα ήταν παιδί, πρέπει να είναι μια από τις κόρες του Μποαράσο. Όχι η μητέρα μου, όχι η Ολίβια Στόουν, αλλά μία Μπαράσο και ένα παιδί. Ίσως ήταν ακίνδυνο αλλά δεν με καθησύχασε. Δεν είχα καμία άμυνα ενάντια σε ένα φάντασμα.

Ήταν η συνειδητοποίηση που με ώθησε να σηκωθώ, να ανοίξω τις πόρτες και να αφήσω να μπει λίγο φως. Αύγουστος και ο πρωινός ήλιος είχε ήδη δύσει με αποφασιστικότητα. Ακολούθησα τη συνηθισμένη μου ρουτίνα πλύσης, επιθυμώντας να φύγω από το εργοτάξιο πριν φτάσουν οι άνδρες.

Όταν πλύθηκα και ντύθηκα, περιπλανήθηκα στον χώρο. Η δεξαμενή σήμαινε ότι είχα νερό, αλλά χωρίς ρεύμα θα έπρεπε να χρησιμοποιήσω έναν κουβά σε ένα σχοινί. Το άνοιγμα της πρόσβασης ήταν καλυμμένο με ένα τετράγωνο ξύλο, που συγκρατούνταν από έναν βράχο. Φαντάστηκα ότι ο Χέλμουντ είχε κανονίσει να τοποθετηθεί στο μέλλον ένα κατάλληλο αρθρωτό καπάκι κάποιου είδους.

Μεγάλο μέρος της εστίασης ήταν στα μπροστινά δωμάτια στη νότια γωνία, όπου το πάνω επίπεδο φαινόταν έτοιμο να υποδεχτεί το πάτωμά του. Έξω, κάτω από τη σκαλωσιά, η πρόσοψη του σπιτιού είχε αρχίσει να παίρνει την παλιά της αίγλη, με την παρεμβολή των παραθύρων του κάτω ορόφου. Ήμουν πρόθυμη να κατοικήσω σε περισσότερα δωμάτια, αλλά ο Μάριο είχε ήδη εξηγήσει ότι η κουζίνα και τα μπάνια θα τοποθετούνταν τελευταία, και ότι ήταν καλύτερα να περιμένω τους μπογιατζήδες να κάνουν τη δουλειά τους πριν μεταβούν στον επάνω όροφο.

Πήρα το συνηθισμένο πρωινό μου στο καφέ, τρώγοντας την τορτίγια της Γκλόρια καθώς επέστρεφα με τον τρόμο της προηγούμενης νύχτας. Στο σκληρό φως της ημέρας, μπορούσα σχεδόν να πείσω τον εαυτό μου ότι ονειρευόμουν, αλλά ήξερα ότι δεν το είχα κάνει. Δεν μπορούσα να μην συνδέσω το κλαψούρισμα και το παγωμένο κρύο με εκείνο το δοκάρι που είχε χτυπήσει τον ξυλουργό. Ένα βίαιο παιδί που ζητά εκδίκηση από τον απαίσιο πατέρα του; Μου φάνηκε ότι το να μένω στο Κάσα Μπαράσο μπορεί να αποδειχθεί όχι μόνο τρομακτικό, αλλά και επικίνδυνο.

Κατά τη διάρκεια μιας ηρεμίας στην πρωινή βιασύνη, η Γκλόρια ήρθε και ρώτησε αν κοιμόμουν ξανά στο σπίτι.

Κατέβασα το πιρούνι μου. «Δεν θα μπορούσα να μείνω στο Πουέρτο ντελ Ροζάριο για πάντα», είπα, χωρίς να προσφέρω τίποτα περισσότερο. Μπορεί να ήξερε ότι είχα μείνει με τον Πάκο, αλλά δεν ήθελα να το επιβεβαιώσω. Δεν ρώτησε.

«Πώς είναι ο ξυλουργός;» είπε με ανησυχία.

«Ξέρεις;»

«Τα νέα ταξιδεύουν γρήγορα. Είδα το ασθενοφόρο ».

«Θα μάθω περισσότερα σήμερα. Ήταν ατύχημα.»

Εκείνη κούνησε το κεφάλι της με έμφαση. «Κανένα

ατύχημα. Αυτός είναι ο λόγος που οι άνδρες δεν θα δουλεύουν στο σπίτι σου.

«Αλλά ήταν ερείπιο. Κανείς δεν έχει κάνει καμία δουλειά εκεί για περίπου εκατό χρόνια ».

«Αυτό δεν είναι αλήθεια. Ο Σέγιας ξεκίνησε τις εργασίες για τις ανακαινίσεις πριν από περίπου είκοσι χρόνια ».

«Δεν έκαναν πολλά».

«Δεν το έκαναν. Αλλά αυτός είναι ο λόγος που υπάρχει μια τρύπα στο χώρισμα ».

Α, ήταν ο Σέγιας που το έκανε αυτό, κάτι φοβερό πρέπει να συνέβη. Περισσότερα από ένα περιστατικά. Αρκετά για να τον κάνει να εγκαταλείψει το έργο και να αποφασίσει να το κατεδαφίσει.

«Ξέρεις ότι ο τοίχος έχει πέσει;»

Έμοιαζε να ανατριχιάζει. Αυτό δεν θα αρέσει στα φαντάσματα του Κάσα Μπαράσο.

«Τι εννοείς;» είπα, έχοντας την ίδια σκέψη με εκείνη.

Μόλις οι άνδρες του Σέγιας έσπασαν τον τοίχο, ένας από αυτούς χτυπήθηκε στο κεφάλι από έναν βράχο που δεν πέταξε κανείς. Ένα μήκος ξυλείας έπεσε σε έναν άλλον καθώς περπατούσε κάτω από το μπαλκόνι, και μέρος ενός άλλου τοίχου έπεσε καθώς περνούσε ο τρίτος».

Τότε η θεωρία μου επιβεβαιώθηκε.

«Όλα αυτά τα γεγονότα θα μπορούσαν να έχουν φυσικές εξηγήσεις», είπα αργά.

Ανταλλάξαμε τα βλέμματα. Καμιά από τις δυο μας δεν πίστευε ότι είχαν.

«Αυτοί οι άνδρες δεν ήταν δεισιδαίμονες», είπε. «Είχαν περιφρονήσει τις φήμες. Στη συνέχεια βίωσαν μόνοι τους τη δύναμη των πνευμάτων που στοιχειώνουν το Κάσα Μπαράσο. Είσαι τυχερή που είσαι ζωντανή. Αυτό λένε όλοι. Και αυτός ο ξυλουργός είναι τυχερός που ζει ».

Δεν υπερέβαλλε. Την παρακολούθησα να απομακρύνεται, αποφασίζοντας ότι έπρεπε να αναλάβω δράση για να προστατευτώ. Έπρεπε να απαλλαγώ από αυτό το πολεμικό φάντασμα.

Καθώς περίμενα να φορτιστεί το τηλέφωνό μου, έλεγξα τα ημέηλ μου. Υπήρχε ένα σύντομο σημείωμα από τον πατέρα μου και ένα άλλο ημέηλ από την Κλαρίσα. Δεν έκανε καμία αναφορά στην Ολίβια Στόουν. Απογοητευμένη, της θύμισα. Μετά έκλεισα το λαπτοπ και σκέφτηκα τις επιλογές μου για την ημέρα. Αναπολώντας την Ολίβια Στόουν να είχε περάσει από το Κάσα Κορονέλες και σημείωσε το κτίριο στο ταξιδιωτικό της ημερολόγιο, σκέφτηκα ότι θα το επισκεφτώ. Ίσως να μαζέψω ιδέες για διακόσμηση. Τουλάχιστον είχα κάτι να κάνω σε μια ζεστή μέρα και μέσα θα έπρεπε να είναι δροσερό.

Τοποθετημένο σε ένα σαρωτικό χωματόδρομο, το Κάσα Κορονέλες βλέπει τη Λα Ολίβια σε κοντινή απόσταση και μερικά ηφαίστεια στα βόρεια και, παρά τον ορεινό όγκο πίσω και τον τέλειο κώνο ενός ηφαιστείου στα ανατολικά, το κτίριο κυριαρχεί στο τοπίο. Οι γεροδεμένοι πύργοι στις γωνίες και η ομοιομορφία του σχεδιασμού αναδίδουν έναν αέρα εξουσίας και στρατιωτικής κυριαρχίας, το κτίριο ουσιαστικά ένα φρούριο. Στην πρόσοψη, οκτώ μεγάλα παράθυρα -αυτά στον πρώτο όροφο με μπαλκόνια της Ιιουλιέττας- είναι τοποθετημένα το ένα πάνω στο άλλο εκατέρωθεν μιας μεγάλης εισόδου. Τα παράθυρα με παραθυρόφυλλα στους πλαϊνούς τοίχους ολοκληρώνουν την εμφάνιση. Τα παράθυρα και οι πόρτες είναι κατασκευασμένα από σκαλιστό ξύλο. Μια προσεκτική επιθεώρηση θα αποκαλύψει τις λεπτομέρειες.

Το εσωτερικό αίθριο ήταν πολύ μεγαλύτερο και μεγαλύτερο από το δικό μου, με βαθιά μπαλκόνια που έβλεπαν σε μια βάση από φοίνικες. Στο εσωτερικό, οι βαθύς σομόν-ροζ τόνοι των τοίχων αναδύουν τα ξύλα των θολωτών οροφών, των παραθύρων και των δαπέδων. Τα δωμάτια παραδόθηκαν σε μια έκθεση σε στυλ μουσείου, με μεγάλα πορτρέτα τοποθετημένα δίπλα σε έντυπες εξηγήσεις. Από ένα άδειο δωμάτιο ο επισκέπτης οδηγείται σε ένα ιστορικό ταξίδι της βασιλείας των συνταγματαρχών σε αυτό που ισοδυναμούσε με πολύ διάβασμα. Πολλές από τις πληροφορίες ήταν μια επανάληψη του βιβλίου που είχα διαβάσει χωρίς περιστροφές στη βιβλιοθήκη στο Πουέρτο ντελ Ροζάριο, την ημέρα που ερεύνησα το Κάσα Μοπαράσο. Ακόμα κι έτσι, διάβασα κάθε λέξη, αμέσως απωθημένη από την εξύμνηση αυτού που ισοδυναμούσε με κανόνα τρόμου.

Οι συνταγματάρχες ήταν μια δυναστεία γνωστή για τη χλιδή τους και το μουσείο ενίσχυσε αυτό το μεγαλείο ακόμα και όταν εκπαιδεύτηκε. Όπως όλη η αριστοκρατία, η δυναστεία παντρεύτηκε για να συσσωρεύσει πλούτο και περιουσία. Εφόσον ο συνταγματάρχης επέβλεπε τη στρατιωτική διοίκηση και λειτουργούσε και ως διαχειριστής του νησιού, είχε απόλυτη εξουσία και μπορούσε να κάνει ό,τι ήθελε. Οι επίσκοποι ήταν συνένοχοι, αφήνοντας τους απλούς ανθρώπους να μην έχουν πού να στραφούν. Στην πραγματικότητα, η Φουερτεβεντούρα, ένα μικροσκοπικό νησί με μικρό πληθυσμό, άντεξε εκατόν πενήντα χρόνια αδίστακτης δικτατορίας, που επικυρώθηκε από τον θρόνο της Ισπανίας. Οι πλούσιοι τρέφονταν με άφθονες σοδειές σε καιρό βροχής, σοδειές εξάγονταν για το κέρδος. Τίποτα από αυτά τα κέρδη δεν επιστράφηκαν στο νησί για να ωφεληθούν οι άνθρωποι.

Έφυγα από το Κάσα ντε λος Κολονολέλος αναστατωμένη. Ήξερα ότι οι Βρετανοί δεν ήταν καλύτεροι όταν επρόκειτο να κυριαρχήσουν σε άλλους πολιτισμούς, αλλά στεναχωριόμουν που η Φουερτεβεντούρα θα έπρεπε να είχε υπομείνει τέτοια καταπίεση ενώ από όσο ήξερα ότι δεν είχαν υπομείνει τα άλλα νησιά.

Από τότε που ήμουν εκεί, πήγα για πρώτη φορά για μεσημεριανό γεύμα σε ένα καφέ στη Λα Ολίβα. Ενώ περίμενα την παραγγελία μου, έστειλα μήνυμα στον Πάκο, ελπίζοντας ότι θα απαντούσε αμέσως, αλλά δεν το έκανε. Ήταν στενοχωρημένος μαζί μου; Φυσικά, ήταν. Πέρασαν δέκα λεπτά. Όταν ο σερβιτόρος ήρθε με το γεύμα μου, το τηλέφωνό μου χτύπησε. Πέρασα την οθόνη. Ο Πάκο είπε ότι ήταν απασχολημένος, ζήτησε συγγνώμη, και θα με έβλεπε την επόμενη μέρα του ρεπό του. Που ήταν πότε; Επέλεξα να μην απαντήσω. Τότε σίγουρα είχε πληγωθεί. Και εγώ πονούσα. Περισσότερο από οτιδήποτε άλλο, είχα βάλει τον εαυτό μου σε μια θέση ανυπεράσπιστης ευπάθειας. Δεν ήμουν σίγουρη ότι θα μπορούσα να περάσω άλλη μια νύχτα μόνη στο σπίτι μου, μόνο που έπρεπε, αλλιώς δεν θα έμενα ποτέ εκεί.

Θυμήθηκα την Κλαρίσα που μιλούσε για τα ξόρκια. Αυτό που φαινόταν γελοία ανοησία πήρε τώρα την όψη λογικής και αναγκαιότητας. Έψαξα στο Διαδίκτυο και με διάφορες οδηγίες πήγα και αγόρασα δύο κιλά αλάτι από ένα σούπερ μάρκετ και μετά οδήγησα στο Λαχάρες, όπου ήξερα για ένα κατάστημα νέας εποχής, για ένα μάτσο αποξηραμένο φασκόμηλο. Είχα μερικές ώρες ακόμα. Περιπλανήθηκα γύρω από το Λαχάρες και επέστρεψα στο Λα Ολίβια, μένοντας στα μαγαζιά και στην εκκλησία όπου ήταν δροσερά. Περίπου στις τέσσερις, κατευθύνθηκα πίσω στην Τισκαμανίτα, επισκέπτοντας το κέντρο κήπου στην Τεφία για μια περιήγηση.

Πίσω στο σπίτι, όταν έφυγε και ο τελευταίος από τους εργάτες, ξεκίνησα το τελετουργικό μου. Έριξα αλάτι στις γωνίες και τις εισόδους των δωματίων μου. Άναψα το φασκόμηλο και το κουνούσα καθώς περπατούσα περιμετρικά του χώρου. Δημιούργησα το δικό μου μάντρα, ζητώντας ευγενικά από το φάντασμα να φύγει. Βρίσκοντας τον εαυτό μου να συμμετέχει σε ξόρκια εξορισμού, χλεύησα τον εαυτό μου, παρόλο που ήξερα τη σοβαρότητα του να ζω σε ένα στοιχειωμένο σπίτι με ένα γκρινιάρικο φάντασμα.

Ικανοποιημένη που έκανα ό,τι μπορούσα, όταν ήρθε η ώρα του ύπνου, έσβησα το τελευταίο κερί με μια μικρή βεβαιότητα ότι όλα θα πάνε καλά.

Ξύπνησα στο παχύρρευστο μαύρο της νύχτας από τον ήχο

κάτι που ξύνει στο πάτωμα. Η ανάσα μου κόπηκε στο λαιμό. Στην αρχή, νόμιζα ότι ο ήχος ερχόταν από ένα από τα δωμάτιά μου, αλλά σύντομα συνειδητοποίησα ότι το ξύσιμο ήταν ακριβώς πάνω από το κεφάλι μου. Η καρδιά μου χτυπούσε δυνατά. Μερικές γρατζουνιές, ένα ξαφνικό χτύπημα, και μετά όλα σιώπησαν. Ποιος ήταν εκεί πάνω; Και τι θα μπορούσαν να σέρνουν στο πάτωμα;

Άναψα ένα σπίρτο με χέρια που έτρεμαν. Ο ήχος φαινόταν εκκωφαντικός. Άναψα ένα κερί και μετά ένα άλλο. Μουρμούρισα το μάντρα μου και άναψα το φασκόμηλο. Η μυρωδιά ήταν πικάντικη, αλλά καλύτερα από την παρουσία ενός ανεπιθύμητου πνεύματος. Πόσο καιρό μέχρι το φως της ημέρας; Έλεγξα το τηλέφωνό μου. Δύο ώρες. Δύο ώρες καθισμένη στο κρεβάτι, αγκαλιάζοντας τα γόνατά μου, πολύ φοβισμένη για να κινηθώ, περιμένω, ακούω οξεία. Σαν να ήταν ικανοποιημένο το φάντασμα τώρα ήμουν ξύπνια και τρομοκρατημένη, δεν έβγαζε άλλο ήχο.

Το λογικό μυαλό μου μπήκε αργά και έκανε την κατάστασή μου ακόμα χειρότερη. Σε αυτήν την περίπτωση, δεν ήξερα σίγουρα αν ήταν φάντασμα. Αν δεν ήταν, τότε είχα έναν σκαπανέα. Ποιο ήταν χειρότερο; Είχα βιδώσει τις πόρτες. Ήμουν σίγουρη ότι είχα βιδώσει τις πόρτες. Ήταν ακόμα βιδωμένα; Έριξα μια ματιά. Ναι ήταν. Τότε ο περιηγητής δεν μπορούσε να μπει μέσα. Το φάντασμα δεν θα είχε πρόβλημα να ανοίξει αυτά τα μάνταλα. Το μυαλό μου γυρνούσε γύρω-γύρω μέχρι που με έκανε να ζαλιστώ και μου ήρθε ναυτία. Βρήκα τον εαυτό μου να εύχομαι ένας από αυτούς τους βάναυσους συνταγματάρχες να ήταν κοντά για να απαλλαγεί από το μαρτύριο.

ΔΥΝΑΤΆ ΣΥΝΑΙΣΘΉΜΑΤΑ

ΜΕ ΤΗΝ ΑΝΑΤΟΛΉ, ΉΜΟΥΝ ΘΥΜΩΜΈΝΗ. ΘΥΜΩΜΈΝΗ ΠΟΥ ΤΟ ΈΝΑ μεγάλο μου εγχείρημα, η μεγάλη μου δήλωση στον κόσμο, όπως ήταν, είχε αμαυρωθεί από το υπερφυσικό. Τράβηξα πίσω τα μάνταλα και άνοιξα τις πόρτες και άφησα το φως να λάμψει μέσα. Έβαλα μια φόρμα και σαγιονάρες και βγήκα στο αίθριο. Πριν χάσω τα νεύρα μου, ανέβηκα τις σκάλες του μπαλκονιού και μπήκα στο δωμάτιο πάνω από το κρεβάτι μου. Οι σανίδες του δαπέδου ήταν τραχιές και οι τοίχοι άβαφοι. Ορισμένες από τις αρχικές βαφές είχαν αποθηκευτεί σε μπαλώματα παλιάς απόδοσης. Η θολωτή οροφή ήταν υπέροχη και μου θύμιζε το Κάσα Κολονέλες. Στιγμιαία έχασα τον εαυτό μου από τις δυνατότητές του πριν ξεσηκωθεί ξανά μέσα μου ο θυμός μου για τον υπερφυσικό εισβολέα μου. Κανείς και τίποτα δεν επρόκειτο να με φοβίσει να αφήσω αυτό το μεγαλείο.

Στο δωμάτιο υπήρχαν δύο πριόνια και μια σκάλα και τίποτα άλλο. Δεν είχα ιδέα αν ένα από είχε μετακινηθεί, αλλά ανακουφίστηκα όταν βρήκα αντικείμενα που θα μπορούσαν να εξηγήσουν τον ήχο που άκουσα τη νύχτα. Μπορεί να πίστευα ότι είχα έναν ζωντανό άνθρωπο εισβολέα, αλλά αυτή η ιδέα δεν ταυτιζόταν πλέον με άλλα γεγονότα, όσο κι αν το ήθελε και το λογικό μυαλό μου, όχι από το κλαψούρισμα και τη λίμνη του κρύου αέρα. Έπρεπε να αντιμετωπίσω γεγονότα ακόμα κι αν ήταν μεταφυσικά. Είχα ένα φάντασμα, ένα παιδί και ήταν θυμωμένο.

Έκανα μπάνιο, ντύθηκα και ετοιμάστηκα για την ημέρα, μαζεύοντας τα μαγιώ και μια πετσέτα και φροντίζοντας να φύγω πριν φτάσουν οι εργάτες. Στο καφενείο, παρήγγειλα τον συνηθισμένο μου καφέ και την τορτίγια σε μια ανήσυχη Γκλόρια που αναμφίβολα είδε την κούραση και τον εκνευρισμό στα μάτια μου και έλαβε από εμένα μια τραχιά και σκληρή συμπεριφορά, που δεν μου ταίριαζε καθόλου.

Κάθισα στο συνηθισμένο μου τραπέζι και έβαλα το λαπτοπ μου στην πρίζα. Η Γκλόρια ήρθε με την παραγγελία μου και έφτιαξα ένα χώρο για το πιάτο και το φλιτζάνι μπροστά μου χωρίς να σηκώσω το κεφάλθ ή να την ευχαριστήσω.

«Είναι όλα καλά;»

Ακουγόταν διστακτική και η ερώτησή της με προειδοποίησε για την αγένειά μου.

«Γκλόρια», αναστέναξα, συναντώντας το βλέμμα της, «Αυτό το φάντασμα είναι επίμονο. Το επιβεβαιώνα».

Της είπα ότι ξύπνησα από τον ήχο από ξύσιμο στο πάτωμα από πάνω μου και είχα περάσει το υπόλοιπο της νύχτας ξύπνια.

Άγγιξε το χέρι μου. «Να προσέχεις, Κλερ». Φαινόταν έτοιμη να πει περισσότερα όταν μερικοί από τους εργάτες από την κατασκευή μου ήρθαν στο καφέ. Τους έκανα ένα ευγενικό νεύμα καθώς περνούσαν. Η Γκλόρια γύρισε πίσω στον πάγκο.

Πήρα μια μπουκιά από την τορτίγια και ήπια τον καφέ μου. Όταν άνοιξα τα ημέιλ μου, με έκπληξη βρήκα ένα από την Κλαρίσα. Βλέποντας το μήκος του, απόλαυσα την πιθανότητα απόσπασης της προσοχής. Είχε επιτέλους βρει χρόνο να ερευνήσει την Ολίβια Στόουν. Σαρώνοντας το ημέιλ της, είδα ότι ήταν επίσης προσεκτική. Διάβασα με ενδιαφέρον, ευγνώμων για κάτι που απασχολούσε το μυαλό μου.

Είπε ότι η Ολίβια Στόουν γεννήθηκε ως Ολίβια Μαίρη Χάρτρικ το 1857, ένα από τα πέντε παιδιά του αιδεσιμότατου Έντουαρντ Τζων Χάρτρικ και της Μαίρη Μακόλεη Νομπς. Δεν μπορούσε να μάθει τίποτα για τους Ντομπ, αλλά είπε ότι οι Χάρτρικ κατάγονταν από τα γερμανικά Παλατίνα, εκείνους τους Προτεστάντες πρόσφυγες από γειτονικά γερμανικά κράτη που είχαν διαφύγει στο Παλατινάτο για να ξαναχτίσουν τη ζωή τους, μόνο για να φύγουν και πάλι από τη δίωξη, αυτή τη φορά σταλμένοι στην Ιρλανδία από τη βασίλισσα Άννα στις αρχές του 1700. Θα ήταν καθ' οδόν για την Αμερική, είπε η Κλαρίσα, αλλά τα ταμεία της βασίλισσας Άννας στέγνωσαν. Δεν είχα ιδέα ποιοι ήταν οι Παλατίνοι και δεν ήμουν σίγουρη ότι είχε μεγάλη σημασία, όχι για μένα, εκτός από το ότι εντυπωσιάστηκα από τις προσπάθειες της Κλαρίσα και ήταν ενδιαφέρον να υπάρχει ένα μικρό πλαίσιο.

Διάβασα, πεινασμένη για τις πληροφορίες που είχαν σημασία: ο θάνατος της Ολίβια.

Η Ολίβια παντρεύτηκε τον Τζων Φρέντερικ Ματίας Στόουν (γεννημένος το. 1853, στο Μπαθ) το 1878 και απέκτησαν τρεις γιους. Το ήξερα ήδη, από το άρθρο στο οποίο με έβαλε να διαβάσω ο Πάκο. Η Κλαρίσα συνέχισε να παρέχει περισσότερες λεπτομέρειες. Ο Τζων Στόουν ήταν ένας δικηγόρος που συμμετείχε στην κοινωνική ζωή της στιγμής, ιδρύοντας το Κάμερα Κλαμπ το 1885 και το Κάραβαν Κλαμπ το 1907. Ήταν εύκολο να καταλάβει κανείς ποιος ήταν η κινητήρια δύναμη πίσω από τα ταξίδια του ζευγαριού. Αν και η Ολίβια ήταν αυτή που είχε ταλέντο στα λόγια. Ήταν μια από τις πολλές αξιόλογες ταξιδιωτικές συγγραφείς της εποχής της, έχοντας γράψει για τη Νορβηγία με μεγάλη εκτίμηση τον Ιούνιο που δημοσιεύτηκε το 1882.

Η Κλαρίσα είπε ότι οι Στόουνς έτρεφαν μεγάλη αγάπη για τα Κανάρια Νησιά, όχι μόνο ξεκινώντας μια ενδελεχή εξάμηνη περιοδεία το 1883, αλλά επέστρεψαν το 1889 και το 1891 για να πραγματοποιήσουν έρευνα για μελλοντικές εκδόσεις του βιβλίου. Και πάλι, αυτά ήταν γεγονότα που ήξερα ήδη και διάβασα με αυξανόμενη ανυπομονησία, αβέβαιο αν επρόκειτο να μου πουν κάτι σημαντικό.

Είχαν ζήσει στο Λονδίνο, μετά μετακόμισαν ή είχαν μια δεύτερη κατοικία στο Σαιντ Μάργκαρετ στο Κλιφ κοντά στο Ντόβερ, σε ένα σπίτι που ονόμασαν «Λανζαρότεε». Είχε τονίσει τη λέξη με κίτρινο χρώμα.

Λανζαρότε; έκανα μια παύση. Όχι η «Φουερτεβεντούρα»;

Ο Πάκο μου είπε ότι είχε ονομάσει το σπίτι της από το νησί του. Είχε συλλέξει αυτές τις πληροφορίες από εκείνο το άρθρο για το οποίο μίλησε, το άρθρο που είχα μεταφράσει με κόπο για την Κλαρίσα. Συνέχισα να διαβάζω. Η Κλαρίσα ήταν ενδελεχής στον έλεγχο των στοιχείων της. Είπε ότι το σπίτι πιθανότατα βρισκόταν ακριβώς δίπλα στην παραλία στον κόλπο της Αγίας Μαργαρίτας, καθώς ένα ξενοδοχείο με το ίδιο όνομα είχε βομβαρδιστεί στον Β' Παγκόσμιο Πόλεμο και η τοπική ιστορική κοινωνία σχολίασε ότι το ξενοδοχείο είχε δημιουργηθεί από δύο παρακείμενες ιδιωτικές βίλες. Ο Νόελ Κάουαρντ είχε μια κατοικία πιο μακριά κατά μήκος της παραλίας. Ακουγόταν σαν κάπου που θα ζούσαν οι Στόουν. Έπρεπε να είναι το σπίτι τους. Δεν θα υπήρχαν δύο σπίτια που ονομάζονταν «Λανζαρότεε» στην Αγία Μαργαρίτα.

Όταν ο Τζων Στόουν ξαναπαντρεύτηκε το 1900 με τη Λίλι Γουεμπιλαβντ, καταχωρήθηκε ως χήρος. Η ανακάλυψη αυτού, οδήγησε την Κλαρίσα στο κυνήγι του θανάτου της Ολίβια. Είπε ότι το βρήκε μετά από πολλές προσπάθειες, η τοποθεσία ήταν κάπως έκπληξη, καθώς δεν υπήρχε καμία σχέση με την κομητεία του Μπέντφορντ που θα μπορούσε να σταχυολογήσει.

Η Ολίβια Στόουν πέθανε στις 11 Μαρτίου 1897 στην Πρίορι Στρητ στο Μπέντφορντ. Αιτία θανάτου ήταν η ρήξη ανευρισμού του αορτικού τόξου. Είχε πεθάνει, είπε η Κλαρίσα, εντελώς ξαφνικά ενώ έκανε μια βόλτα σε έναν δρόμο στην καρδιά του Μπέντφορντ, πολύ κοντά στην Εκκλησία του

Αγίου Παύλου. Ο σύζυγός της δεν εμφανίστηκε στο πιστοποιητικό θανάτου. Είτε περπατούσε μόνη της, είτε με μια φίλη, μια κυρία Μπλανς Άνταμς που ήταν παρών στον θάνατό της. Η ηλικία της δηλώθηκε ως 40. Η Κλαρίσα συνέχισε εξηγώντας ότι ο θάνατός της θα ήταν ξαφνικός και ανώδυνος και ότι ήταν ασυνήθιστο για μια γυναίκα της ηλικίας της να πεθάνει από κάτι τέτοιο. Πιθανότατα είχε μια υποκείμενη πάθηση, πιθανότατα γενετική. Αυτό ήταν το τέλος του ημέηλ. Η Κλαρίσα παρείχε μάλιστα αντίγραφα των σχετικών αποδεικτικών στοιχείων.

Έψαξα στο Διαδίκτυο για το παραπλανητικό άρθρο που είχε κάνει τον Πάκο να κάνει ψευδείς υποθέσεις και να δημιουργήσει μια φαντασίωση για την αγαπημένη του Ολίβια Στόουν, και κάθισα αναπαυτικά κοιτάζοντας αυτή τη φωτογραφία της. Ήταν εύκολο να δει κανείς πώς ο Πάκο είχε επινοήσει την ιστορία του. Έμοιαζε σαθρή και λυσσασμένη, σχεδόν απόκοσμη με αυτό το φαρδύ, κοντομάνικο φόρεμα με κρόσσια με φούντες. Μια επώνυμη ερμηνεία ενός αγροτικού φορέματος κάποιου είδους. Τα μάτια της ήταν βαθιά βουρκωμένα και γεμάτα λαχτάρα και τα μαλλιά της, πυκνά και νευρικά, ήταν κομμένα κοντά και δεν είχαν στυλ. Συνολικά, έμοιαζε με το είδος της γυναίκας που θα έφευγε και θα ζούσε μια μυστική ζωή στο νησί των ονείρων της. Έδειχνε επίσης αποφασιστική και μελαγχολική, ακόμη και ένα άγγιγμα αρρωστημένο. Ή ίσως η νέα μου γνώση χρωματίζει την αντίληψή μου.

Ένα μείγμα απογοήτευσης και αγανάκτησης ξεπήδησε μέσα μου. Στην αρχή για τον Πάκο, ο οποίος είχε επιμείνει ότι τα λανθασμένα του γεγονότα ήταν αληθινά και δημιούργησε μια γελοία φαντασία πάνω τους, αλλά στη συνέχεια τόσο στον ερευνητή όσο και στον συγγραφέα που είχε συνθέσει το άρθρο. Πώς θα μπορούσαν να έχουν πάρει λάθος αυτές τις κρίσιμες πληροφορίες; Ήταν απλώς ότι το πιστοποιητικό θανάτου δεν είχε καταχωρηθεί σε καμία ηλεκτρονική βάση δεδομένων από τα αρχεία της ενορίας; Ή μήπως ο ερευνητής δεν μπήκε στον κόπο να ψάξει τόσο πολύ; Σίγουρα πρέπει να έχουν; Ίσως το γλωσσικό εμπόδιο είχε αποδειχθεί εμπόδιο στην έρευνα. Όποιος κι αν ήταν ο λόγος, δεν είχαν βρει το πιστοποιητικό θανάτου και είχαν υπονοήσει το συμπέρασμα ότι η Ολίβια μπορεί να μην πέθανε στην Αγγλία. Η άφιξη ενός ατόμου με το όνομα Στόουν στο «Γουαζάν» το 1895 ήταν κάτι σαν κόκκινο πανί.

Το δεύτερο λάθος ήταν κατανοητό, αν και ενοχλητικό. Ήξερα πόσο εύκολο ήταν να κάνεις ένα λάθος όταν διάβαζες ένα αρχείο. Το δύο μπορεί να το διαβάσεις ως εφτά αν δεν το βγάζεις καλά. Αν και ήταν μάλλον εκπληκτικό καθώς μπορούσα να δω τον κατάλογο της απογραφής με τα μάτια μου. Είχα μια ντουζίνα δικαιολογίες, γιατί από κάθε άποψη, ο ερευνητής και ο δημοσιογράφος που έγραψε το άρθρο ήταν σχολαστικοί. Ωστόσο, η σημείωση ότι το σπίτι είχε ονομαστεί «Φουερτεβεντούρα» προφανώς δεν ήταν αλήθεια.

Οι συνέπειες για τον Πάκο δεν ήταν ευχάριστες. Είχε εξαπατηθεί, βασίζοντας τις υποθέσεις του σε ψεύτικες βάσεις. Από όλα τα νησιά, ήταν το Λανζαρότε που αγαπούσε η Ολίβια, όχι η Φουερτεβεντούρα. Πόσο λυπηρό, για αυτόν, και για το νησί.

Τουλάχιστον τώρα ήξερα χωρίς αμφιβολία ότι η Ολίβια Στόουν δεν στοίχειωνε το Κάσα Μπαράσο. Μάλλον δεν πάτησε ποτέ το πόδι της στο σπίτι. Μπορεί να μην πέρασε καν.

Αναρωτιόμουν πώς θα έφερνα το θέμα στον Πάκο. Πώς θα αντιδρούσε στην αλήθεια; Θέλοντας να καθαρίσω τον αέρα όσο πιο γρήγορα μπορούσα, του έστειλα μήνυμα. Του είπα ότι έπρεπε πραγματικά να τον δω. Ήταν επείγον. Απάντησε αμέσως λέγοντας ότι η βάρδια του τελείωσε στις πέντε και θα ερχόταν.

Απάντησα στο ημέηλ της Κλαρίσα, ευχαριστώντας την για τα ευρήματά της και συνέχισα να περιγράφω το συμβάν των δύο προηγούμενων νυχτών. Ανέφερα το κλαψούρισμα, τις κρύες λίμνες αέρα, το ξύσιμο και τον ξυλουργό που χτύπησε στο κεφάλι μια δοκό. Της είπα ότι είχα καταφύγει σε ξόρκια εξορισμού.

Παρήγγειλα περισσότερο καφέ και, για να αποσπάσω την προσοχή μου, σημείωσα στο σημειωματάριό μου την πιο πρόσφατη πρόοδο στο εργοτάξιο και μετά έψαξα σε ιστότοπους για σχέδια κουζίνας. Καθώς ετοιμαζόμουν να κλείσω τις καρτέλες, παρατήρησα ότι ένα άλλο ημέηλ είχε φτάσει στα εισερχόμενά μου. Ήταν από την Κλαρίσα. Το μόνο που είπε ήταν ότι εφόσον η κατάσταση δεν κλιμακωθεί, θα μπορούσα να το αντιμετωπίσω χρησιμοποιώντας τις μεθόδους που περιέγραψα. Κλιμάκωση; Τα πράγματα ήταν ήδη αρκετά βίαια. Τι να εννοούσε; Δεν είχα ιδέα. Αυτό που ήξερα ήταν ότι το μυαλό μου ήταν σταθερά πίσω στο υπερφυσικό και ήθελα να είμαι όσο πιο μακριά από την Τισκαμανίτα μπορούσα χωρίς να φύγω από το νησί. Είχα δύο επιλογές. Θα μπορούσα να οδηγήσω μέχρι το Κοραλέχο, την τουριστική Μέκκα του νησιού, ή να κατευθυνθώ νότια.

Δεν ήθελα να συναναστραφώ με ένα πλήθος παραθεριστών, επέλεξα το νότο και κατευθύνθηκα προς τα Χάνδια, μέχρι το νότιο άκρο του νησιού. Ο δρόμος μετατράπηκε σε χωματόδρομο λίγο μετά το θέρετρο Μόρο Χάμπλε, και ακολούθησε το δρόμο του σε κάποια απόσταση πάνω από τον ωκεανό κατά μήκος της βραχώδους και άγονης βουνοπλαγιάς. Η πορεία ήταν αργή, οι απόψεις που ανοίγονταν στην πορεία μαγευτικές. Ήμουν μακριά από το μοναδικό όχημα που έκανε το ταξίδι και για μεγάλο διάστημα με συνόδευαν εκείνοι που πήγαιναν ή επέστρεφαν από το Κοφέτ και το Κάσα Γουίντερ και τις άγριες παραλίες κάτω από τον ορεινό όγκο Χάνδια. Μετά τη στροφή, η κίνηση μειώθηκε σχεδόν ολοκληρωτικά. Οι άδειες παραλίες διάσπαρτες κατά μήκος της ακτογραμμής προσέλκυσαν τους ατρόμητους, εκείνους που ήταν έτοιμοι να κατεβούν χαμηλά βράχια. Πέρα από τον ορεινό όγκο, η γη ισοπεδώνεται, το τοπίο στο νότιο άκρο του νησιού κυριαρχείται από ένα μόνο ηφαίστειο. Κατευθύνθηκα προς τον φάρο. Πριν από αυτό, πριν η γη στενέψει για να σχηματίσει μια επιμήκη γλώσσα, κρυμμένη δίπλα σε μια προστατευμένη, παλιρροιακή παραλία ήταν ένα σύμπλεγμα από καλύβες ψαρέματος με ένα κάμπινγκ συνδεδεμένο. Ένα απομονωμένο θέρετρο για όσους προτιμούν την απομόνωση, μια πραγματική απόδραση, κάπου για να πάνε οι ντόπιοι ίσως, κάπου αλλού μακριά.

Για εμάς τους υπόλοιπους, ο φάρος ήταν το κύριο αξιοθέατο. Σε μια πλακόστρωτη αυλή στο τέλος της γλώσσας βρισκόταν ένας ισχυρός πύργος χτισμένος από βασάλτη, ένας από τους παλαιότερους φάρους των Καναρίων Νήσων. Ο πύργος είχε χτιστεί για να αποτελεί μέρος ενός επίσημου κτιρίου με επίπεδη στέγη και ψηλά τοξωτά παράθυρα: το εξοχικό σπίτι του φύλακα. Τι μοναξιά θα είχαν αντέξει αυτοί οι φύλακες!

Δίπλα στο εξοχικό βρισκόταν ένα μικρότερο κτίριο, το ίδιο σε στυλ και παραχωρήθηκε σε ένα μικρό καφέ. Κάποια υπαίθρια καθίσματα και ακόμη και ένας ανεμοφράκτης με τη μορφή οθόνης Πέρσπεξ είχαν στηθεί για την άνεση των θεατών. Και οι άνθρωποι κάθονταν και κοίταζαν τον ωκεανό, μαγεμένοι.

Ανυπομονώντας να δω πιο κοντά, πήγα στην άκρη του χαμηλού γκρεμού, αποφεύγοντας μερικούς άλλους να τριγυρνούν. Αυτό που τράβηξε τους περιηγητές σε αυτό το σημείο στο τέλος της γης ήταν η συνάντηση των υδάτων ανατολής και δύσης. Ένα ισχυρό ρεύμα πίεζε τη νοτιοδυτική πλευρά της γλώσσας και εκεί που συναντούσε τα νερά στα ανατολικά, τα κύματα κυματίστηκαν και ένιωσα τη δύναμη αυτών των δυνάμεων που αναμειγνύονται κάτω από την επιφάνεια. Προδοτικό και για τους κολυμβητές, θανατηφόρο. Στάθηκα μέχρι να βαρεθώ να στέκομαι και μετά κάθισα εκεί μέχρι να βαρεθώ να κάθομαι. Δεν κουράστηκα με τη θέα. Υπήρχε κάτι στο να είσαι στην άκρη των πραγμάτων, κάτι στο σκηνικό, στη βραχώδη γη όπου δεν φύτρωνε σχεδόν τίποτα, με τα βουνά της Χάνδια να υψώνονται πίσω, και όλος αυτός ο ωκεανός. Όπως όλοι οι άλλοι, δυσκολεύτηκα να τραβήξω τον εαυτό μου μακριά. Για μια ολόκληρη ώρα το μυαλό μου δεν το απασχολούσαν τα στοιχειωμένα σπίτια.

Δεν ήμουν έτοιμη να φύγω, μπήκα στο κεντρικό εξοχικό σπίτι που είχε μετατραπεί σε μουσείο με τον ίδιο τρόπο όπως το Κάσα Κορονέλες, με μερικά τεχνουργήματα και πολλούς πίνακες πληροφοριών που εξηγούσαν την ιστορία. Κάθε δωμάτιο ήταν βαμμένο με διαφορετικό χρώμα και απεικόνιζε διαφορετικό θέμα. Τριγυρνούσα στα δωμάτια χωρίς να δεχτώ πολλά μέσα, και τελικά επέστρεψα στο αυτοκίνητό μου.

Στο δρόμο για την επιστροφή στην ακτή, σταμάτησα στο Μόρο Χάμπλε για μια βουτιά. Ήταν καλό να είσαι μέσα στο νερό παρά την υπεροχή των παραθεριστών που ήταν θορυβώδεις και ηλίθιοι. Έφαγα ένα ευχάριστο μεσημεριανό στο αγαπημένο μου παραθαλάσσιο καφέ και μετά οδήγησα στην ενδοχώρα, διασχίζοντας τη στενή μέση του νησιού στο Λα Παρέδ –μια πόλη που παραχωρήθηκε σε μεγάλο βαθμό στους σέρφερ– και μετά ακολούθησε το δρόμο μου μέχρι την Παράχα σε ένα πίσω δρόμο μέσα από τα βουνά. Μια βόλτα στην πόλη και ήμουν πίσω στην Τισκαμανίτα κοντά στις πέντε.

Όταν ο Πάκο εμφανίστηκε έξω από την ιδιοκτησία μου, δεν είχα πια την καρδιά να τον απαλλάξω από τη φαντασίωση της Ολίβια Στόουν. Ο κίνδυνος για τη σχέση μας, όσο εύθραυστη κι αν ήταν, ήταν πολύ μεγάλος. Βλέποντάς τον όλο διστακτικό και προβληματισμένο, αποδυνάμωσα. Τον χρειαζόμουν δίπλα μου. Δεν μπορούσα να αντιμετωπίσω άλλη μια νύχτα τρόμου μόνη σε εκείνο το σπίτι.

Αγκαλιαστήκαμε και φιληθήκαμε και ένιωσα την ανακούφισή του. «Τι συνέβη;» είπε στο αυτί μου.

Τραβήχτηκα πίσω και διηγήθηκα τα γεγονότα των δύο τελευταίων νυχτών, το κλαψούρισμα, την κρύα λίμνη αέρα, τον ήχο απόξεσης από κάτι που σύρθηκε στο πάτωμα πάνω από το κεφάλι μου και μετά περιέγραψα το ατύχημα του ξυλουργού. Ο Πάκο είδε το αλάτι καθώς πήγαινε στα δωμάτιά μου και δεν μπορούσε να μην μυρίσει το φασκόμηλο.

«Τι είναι αυτό;» είπε μυρίζοντας.

«Κάπου διάβασα ότι η καύση του φασκόμηλου διώχνει τα φαντάσματα και το αλάτι τα κρατά μακριά». Γέλασα για να καλύψω την αμηχανία μου.

Ο Πάκο φαινόταν σοβαρός. «Η Ολίβια Στόουν δεν θα ήθελε να βλάψει κανέναν. Δεν μπορούσα ποτέ να τη φανταστώ να προσπαθεί να σκοτώσει κάποιον».

«Νομίζω ότι μπορεί να είναι κάποιος άλλος», είπα απαλά, διώχνοντας την παρόρμησή μου να τα αποκαλύψω όλα. Αντίθετα, διηγήθηκα τη μαρτυρία της Γκλόρια για την οικογένεια Μπαράσο και πώς ο πρεσβύτερος Μπαράσο είχε δολοφονήσει ολόκληρη την οικογένειά του πριν αυτοκτονήσει.

Καθώς άκουγε, ο Πάκο κούνησε το κεφάλι του. «Πέθαναν από κίτρινο πυρετό. Αυτό λένε όλοι ».

«Νομίζω ότι αυτή ήταν η ιστορία που γράφτηκε για να καλύψει την αλήθεια».

Δεν μίλησε. Ήλπιζα ότι δεν θα ήταν πεισματάρης. Συνέχισα, χρειαζόμουν να με πιστέψει. «Η Γκλόρια έχει πληροφορίες πρώτο χέρι που έχουν ειπωθεί μέσω της οικογένειάς της και είμαι πεπεισμένη ότι λέει την αλήθεια».

«Από προσωπική πείρα;»

«Από τη γιαγιά της γιαγιάς της, που δούλευε για τους Μπαράσο ως υπηρέτριά τους».

«Αλλά αυτοκτονία και δολοφονία;» Το στόμα του έμεινε λίγο ανοιχτό. Έδειχνε σοκαρισμένος.

«Θα εξηγούσε πολλά».

Περίμενα να επεξεργαστεί τις πληροφορίες. Μια σιωπή έγινε ανάμεσά μας. Την έσπασε λέγοντας: «Εκτιμώ αυτό που προσπαθείς να κάνεις, Κλερ. Αλλά δεν μπορείς να είσαι εδώ μόνη. Όχι μέχρι να αντιμετωπιστεί αυτό.

Δεν είχα ιδέα πώς θα αντιμετώπιζα ποτέ αυτό το φάντασμα. Αν το αλάτι και το φασκόμηλο και τα μικρά μάντρα δεν επρόκειτο να το διώξουν, τι θα το έδιωχναν; Τι ''άλλο να σκεφτώ; Εναα ιερέα μήπως;

Το μόνο που ήξερα με βεβαιότητα ήταν ότι είχαμε επιστρέψει ως ζευγάρι. Η συνύπαρξή μας ήταν τόσο φυσική όσο η αναπνοή, η σχέση αδιαμφισβήτητη και ένιωθα σωστό να είμαι με τον Πάκο, ακόμα κι αν μας είχε αναγκάσει ένα φάντασμα. Ακόμη και για κάποιαν τόσο προσεκτική όσο εγώ.

Βλέποντάς τον να ενδιαφέρεται για την ευημερία μου, συνειδητοποίησα ότι αγωνιζόμουν ενάντια στο να είμαι με τον Πάκο όχι από την αίσθηση της ευπρέπειας όσον αφορά το πώς θα έπρεπε να εξελιχθεί μια σχέση, αλλά από έναν βαθύ φόβο διαπλοκής. Μπορούσα να εντοπίσω αυτόν τον φόβο μέχρι τη διάβαση και εκείνη τη φοβερή στιγμή που είδα τον θάνατο της μητέρας μου. Δεν ήταν δύσκολο. Υπήρχε λίγα ενδιάμεσα εκτός από τη μονοτονία της δουλειάς μου στην τράπεζα, τις προβλέψιμες αλληλεπιδράσεις με τον πατέρα και τη θεία μου την Κλαρίσα και μερικές αποτυχημένες απόπειρες να αποκτήσω φίλο.

Δεν είχα ζήσει ποτέ με κανέναν από αυτούς τους άντρες. Δεν το ήθελα. Δεν με είχαν τραβήξει έτσι. Κανένας από αυτούς δεν ήταν σωστός για μένα. Αν και ίσως να μην ήμουν εγώ η σωστή για κείνους.

Μου ήταν δύσκολο να είμαι ανοιχτή και συναισθηματικά διαθέσιμη και δεν μπορούσα να αντέξω έναν συναισθηματικά άπορο άντρα. Παραδόξως, είχα καταφέρει να προσελκύσω αυτόν τον τύπο ξανά και ξανά. Μέχρι τώρα. Ο Πάκο ήταν διαφορετικός. Κράτησε το αποθεματικό του. Δεν είχε εκρήξεις θυμού, δεν έδειξε ζήλια ή κτητικότητα και χειριζόταν καλά την απόρριψη. Υποθέτω ότι τον είχα βάλει στους ρυθμούς του, ακούσια αλλά ακόμα, δοκιμάζοντάς τον χωρίς να συνειδητοποιήσω ότι αυτό έκανα.

Μοιραστήκαμε ένα πιάτο κονσερβοποιημένη τονοσαλάτα

και ένα μπουκάλι κρασί. Περιέγραψα τη μέρα μου στη Χάνδια και είπε ότι θα με πήγαινε στον άλλο φάρο κοντά στο Γκραν Ταράτζαλ. Ήμουν έτοιμη να πω ότι τον είχα ήδη επισκεφθεί, αλλά το μετάνιωσα εγκαίρως. Εξάλλου, δεν είχα πάει εκεί μαζί του και μετά τη μέρα μας στο Ελ Κοτίλο, ήξερα ότι έφερε κάτι μαγικό στις εμπειρίες μου στο νησί. Ρώτησα πώς είχε περάσει τη μέρα του και αφηγήθηκε μια αστεία σκηνή στο εστιατόριο όπου δούλευε, που αφορούσε ένα πολύ δυνατό και πολύ μεθυσμένο ζευγάρι τόσο ηλιοκαμένο που έμοιαζαν με αστακούς. Το προσωπικό έκανε ένα τρεχούμενο αστείο εις βάρος του στην κουζίνα έξω από το πίσω μέρος.

«Ο σεφ έλεγε ότι έπρεπε να βρει μια μεγάλη κατσαρόλα για να τα βράσει και εμείς διαλέγαμε υλικά. Ήταν πραγματικά πολύ αστείο ».

Γέλασα και χασμουρήθηκα αμέσως. Μου πήρε το χέρι. Πήγαμε εναλλάξ στο μπάνιο, κάναμε έρωτα και κοιμηθήκαμε κουλουριασμένοι στην αγκαλιά του άλλου. Στο απόκοσμο μέτωπο, εκείνη τη νύχτα ήταν ήσυχα.

ΈΝΑΣ ΉΣΥΧΟΣ ΜΉΝΑΣ

Για τον υπόλοιπο Αύγουστο και ολόκληρο τον Σεπτέμβριο, έμεινα με τον Πάκο όλη την εβδομάδα και περάσαμε τα Σαββατοκύριακα στο δικό μου σπίτι. Εγκατασταθήκαμε σε μια ρουτίνα συντροφικότητας.

Ως μέρος της εκστρατείας μου για να σφυρηλατήσω μια ζωή με φίλους στο νησί, παρακολούθησα το μάθημα ισπανικών στο οποίο γράφτηκα τον Απρίλιο, που πραγματοποιήθηκε σε μια αίθουσα της τοπικής βιβλιοθήκης και διευθύνεται από μία ομιλήτρια Ισπανή που μιλούσε άπταιστα αγγλικά. Το όνομά της ήταν Σοφία. Είχε μακριά μαύρα μαλλιά, ζεστά μάτια και εκφραστικό στόμα. Την συμπάθησα αμέσως. Όσο για τους άλλους μαθητές, αποδείχθηκαν μια δέσμη άκρως ανταγωνιστικών εκπατρισμένων. Υπήρχε πολύς αγώνας για τη θέση τόσο για το ποιος μιλούσε καλύτερα Ισπανικά όσο και για το ποιος ήταν πιο κοντά στη Σόφια. Βρήκα τις αλληλεπιδράσεις, τις πλευρές και τα κουλούρια και επεσήμανα αν τα χαριτωμένα μπαστούνια ήταν κουραστικά. Ήμουν εκεί για να μάθω και μετά από μια συνεδρία είχα εγκαταλείψει κάθε επιθυμία που είχα να κάνω φίλους. Αφού διαπίστωσα ότι δεν είχα τίποτα κοινό με κανένα από τα μέλη της ομάδας, έπρεπε να καταπνίξω την απογοήτευσή μου και να αναγκάσω τον εαυτό μου να παρευρεθεί.

Η θέση μου έγινε ακόμη πιο δύσκολη όταν οι άλλοι ανακάλυψαν ότι αποκαθιστούσα το Κάσα Μπαράσο. Η Σοφία ήταν αυτή που το είπε στην τάξη. Στις εισαγωγές, είχα απλώς ανακοινώσει ότι ανακαίνιζα ένα ερείπιο, για το οποίο έλαβα πολλές ματιές και σχόλια για ντόπιους οικοδόμους. Ήταν κατά τη διάρκεια της δεύτερης συνεδρίας που η Σοφία με ρώτησε, στα ισπανικά, αν ήμουν η νέα ιδιοκτήτριας του Κάσα Μπαράσο. Η ειλικρίνεια κυριάρχησε, δεν είχε νόημα να το αρνηθώ, και ένας από τους άλλους μαθητές το άκουσε και σύντομα όλοι άρχισαν να βαριανασαίνουν και συνέχιζαν σαν να μην υπήρχε αύριο. Αυτό που τους ενοχλούσε όλους ήταν ότι ήμουν πλούσια. Κατά κάποιο τρόπο, όλοι ήξεραν ότι είχα κερδίσει το λαχείο. Δεν μπορούσα να το πιστέψω. Πίσω στο διαμέρισμα, συζήτησα το θέμα με τον Πάκο, και μεταξύ μας καταφέραμε να υποθέσουμε ότι ήταν ο κτηματομεσίτης που είχε διαδώσει τη λέξη ότι μια Αγγλίδα που είχε κερδίσει το λαχείο αποκαθιστούσε ένα ερείπιο που δεν μπόρεσε ούτε η τοπική κυβέρνηση. εξαγοράσει τον προηγούμενο ιδιοκτήτη. Κουτσομπολιό. Και η λέξη μου, διαδόθηκε γρήγορα. Ήμουν διάσημος χωρίς να το καταλάβω και χωρίς να ξέρω σχεδόν ούτε μια ψυχή στο νησί. Απίστευτο.

Τουλάχιστον τα μαθήματα έδωσαν στον Πάκο και σε μένα κάτι άλλο για να μιλήσουμε. Είχαμε αρχίσει να συνομιλούμε και στις δύο μητρικές μας γλώσσες εκ περιτροπής, μια συνήθεια που μας ωφέλησε και τους δύο.

Προσπάθησα πολύ να μην αναφέρω την Ολίβια Στόουν και αν έβγαινε, άλλαζα θέμα. Η πίεση της παρακράτησης ήταν σκληρή, ένιωθα σαν να διαπράττω προδοσία, αλλά δεν ήξερα τον Πάκο αρκετά καλά ακόμα για να υπολογίσω πώς θα αντιδρούσε και δεν ήθελα η αλήθεια να θέσει σε κίνδυνο αυτό που είχαμε. Πιθανότατα θα πυροδοτούσε την πρώτη μας σειρά.

Στο Κάσα Μπένετ, είχα αρχίσει να πιστεύω ότι τα ξόρκια εξορισμού μου λειτουργούσαν και το στοιχειωμένο είχε τελειώσει.

Παρά τη ζέστη, οι άνδρες συνέχισαν να εργάζονται σκληρά. Υποψιαζόμουν ότι και ο Μάριο και ο Χέλμουντ τους πίεζαν, ανυπομονώντας να ολοκληρώσουν τις εργασίες όσο το δυνατόν γρηγορότερα, σε περίπτωση που συνέβαινε άλλο περιστατικό και οι εργάτες κατέβασαν εργαλεία και έφευγαν.

Όλα τα παράθυρα ήταν μέσα, όλες οι πόρτες κρέμονταν και οι μπογιατζήδες είχαν τελειώσει τον επάνω όροφο της βόρειας πτέρυγας και τους εξωτερικούς τοίχους αυτού του μισού κτιρίου. Τα δάπεδα τρίφτηκαν και σφραγίστηκαν. Μια εβδομάδα αργότερα, και οι σκαλωσιές κατέβηκαν στον βόρειο εξωτερικό τοίχο και σε τμήματα του ανατολικού και δυτικού τοίχου επίσης. Οι ξυλουργοί είχαν στήσει τα ξύλα για την τέντα του μπαλκονιού σε εκείνο το μισό της βεράντας. Το κυματοειδές σίδερο θα προστάτευε το μπαλκόνι από τη βροχή και ο Χέλμουντ είχε προτείνει να μονώσω και να βάλω φύλλο από κάτω για να απορροφήσει την ακτινοβολούμενη θερμότητα. Έχοντας περάσει ένα ολόκληρο καλοκαίρι στο νησί, φαινόταν καλή ιδέα.

Στη νότια πλευρά, η ανακατασκευή της στέγης ήταν αργή λόγω της θολωτής οροφής, αλλά τα δάπεδα στρώθηκαν και οι τοίχοι του κάτω ορόφου αποδόθηκαν και το μπαλκόνι ήταν υπό κατασκευή.

Την τελευταία εβδομάδα του Σεπτέμβρη έλαβα τρία κρεβάτια με ουρανό, μαζί με ντουλάπες, που γεμίζουν τα δωμάτια πάνω από την τραπεζαρία, το σαλόνι και την κουζίνα. Πήρα το δωμάτιο πάνω από την κουζίνα σαν δικό μου. Είχε ένα μπάνιο –ή θα είχε– και μια εντυπωσιακή θέα στο ηφαίστειο. Κανόνισα να παραδοθούν τα υπάρχοντά μου που ήταν αποθηκευμένα εδώ και μήνες και ανυπομονούσα να κάνω το σπίτι μου δικό μου.

Ο Μάριο και ο Χέλμουντ ήθελαν την παρουσία μου, αλλά

ήξερα ότι οι εργάτες προτιμούσαν να μην είμαι κοντά τους. Μέχρι τότε, ήμουν υποχρεωμένη να φεύγω νωρίς κάθε Δευτέρα με τον Πάκο και να αποφεύγω να εμφανίζομαι όλη την εβδομάδα, αλλά τώρα επέμενα να ανατρέπω την τάξη των πραγμάτων μετακινώντας τα πράγματά μου και τοποθετώντας μια κουζίνα και τα υδραυλικά, και υπήρξε μια μικρή τριβή και μερική γκρίνια. Δεν επρόκειτο να υποχωρήσω. Άλλωστε, δεν γινόταν. Τα δύο μισά της κατασκευής, σε διακριτά στάδια αποκατάστασης, με το ένα σχεδόν ολοκληρωμένο και το άλλο σε εξέλιξη, δημιούργησαν μια περίεργη κατάσταση.

Ο Μάριο υποχώρησε και κανόνισε έναν υδραυλικό να εγκαταστήσει το μπάνιο και μια τουαλέτα στον κάτω όροφο και να συνδέσει το ακίνητο με το δίκτυο αποχέτευσης. Εν αναμονή, αγόρασα μια αντλία για την δεξαμενή.

Τα λύματα συνέπεσαν με την εγκατάσταση της κουζίνας. Επέλεξα ένα υπερσύγχρονο, γυαλιστερό σε λευκή όψη με γυαλισμένο τσιμεντένιο πάγκο. Όλες οι συσκευές ήταν ατσάλινες. Το δωμάτιο ήταν ένα μεγάλο ορθογώνιο με το παράθυρο στο κέντρο του μακρύτερου τοίχου στραμμένο προς τα ανατολικά, το οποίο καθόριζε τη θέση του νεροχύτη. Στον πιο κοντό, βόρειο τοίχο, ήταν η σόμπα και το ψυγείο. Μια μπάρα πρωινού αποτελούσε τον τρίτο βραχίονα ενός U, αφήνοντας περίπου το μισό δωμάτιο ελεύθερο. Αγόρασα σκαμπό για το πρωινό μπαρ και μια οβάλ τραπεζαρία και καρέκλες, όλα σε γυαλιστερό έβενο, αφήνοντας χώρο για μια ασορτί ξύλινη κουνιστή πολυθρόνα στην κοντινή γωνία. Όποιος καθόταν εκεί μπορούσε να παρατηρήσει ολόκληρη την κουζίνα καθώς και ένα μέρος της βεράντας κάτω από το μπαλκόνι.

Το να αποσυσκευάζω τα σερβίτσια μου και να βάζω τις συσκευές σε ντουλάπια και συρτάρια έπρεπε να είναι το πιο ικανοποιητικό από τα συναισθήματα. Το παρελθόν μου, δεκαετίες από αυτό, είχε βρει τον δρόμο του προς το μέλλον μου και ήμουν ευχαριστημένη με την ανάμειξη.

Η ζωή στο Κάσα Μπένετ συνέχιζε να βελτιώνεται. Την ημέρα που ήρθε ο ηλεκτρολόγος –ένας σεμνός και μικροκαμωμένος άντρας που τον έλεγαν Σάιμον– τραγουδούσα μέσα. Έδειξα έντονο ενδιαφέρον καθώς συνέδεε την τροφοδοσία και καλωδίωσε τα σημεία τροφοδοσίας στη χρησιμοποιήσιμη πλευρά του σπιτιού. Έβαλε την κουζίνα σε ένα ξεχωριστό κύκλωμα, τον φούρνο μόνο του και όλα τα φώτα και τα ενεργειακά σημεία του σαλονιού και της τραπεζαρίας μαζί με τα υπνοδωμάτια από πάνω, σε ένα τρίτο. Δημιούργησε ένα άλλο κύκλωμα για το πλυντήριο, ένα γκρι καπάκι και τον φωτισμό της βεράντας. Όχι άλλη γεννήτρια. Ο Σάιμον έκανε τρεις μέρες και χρησιμοποίησα αυτόν τον χρόνο για να συγκεντρώσω ανοιχτόχρωμες αποχρώσεις και φωτιστικά γραφείου και περιστασιακά τραπέζια για να τα τοποθετήσω.

Την ημέρα που συνδέθηκε το ρεύμα, έτρεξα πίσω στο Πουέρτο ντελ Ροζάριο ξεσπώντας από χαρά για να διαπιστώσω ότι ο Πάκο είχε δικά του νέα. Είχε λάβει άλλη μια αποστολή, αυτή τη φορά για ένα έγκυρο γεωγραφικό περιοδικό. Θα έλειπε τρεις εβδομάδες και έπρεπε να φύγει αμέσως. Βγήκαμε για δείπνο για να γιορτάσουμε.

Τόσο γεμάτη από χαρά για τη δική μου μέρα με τα κόκκινα γράμματα, δεν σκέφτηκα την απουσία του, παρά μόνο ήξερα ότι θα μου έλειπε. Ήθελε να μείνω κοντά του στην απουσία του, αλλά είχα πολλά να με απασχολήσουν στην κατασκευή και το φάντασμα φαινόταν να έχει φύγει οριστικά.

Το πρώτο βράδυ της εξουσίας ήταν ο παράδεισος. Ήμουν πολύ χαρούμενη. Μπορούσα να διαβάζω δίπλα σε ένα φωτιστικό, να φορτίζω το τηλέφωνο και το λαπτοπ μου και να ανεβοκατεβαίνω τις σκάλες του μπαλκονιού χωρίς φακό.

Στάθηκα στο παράθυρο της κρεβατοκάμαρας μου βλέποντας τον ουρανό να σκοτεινιάζει πίσω από το ηφαίστειο καθώς ο ήλιος έδυε. Η αίσθηση του χώρου που χάριζε η θέα ήταν συναρπαστική, επεκτατική. Η σύγχρονη Φουερτεβεντούρα σκιαζόταν σε μια εκδοχή του δέκατου όγδοου αιώνα κάτω από το βλέμμα μου, σε μια εποχή που οι φάρμες συνεχίζονταν, όταν η Τισκαμανίτα ήταν κέντρο δραστηριότητας. Ο μύλος, τα πηγάδια και ο απλός τρόπος ζωής ήταν ένα ειδύλλιο. Ήταν μια εποχή που οι δεισιδαιμονίες αφθονούσαν. Όταν σκέφτηκα όλες αυτές τις εκκλησίες σε κάθε μικρό χωριό, μου έφερε στο μυαλό ο διαχωρισμός μεταξύ πλουσίων και φτωχών, η ισπανική ιεροεξέταση και η εποχή των συνταγματαρχών, σε όλη τη διάρκεια της οποίας η εκκλησία τηρούσε τους έχοντες την εξουσία.

Το σπίτι μου έδινε μια αίσθηση κυριαρχίας πάνω στο περιβάλλον και δεν μπορούσα να μην θυμάμαι ότι αντιπροσώπευε τη ζωή που απολάμβαναν οι ευγενείς και οι αστοί καθώς επιβάλλονταν σε έναν φτωχό και συμμορφούμενο φτωχό. Αφού τα εξέτασε όλα αυτά, ήταν ευκολότερο να κοιτάξεις το παρόν, την κληρονομιά, τα ερείπια που ήταν διάσπαρτα γύρω από την Τισκαμανίτα. Ήθελα να λύσω το παρελθόν και το παρόν αλλά δεν τα κατάφερα. Δεν ήταν το μέρος μου.

Κατευθύνθηκα στον κάτω όροφο μέσα στην καταιγιστική νύχτα, ανάβοντας το φως της κουζίνας καθώς έμπαινα στο δωμάτιο. Ήταν μια καθοριστική στιγμή, η λάμψη του γυαλιστερού λευκού ήταν αρκετά εκθαμβωτική για γυαλιά ηλίου και γέλασα μόνη μου. Το δωμάτιο ήταν ένας θρίαμβος. Η νεωτερικότητα στεγάζεται σε αρχαίους τοίχους. Δούλεψε. Έβαλα ένα ποτήρι παγωμένο λευκό κρασί για να το γιορτάσω και έριξα μαζί μια κρύα σαλάτα κοτόπουλου. Όταν πέρασα το βουνό με τα μαρούλια στο πιάτο μου, πήγα και κάθισα στην κουνιστή πολυθρόνα μου για να ακούσω τον Τρέζουρ με τα ακουστικά μου, απολαμβάνοντας τον τρόπο που οι Κοκτώ Τουίνς γέμισαν τον χώρο σαν να ήταν και αυτοί εκεί.

Μετά την άνοδο και την πτώση των φωνητικών, το κεφάλι

μου γέμισε από χαρά γνωρίζοντας ότι ό,τι κι αν έκανα στη ζωή μου στο νησί, θα απολάμβανα στο σπίτι μου.

Όταν τελείωσε το άλμπουμ, κάθισα σιωπηλή και αναρωτιόμουν τι να παίξω μετά. Τότε ήταν που ο αέρας γύρω μου έγινε ξαφνικά απίστευτα κρύος. ανατρίχιασα. Ήθελα να τρίψω το γυμνό δέρμα στα χέρια μου αλλά δεν τολμώ να κουνηθώ. Κοίταξα κατευθείαν μπροστά στη γυαλιστερή λευκή κουζίνα μου. Θα μου αποκαλυπτόταν αυτό το παιδί-φάντασμα; Αυτό επρόκειτο να συμβεί; Θα μπορούσα να το διαχειριστώ αν το έκανε; Μάλλον όχι.

Μετά βίας πρόλαβα να εισπνεύσω όταν έσβησαν τα φώτα, τα αγαπημένα μου φώτα που έκαιγαν μόνο για λίγες ώρες. Διακοπή ρεύματος; Προσωρινός; Το δωμάτιο ήταν ακόμα παγωμένο, πράγμα που σήμαινε ότι το φάντασμα ήταν ακόμα τριγύρω.

Δεν μπορούσα να κάτσω στο σκοτάδι. Βυθισμένη στη μαυρίλα χωρίς τηλέφωνο, αποπροσανατολίστηκα. Χρειαζόμουν φως αλλά περίμενα.

Τίποτα δεν άλλαξε.

Στάθηκα και περπάτησα διστακτικά προς την κατεύθυνση του πάγκου της κουζίνας, νιώθοντας το δρόμο μου. Δύο βήματα και άλλα δύο βήματα και όταν νόμιζα ότι ήμουν στα μισά του δρόμου κάτι με έσπρωξε από πίσω. Σκόνταψα προς τα εμπρός και χτύπησα τον αριστερό μου γοφό στον πάγκο. Τρόμος με κυρίευσε. Ψαχούλεψα στον γυαλισμένο τσιμεντένιο πάγκο για το τηλέφωνό μου. Υπήρχε ένα σκαμπό στο πλάι μου. Έτρεξα προς τα αριστερά. Ήξερα ότι το είχα αφήσει κάπου εκεί.

Καθώς το χέρι μου βρήκε το τηλέφωνο, το κρύο έφυγε και τα φώτα άναψαν. Κοίταξα γύρω μου. Δεν υπήρχε κανείς στο δωμάτιο. Βγήκα έξω και άναψα το φως της αυλής ελπίζοντας να πιάσω μια φιγούρα να σκαρφαλώνει, κάτι σωματικό, αλλά δεν υπήρχε κανένα σημάδι. Σκέφτηκα ότι ίσως ήμουν πολύ αργή. Το λογικό μυαλό μου μου φαινόταν τότε αξιολύπητο, προσπαθώντας να εξηγήσω το γεγονός με όποιον τρόπο μπορούσα, ώστε να μην χρειαστεί να νιώσω τον τρόμο.

Ήξερα ότι δεν θα κοιμόμουν. Ήθελα να φύγω, να φύγω μακριά αλλά η παρόρμηση με θύμωσε. Δικαιούμουν να καταλάβω το δικό μου σπίτι, το μεγάλο και όμορφο σπίτι μου. Αν αυτό το φάντασμα επρόκειτο να είναι εδαφικό, το ίδιο ήμουν κι εγώ.

Δεν υπήρχαν μάνταλα στην πόρτα του υπνοδωματίου μου, έτσι έμεινα κάτω, σχεδιάζοντας να κλειστώ μέσα στο σαλόνι που περιείχε ακόμα το παλιό μου κρεβάτι. Μην αφήνοντας τίποτα στην τύχη, έβαλα εμπόδια κάτω από το παράθυρο. Σκόρπισα άλλο ένα ίχνος αλατιού σε όλη την περίμετρο του δωματίου, επαναλαμβάνοντας το εξορκιστικό μου μάντρα καθώς πήγαινα.

Άφησα ένα φως αναμμένο στην τραπεζαρία, αφαίρεσα προσεκτικά το πλαστικό κάλυμμα σκόνης και μπήκα στο κρεβάτι ντυμένη, τραβώντας τα καλύμματα μέχρι το πηγούνι μου. Παρά τις προφυλάξεις μου, ο φόβος κράτησε και ήξερα ότι θα ήμουν ξύπνια όλη τη νύχτα.

Βρέθηκα να προσπαθώ να σκεφτώ σαν φάντασμα. Αν είχα τρομάξει το θύμα μου, αν το είχα κάνει να παγώσει, να της στερούσα το φως και να το πίεζα δυνατά από πίσω, αρκετά δυνατά για να το κάνω να πέσει, τι θα έκανα μετά; Θα πήγαινα και θα έβαζα τα πόδια μου κάπου, ικανοποιημένο; Θα χαιρόμουν για τον τρόμο που είχα επικαλεστεί; Ή θα σχεδιάσω την επόμενη μετακίνησή μου; Τα φαντάσματα σκέφτονται ή ενεργούν αυθόρμητα; Σύντομα διαπίστωσα ότι δεν ήταν δυνατόν να σκέφτομαι σαν φάντασμα. Το μόνο που ήξερα ήταν ότι είχα δεχτεί σωματική επίθεση, ότι αυτή η οντότητα δεν μπορούσε μόνο να σβήσει κεριά, να σβήσει τα φώτα, να κάνει τη θερμοκρασία ενός δωματίου να πέφτει κατακόρυφα, να σύρει μάνταλα, να ανοίγει και να κλείνει πόρτες, να μετακινεί πέτρες, να ξύνει ξύλα και να κλαψουρίζει. Θα μπορούσε να κάνει πραγματική σωματική επαφή. Αυτό ήταν ένα φάντασμα με σκληρή πρόθεση, ένα φάντασμα με κακία στην καρδιά του, ένα φάντασμα έτοιμο να φύγει από τον τόπο της στοίχειωσής του για να τρομάξει την ιδιοκτήτρια όπου κι αν βρισκόταν. Αυτό ήταν ένα αποφασιστικό πνεύμα και είχα λίγες άμυνες.

Τουλάχιστον το αλάτι φαινόταν να λειτουργεί. Πέρασα ώρες καθισμένη αγκαλιάζοντας τα γόνατά μου, με κάποιες περιόδους να ξαπλώνω και να στριφογυρνώ. Δεν έγινε τίποτα περίεργο. Δεν υπήρχε ξύσιμο επίπλων, δεν χτυπούσαν οι πόρτες. Τίποτα. Το μόνο που άκουσα ήταν μια ελαφριά βροχή. Δεν κράτησε πολύ. Τη στιγμή που είδα το φως της ημέρας, πήγα και έκανα ένα ντους.

Οι κεραμοποιοί έφτασαν καθώς πήγαινα στην κουζίνα για δυνατό καφέ και πρωινό. Άκουσα οχήματα να πλησιάζουν και συνομιλίες, και μετά βήματα να ανεβαίνουν στη σκαλωσιά έξω. Μόλις ξημέρωσε. Στη συνέχεια, ο Χελμούντ έβαλε το κεφάλι του στην πόρτα της κουζίνας και με χαιρέτησε, λέγοντας ότι υπήρχε πρόβλεψη για περισσότερη βροχή και ότι ήθελαν να βάλουν τη στέγη πριν έρθει.

Παρέμεινα στο χώρο και πέρασα το πρωί τακτοποιώντας τα πράγματά μου και καθαρίζοντας τα δωμάτια. Αγνόησα τους εργάτες και με αγνόησαν κι εκείνοι. Υπήρχαν πολύ λιγότεροι άνδρες στο χώρο. Οι κτίστες της πέτρας είχαν φύγει προ πολλού, και οι έμποροι της.

Έχοντας ανάγκη από μια αλλαγή ατμόσφαιρας, μετά το μεσημεριανό γεύμα και περισσότερο καφέ, κατέβηκα στο Γκραν Ταραχάλ για μπάνιο. Τα φουσκωτά σύννεφα γέμισαν τον ουρανό, αλλά δεν είχε βρέξει ακόμα, από όσο μπορούσα να καταλάβω. Πέρασα όλο το απόγευμα κάνοντας γύρους στον ωκεανό και περπατώντας στην άμμο.

Οι πλακάδες ήταν ακόμα εκεί όταν επέστρεψα σπίτι στις έξι. Πέρασα μια ώρα στην κουζίνα, διαβάζοντας. Το χτύπημα της πόρτας ενός αυτοκινήτου και μερικοί κινητήρες μαρτυρούσαν ότι οι άντρες δούλευαν. Τότε ήταν επτά.

Παρακολούθησα το σύννεφο να πυκνώνει πάνω από το ηφαίστειο καθώς ετοίμαζα μια σαλάτα και, μη θέλοντας να φύγω από την κουζίνα αφού είχα φάει, κάθισα στην κουνιστή πολυθρόνα και έριξα την Ντολόρες Κλερμπον στο λάπτοπ μου.

Όταν τελείωσε η ταινία και καθόμουν στην ησυχία του σπιτιού και σκεφτόμουν αν πίστευα ότι η Ντολόρες δικαιωνόταν να κάνει τα πράγματα που είχε, ένιωσα ότι ο απόκοσμος σύντροφός μου θα ξεκινούσε σύντομα τις νυχτερινές του δραστηριότητες. Ήταν μόνο θέμα χρόνου.

Σαν να ήταν σε αρμονία με τις σκέψεις που τρέχουν στο μυαλό μου, η οθόνη του φορητού υπολογιστή μου μαύρισε. Τότε συνειδητοποίησα ότι ήταν η εξοικονόμηση ενέργειας. Ήμουν έτοιμη να σηκωθώ και να κλείσω το καπάκι όταν τα φώτα της κουζίνας τρεμόπαιξαν. Ένα βήμα μπροστά από τον υπερφυσικό εχθρό μου, είχα έτοιμο τον φακό του τηλεφώνου μου. Όταν έσβησαν τα φώτα, άναψα την απότομη δέσμη του τηλεφώνου. Ήταν μια σύντομη στιγμή θριάμβου. Είχα ξεπετάξει ένα φάντασμα.

Η αυτάρεσκη ικανοποίησή μου δεν κράτησε πολύ. Το δωμάτιο έγινε πάγος σε μια στιγμή. Ήμουν σε εγρήγορση, σε ένταση, περίμενα, άκουγα.

Τίποτα δεν θα μπορούσε να με είχε προετοιμάσει για τα κρύα χέρια που έπιασαν το λαιμό μου. Η αίσθηση ήταν αληθινή, οι αντίχειρες στα κόκκαλα του λαιμού μου, τα δάχτυλα κουλουριασμένα σφιχτά, πιέζοντας δυνατά τον λάρυγγά μου. Δεν μπορούσα να μιλήσω και βαριανάσαινα. Με έπιασε τρόμος, ήμουν τυφλή, πνιγόμουν. Είχα μια παρόρμηση να ουρλιάξω αλλά δεν είχα φωνή.

Πάλεψα να ελευθερωθώ. Πέταξα μπροστά στη θέση μου, αλλά δεν είχε καμία διαφορά. Έριξα το τηλέφωνό μου στην αγκαλιά μου και έφτασα να τραβήξω τα χέρια που ήταν αποφασισμένα να με οδηγήσουν στον θάνατό μου – αλλά δεν *υπήρχαν χέρια. Μόνο αέρας.*

Ο πανικός με κυρίευσε. Με έπνιγαν. Ο πόνος ήταν

βασανιστικός. Δεν μπορούσα να αναπνεύσω. Το αίμα ανέβασε στο κεφάλι μου σε συγχρονισμό με την καρδιά μου που τρελλόταν.

Δεν μπορούσα να ξεκολλήσω αυτά τα δολοφονικά δάχτυλα. Ήμουν σίγουρα στο σημείο του θανάτου. Σε μια τελευταία προσπάθεια που τροφοδοτούσε τον τρόμο, πήδηξα από την κουνιστή πολυθρόνα.

Τα χέρια γλίστρησαν μακριά, όπως και το τηλέφωνό μου, πέφτοντας με τα μούτρα στο φακό του. Το δωμάτιο μαύρισε. Ο αέρας παρέμενε παγωμένος. Δεν είχε τελειώσει.

Λαχάνιασα, κάθε πρόσληψη αέρα δούλευε. Έπιασα τον λαιμό μου, αποπροσανατολισμένη. Ήθελα να τρέξω, να φύγω από το σπίτι, αλλά δεν μπορούσα να δω. Δεν είχα ιδέα ποια κατεύθυνση να πάρω ή από πού θα ερχόταν η επόμενη επίθεση. Δεν μπορώ να μείνω εδώ.

Αλλά τη στιγμή που έκανα ένα βήμα μπροστά, με έσπρωξαν από πίσω. Σκόνταψα και ξαναβρήκα την ισορροπία μου και με έσπρωξαν ξανά, πιο δυνατά αυτή τη φορά. Έτρεξα μπροστά και σκόνταψα πέφτοντας στα γόνατά μου. Άκουσα ένα κρακ. Αυτό ήταν η επιγονατίδα;

Όντας πολύ ευάλωτη στο πάτωμα, ανέκτησα τη στάση μου. Άπλωσα το χέρι και ένιωσα τον τοίχο και στάθηκα με την πλάτη μου σε αυτόν. Έπειτα ούρλιαξα με βραχνή φωνή και με αυτή την κραυγή, είπα σε αυτό το φάντασμα να με αφήσει ήσυχο.

Όλα επέστρεψαν στο φυσιολογικό σε μια στιγμή. Το δωμάτιο ζεστάθηκε και τα φώτα άναψαν. Το λάπτοπ μου ήταν στο τραπέζι όπου το είχα αφήσει. Το ψυγείο τη θέση του. Τα πιάτα ήταν στο νεροχύτη. Ήταν σχεδόν σαν να μην είχε συμβεί τίποτα. Είδα το τηλέφωνό μου στο πάτωμα πίσω μου. Μια καρέκλα ήταν λοξή. Αυτά ήταν όλα τα στοιχεία της επίθεσης, αυτό και ο λαιμός μου που πάλλεται.

Πήρα το τηλέφωνό μου από το πάτωμα και χρησιμοποίησα την κάμερα ως καθρέφτη για να δω τον εαυτό μου. Τα κόκκινα σημάδια γύρω από το λαιμό μου ήταν όλη η επιβεβαίωση που χρειαζόμουν ότι δεν είχα φανταστεί αυτή την επίθεση. Εκείνη τη στιγμή ήξερα ότι τα φαντάσματα ήταν ικανά να κάνουν σωματικό τραυματισμό.

Συμβιβαζόμουν με τη νέα μου επίγνωση και εξέταζα τα σημάδια των δακτύλων στο λαιμό μου, όταν άρχισε το κλαψούρισμα. Όχι το φάντασμα πάλι! Ο ήχος ερχόταν από το αίθριο. Δεν είχα σκοπό να ακολουθήσω αυτόν τον ήχο, αλλά έπρεπε να βγω από το σπίτι και υπήρχε μόνο ένας τρόπος να βγω από την κουζίνα, και αυτό σήμαινε να βγω στο αίθριο και μέσα από το πέρασμα στην πίσω πόρτα.

Το κλαψούρισμα συνεχιζόταν, ο ήχος κινούνταν, σβήνει και μετά γίνεται πιο δυνατός. Για λίγο ο ήχος ακουγόταν από την πόρτα και όταν έγινε τα φώτα της κουζίνας τρεμόπαιξαν. Σκέφτηκα να κλειστώ στην κουζίνα αλλά τι νόημα θα είχε; Τα φαντάσματα μπορούσαν να κινηθούν μέσα από τοίχους και δεν μπορούσε να πει κανείς αν θα δεχόμουν ξανά επίθεση.

Σαν να ήθελα να επιβεβαιώσω τη σκέψη μου, στον επάνω όροφο χτύπησε μια πόρτα. Πήδηξα ξαφνιασμένη. Αυτό ήταν όλο το κίνητρο που χρειαζόμουν. Πήρα το πορτοφόλι, το τηλέφωνο και τα κλειδιά του αυτοκινήτου μου, περίμενα να σβήσει το κλαψούρισμα και έτρεξα έξω από την κουζίνα με την καρδιά μου να σφυρίζει στο στήθος μου. Δεν σταμάτησα να κοιτάζω τριγύρω. Πήγα κατευθείαν από την πίσω πόρτα, αναζητώντας το χερούλι.

Δεν έκλεισα την πόρτα πίσω μου. Μόλις έτρεξα. Έτρεξα κρατώντας το τηλέφωνό μου ψηλά για να φωτίσω το δρόμο μου. Έτρεξα κατευθείαν στο αυτοκίνητό μου, πάτησα το τηλεχειριστήριο και μπήκα στο κάθισμα του οδηγού.

Έτρεμα τόσο δυνατά που τα δόντια μου έτριζαν. Έβαλα το κλειδί στην ανάφλεξη, αλλά δεν είχα που να πάω εκτός από το σπίτι του Πάκο και ήξερα ότι δεν ήμουν σε θέση να οδηγήσω. Αντίθετα, κλειδώθηκα μέσα. Σίγουρα, στα ανοιχτά θα ήμουν πιο ασφαλής. Σίγουρα το φάντασμα δεν θα μου επιτεθεί εδώ έξω;

Ο ουρανός είχε καθαρίσει. Κάθισα για πολλή ώρα κοιτάζοντας τα αστέρια, βλέποντας το φεγγάρι να ανατέλλει πάνω από το ηφαίστειο. Σταδιακά έγινα πιο ήρεμη.

Πρέπει να κοιμήθηκα. Κάποια στιγμή το βράδυ ξύπνησα. Έβρεχε.

Πριν ανοίξω τα μάτια μου, ήξερα ότι δεν ήμουν μόνη. Ονομάστε το έκτη αίσθηση. Δεν ήθελα να κοιτάξω. Ήθελα να κρατάω τα μάτια μου κλειστά και να κάνω ό,τι ήταν μακριά. Αλλά τα άνοιξα και είδα, έξω από το παράθυρό μου, ένα πρόσωπο. Ήταν ένα γυναικείο πρόσωπο και με κοιτούσε επίμονα. Στην αρχή νόμιζα ότι ήταν η μητέρα μου. Μετά είδα το μακρύ μαύρο φόρεμά της και ήξερα ποια ήταν. Η Σενιόρα Μπαράσο. Έπρεπε να είναι. Έδειχνε χλωμή, απελπισμένη, τρομοκρατημένη. Ωστόσο, κανένα μέρος της δεν ήταν υγρό.

Πίεσε τα στεγνά ως τα κόκαλα χέρια της στο γυαλί. Κούνησα το κεφάλι μου. Της είπα, όχι. Έμοιαζε καταρρακωμένη. Έφυγε βιαστικά, στο βοηθητικό κτίριο όπου έκανα το ντους μου.

Μετά από αυτό, δεν κοιμήθηκα. Άρχισα να αναρωτιέμαι αν είχα ονειρευτεί αυτό το πρόσωπο καθώς προσπαθούσα να ανακτήσω την αίσθηση της κανονικότητας, αλλά δεν το είχα κάνει. Το μόνο που ήξερα ήταν ότι είχα δύο φαντάσματα, ένα παιδί και τη μητέρα του. Ποιος προσπάθησε να με στραγγαλίσει;

Με σιγουριά κατάλαβα ότι δεν ήταν τίποτα από τα δύο.

ΚΥΝΗΓΏΝΤΑΣ ΤΆΦΟΥΣ

ΜΕ ΤΟ ΦΩΣ ΤΗΣ ΗΜΕΡΑΣ ΉΡΘΕ ΜΙΑ ΒΑΣΑΝΙΣΜΈΝΗ ΗΡΕΜΊΑ, ΈΝΑ κεφάλι θολό από την έλλειψη ύπνου και ένα σώμα άκαμπτο σε μέρη που δεν θα έπρεπε: λαιμό, γοφό, μικρό στην πλάτη και έναν αστράγαλο.

Μετατοπίστηκα και κάθισα όρθια. Το παρμπρίζ ήταν θολό. Χρησιμοποιώντας το μπράτσο μου, διέλυσα την ομίχλη στο πλαϊνό παράθυρο. Η βροχή είχε φύγει, το έδαφος ήταν υγρό και υπήρχαν μικρές λακκούβες εδώ κι εκεί. Πριν βγω από το αυτοκίνητο, μελέτησα τον λαιμό μου στον πίσω καθρέφτη. Οι μώλωπες ήταν ξεκάθαροι.

Η πρώτη μου σκέψη ήταν ότι θα μαζέψω τα πράγματά μου και να πήγαινα στου Πάκο. Αλλά αυτό θα σήμαινε ήττα. Όποια και αν ήταν αυτά τα φαντάσματα, δεν είχαν δικαίωμα να καταλάβουν το σπίτι μου. Διατήρησα τα πρακτικά πράγματα και μια ισχυρή παρόρμηση για να προστατεύσω το σπίτι μου, καταφρονώντας την πιθανή ζημιά στο πρόσωπό μου και την περιουσία μου που θα μπορούσε να πετύχει ένα κακόγουστο φάντασμα. Με είχαν σπρώξει από πίσω και παραλίγο να στραγγαλίσουν. Τι να περιμένω για την επόμενη φορά; Θα μπορούσε πραγματικά ένα φάντασμα να με σκοτώσει;

Βγήκα από το αυτοκίνητο και μπήκα στο σπίτι μου και πήγα στον επάνω όροφο για ένα ντους. Ήταν εύκολο να είσαι προκλητικός και εδαφικός στο φως της ημέρας. Μόλις πλύθηκα και ντύθηκα, έφτιαξα τα δωμάτιά μου και έκλεισα όλες τις πόρτες, φεύγοντας από την πίσω πόρτα καθώς έφταναν οι εργάτες. Κατευθυνόμενη πίσω από τον αχυρώνα, μπορούσα μόνο να ελπίζω ότι είχα γίνει ο μόνος στόχος των απόκοσμων γελοιοποιήσεων και πως δε θα έβλαπταν κανέναν από αυτούς τους άντρες.

Ανέβηκα με το αυτοκίνητο στο δρόμο και πάρκαρα απέναντι από το καφέ κάτω από μια σκιά. Το χωριό ήταν ήσυχο. Η εκκλησία, το επίκεντρο του χωριού με τους ψηλούς λευκούς τοίχους, την έλλειψη παραθύρων, κοίταζε προς τα μέσα, διώχνοντας τις κακές δυνάμεις, ένα φρούριο πίστης. Δεν είχα πίστη. Δεν είχα πλέον μεγάλη εμπιστοσύνη ούτε στο να διώχνω τελετουργίες. Έκανα το μόνο πράγμα που αποτελούσε πίστη. Τηλεφώνησα στην Κλαρίσα.

«Πώς είσαι, καλή μου;» Η φωνή της και μόνο έφερνε ειρήνη.

«Δεν διακόπτω;»

«Καθόλου. Η κηδεία έγινε χθες».

Ένα τράνταγμα πέρασε από μέσα μου. Ποιανού η κηδεία; Δεν μου άρεσε να ρωτήσω. «Πήγε καλά;» ήταν το μόνο που μπορούσα να πω.

«Χαμηλών τόνων. Ο αγαπημένος μου παλιός φίλος ήταν ενενήντα πέντε, άρα όχι πολλά δάκρυα».

Δίστασα. Αλλά δεν ήταν ώρα για κουβεντούλα. Ήθελα να ρωτήσω. «Έχω περισσότερα προβλήματα στο σπίτι ». Την ενημέρωσα για τα τελευταία γεγονότα. «Δεν είχα ιδέα ότι τα φαντάσματα θα μπορούσαν να προκαλέσουν σωματική βλάβη στους ανθρώπους με πρακτικό τρόπο. Νόμιζα ότι θα περνούσαν ακριβώς από μέσα μας, ας πούμε. Τα πράγματα ξεφεύγουν από τον έλεγχο ».

«Αναρωτήθηκα αν τα πράγματα θα κλιμακωθούν. Συνήθως το κάνουν όταν εμπλέκεται βία ».

«Προσπάθησε να με πνίξει», είπα, με τη φωνή μου να τρέμει καθώς ξαναζούσα τη φρίκη.

«Αυτός», Κλερ. «Αυτός θα ήταν ο ίδιος ο Μπαράσο».

«Πιστεύεις ότι η εκδοχή της Γκλόρια για το τι συνέβη εκεί είναι αληθινή;» Είχα αναφέρει την πλήρη ιστορία στην Κλαρίσα σε ένα ημέηλ.

«Αυτά τα τελευταία γεγονότα το αποδεικνύουν. Όπως στη ζωή, έτσι και στο θάνατο ».

«Τι γίνεται με το παιδί που κλαψουρίζει; Η γυναίκα που φωτογράφισε ο Πάκο;».

«Ακούγεται σαν να έχεις τουλάχιστον τρία πνεύματα παγιδευμένα εκεί».

«Τρία.»

«Τουλάχιστον. Θα μπορούσε να είναι όλη η οικογένεια».

«Πρέπει να φύγουν», είπα με έναν αέρα απόγνωσης.

«Δύσκολα.»

«Πρέπει να υπάρχει κάτι που μπορώ να κάνω. Τα ξόρκια εξορισμού δεν λειτουργούν ».

«Μπορείς να δοκιμάσεις τις δέκα συμβουλές της Μαντάμ Μπούλανγκερ.» Ακουγόταν αμφίβολη.

«Θα δοκιμάσω τα πάντα.»

«Σε δεύτερη σκέψη, χρησιμοποιείς ήδη τα βασικά. Ο εξορκισμός είναι η τελευταία λύση ».

«Εξορκισμός!» Έριξα μια ματιά στην εκκλησία. Το μυαλό μου τυλίγονταν από εικόνες ιερέων και περίεργες τελετουργίες.

«Δεν είναι τόσο δραματικό όσο νομίζεις. Έχω γίνει μάρτυρας πολλών. Τα πνεύματα δεν κατοικούν μόνο σε αρχαία ερείπια, Κλερ. Ακόμη και τα κανονικά δύο επάνω, δύο κάτω μπορεί να περιέχουν ένα ή δύο τρελά φαντάσματα. Φαίνεται να συνδέονται με έφηβα κορίτσια ή άλλους που βιώνουν δικά τους ταραχώδη συναισθήματα».

Δεν μίλησα. Και οι δύο ξέραμε τη θλίψη που είχα μέσα μου.

«Πού είναι θαμμένοι;» ρώτησε η Κλαρίσα.

«Δεν έχω ιδέα.»

«Α, τότε θα πρέπει να βρεις τους τάφους τους».

«Τι θα πετύχω με αυτό;»

«Κλερ, συνήθως με αυτά τα πράγματα, οι άνθρωποι θέλουν απλώς να τους ακούνε και να τους καταλαβαίνουν. Αναγνωρίζεται με κάποιο τρόπο. Ξαπλωμένος, ας πούμε.

Κυνήγι τάφου; Δεν μπορούσε να με βλάψει και τουλάχιστον μου έδωσε μια στρατηγική, ακόμη και μια πιθανή λύση. Την ευχαρίστησα και της είπα αντίο.

Η Γκλόρια μου χαμογέλασε καθώς μπήκα στο καφέ και μου έκανε νόημα να καθίσω. Αναρωτήθηκα τι θα μπορούσε να την έκανε τόσο χαρούμενη που με έβλεπε καθώς έπιανα το τραπέζι που προτιμούσα, αν και δεν είχα πλέον ανάγκη από το ενεργειακό σημείο. Μου έφερε τον συνηθισμένο καφέ και την τορτίγια μου. Αφού άφησα τα μαχαιροπίρουνά μου, έκανε ένα βήμα πίσω.

«Άλλη μια υπέροχη ηλιόλουστη μέρα», είπα, ακτινοβολώντας της, ένα χαμόγελο πίσω από το οποίο το μόνο που μπορούσα να σκεφτώ ήταν νεκροταφεία. «Η βροχή ήταν επίσης καλή».

«Ήταν.» Δίστασε και εισέπνευσε να πει περισσότερα. «Πες μου, Κλερ, τι σκοπεύεις να κάνεις με το μεγάλο σου σπίτι;»

Ήταν η ίδια ερώτηση, κάθε φορά, και εξεπλάγην που δεν είχε ξαναρωτήσει.

«Δεν ξέρω ακόμα», είπα, αυτή ήταν η αλήθεια.

«Θα έπρεπε να έρθεις στο μάθημα υπολογιστών της Μαρίας στο Τουινέχε», μουρμούρισε και συνειδητοποίησα ότι παρά τον ειλικρινή της τρόπο, βαθιά μέσα της ήταν ντροπαλή. Ή ίσως επιφυλακτική, για μένα, για το τι αντιπροσώπευα. Δίστασα, ρίχνοντάς της ένα βλέμμα κατάματα. Εκεί στεκόταν, περιμένοντας και ενθουσιώδης και αβέβαιη με την τακτοποιημένη και καθαρή ποδιά της προστατεύοντας την μπλούζα και τη φούστα της. «Είναι για ώριμες, αγρότισσες γυναίκες», συνέχισε, δείχνοντας το λάπτοπ μου. «Πρέπει να μάθουμε όλη αυτή την τεχνολογία διαφορετικά θα μείνουμε πίσω».

«Ξέρω ήδη πώς να το χρησιμοποιήσω, όμως." Ακόμα κι όταν μίλησα, ευχόμουν να είχα βρει κάτι αξιοσημείωτο να πω αντ' αυτού. Ευτυχώς, δεν ήταν έτοιμη να την αποτρέψει.

«Γι' αυτό ρωτάω. Είμαστε δέκα. Θα κάνεις πολλούς φίλους ». Μου είπε ότι συναντιόντουσαν κάθε Σάββατο πρωί στις έντεκα στη βιβλιοθήκη. «Θα έρθεις;»

«Θα ήμουν ευγνώμων. Ευχαριστώ.» Έκανα ένα σημείωμα στο ημερολόγιο του τηλεφώνου μου καθώς στεκόταν από πάνω μου. Το κράτησα ανοιχτό για να τη δει. «Εδώ είσαι, το τηλέφωνό μου δεν με αφήνει να ξεχάσω.»

Γελάσαμε και οι δύο. Μια πόρτα είχε ανοίξει απροσδόκητα, εμφανίστηκε το χαλάκι καλωσορίσματος. Είχα αποκτήσει είσοδο στην καθημερινή ζωή των ντόπιων αγροτικών γυναικών. Η πρόσκληση σηματοδότησε ένα σημείο καμπής. Όχι άλλα μαθήματα Ισπανικών. Μια ευκαιρία για συμμετοχή στην τοπική κοινωνία; Τίποτα δεν θα μπορούσε να μου φέρει μεγαλύτερη χαρά. Ήξερα ότι ήταν σπάνιο και ένιωθα σχεδόν σαν ανταμοιβή για την πίστη μου στην επιχείρησή της.

Όταν η Γκλόρια πήγε να εξυπηρετήσει έναν άλλο πελάτη, άνοιξα το λάπτπ μου και έψαξα για όλα τα νεκροταφεία της περιοχής. Στοχοποίησα το Τουινέχε και το Γκραν Ταραχάλ στα νότια, και στα βόρεια, το Κασίλας νελ Ανχελ, το Τετίρ, το παλιό νεκροταφείο στη Λα Ολίβα και δύο στο Πουέρτο Ροσάριο.

Όταν η καφετέρια άδειασε, η Γκλόρια όρμησε με ένα βλέμμα ανησυχίας στο πρόσωπό της.

«Πρέπει να ρωτήσω. Τι συμβαίνει με το λαιμό σου; Και η φωνή σου; Ακούγεσαι βραχνιασμένη». Έβγαλε έναν δικό της θόρυβο, σε περίπτωση που δεν καταλάβαινα.

Δεν ήθελα να της το πω. Ήξερα ότι μόλις το έκανα τα νέα

θα διαδίδονταν σε όλο το χωριό. Ωστόσο, τα στοιχεία ήταν εκεί και πώς αλλιώς θα εξηγούσα τα σημάδια.

«Κάτι με έπνιξε χθες το βράδυ. Νομίζω ότι προσπαθούσε να με σκοτώσει».

«Εννοείς, ένα φάντασμα!»

«Κατάφερα να απελευθερωθώ», είπα, προσπαθώντας να υποβαθμίσω το δράμα. «Και ευτυχώς, είμαι ζωντανή».

«Σου είπα ότι δεν είναι ασφαλές να μείνεις σε αυτό το σπίτι». Η Γκλόρια φαινόταν ξέφρενη.

«Έχεις δίκιο. Αλλά πρέπει. Δεν μπορώ να αφήσω αυτά τα φαντάσματα να νικήσουν ».

«Μην κοιμάσai ξανά εκεί, Κλερ.» Άπλωσε το χέρι μου. «Σας παρακαλώ.»

«Θα είμαι καλά, Γκλόρια. Πραγματικά.»

Ελευθέρωσε τη λαβή της και πήρα πίσω το χέρι μου νομίζοντας ότι έπρεπε να φορέσω ένα φουλάρι και προσποιήθηκα ότι ήμουν άρρωστη από κρυολόγημα.

Πλήρωσα τον λογαριασμό μου και ξεκίνησα για να περάσω τη μέρα περιπλανώμενη μέσα σε περιφραγμένα νεκροταφεία διαβάζοντας ταφόπλακες. Αρχικά, κατευθύνθηκα στο Γκραν Ταραχάλ και μετά στο Τουινέχε. Σε κάθε νεκροταφείο, υπήρχε πολύ μεγαλύτερος αριθμός από πέτρες κόγχης, τυπικά διατεταγμένες σε σειρές τέσσερις ψηλές πλευρικές λωρίδες γεμάτες με λουλούδια. Κόγχη πάνω σε θέση, ταφόπετρα πάνω σε ταφόπετρα, και πουθενά δεν έβλεπες κάποιον Μπαράσο. Τα περισσότερα νεκροταφεία περιείχαν πρόσφατες ταφές και ευχόμουν να είχα επιστρέψει πιο προσεκτικά στο καφέ και να περιορίσω την αναζήτησή μου μόνο σε εκείνα τα νεκροταφεία που περιείχαν παλιούς τάφους. Δεν ήξερα και, επιπλέον, ήθελα να είμαι σίγουρη και να δω μόνη μου. Το να βασίζεσαι στο διαδίκτυο δεν ήταν πάντα σκόπιμο.

Μπαίνοντας στο νεκροταφείο στο Κασίας ντελ Ανχελ ένιωσα πιο αισιόδοξη. Τουλάχιστον περιτριγυρίστηκα από παλιούς τάφους, πολλοί από τους οποίους χρονολογούνται από τον δέκατο ένατο αιώνα. Κόγχες επένδυσαν τον περιμετρικό τοίχο και άλλους εσωτερικούς τοίχους. Μονοπάτια ελίσσονταν γύρω από τάφους με ροζ χαλίκι. Οι νεκροί, όπως πάντα, ήταν προστατευμένοι από τον άνεμο και μακριά από τα βλέμματα των ζωντανών.

Το νεκροταφείο στη Λα Ολίβα ήταν επίσης παλιό και περιείχε τον τάφο του τελευταίου από τους συνταγματάρχες, του Κριστόμπαλ Μανρίκε ντε Λάρα Καμπρέρα, γεμάτο με ένα μεγάλο άγαλμα αγγέλου, που κοιτούσε προς τα κάτω σαν να ήθελε να ευλογήσει εκεί που βρισκόταν. Οι ντόπιοι, υπέθεσα, θα ήταν ευτυχείς να δουν το πίσω μέρος του.

Άφησα το νεκροταφείο κοντά στο λιμάνι στο Πουέρτο ντελ Ροζάριο για το τέλος. Το νεκροταφείο ήταν κοντά στο διαμέρισμα του Πάκο και βρισκόταν σε έναν ουσιαστικά κυκλικό κόμβο που γειτνίαζε με έναν άλλο, δημιουργώντας ένα θορυβώδες και ξέφρενο περιβάλλον για εκείνες τις παλιές ψυχές που ήταν θαμμένες εκεί. Μια περιπλάνηση στους τάφους δεν έδωσε τίποτα. Δεν υπήρχε κανένας Μπαράσο θαμμένος εκεί. Αν η οικογένεια είχε θαφτεί σε ασήμαντους τάφους, είχα ελάχιστες έως καθόλου πιθανότητες να τους βρω, εκτός από την αναζήτηση τοπικών αρχείων. Αποκαρδιωμένη και εξαντλημένη, κάθισα σε ένα καφέ που πήγαινα με τον Πάκο και έφαγα ένα γεύμα αργά.

Ενώ έτρωγα μια παέγια, έκανα μια γρήγορη αναζήτηση στο Διαδίκτυο για πληροφορίες σχετικά με τα παλιά νεκροταφεία. Η πρώτη συγκινητική πληροφορία που ανακάλυψα ήταν ότι οι τάφοι στο νεκροταφείο που είχα επισκεφτεί τελευταία είχαν βεβηλωθεί, κρανία αφαιρέθηκαν για σατανικές τελετουργίες που πραγματοποιήθηκαν σε μερικά εγκαταλελειμμένα σπίτια κοντά στην Καλέτα ντε Φούστε. Τι συνέβαινε με τους ανθρώπους; Ανήκε κάποιο από αυτά τα κρανία σε έναν Μπαράσο; Δεν ήλπιζα πολύ, γιατί φοβόμουν να περπατήσω σε αυτό το σκοτεινό έδαφος.

Μετά από περαιτέρω έρευνα, ανακάλυψα ότι οι

παλαιότεροι τάφοι μπορεί επίσης να βρεθούν μέσα στους τοίχους της εκκλησίας. Οι ενδομυϊκοί τάφοι ήταν μόνο για τους πλούσιους και ισχυρούς, ανθρώπους της τιμής, αν και ο Σενιόρ Μπαράσο, αν και ήταν αναμφίβολα πλούσιος, δεν ήταν τοπικός αξιωματούχος, γεγονός που καθιστούσε απίθανη την ενδομυϊκή ταφή. Εξάλλου, στα τέλη του δέκατου όγδοου αιώνα, η νέα νομοθεσία απαιτούσε τη δημιουργία δημοτικών νεκροταφείων εντός των οποίων θα θάβονταν οι νεκροί, σε μια προσπάθεια να εξαλειφθεί η μεσαιωνική πρακτική των ενδομυϊκών ταφών, κυρίως λόγω της δυσοσμίας των πτωμάτων που αποσυντίθενται σε ρηχούς τάφους και των ανησυχιών για την υγεία των ζωντανών.

Σκέφτηκα να επισκεφτώ όλες τις εκκλησίες στην περιοχή της Τισκαμανίτα, αλλά αποφάσισα να το αφήσω για άλλη μια μέρα. Ίσως τα λείψανα του Μπαράσο και της οικογένειάς του είχαν επιστραφεί στην Τενερίφη για ταφή εκεί. Ηττημένη, επέστρεψα στην Τισκαμανίτα και πέρασα από το καφέ να ρωτήσω την Γκλόρια τι ήξερε. Ευτυχώς, το καφέ ήταν άδειο όταν μπήκα μέσα και έκανα την ερώτησή μου χωρίς πρόλογο.

Μια σκιά πέρασε στο πρόσωπό της.

«Πραγματικά δεν μπορώ να πω».

«Έχω ψάξει στα νεκροταφεία σε όλο το νησί και δεν υπάρχει κανένα σημάδι των Μπαράσο. Νομίζω ότι τα πτώματα τους μεταφέρθηκαν πίσω στην Τενερίφη. Έγινε κάτι τέτοιο;».

«Πραγματικά δεν ξέρω. Κανείς δεν είπε ».

Με απέφευγε; Ή απλώς ανησυχώ για την ασφάλειά μου; Έφυγα σκεπτόμενη ότι ίσως αυτό ήταν το μόνο που ήθελε η οικογένεια, τελικά. Να βρεθούν.

Επέστρεψα σπίτι καθώς οι εργάτες έφευγαν. Έπρεπε να είχα πάει στον Πάκο όπως είχα σκεφτεί νωρίτερα, αλλά το θάρρος κατέπνιξε τους ενδοιασμούς μου. Περιποιήθηκα τον κήπο μου, πρόσθεσα μερικές πέτρες στον πίσω τοίχο και περιπλανήθηκα γύρω από το τετράγωνο.

Μια παράξενη γαλήνη κατέβηκε. Στο ηλιοβασίλεμα, ο ουρανός έλαμψε κόκκινος. Ένιωσα τον άνεμο. Ήταν ζεστός και ερχόταν από τα ανατολικά. Μια καλλίμα ήταν καθ' οδόν. Πήγα μέσα και δείπνησα μου με λίγο τυρί και σαλάτα λαχανικών και δυσκολεύτηκα να το ξεπεράσω ενώ έβλεπα ένα επεισόδιο του Μπλακ Μπουκς.

Μόλις έπεσε η νύχτα άρχισα να νιώθω αυτόν τον πολύ γνωστό φόβο. Για να το ηρεμήσω πριν με διεκδικήσει, άλειψα την περίμετρο του υπνοδωματίου μου στον επάνω όροφο με αλάτι. Το ίδιο έκανα και με την κουζίνα. Έβαλα μια χάντρα αλάτι σε κάθε μια από τις πόρτες. Περπατούσα από δωμάτιο σε δωμάτιο, επαναλαμβάνοντας το μάντρα μου ξανά και ξανά. Εξόρκισα ολόκληρο το κτίριο, ακόμη και ανέβασα τη σκαλωσιά για να κλείσω τα δωμάτια που παρέμεναν γυμνά. Αποφάσισα ότι τη στιγμή που θα συνέβαινε οτιδήποτε, θα φώναζα στο φάντασμα να με αφήσει ήσυχη. Ήταν η τελευταία μου άμυνα και φαινόταν να λειτουργεί πριν. Θα ήταν μια μάχη θελήσεων και καλύτερα να κερδίσω.

Το μόνο που μπορούσα να κάνω ήταν να ελπίζω. Κουρασμένη από την ημέρα, ανέβηκα στον επάνω όροφο στο κρεβάτι, επιλέγοντας να αφήσω το φως στο μπάνιο, για την αίσθηση ασφάλειας που μου παρείχε. Ξάπλωσα στο μισοσκόταδο και σιγά-σιγά κοιμήθηκα.

ΜΙΑ ΠΕΡΊΠΤΩΣΗ ΓΡΊΠΗΣ

ΞΎΠΝΗΣΑ ΑΠΟΠΡΟΣΑΝΑΤΟΛΙΣΜΈΝΗ ΜΕΤΆ ΑΠΌ ΜΙΑ ΠΛΉΡΗ ΝΎΧΤΑ ΎΠΝΟΥ. Βγαίνοντας από τον λήθαργο, διαπίστωσα ότι ήμουν βαριά και αδύναμη και ο λαιμός μου έκαιγε. Ίσως να ήμουν αφυδατωμένη μετά τη χθεσινή ξενάγηση στο νεκροταφείο ή να ήμουν ακόμα βραχνή και ο λαιμός μου να είχε πάθει φλεγμονή από τον στραγγαλισμό. Όποια και αν ήταν η αιτία, ένιωθα απαίσια.

Το δωμάτιο ήταν θαμπό. Γκρι νήματα έσπασαν τις περσίδες και παρατήρησα μια λωρίδα φωτός κάτω από την πόρτα του μπάνιου. Σηκώθηκα όρθια, αγνοώντας το γύρισμα του κεφαλιού. Είχα αφήσει ανοιχτή εκείνη την πόρτα. Ξέρω ότι το έκανα. Τώρα, ήταν κλειστή. Ο φόβος περιορίστηκε, η ανεπιθύμητη σύντροφός μου;

Όντας σε εγρήγορση σε κάθε ήχο, άναψα το φωτιστικό δίπλα στο κρεβάτι και κοίταξα εξονυχιστικά το δωμάτιο. Τίποτα δεν είχε διαταραχθεί. Η πόρτα στο μπαλκόνι ήταν κλειστή. Σηκώθηκα και άνοιξα την πόρτα και εξέτασα το δωμάτιο. Όλα φαίνονταν φυσιολογικά.

Φόρεσα ένα μπουρνούζι και ένα ζευγάρι σανδάλια και πήγα και στάθηκα στο μπαλκόνι, σκανάροντας το αίθριο από κάτω. Δύο καρότσια στηρίζονταν στον νότιο τοίχο ακριβώς όπως τα είχαν αφήσει οι εργάτες. Κατέβηκα στην κουζίνα, ψάχνοντας για σημάδια αλλαγής, αλλά δεν υπήρχαν ενδείξεις ότι τα πράγματα είχαν κινηθεί μέσα στη νύχτα. Εκτός από αυτήν την πόρτα στο μπάνιο, οι προσπάθειές μου να διώξω το φάντασμα πρέπει να έχουν αποδώσει, τουλάχιστον προς το παρόν.

Η αυγή έσπασε σε μακριές κόκκινες ραβδώσεις, σκιαγραφώντας το ηφαίστειο. Η καλημέρα είχε φτάσει. Ίσως ήταν απλώς η σκόνη που ερέθιζε το λαιμό μου, επιδεινώνοντας τον στραγγαλισμό. Αλλά τότε, γιατί ένιωσα τόσο απαίσια;

Ήταν Σάββατο. Τουλάχιστον δεν θα υπήρχαν εργάτες να με διακόπτουν. Έφτιαξα τσάι και το πήρα μαζί μου καθώς περιπλανιόμουν στο κτίριο. Είχα ζητήσει από τους ελαιοχρωματιστές να ξαναδημιουργήσουν τη διακοσμητική ζωφόρο στο μπροστινό γωνιακό δωμάτιο στον κάτω όροφο. Στεκόμενη στην πόρτα, σταμάτησα να σκέφτομαι τα φαντάσματα και φαντάστηκα τα έπιπλά μου τοποθετημένα στο χώρο, με το φως να πλημμυρίζει από τα παράθυρα που βλέπουν νότια. Το σπίτι μου θα ήταν υπέροχο, κατάλληλο να εμφανίζεται σε ένα από αυτά τα γυαλιστερά περιοδικά. Ο Πάκο μπορούσε να τραβήξει τις φωτογραφίες. Θα καθόμουν, πρώτα εδώ, μετά εκεί, περιγράφοντας πώς ένιωθα που αναστήλωσα ένα αρχαίο σπίτι και το έφερα πίσω στις μέρες της δόξας του.

Βούιξα στον εαυτό μου καθώς έφτιαχνα πρωινό με φρούτα και γιαούρτι. Έκανα ένα ντους και, χωρίς να το σκεφτώ, φόρεσα ένα παλιό μπλουζάκι και παντελόνι και πήγα να περιποιηθώ τον κήπο μου. Ήμουν στα γόνατα και έβαζα έναν βράχο στον πίσω τοίχο, έχοντας επίγνωση του βάρους του, όταν συνειδητοποίησα υπερβολικά ότι οι μύες των χεριών μου πονούσαν από την καταπόνηση. Τότε συνειδητοποίησα τη ζέστη και τη σκόνη. Τι έκανα εδώ έξω; Όταν το τηλέφωνό μου χτύπησε, το σήκωσα.

Ήταν ο Πάκο. Είπε ότι τράβηξε μερικές καταπληκτικές λήψεις της Αλεγκράνζα.

«Μου λείπεις.»

«Και εσύ μου λείπεις», απάντησα με σιγουριά.

«Τι έχεις στο λαιμό σου;»

«Νομίζω ότι αρρωσταίνω», είπα, παραδεχόμενη επιτέλους στον εαυτό μου ότι όλοι οι πόνοι μου ήταν συμπτώματα ενός κακού κρυολογήματος.

«Ξέρεις τι πρέπει να κάνεις. Πολλά υγρά. Μείνε ζεστή. Υπάρχει ένας φαρμακοποιός δύο τετράγωνα μακριά από το διαμέρισμα, στο Κάλε ντε Φλέμιονγκ.»

«Είμαι στο σπίτι.»

Έγινε μια μεγάλη παύση καθώς αφομοίωνε την είδηση. Τότε, «Κλερ, τι κάνεις εκεί; Πρέπει να πας και να μείνεις στο διαμέρισμα. Δεν μου αρέσει να σε σκέφτομαι μόνη σου στο Κάσα Μπαράσο. Κι αν συμβεί κάτι;».

«Θα είμαι εντάξει. Κοιμήθηκα καλά χθες το βράδυ. Τα πράγματα ήταν αδιάφορα ».

«Μπορεί να μην συμβαίνει πάντα αυτό. Ξέρεις από πριν. Αυτό το φάντασμα είναι απρόβλεπτο. Δεν υπάρχει λόγος για το τι μπορεί να κάνει στη συνέχεια. Υποσχέσου μου.»

«Υπόσχομαι.»

«Δεν μοιάζεις πολύ με κάποιον που είναι πολλά υποσχόμενος».

«Πάκο, σε παρακαλώ. Δεν έχω την ενέργεια ».

«Γι' αυτό πρέπει να οδηγήσεις μέχρι το Πουέρτο ντελ Ροζάριο, όπου υπάρχουν άνθρωποι που μπορούν να σε φροντίσουν. Εκεί που θα είσαι ασφαλής. Που...»

Η γραμμή έπεσε. Προσπάθησα να επιστρέψω την κλήση του, αλλά δεν μπόρεσα. Πήρα το κουρασμένο σώμα μου μέσα, έφτιαξα λίγο ακόμα τσάι και έλεγξα τα ημέηλ μου.

Είχα λάβει ένα απροσδόκητο ημέηλ από τον πατέρα μου. Ήθελε να μάθει πότε επέστρεφα σπίτι για επίσκεψη.

Απάντησα, ρωτώντας τον πότε σχεδίαζε να έρθει στο νησί για να δει τι έχω κάνει.

Σαν να ήταν συγχρονισμένα τα μήκη κύματός μας, έφτασε ένα ημέηλ από την Κλαρίσα που έλεγε ότι έκλεινε πτήση για Φουερτεβεντούρα για τα Χριστούγεννα. Απάντησα αμέσως λέγοντας ότι δεν μπορούσα να περιμένω. Η επίσκεψή της μου έδωσε μια ημερομηνία για να εργαστώ. Ήθελα να δει το σπίτι μου ανακαινισμένο, χωρίς σκαλωσιές και πλήρως βαμμένο.

Άλλαξα ρούχα κηπουρικής και ετοιμάστηκα να περιπλανηθώ στο καφέ πριν καταλάβω ότι δεν χρειαζόταν να φύγω από το σπίτι. Αν και μέχρι τα μέσα του πρωινού, ο λαιμός μου έτρεμε και ήξερα ότι η αδυναμία, ο πόνος, το άγγιγμα του πυρετού και ο πονόλαιμος ήταν σημάδια γρίπης. Χωρίς να χάσω χρόνο, πήγα στον φαρμακοποιό στο Τουινέχε για διάφορα φάρμακα για το κρυολόγημα και τη γρίπη, όπως σιρόπια και παυσίπονα. Επισκέφτηκα το διπλανό σούπερ μάρκετ, μαζεύοντας φρέσκα προϊόντα, γιαούρτι, κρέμα, έτοιμες σούπες, ό,τι μαγειρευόταν εύκολα. Βλέποντας τους άλλους να σπρώχνουν τα καρότσια τους, σκέφτηκα με ποιον μπορεί να είχα έρθει σε επαφή τις τελευταίες μέρες, κάποιον που είχε βήξει ή φτερνιστεί κοντά μου. Κάποιος από την Αυστραλία ή τη Νέα Ζηλανδία ή τη Χιλή ή την Αργεντινή που είχε φέρει τον ιό μαζί τους από τον χειμώνα. Ήταν αδύνατο να το μάθεις. Είχα περάσει από δεκάδες τουρίστες στα ταξίδια μου.

Μέχρι το μεσημέρι ο λαιμός μου πονούσε τόσο που μετά βίας μπορούσα να καταπιώ. Το μόνο που μπορούσα να κάνω ήταν να προσπαθήσω να μείνω άνετη και να διώξω τον ιό.

Για λίγο, κάθισα στην κουνιστή πολυθρόνα και προσπάθησα να διαβάσω. Έξω φυσούσε ο αέρας. Σηκώθηκα και κοίταξα έξω από το παράθυρο της κουζίνας. Ο αέρας ήταν πυκνός από σκόνη. Έκλεισα την πόρτα της κουζίνας και συνέχισα να διαβάζω. Όταν το γύρισμα των σελίδων έγινε πολύ δύσκολο, έφτιαξα ένα φλιτζάνι σούπα, πήρα το τηλέφωνό μου, τα φάρμακα και μια στάμνα με νερό στον επάνω όροφο στην κρεβατοκάμαρά μου. Και εκεί σχεδίαζα να μείνω.

Ο ιός αποδείχθηκε μοχθηρός. Πέρασα το υπόλοιπο Σαββατοκύριακο με το στήθος μου να φλέγεται, πονώντας από την κορυφή ως τα νύχια. Ζεσταινόμουν και κρύωνα ταυτόχρονα. Για μεγάλα χρονικά διαστήματα βυθιζόμουν σε ημι-παραλήρημα, μισό ξύπνια, μισό- κοιμισμένη, πολύ άρρωστη για να κινήσω έναν μυ, έκαιγα και έτρεμα.

Μέσα στο παραλήρημά μου, φώναξα τη μητέρα μου. Έζησα αναμνήσεις, όχι από το ατύχημα, αλλά αμυδρά αναμνήσεις από γενέθλια και παραλίες. Οι αναμνήσεις ήταν μουντές, απλώς θραύσματα –ένα όμορφο φόρεμα, μια ηλιόλουστη μέρα, γέλιο, μια αγκαλιά– αλλά ήταν δικές μου και τις κρατούσα για παρηγοριά και προσπάθησα να τις ξαναπαίξω, με μεγάλη επιθυμία να τις ανακαλέσω, με όρεξη για περισσότερα.

Αγκάλιασα τον εαυτό μου και έκλαψα. Ο Πάκο είχε δίκιο. Θα έπρεπε να είμαι στο Πουέρτο ντελ Ροσάριοο, αλλά ήταν πολύ αργά πια. Δεν μπορούσα να πάω πουθενά.

Που και που, έσερνα τον εαυτό μου στο μπάνιο, και μία ή δύο φορές τα κατάφερνα να κατέβω τις σκάλες για φαγητό και νερό. Τις περισσότερες φορές, δεν είχα ιδέα για την ώρα, ή ακόμα και αν ήταν μέρα ή νύχτα.

Πρώτα είδα το καθένα από τα παιδιά. Φανταστικές εμφανίσεις κοριτσιών διαφόρων ηλικιών ντυμένων με χρονολογημένα φουστάνια. Σκέφτηκα ότι μπορεί να είχα παραισθήσεις. Ήμουν πολύ άρρωστη για να τα φοβάμαι. Στεκόμενα δίπλα στο κρεβάτι μου, έμοιαζαν απελπισμένα, στοιχειωμένα, αποτραβηγμένα, με σκυμμένα τα κεφάλια. Τα τρία μεγαλύτερα απέφευγαν το βλέμμα μου. Έδειχναν ντροπαλά. Αλλά όχι και τόσο ντροπαλά αφού ήθελαν να τους δω.

Το μικρότερο είχε μεγαλύτερη αυτοπεποίθηση. Με κοίταζε κατάματα καθώς ρουφούσε τον αντίχειρά του και κλαψούριζε. Έφερε ψυχρό αέρα μαζί του. Κι όμως δεν ένιωσα φόβο στην παρουσία του. Με έφαγε η θλίψη. Τίποτα περισσότερο.

Η μητέρα είχε ένα βλέμμα ικετευτικό πάνω της. Την αναγνώρισα ως τη γυναίκα στη φωτογραφία που είχε τραβήξει ο Πάκο από το αίθριο, την ίδια γυναίκα που είχε εμφανιστεί στο παράθυρο του αυτοκινήτου μου. Έμοιαζε να θέλει να επικοινωνήσει. Άπλωσε το χέρι προς το μέρος μου, σαν να ήθελε να μου τραβήξει το χέρι, αλλά δεν μπορούσα να σηκωθώ.

Βλέποντας ότι δεν κουνιόμουν, ταράχτηκε, έσφιξε τα χέρια της. Μια πόρτα χτύπησε κάπου στο σπίτι και μετά άκουσα βήματα, βαριά και αργά, να ανεβαίνουν τις σκάλες.

Η γυναίκα εξαφανίστηκε. Την επόμενη στιγμή το φάντασμα του Σενιόρ Μπαράσο στάθηκε από πάνω μου, κοιτώντας το πρόσωπό μου, το δικό του ήταν γεμάτο θυμό. Είχε ένα τρομακτικό βλέμμα πάνω του. Καθώς αιωρούνταν, είδα το σαγόνι του, το μουστάκι και τα απεριποίητα μαλλιά του. Η θερμοκρασία του δωματίου έπεσε δραματικά. Μόνο τότε αντέδρασα, τραβώντας τα καλύμματα κάτω από το πηγούνι μου, μετατοπίζοντας το σώμα μου στην άλλη πλευρά του κρεβατιού.

Μια διαπεραστική κραυγή αντήχησε γύρω από το σπίτι. Ο Μπαράσο γύρισε μακριά και εξαφανίστηκε. Δεν φανταζόμουν ότι θα έφευγε για πολύ.

Τα βήματα κατέβηκαν τις σκάλες. Υπήρξε μια μεγάλη παύση κατά την οποία κάθισα στο κρεβάτι και αναρωτιόμουν τι να κάνω. Έβηξα, βίαια, ξανά και ξανά, μετά φταρνίστηκα και βόγκηξα.

Περισσότερες κραυγές, παιδικές και βαριές κραυγές που συνεχίστηκαν και συνεχίστηκαν. Έπρεπε να είχα βγάλει μια δική μου κραυγή, αλλά όταν προσπάθησα ανακάλυψα ότι δεν είχα φωνή.

Οι κραυγές μετατράπηκαν σε φωνές και άρχισε μια

ταραχή δραστηριότητας, που περιλάμβανε τρέξιμο, πολύ τρέξιμο ανάμεσα στα δωμάτια.

Τα φανταζόμουν όλα αυτά;

Το φωτιστικό κομοδίνου δεν άναψε όταν πάτησα τον διακόπτη. Έψαξα ανάμεσα σε χαρτομάντιλα και μπουκάλια και συσκευασίες με κυψέλες για το τηλέφωνό μου. Όταν το χέρι μου άγγιξε τη δροσερή γυάλινη οθόνη, εξέπνευσα με ανακούφιση. Στο φως του φακού, σηκώθηκα από το κρεβάτι και φόρεσα το μπουρνούζι και τα σανδάλια μου.

Έξω από το δωμάτιό μου, η ταραχή κλιμακωνόταν. Υπήρχαν κουφώματα που έκαναν τις σανίδες του δαπέδου να τρέμουν. Άνοιξα την πόρτα, σκεπτόμενη ότι θα ήμουν καλύτερα σε άλλο μέρος του σπιτιού.

Πήγα και στάθηκα στο μπαλκόνι και έλαμψα τη δάδα τριγύρω. Η αυλή ήταν άδεια. Τα φαντάσματα δεν ήταν ορατά. Τότε η γυναίκα εμφανίστηκε ακριβώς δίπλα μου. Αναπήδησα ξαφνιασμένη. Προχώρησε και τράβηξε το χέρι μου. Αντιστάθηκα, τραβώντας το μακριά. Τα παράτησε και ακούμπησε στο κιγκλίδωμα που έδειχνε προς τα κάτω σε ένα σημείο στο αίθριο, μετά κοίταξε από πάνω μου και τα βλέμματά μας συναντήθηκαν. Έλαμψα τη δάδα στο πρόσωπό της. Δεν στραβοκοίταξε. Προσπαθούσε να πει κάτι με αυτά τα μάτια.

Στη συνέχεια απομακρύνθηκε. Την ακολούθησα με το φακό μου. Άκουσα βήματα στις σκάλες. Λάμποντας το φως στο αίθριο, παρακολούθησα να σταυρώνει. Σταμάτησε στο κέντρο, κοντά στο σημείο όπου ήταν η τρύπα στο διαχωριστικό τοίχο και εκεί που το έδαφος είχε αφεθεί ως τώρα ανέγγιχτο. Έδειξε το έδαφος στα πόδια της και μετά με κοίταξε ψηλά, ενώ η συμπεριφορά της άλλαξε από αγωνία σε σκόπιμη πρόθεση.

Το είδα τότε, τον λόγο της αγωνίας, και ήξερα χωρίς να χρειάζομαι εξηγήσεις τι έπρεπε να κάνω για να τελειώσει το στοιχειωμένο. Το μικρότερο παιδί είχε αρχίσει να κλαψουρίζει.

Ο ήχος ακουγόταν από την κορυφή της σκάλας του μπαλκονιού. Πήγα προς τον ήχο, τρέμοντας καθώς ο αέρας κρύωνε. Ένιωσα τις αδερφές της κοντά. Μπορούσα να νιώσω τη στενοχώρια τους. Θα προσπαθούσε κάποιος από αυτούς να με σταματήσει; Δεν ήμουν σίγουρη. Ίσως δεν υπήρχε συναίνεση μεταξύ τους. Ίσως κάποιοι ήθελαν να ακολουθήσω τις επιθυμίες της μητέρας τους και άλλοι όχι, προτιμώντας άλλα εκατό χρόνια στοιχειώσεως.

Ένιωθα τα πόδια μου μολυβένια και έκαιγα, αλλά συνέχισα να περπατάω. Πιάνοντας τη ράγα και παίρνοντας την κάθε φορά, κατέβηκα τις σκάλες. Περίμενα ένα σπρώξιμο αλλά δεν ήρθε κανένα. Κανένας από τους παραφυσικούς συντρόφους μου δεν με σταμάτησε να κατευθυνθώ έξω στον αχυρώνα και να επιστρέψω με ένα πιρούνι κήπου και ένα φτυάρι.

Πού είχε φτάσει ο Σενιόρ Μπαράσο;

Είχα λίγη δύναμη αλλά μια ξέφρενη θέληση με κατέτρωγε. Ήμουν άρρωστη, ναι πολύ άρρωστη, αλλά με είχε κουράσει ακόμα περισσότερο το στοιχειωμένο. Έπρεπε να είχα τρομοκρατηθεί, αλλά δεν το έκανα. Δοκίμασα τα φώτα και βρήκα ότι το ρεύμα ήταν ξανά αναμμένο. Αξιοποιώντας στο έπακρο τον φωτισμό, άναψα όλα τα φώτα της βεράντας. Μετά πήγα στο σημείο που είχε υποδείξει ο Σενιόρ Μπαράσο και βύθισα το πιρούνι στο έδαφος με όση δύναμη είχα.

Μερικά σκληρά μαχαιρώματα και το επιφανειακό χώμα ήταν αρκετά χαλαρό για να φτυαριστεί. Χρησιμοποίησα το πιρούνι για να χαλαρώσω λίγο ακόμα. Πήρα διχάλα και φτυάρισα, στοχεύοντας σε μια τρύπα πλάτους περίπου μια αυλή. Οποιοδήποτε μεγαλύτερο, και θα μου τελείωσε η αντοχή.

Η πορεία ήταν δύσκολη, αλλά επέμενα, εναλλάσσοντας εργαλεία. Κάθε δύο φτυάρια έπρεπε να σταματώ για μια σύντομη ξεκούραση. Που και που έπρεπε να σταματήσω για έναν καλό βήχα. Πονούσα και είχα πυρετό, αλλά με είχε καταλάβει η αποφασιστικότητα και δεν επρόκειτο να σταματήσω.

Η μετάβαση έγινε ευκολότερη όταν είχα φτυαρίσει περίπου δύο πόδια και διαπίστωσα ότι δεν αφαιρούσα υπέδαφος αλλά επιφανειακό έδαφος. Κάποιος ήταν εδώ πριν από εμένα.

Το σκάψιμο μου έγινε πιο επείγον. Κάποια στιγμή, το πιρούνι μου μαχαίρωσε κάτι σκληρό. Φτυάρισα και βρήκα ότι υπήρχε ένας μεγάλος ογκόλιθος στην άκρη κοντά στην δεξαμενή. Απέφευγα τον ογκόλιθο καθώς έσκαβα.

Έσκαβα ξανά και ξανά. Σε λίγο, έπρεπε να μπω στην τρύπα και να φτυαρίσω το χώμα από το κέντρο. Μετά επιτέθηκα στα πλάγια. Τελικά, αφού έσκαψα και ξεκουράστηκα και ξανάσκαψα και ξαναξεκουράστηκα το φτυάρι χτύπησε κάτι μαλακό.

Άφησα το φτυάρι και γονάτισα και στα δύο γόνατα, απομακρύνοντας το χώμα με τα γυμνά μου χέρια.

Τα δάχτυλά μου άγγιξαν ύφασμα. Έσκυψα πιο κάτω και χρησιμοποίησα και τα δύο χέρια για να τραβήξω το ύφασμα. Μερικές σταθερές κινήσεις και υποχώρησε.

Το ύφασμα χρησίμευε ως περιτύλιγμα. Το ξεδίπλωσα. Ένιωσα από το βάρος και ένιωσα τι ήταν και όταν επιτέλους το ύφασμα έπεσε, κοίταξα τρομαγμένη και ικανοποιημένη αμέσως. Ήταν ένα κρανίο. Ένα μικρό κρανίο. Το κρανίο ενός παιδιού. Τα χέρια μου έτρεμαν. Το τύλιξα γρήγορα και το τοποθέτησα προσεκτικά δίπλα στην τρύπα. Τα δικά μου κόκαλα πονούσαν καθώς στεκόμουν.

Βγήκα από την τρύπα. Έπρεπε να σκεφτώ καλά τα πράγματα και να ενεργήσω, να ενεργήσω γρήγορα, αλλά με είχε πιάσει ένα παράξενο μείγμα ακινητοποιητικού τρόμου και νοσηρής γοητείας. Το κεφάλι μου βούιζε. Ένιωσα λιποθυμία και αστάθεια. Καιγόμουν.

Έπρεπε να τηλεφωνήσω σε κάποιον. Τον Πάκο; Την αστυνομία; Κοίταξα γύρω μου για το τηλέφωνό μου. Το είδα δίπλα στο πιρούνι στην άλλη πλευρά της τρύπας. Ήμουν έτοιμη να πάω να το αρπάξω όταν όλα μαύρισαν.

Μου πήρε λίγη ώρα να επεξεργαστώ ότι ήταν ακόμα νύχτα και τα φώτα είχαν σβήσει. Είχα ξεθάψει τους νεκρούς στο σκοτάδι. Όχι το καλύτερο σχέδιο. Ίσως θα ξημέρωνε σύντομα. Αυτό θα έκανε τη διαφορά;

Η θερμοκρασία του αέρα έπεσε κατακόρυφα. Ήξερα αστραπιαία ότι ο Μπαράσο επέστρεψε.

Το επόμενο δευτερόλεπτο ένιωσα ένα χτύπημα στους ώμους μου και τρύπησα προς τα εμπρός. Άλλο ένα χτύπημα και σκόνταψα και έπεσα στην τρύπα των οστών.

Με διαπέρασε ο τρόμος. Έτρεξα να βγω έξω. Ακούγοντας το τρίξιμο και το κροτάλισμα των οστών από κάτω μου ήξερα ότι είχα πέσει στην κορυφή του τάφου, στον τάφο με έξι πτώματα θαμμένα, και η πρώτη μου σκέψη ήταν ότι δεν ήθελα να σπάσω κανένα από αυτά τα κόκαλα.

Έκανα ελιγμούς με προσοχή, βάζοντας ένα χέρι εδώ ένα πόδι εκεί, ελπίζοντας να αποφύγω να προκαλέσω μεγαλύτερη ζημιά. Ήμουν σχεδόν στα τέσσερα. Πριν προλάβω να βάλω το σώμα μου σε θέση από όπου να σταθώ, με κλωτσούσαν στο πρόσωπο από ψηλά.

Η σκληρή μπότα χτύπησε το απαλό μου μάγουλο, και μετά το αυτί και το πηγούνι, και έτρεξα να προστατεύσω το πρόσωπό μου. Το σώμα μου πήρε τη μορφή χελώνας. Δεν ήταν η ιδανική θέση, όπως ανακάλυψα σύντομα, καθώς η μπότα προσγειώθηκε στην πλάτη μου στην περιοχή του νεφρού μου, προκαλώντας οξύ πόνο μέσα μου.

Έγινε μια μεγάλη παύση. Κουκουλώθηκα. Σκέφτηκα ότι η επίθεση μπορεί να είχε τελειώσει. Αν ήταν, έπρεπε να βγω από την τρύπα.

Σηκώθηκα αργά, προσεκτικά, και χαλάρωσα τον εαυτό μου. Το κεφάλι μου ήταν υγρό. Ίδρωνα. Κάθισα βαριά στην άκρη της τρύπας, σκεπτόμενη ότι έπρεπε να σηκωθώ και να φύγω από το αίθριο όσο πιο γρήγορα μπορούσα. Αλλά δεν μπορούσα να δω. Το σκοτάδι ήταν πυκνό. Χρειαζόμουν απεγνωσμένα το τηλέφωνό μου. Άρχισα να το παλεύω στο χώμα γύρω μου. Το μόνο που ένιωσα ήταν μικρές πέτρες.

Η καρδιά μου κάλπαζε, αλλά το σώμα μου κρύωσε αρκετά ώστε να συνειδητοποιήσω ότι ήμουν ακόμα σε μια παγωμένη λίμνη αέρα.

Ακούστηκε μια κραυγή. Μια μεγάλη, διαπεραστική κραυγή και ακούστηκε κοντά. Ήθελα να πηδήξω. Έπρεπε να πηδήξω. Έπρεπε τουλάχιστον να προσπαθήσω να βγω από το σπίτι. Καθώς σήκωνα τα πόδια μου και έβγαινα από την τρύπα, κρύα χέρια έπιασαν το λαιμό μου.

Η πίεση στον λαιμό μου ήταν δυνατή. Σήκωσα τα χέρια μου και δεν έπιασα τίποτα. Αγωνίστηκα να απελευθερωθώ, αλλά ήταν πολύ δυνατός. Μετά βίας μπορούσα να αναπνεύσω. Η καρδιά μου ένιωθα ότι ήταν έτοιμη να εκραγεί στο στήθος μου. Ο λαιμός μου φλεγόταν και πάλλονταν αμέσως.

Η απόγνωση σκιάστηκε σε πανικό. Επρόκειτο να με σκοτώσει. Πέθαινα και δεν μπορούσα να κάνω τίποτα για να το σταματήσω. Στριφογύρισα αλλά είχα λίγη δύναμη.

Ένιωσα τον εαυτό μου να παρασύρεται, να ξεθωριάζει, να γλιστρά, να πέφτει.

Λιποθύμησα.

ΑΝΑΚΤΗΣΗ

Ο ΣΥΝΑΓΕΡΜΟΣ ΧΤΥΠΗΣΕ ΜΕΣΑ ΜΟΥ ΟΤΑΝ ΞΥΠΝΗΣΑ ΚΑΙ ΒΡΗΚΑ ΕΝΑ ΑΛΛΟ ΠΡΟΣΩΠΟ ΝΑ ΑΙΩΡΕΙΤΑΙ ΑΠΟ ΠΑΝΩ ΜΟΥ. Ποιος ήταν αυτή τη φορά; Σιγά-σιγά είδα ότι ήταν ο Πάκο που με κοίταζε χαμογελώντας, με ένα βλέμμα ανακούφισης στα μάτια. Μου κρατούσε το χέρι. Έσκυψε και με φίλησε στο μάγουλο.

«Δόξα τω Θεώ», μουρμούρισε.

Ναι, σκέφτηκα, δόξα τω Θεώ, το σύμπαν, όποιον, αλλά πού ήμουν;

Κοίταξα τριγύρω το αποστειρωμένο λευκό ενός μοντέρνου δωματίου νοσοκομείου, το σταγονόμετρο δίπλα μου. Γιατί ήμουν εδώ;

Οι αναμνήσεις επέστρεψαν, στην αρχή σταδιακά, μετά σε αναβρασμό και ξαναβρέθηκα στον τάφο που είχα ξεθάψει στην αυλή μου, έναν τάφο με παλιά κόκαλα, έναν τάφο που είχα σκάψει για τον εαυτό μου. Θυμήθηκα ότι έσκαψα, έπεσα, όχι, με έσπρωξαν μέσα. Με στραγγάλιζαν. Μετά, τίποτα. Όλα ήταν κενά. Ήμουν ξαπλωμένη σε αυτόν τον τάφο όλη τη νύχτα;

Δεν θα μπορούσα να είμαι αναίσθητη για πολύ. Η γρίπη με κρατούσε ακόμα στα χέρια της. Ο λαιμός μου ένιωθα σαν κάποιος να του είχε βάλει γυαλόχαρτο. Η κατάποση ήταν αγωνία. Μετακινήθηκα και τσακίστηκα.

«Έσπασες ένα χέρι», είπε.

Τι έκανα; Πως; Πρέπει να έπεσα σε αυτόν τον ογκόλιθο.

«Είδα ένα φάντασμα». Η φωνή μου έτριξε και μετά βίας ακουγόταν. «Τόσα πολλά φαντάσματα».

«Σώπασε τώρα. Είσαι ασφαλής. Η Ολίβια Στόουν σε προστάτευε, νομίζω».

Βόγκηξα.

Ένα βλέμμα ανησυχίας εμφανίστηκε στο πρόσωπό του. «Τι είναι αυτό;»

«Όχι η Ολίβια Στόουν», είπα.

Φαινόταν σαστισμένος. Μείναμε μαζί έτσι, με εμένα ξαπλωμένη ανάσκελα και αυτόν δίπλα μου, κανένας από τους δύο να μην μιλάει. Τελικά, ψιθύρισα, «Ποιος με βρήκε;»

«Εγώ. Γύρισα πιο γρήγορα. Πήγα στο διαμέρισμά μου και βρήκα ότι δεν ήσουν εκεί, οπότε οδήγησα στο σπίτι. Ήταν πριν ξημερώσει, αλλά σκέφτηκα ότι θα σου έκανα έκπληξη. Μόνο που εγώ έμεινα έκπληκτος ».

Αργότερα, όταν είχα πάρει λίγη δύναμη και ένιωσα ότι μπορώ να καθίσω, είπα στον Πάκο με σύντομες φράσεις τις πληροφορίες που κρατούσα πίσω για μήνες. Του χρωστούσα την αλήθεια. Άκουσε με υπομονή τον κυκλικό προοίμιό μου, προσπαθώντας να με κάνει να σταματήσω για χάρη του λαιμού μου, αλλά δεν το έκανα. Του είπα ότι ήταν σημαντικό. Μετά, αναφέρθηκα στο πρώτο από τα σκληρά στοιχεία μου.

«Η Ολίβια Στόουν πέθανε στο Μπέντφορντ το 1897. Έχω αντίγραφο του πιστοποιητικού θανάτου».

Ένα βλέμμα δυσπιστίας ήρθε στο πρόσωπό του. Τότε φάνηκε μπερδεμένος.

«Τότε δεν ήταν εκείνη που ζούσε στο Κάσα Μπαράσο».

«Όχι, δεν ήταν».

«Αυτό δεν σημαίνει ότι δεν έμεινε σε εκείνο το σπίτι».

«Δεν υπάρχει κανένα αρχείο να αναφέρει πως έχει μείνει ποτέ εκεί».

«Αλλά οι Στόουν επέστρεψαν στα νησιά δύο φορές σε μετέπειτα ερευνητικά ταξίδια. Μπορεί να έχουν έμεινε στο σπίτι σου τότε. Άλλωστε, ήταν φίλοι με τον Μάρσιαλ Καμπρέρα της Τισκαμανίτα και αποκαλούσαν το σπίτι τους «Φουερτεβεντούρα».

Αυτό με τσάκισε. Ήταν πιο εύκολο να πεις στον Πάκο για τον θάνατό της. «Δεν το έκαναν. Πάκο, αποκαλούσαν το σπίτι τους «Λανζαρότε». Έπρεπε να στο πω όταν το έμαθα. Μπορώ να αποδείξω ότι έχω δίκιο. Η θεία Κλαρίσα έκανε όλη την έρευνα ».

Έδειχνε καταρρακωμένος.

«Τότε αυτό το άρθρο ήταν λάθος», είπε αργά.

«Λυπάμαι πολύ, αλλά δεν ήρθε ποτέ να ζήσει εδώ. Έμεινε στην Αγγλία με τον άντρα της και τους τρεις γιους τους και πέθανε στα σαράντα. Πού είναι το τηλέφωνό μου;».

Μου το έδωσε. Μερικά χτυπήματα μετά του έδειξα το πιστοποιητικό εγγραφής στην Απογραφή και το πιστοποιητικό θανάτου. Δεν άργησε να αφομοιώσει τις πληροφορίες. Νόμιζα ότι θα είχε διαμαρτυρηθεί κατά της αλήθειας, αλλά είχα κάνει λάθος. Πρώτον, χλεύασε τον εαυτό του επειδή πίστεψε το άρθρο και δεν έλεγξε τα γεγονότα. Τότε ήταν που είδα ότι δεν ήταν τόσο δεμένος με τη φαντασία του όσο είχα φανταστεί. Ο μόνος ελέφαντας στο δωμάτιο ήταν αυτός που είχα βάλει εκεί.

Στη συνέχεια γέλασε και είπε: «Ήταν διασκεδαστικό όσο κράτησε, υποθέτω».

«Δεν καταλαβαίνω», είπα ψύχραιμα.

Εκείνος τσάκισε. «Ποτέ δεν πίστευα ότι η Ολίβια Στόουν είχε ζήσει στο σπίτι σου. Απλώς το επινόησα για να σε πειράξω ».

«Τί έκανες;» Έβηξα, κουρασμένη από τον πόνο που πέρασε από το λαιμό μου.

«Καλά», είπε. Ξανακάθισα στα μαξιλάρια μου και συνέχισε.

«Στην αρχή ήθελα να παίξω λίγο μαζί σου. Τότε ήθελα να σε δελεάσω. Χωρίς αυτή την ιστορία, δεν θα είχες κάνει τον κόπο να μάθεις για την Ολίβια Στόουν ή το βιβλίο της. Εξέτασες τη θεωρία μου και συνέχισες να κάνεις ερωτήσεις και μετά βίας μπορούσα να γυρίσω και να σου πω ότι τα είχα επινοήσει όλα. Θα νόμιζες ότι ήμουν τρελός και θα είχα ρίξει στον αέρα το τέχνασμα μου».

«Αλλά με έκανες να σκεφτώ ότι είσαι τρελός».

«Το αστείο είναι με μένα, λοιπόν. Δεν είχα σκοπό να φτάσει τόσο μακριά. Αφού τράβηξα εκείνη τη φωτογραφία της γυναίκας στο χώρισμα, είχα αρχίσει να αναρωτιέμαι αν τελικά είχα δίκιο. Συγγνώμη, Κλερ, δεν κατάλαβα ποτέ ότι με έπαιρνες τόσο σοβαρά για όλα αυτά». Μου έκανε νόημα με το τηλέφωνό μου πριν το αφήσει στο κομοδίνο.

«Είμαι σοβαρός άνθρωπος».

«Αυτό ανακαλύπτω». Μου χαμογέλασε. «Και πεισματάρα».

Καθώς μια νοσοκόμα μπήκε στο δωμάτιο, ο Πάκο με φίλησε αποχαιρετώντας με και είπε ότι θα επέστρεφε για να με πάει σπίτι.

Το επόμενο απόγευμα, επέστρεψα στο Κάσα Μπένετ, σε μια τεράστια τρύπα στο αίθριο και ένα βουνό χώμα δίπλα της. Παντού υπήρχαν άντρες που μάζευαν τα πράγματά τους για την ημέρα. Βλέποντάς με να φτάνω, ήρθε ο Χέλμουντ και μου είπε ότι τα λείψανα είχαν αφαιρεθεί για έρευνα και στη συνέχεια θα ταφούν στην Τενερίφη, από όπου καταγόταν η οικογένεια.

Ο Πάκο ήξερε ήδη.

Είχε κόψει όλα τα άρθρα του Τύπου και τα διάβαζα ενώ έφτιαχνε κοτόσουπα, κοιτάζοντάς τον πότε πότε για να τον παρακολουθώ να την ετοιμάζει, θαυμάζοντας τον να θαυμάζει την κουζίνα μου. Ήταν μια απόλαυση να τον παρακολουθείς.

Αργότερα, ο Πάκο άνοιξε τον φορητό υπολογιστή του και τον σύνδεσε με τη μπάρα ήχου μου. Μου είπε να ακούσω καθώς έβαζε ένα συγκρότημα που λεγόταν Ταμπουριέντε. Η μουσική ακουγόταν τόσο παλιά όσο των Κοκτώ Τουίνς και μου άρεσε. Τα φωνητικά ανέβηκαν στα ύψη, οι μελωδίες ήταν συγκινητικές και υποβλητικές και μου άρεσε να ξέρω ότι άκουγα τοπική μουσική για μια αλλαγή. Τα τραγούδια με έκαναν να φανταστώ τα νησιά, τον πολιτισμό και τις παραδόσεις.

Όταν τελείωσε το άλμπουμ, συνειδητοποίησα ότι δεν του είχα πει τα άλλα νέα που κρατούσα εδώ και μήνες.

«Δεν σου είπα ποτέ για τα περίεργα φώτα που είδα».

Κοίταξε ψηλά. «Φώτα;»

«Εκείνο το βράδυ που ήρθα εδώ για να δω αν υπήρχε κάποιος εισβολέας. Μετά από αυτόν τον τύπο, τον Κλιφ, μεταφέρθηκαν τα εργαλεία του. Ήμουν έτοιμη να φύγω όταν αυτό το παράξενο φως σηκώθηκε από το αίθριο και άρχισε να τρέχει. Αυτό ήταν κόκκινο. Ένα άλλο φως, μπλε αυτή τη φορά, αναδύθηκε από το βοηθητικό κτίριο που χρησιμοποιούσα για το ρουστίκ ντους μου. Αυτό το φως ήταν τρελό, έκανε ζιγκζαγκ παντού. Αναπήδησε ακόμη και από το στήθος μου πριν μεγεθύνω στον ουρανό».

«Ήταν πριν από μήνες», είπε επικριτικά. «Εξακολουθούσες να νοικιάζεις αυτό το διαμέρισμα. Γιατί δεν μου το είπες;».

«Έγινε πάλι. Ενώ κοιμόσουν κάτω. Η πρώτη μας νύχτα μαζί, ήταν ».

Με κοίταξε με γνήσιο σεβασμό. «Εκπληκτικό.»

«Τι είναι εκπληκτικό;»

«Ότι εσύ, μια ξένη, είδες αυτά τα φώτα.»

«Τι εννοείς;» είπα αμφίβολα.

«Είναι ένας τοπικός μύθος που ονομάζεται Το Φως των Μαφάσκα».

«Άλλο ένα από τα παραμύθια σου;»

«Αυτό είναι αληθινό. Ή τουλάχιστον, πολλοί το λένε. Μπορείς να το διαβάσεις αν θέλεις».

«Πες μου.»

Περίμενα όσο συγκέντρωνε τις σκέψεις του.

«Ο θρύλος το λέει, μια ομάδα βοσκών πήγαιναν στο σπίτι μετά από μια κουραστική μέρα στα βουνά. Κουρασμένοι και πεινασμένοι συμφώνησαν να ξεκουραστούν, να ανάψουν φωτιά και να ψήσουν το κριάρι που είχαν σκοτώσει εκείνη τη μέρα. Καθώς μάζευαν ξύλα, ένας από τους βοσκούς βρήκε έναν μεγάλο ξύλινο σταυρό κρυμμένο πίσω από έναν θάμνο. Ήξερε ότι κάποιος είχε πεθάνει σε εκείνο το μέρος.

«Τώρα, τα καυσόξυλα ήταν δύσκολο να βρεθούν, οπότε καθώς νύχτωσε, οι βοσκοί αποφάσισαν να εκμεταλλευτούν τον σταυρό για να ταΐσουν τη μικρή τους φωτιά, ελπίζοντας να γεμίσουν την κοιλιά τους και να ζεσταθούν.

«Όταν οι φλόγες είχαν καταβροχθίσει το μεγαλύτερο μέρος του σταυρού, ένα μικροσκοπικό φως, λίγο περισσότερο από μια σπίθα, ξεπήδησε από τη φωτιά και άρχισε να κινείται ανάμεσα στους βοσκούς. Στην αρχή μπερδεύτηκαν. Μετά τρομοκρατήθηκαν. Το φως χοροπηδούσε από τον έναν βοσκό στον άλλο, σαν να είχε τη δική του ζωή. Και συνειδητοποίησαν ότι ήταν το φως της ψυχής του ατόμου που ήταν θαμμένο πίσω από τον θάμνο. Παίρνοντας τον σταυρό και βάζοντάς του φωτιά, αυτοί οι άνθρωποι είχαν διαταράξει τον ύπνο αυτής της ψυχής, καταστρέφοντας τη μοναδική ανάμνηση που εξακολουθούσε να συνδέει την ψυχή με τον ανθρώπινο κόσμο».

«Λες αυτά τα φώτα που είδα να ήταν τα φώτα αυτών των φαντασμάτων;»

«Μπορεί. Ή ίσως ήταν τα φώτα μιας αρχαίας ψυχής που ήταν θαμμένη στην ιδιοκτησία σου πολύ πριν χτιστεί το σπίτι σου».

«Τι απέγιναν οι βοσκοί;»

«Έφυγαν τρομοκρατημένοι. Από τότε, αυτή η ανήσυχη ψυχή, που παίρνει τη μορφή αυτής της σπίθας φωτός, εμφανίζεται στους ταξιδιώτες που περνούν από ακατοίκητες περιοχές γύρω από την Αντίγκουα σκοτεινές και καθαρές νύχτες. Ο θρύλος λέει ότι το φως είναι έντονο και έχει πάντα έντονο χρώμα –μπλε, κίτρινο, πράσινο ή κόκκινο– και μοιάζει με ένα τσιγάρο που ανάβει στο σκοτάδι. Μερικές φορές, το φως μπορεί να φτάσει σε μεγάλο μέγεθος πριν επιστρέψει στο συνηθισμένο μικρό του σημείο. Όλοι όσοι το έχουν δει λένε ότι το φως κινείται με έξυπνο τρόπο σαν να ήταν συνειδητό. Μπορεί να μείνει ακίνητο, ή να επιταχυνθεί, ξαφνικά.»

«Ώστε, δεν είχε καμία σχέση με τα φαντάσματα της οικογένειας Μπαράσο».

«Όχι, εκτός από αυτό μπορεί να προσπαθούσε να σε προειδοποιήσει».

Το άφησα να φύγει. Ήθελα να επιτρέψω στον Πάκο τις μεταφυσικές του φαντασιώσεις με τον ίδιο τρόπο που ήθελα η Κλαρίσα να έχει τις δικές της. Εξάλλου, δεν μπορούσα να μαλώσω μαζί τους όταν ήξερα ότι ο πνευματικός κόσμος υπήρχε και αν ο τρόμος των τελευταίων μηνών με είχε διδάξει κάτι, ήταν αυτό.

Άλλωστε, είχα αποφασίσει ότι ήθελα τον Πάκο στη ζωή μου σταθερά.

Δίσταζα να του ζητήσω να μετακομίσει μαζί μου σε περίπτωση που πλήττει τον ανδρικό του εγωισμό, αλλά μια εβδομάδα αργότερα, όταν μου είπε ότι η μίσθωση του διαμερίσματός του δεν θα ανανεωνόταν, οι ιδιοκτήτες προτιμούσαν τον πειρασμό των προσοδοφόρων διακοπών, παρακαλούσα να έρθει και να μείνει στο δικό μου. «Μέχρι να βρεις κάτι άλλο», είπα, αλλά και οι δύο ξέραμε ότι αυτό δεν θα γινόταν ποτέ.

Στο πρωινό την επόμενη μέρα, συζητήσαμε για το σπίτι και τι σχεδίαζα να κάνω με αυτό στο μέλλον. Ακόμα δεν είχα ιδέα. «Χρησιμοποίησε όσο χώρο θέλεις», του είπα. Στα αυτιά μου, η παρατήρηση ακούστηκε απατηλή.

Ήταν διστακτικός.

«Παρακαλώ», πρόσθεσα.

«Μπορώ να χρησιμοποιήσω τα δύο σκοτεινά δωμάτιά σου στον κάτω όροφο».

«Νόμιζα ότι η φωτογραφία ήταν όλη ψηφιακή αυτές τις μέρες».

Γέλασε. «Θα ήθελα πολύ να έχω ένα σκοτεινό δωμάτιο. Και ένα στούντιο ».

«Τότε θεώρησε αυτά τα δωμάτια δικά σου».

«Είσαι σίγουρη;»

«Δεν μπορώ να σκεφτώ καλύτερη χρήση τους».

«Αυτό αφήνει μόνο πέντε κενά υπνοδωμάτια».

«Δεν ανοίγω αυτό το σπίτι σε καλεσμένους που πληρώνουν», είπα όλο ταραχή και προκλητικά. «Εξάλλου, καλό θα είναι να έχουμε δύο δωμάτια για τους επισκέπτες».

«Αφήνοντας τρία δωμάτια ελεύθερα».

«Ένα δωμάτιο ραπτικής. Μια αίθουσα γραφής. Ένα δωμάτιο ζωγραφικής».

«Είσαι σοβαρή;»

«Διάολε, δεν ξέρω. Δεν με βλέπω να ράβω, να γράφω ή να ζωγραφίζω, αλλά αυτά είναι τα πράγματα που κάνουν οι άνθρωποι με τα δωμάτια».

«Ή κάνε σεάνς».

«Σεάνς; Αστειεύεσαι.»

«Είσαι μέσο. Απλώς δεν θέλεις να το αναγνωρίσεις ».

Επαναστάτησα ενάντια στη λέξη, τις έννοιες, τον αποκρυφισμό συνολικά. Κι όμως είχε δίκιο. Όλα αυτά τα φαντάσματα είχαν επικοινωνήσει μαζί μου. Αλλά δεν θα ήθελα να θέσω τον εαυτό μου σε τέτοιο κίνδυνο και σίγουρα δεν επρόκειτο να διοργανώσω περιοδείες φαντασμάτων στο σπίτι μου.

Είχα βγάλει τον γύψο από το χέρι μου όταν έφτασε η Κλαρίσα για τα Χριστούγεννα. Το σπασμένο κόκκαλό μου έδινε ακόμα τσιμπήματα, ειδικά όταν οδηγούσα, αλλά κατά τα άλλα ήμουν μια χαρά. Το πρώτο πράγμα που είπε όταν τη συνάντησα στο αεροδρόμιο ήταν ότι έμοιαζα με σκελετό. Είχα χάσει δύο ολόκληρα μεγέθη φορεμάτων από τότε που μετακόμισα στη Φουερτεβεντούρα, αλλά της πήρε μερικές στιγμές για να συνειδητοποιήσει τις συνέπειες αυτών που είχε πει και γελάσαμε και οι δύο για αυτό στο δρόμο για την Τισκαμανίτα.

Θαύμαζε το σπίτι τη στιγμή που επιβράδυνα να ανέβω στο κράσπεδο και επεσήμανα τα διάφορα χαρακτηριστικά. Μέχρι τότε, όλες οι σκαλωσιές είχαν αφαιρεθεί, το κτίριο είχε αποκατασταθεί πλήρως και βαφτεί και το μόνο που έμεινε να γίνει ήταν να ανεγερθεί ένα γκαράζ και να εργαστούν στον κήπο. Ο Πάκο είχε ολοκληρώσει την επισκευή του τοίχου στο πίσω μέρος και είχαμε αρχίσει να χαράσσουμε περβάζια κήπου και να φυτεύουμε τις περιοχές γύρω από το σπίτι και τον αχυρώνα. Είχα αποφασίσει να αφήσω τα άλλα δύο βοηθητικά κτίρια προς το παρόν, ως λείψανα μιας μακράς και ανησυχητικής ιστορίας. Έδειχναν γραφικά τώρα που τα χρησιμοποιούσαμε ως υποδομή για να προστατέψουμε βότανα και λαχανικά και οπωροφόρα δέντρα.

«Δεν περίμενα να είναι πράσινο», είπε, παρακολουθώντας το τοπίο καθώς της έδειχνα τριγύρω.

«Μερικές φορές είναι. Είχαμε λίγη βροχή.»

«Καταλαβαίνω τώρα γιατί ήθελες να έρθεις εδώ. Αυτό είναι υπέροχο».

«Χαίρομαι που σκέφτεσαι έτσι.»

Μπήκαμε από την πίσω πόρτα και, ξεκινώντας από τον επάνω όροφο, έδειξα στην Κλαρίσα το σπίτι. Βογκούσε καθώς έμπαινε σε κάθε δωμάτιο, βλέποντας όλες τις λεπτομέρειες της διακόσμησης και της επίπλωσης.

«Έκανες σπουδαία δουλειά, Κλερ, πραγματικά».

Φούσκωσα από περηφάνια.

«Αυτό το δωμάτιο είναι δικό σου», είπα. Την είχα εγκαταστήσει στο υπνοδωμάτιο πάνω από το κυρίως σαλόνι. Ήταν γεμάτο φως και έβλεπε στον κήπο.

Άπλωσε τα χέρια της και είπε: «Τόσος πολύς χώρος! Μπορεί να δυσκολευτείς να κάνεις τους καλεσμένους σου να φύγουν αν τους βάλεις εδώ».

«Είσαι ευπρόσδεκτη να είσαι εδώ για όσο καιρό θέλεις».

«Δεν ήταν αυτό που έλεγα, αλλά σίγουρα θα με δελεάσουν να επιστρέψω».

Ήταν μια παρατήρηση που με έκανε να λάμπω μέσα μου. Την οδήγησα κάτω.

«Τι υπάρχει εδώ μέσα;» είπε πλησιάζοντας την αρχική τραπεζαρία.

«Το στούντιο του Πάκο».

«Καλύτερα να μην μπω, τότε», είπε με ένα γέλιο. Την πήγα στο σαλόνι με το νότιο προσανατολισμό και καθώς καθίσαμε, ο Πάκο φώναξε από το αίθριο.

«Εδώ είμαστε», φώναξα.

Η Κλαρίσα στάθηκε και κοίταξε την πόρτα, με τη συμπεριφορά της γεμάτη προσμονή. Τους παρακολούθησα και τους δύο από κοντά καθώς χαιρετούσαν ο ένας τον άλλον και ανακουφίστηκα βλέποντας αστραφτερά μάτια και βλέμματα πραγματικής εκτίμησης. Ο Πάκο ήρθε και με φίλησε επίσης.

«Κρασί;»

Αποσύρθηκε από το δωμάτιο και εμφανίστηκε λίγες στιγμές αργότερα με δύο ποτήρια και ένα μπουκάλι λευκό Λανζαρότ.

«Δεν θα κάτσεις μαζί μας;» είπε η Κλαρίσα κοιτάζοντας το πρόσωπό του καθώς έπαιρνε το ποτήρι που του πρόσφερε.

«Πρέπει να βγάλω τα πράγματα από τις σακούλες, να τα τακτοποιήσω Και να φτιάξω φαγητό».

Μου έριξε μια διασκεδαστική έκπληκτη ματιά και εγώ του ανταπόδωσα ένα χαμόγελο.

«Τον έχεις καλά εκπαιδευμένο, λοιπόν», είπε η Κλαρίσα όταν ήμασταν μόνες.

«Μόνος του το κάνει».

Καθίσαμε αναπαυτικά στις θέσεις μας και βουτήξαμε στο γιορτινό κλίμα. Είχα αγοράσει ένα μικρό χριστουγεννιάτικο δέντρο και είχα δημιουργήσει ένα εορταστικό κεντρικό στοιχείο για το μαρμάρινο τραπεζάκι του καφέ. Ντυμένη με ένα πλούσιο κόκκινο κοστούμι φούστας με ασορτί φουλάρι, η Κλαρίσα έδωσε την αίσθηση του κεφιού και της γιορτινής ατμόσφαιρας. Πέρασε το χέρι της κάτω από το μπράτσο της καρέκλας της, θαυμάζοντας το ύφασμα – ήταν ένα χρυσό δαμασκηνί. Με ρώτησε πώς περνούσα τις μέρες μου τώρα που το ερείπιο έχει αποκατασταθεί και της είπα για τα Σάββατα στη βιβλιοθήκη στο Τουινέχε, όπου καθόμουν κουβεντιάζοντας με δέκα άλλους για υπολογιστές και έξυπνα τηλέφωνα και άλλη τεχνολογία σε μια τάξη σχεδιασμένη να βοηθά τις γυναίκες της υπαίθρου. να αντιμετωπίσουν τη σύγχρονη εποχή.

«Μάλλον θα μπορούσες να κάνεις εσύ το μάθημα», είπε η Κλαρίσα.

«Αλλά δεν θα ήθελα. Διασκεδάζω πάρα πολύ να γνωρίζω όλους».

Ανταλλάξαμε χαμόγελα. Είχα δημιουργήσει έναν ιδιαίτερα στενό δεσμό με την Γκλόρια, η οποία απολάμβανε να με δείχνει ως τη γυναίκα που είχε διώξει τους Μπαράσο. Ήμουν κάτι σαν ντόπια διασημότητα, αν και δεν είχα κάνει τίποτα άλλο από το να σκοτώσω τον εαυτό μου.

Η συζήτηση μεταφέρθηκε στον πατέρα μου, που και οι δύο συμφωνήσαμε ότι δεν θα άλλαζε ποτέ, και στο δικό μου απολογισμό των δοκιμασιών της αποκατάστασης ενός ερειπίου, σταματώντας τελικά στο αναπόφευκτο θέμα του στοιχειώματος.

«Αυτό που αναρωτιέμαι είναι, γιατί εγώ; Γιατί με τράβηξε αυτό το σπίτι και γιατί μου εμφανίστηκαν όλα αυτά τα φαντάσματα;».

«Αυτό είναι πολλοί λόγοι και απαιτεί σκέψη. Αρχικά, έφερες μαζί σου την αγωνία για την απώλεια της μητέρας σου ».

«Ποτέ δεν ήξερα πόσο με επηρέασε η απώλειά της», είπα ήσυχα.

«Το πώς την έχασες σε επηρέασε».

«Το ξέρω.»

«Και η άλυτη θλίψη σου σε συνέδεσε, σε έκανε αγωγό για την αγωνία των πνευμάτων».

Ήταν λογικό. Ακόμη και ο δικός μου λόγος δεν μπορούσε να αντιταχθεί στην παρατήρησή της. Δεν είχα απάντηση. Τώρα είχα λίγες αναμνήσεις από τα παιδικά μου χρόνια όταν ζούσε η μητέρα μου. Θα μπορούσα μόνο να ελπίζω ότι θα επέστρεφαν περισσότερα, μια μέρα.

Ήπιε μια γουλιά από το κρασί της και μου έριξε ένα λοξό βλέμμα. Το πρόσωπό της σκοτείνιασε.

«Προσπάθησα να σε προειδοποιήσω όταν διάβασα την αστρογραφία».

«Δεν ανέφερες ποτέ τίποτα για τον κόσμο των πνευμάτων».

«Δεν ήθελα να σε τρομάξω. Και επιπλέον, δεν θα με ππίστευες ».

«Σε πιστεύω τώρα».

Εκείνη έγνεψε σοφά. «Είσαι φυσικός. Πάντα το ήξερα ».

«Ο Πάκο λέει το ίδιο».

«Είναι καλός άνθρωπος».

«Μόλις τον γνώρισες».

«Το καταλαβαίνω.»

Μάλλον μπορούσε να καταλάβει.

«Δημιουργούμε ένα φυλλάδιο για την ιστορία αυτού του σπιτιού», είπα, εξηγώντας ότι θα ήταν ένα αναμνηστικό, τίποτα περισσότερο.

«Θα ενδιέφερε πολλούς ανθρώπους», είπε. «Θα πρέπει να σκεφτείς μια εκτύπωση».

Τυπική Κλαρίσα. Πίστευα ότι σκέφτηκε ότι θα συμπεριέλαβα τις λεπτομέρειες των φαντασμάτων. Θα μου έλεγε να διοργανώσω περιοδείες φαντασμάτων στη συνέχεια. Ευτυχώς, δεν υπήρχαν φαντάσματα στο Κάσα Μπένετ, ούτε πια, αφού τα οστά είχαν μεταφερθεί.

Αναρωτήθηκα ποιος από τους Μπαράσο είχε μετακινήσει

το βραχώδες ενθύμιό μου, από το ράφι στο πάτωμα και από το ντουλάπι της κουζίνας στην εξώπορτα. Η μητέρα, έπρεπε να είναι. Προσπαθούσε να με προειδοποιήσει, ακόμη και να με προστατεύσει.

Τι γίνεται με τη δική μου μητέρα; Πού ήταν – στο χώμα ή ελεύθερη;

Ο ήλιος που δύει έριξε ακτίνες ζεστού φωτός στο δωμάτιο. Γέμισα τα ποτήρια μας και ήπιαμε το κρασί μας και καθίσαμε ήσυχοι με θαυμασμό. Όταν σκοτείνιασε αρκετά, πήγα και άναψα τα φώτα. Η Κλαρίσα άλλαξε τη διάθεση σηκώθηκε απροσδόκητα και βγήκε από την πόρτα. Περίεργη, ακολούθησα.

Όταν έφτασα στο κατώφλι, έτρεχε στην αυλή.

Ο Πάκο βγήκε από την κουζίνα και ανταλλάξαμε ματιές. Ανασήκωσα τους ώμους και την ακολούθησα. Έγινε μαζί μου.

Όταν φτάσαμε στον προθάλαμο, είχε σπρώξει την πόρτα του σαλονιού. Ο Πάκο ήταν έτοιμος να ακολουθήσει, αλλά έβγαλα ένα χέρι.

Σε λίγο, βγήκε και στάθηκε στο κάτω μέρος της σκάλας. Το πρόσωπό της είχε μια περίεργη έκφραση, εν μέρει απορία, εν μέρει έκπληξη.

«Αυτά είναι τα δύο δωμάτια που κατοικούσατε όταν μετακομίσατε για πρώτη φορά στο χώρο;» με ρώτησε.

«Ναι», είπα αργά. «Γιατί ρωτάς;»

Μας έσκασε και στους δύο ένα διαβολικό χαμόγελο και είπε: «Έχουμε παρέα».

Αγαπητέ αναγνώστη,

Ελπίζουμε να σας άρεσε η ανάγνωση του *Η Προειδοποίηση της Κλαρίσα*. Παρακαλούμε αφιερώστε λίγο χρόνο για να αφήσετε μια κριτική, ακόμη και αν είναι σύντομη. Η γνώμη σας είναι σημαντική για εμάς.

Με τους καλύτερους χαιρετισμούς,

Isobel Blackthorn και η Ομάδα του Next Chapter

ΕΥΧΑΡΙΣΤΙΕΣ

Είμαι πολύ ευγνώμων στον JF Olivares, έναν φωτογράφο και καλλιτέχνη με καταγωγή από τη Φουερτεβεντούρα, με τον οποίο έγινα φίλη όταν πρωτο - ερεύνησα αυτό το μυθιστόρημα και του οποίου οι φωτογραφίες, οι σύνδεσμοι και οι ιστορίες του νησιού του, μαζί με την αμοιβαία αγάπη μας για την ταξιδιωτική συγγραφέα, Ολίβια Στόουν, αποδείχθηκε σημαντική πηγή έμπνευσης. Μοιράζομαι με τον Χουάν ένα διαρκές πάθος για το πολύτιμο νησί της Φουερτεβεντούρα, όπου πριν από πολύ καιρό σχεδόν έζησα. Μέσα από τη γενναιοδωρία και τον ενθουσιασμό του Χουάν, μπόρεσα να ανακτήσω χαμένες αναμνήσεις και να αποτυπώσω κάτι από την ουσία ενός νησιού που πολύ συχνά είναι γνωστό μόνο για τις ειδυλλιακές του παραλίες.

Ευχαριστώ ειλικρινά τη Miika Hannila και την ομάδα των εκδόσεων Creativia για την πίστη στο γράψιμό μου και την προώθηση της προόδου του μέχρι τη δημοσίευση.

Στη σειρά των Καναρίων Νήσων, γράφω από την οπτική γωνία των τουριστών και των Βρετανών μεταναστών (εκπατρισμένων), αλλά πάντα συμπεριλαμβάνω έναν ή δύο ντόπιους χαρακτήρες και κάνω ό,τι καλύτερο μπορώ εντός των ορίων της μυθοπλασίας για να βοηθήσω στην ευαισθητοποίηση σχετικά με την ιδιαίτερη ιστορία, τον πολιτισμό των νησιών και περιβάλλον.

Μερικές ιστορικές σημειώσεις: Θα ήθελα να ευχαριστήσω τη Σούζαν Μίντλετον και την Ομάδα Συζητήσεων Beyond Genealogy 1841-1939 του Facebook που με βοήθησαν να ερευνήσω, την βικτωριανή ταξιδιωτική συγγραφέα Ολίβια Μαίρη Στόουν. Είμαι επίσης ευγνώμων στον Ντάνιελ Γκαρσία Πουλίδο για το βιογραφικό του άρθρο της Ολίβια Στόουν στο ΛΑ Πρένσα ντελ Ντομίνγκο, Ελ Ντία, το οποίο μπορείτε να βρείτε εδώ -

http://eldia.es/laprensa/wp-content/uploads/2015/02/20150215laprensa.pdf

Υπάρχει ένας εμπειρικός κανόνας στη μυθοπλασία, πάει κάπως έτσι – Αν θέλετε να υπάρχει ένα αρτοποιείο μεταξύ του κρεοπώλη και του μανάβη, βάλτε ένα εκεί. Μεταφύτευσα ένα υπέροχο κτίριο στη Λα Ολίβα, το Κάσα ντελ Ινγκλες, άλλαξα τις διαστάσεις του και το τοποθέτησα στην Τισκαμανίτα. Διατήρησα τον διαχωριστικό τοίχο, καθώς αποδείχτηκε σημαντική πηγή έμπνευσης. Ο τοίχος χτίστηκε για να χωρίζει το κτίριο στο μισό ως μέρος μιας κληρονομιάς. Δανείστηκα επίσης το γεγονός ότι ο ιδιοκτήτης του Κάσα ντελ Ινγκλες ήταν απρόθυμος να πουλήσει το ερείπιο στην τοπική κυβέρνηση.

ΣΧΕΤΙΚΆ ΜΕ ΤΟΝ ΣΥΓΓΡΑΦΈΑ

Αγγλίδα αρχικά, η Ιζομπελ Μπλάκθορντ έχει βρει πάνω από εβδομήντα διευθύνσεις μέχρι σήμερα, σε διάφορες τοποθεσίες στην Αγγλία, την Αυστραλία, την Ισπανία και τα Κανάρια Νησιά. Στοιχεία της εξαιρετικής ζωής της έχουν τη συνήθεια να βρίσκουν το δρόμο τους στη μυθοπλασία της, παρέχοντάς της μια έτοιμη πηγή έμπνευσης.

Η Ίζομπελ μεγάλωσε μέσα και γύρω από την Αδελαΐδα της Νότιας Αυστραλίας. Ήταν το 1973 και είχε μόλις κλείσει τα έντεκα όταν ανακάλυψε ότι ήθελε να αφιερώσει τη ζωή της στη συγγραφή μυθοπλασίας. Αυτή ήταν η χρονιά που οι γονείς της είχαν ένα τροχόσπιτο με τραπέζι μπιλιάρδου, τζουκ μποξ και φλίπερ. Τη χρονιά που εκτράφηκε με το χέρι ένα αρνί και περνούσε τα Σαββατοκύριακα στη φάρμα της καλύτερης της φίλης. Η Ιζομπελ μπορεί να κυνήγησε το όνειρό της εκείνη τη στιγμή, αλλά η ζωή είχε άλλα σχέδια.

Η Ιζομπελ επέστρεψε με την οικογένειά της για να περάσει τα εφηβικά της χρόνια πίσω στο Λονδίνο, όπου παρακολούθησε το περίφημο Eltham Green Comprehensive το έτος κάτω από τον Boy George. Το δημιουργικό της πάθος καταπνίγηκε σε μια στιγμή και υπέμεινε για χρόνια αδυσώπητου εκφοβισμού.

Όταν η οικογένειά της επέστρεψε στην Αυστραλία για άλλη μια φορά, η Isobel έμεινε πίσω. Μέχρι τότε ήταν μια επαναστατημένη δεκαεννιάχρονη και συνέχισε να ζει άγρια και ελεύθερη τη δεκαετία του 1980. Αρχικά μετακόμισε στο Νόριτς, όπου ικανοποίησε τις δημιουργικές της παρορμήσεις γράφοντας στίχους τραγουδιών εμπνευσμένους από το Joy Division και μικρά κομμάτια ποίησης. Η επιθυμία της να γράψει μυθιστορήματα δεν εξαφανίστηκε ποτέ, αλλά της έλειπε η αυτοπεποίθηση, οι δεξιότητες και αυτή η πολύ σημαντική καθοδήγηση.

Σύντομα μετακόμισε στην Οξφόρδη όπου έγινε πολιτική ακτιβίστρια στην Εκστρατεία για τον Πυρηνικό Αφοπλισμό, διαμαρτυρόμενη συχνά στο Greenham Common. Έζησε για ένα διάστημα στη Βαρκελώνη, διδάσκοντας αγγλικά ως δεύτερη γλώσσα. Μετά από ένα άλλο ξόρκι στην Οξφόρδη, μετακόμισε σε μια κατάληψη κοντά στο Μπρίξτον στο νότιο Λονδίνο. Από εκεί μετακόμισε στο Λανζαρότε, όπου ανακαίνισε ένα παλιό πέτρινο ερείπιο, δίδαξε αγγλικά και συναναστράφηκε με τους ντόπιους.

Δεν σχεδίαζε ποτέ να φύγει από το νησί των ονείρων της, αλλά ερωτεύτηκε άγρια έναν άντρα που την παρέσυρε στο Μπαλί. Όταν σιγά σιγά κατάλαβε ότι η ζωή της μπορεί να κινδυνεύει, πήγε στην Αυστραλία με βίζα διακοπών και ξαναβρέθηκε με την οικογένειά της.

Σε όλο αυτό το διάστημα, η Ιζομπελ σπούδαζε για το προπτυχιακό της στο Ανοικτό Πανεπιστήμιο. Αποφοίτησε με αριστεία πρώτης τάξης και δεν είχε ιδέα τι να κάνει με αυτό.

Μετά από αυτή την απερίσκεπτη δεκαετία, η ζωή πήρε μια απογοητευτική τροπή. Η Isobel έγινε μητέρα δίδυμων κοριτσιών και εκπαιδεύτηκε και εργάστηκε ως δασκάλα γυμνασίου. Η απόφαση να διδάξει δεν ήταν δική της, στη συνέχεια ανέλαβε διδακτορικό. Έλαβε το διδακτορικό της το 2006 για την έρευνά της στα έργα της Θεοσοφίστριας Alice A.

Bailey. Μετά από ένα διάλειμμα ως συνομιλητής και ένα σύντομο ξόρκι ως προσωπική βοηθός ενός λογοτεχνικού πράκτορα, η Ίζομπελ έφτασε στο γράψιμο στα σαράντα της. Μέχρι τότε, η δημιουργικότητά της ήταν έτοιμη να εκραγεί.

Οι ιστορίες της Isobel είναι τόσο διαφορετικές όσο και η ζωή της. Μιλάει και ερμηνεύει τα λογοτεχνικά της έργα σε εκδηλώσεις σε ένα εύρος σκηνικών, δίνει ενδιαφέρον στη δημιουργική γραφή και γράφει κριτικές βιβλίων. Οι κριτικές της έχουν εμφανιστεί στα Shiny New Books, Newtown Review of Books και Trip Fiction. Μιλάει συχνά για βιβλία και γράφει στο ραδιόφωνο, στην Αυστραλία και στις ΗΠΑ, το Ηνωμένο Βασίλειο και τις Κανάριες Νήσους.

Η Ίζομπελ ζει τώρα με τη μικρή της λευκή γάτα κοντά στη Μελβούρνη, στην άγρια νότια ακτή της Αυστραλίας. Στον ελεύθερο χρόνο της, της αρέσει να ασχολείται με την κηπουρική, να μαθαίνει ισπανικά, να επισκέπτεται την οικογένεια και τους φίλους της και να ταξιδεύει στο εξωτερικό, ειδικά στο αγαπημένο της Λανζαρότε, ένα νησί που έχει αιχμαλωτίσει την καρδιά της.

Μια ασυγκράτητη αφηγήτρια που έχει πολλά να πει, η επαγγελματική φιλοδοξία της συγγραφέας είναι να συνεχίσει να γράφει μυθιστορήματα με αγωνία που διαδραματίζονται στα Κανάρια Νησιά, διανθισμένα με άλλα έργα μυθοπλασίας.

Η Προειδοποίηση της Κλαρίσα
ISBN: 978-4-82412-846-1

Εκδόσεις
Next Chapter
1-60-20 Minami-Otsuka
170-0005 Toshima-Ku, Tokyo
+818035793528

15 Μάρτιος 2022

6

Unidades

a prose poetry amalgamation on human experience, queerness, and love

ABOUT THE AUTHOR

Toby Gui is a student at Communications High School in the '26 class. He is a list enthusiast, but also an enjoyer of the following:

--> the essence of what it is to live and the instinctual survival mechanisms rooted in oneself (to be loved and love in return)
--> to be a maker of words, a collector of moments, a maker of music and all sorts of arts all in one vein
--> french toast